ARCHE

Fabrizia
Ramondino

La Via

Roman

Aus dem Italienischen von
Maja Pflug

ARCHE

Zum Gedenken
an meinen Bruder Giancarlo Ramondino
und meine Wahlschwester
Laura Gonsalez del Castillo

Zum Gedenken an mich und Onofrio; an Rosita; an die drei Generäle Raffaele, Orso und Lorenzo; an Eusebia, Rositas Dienstmädchen; an Bartolomeo, den anarchistischen Hirten, und seine furchtsame Frau Ausilia; an Schwester Maria Civita – vom Orden der Ursulinerinnen –, die verrückt wurde und im Haus ihrer Nichten, ans Bett gefesselt, starb; an Maria, die Zigeunerin, die seit fünfzig Jahren ab und zu ins Dorf kommt, man weiß aber nicht, woher; an Giovanni, den Trottel, der sich nie erinnert, ob er Eintopf oder Brotsuppe zu Mittag gegessen hat, dafür aber auswendig alle Eisenbahnstationen von Chiasso bis Trapani, von Civitavecchia bis Aquila und Pescara aufzählen kann, Italien der Länge nach also, aber auch in der Breite, was viel schwieriger ist, denn der Apennin ist anscheinend, jedenfalls mit dem Zug, schwerer zu überwinden als die Anden, und je mehr Bahnhöfe es gibt, umso komplizierter sind die Verbindungen; an Armida, die Klatschbase aus dem Vicolo Giudecca, die schon vor dem Tod ihres Mannes – zwei Jahre nach seinem Verschwinden wurden die Gebeine in einem Steinbruch gefunden – und der Hochzeit ihrer sechzehnjährigen Tochter, die schließlich nach der Geburt des Kindes stattfand, kein eigenes Leben hatte und sich deshalb umso mehr um die Angelegenheiten der anderen kümmerte – und für die, nachdem das Schicksal sie von ihren engsten Angehörigen befreit hatte, aus dieser Neigung eine Leidenschaft geworden war; an Eugenio, den alten Briefträger, der nicht nur alle besonnenen und unbesonnenen Versetzungen durch die alte Postverwaltung, sondern sogar die zwecks Einhaltung der Richtlinien der Europäischen Union erforderlichen Modernisierungsmaßnahmen überstanden hat; an Alfonso, einst Barbier, dann Zauberer und Heiler, der widerrechtlich den Arztberuf ausgeübt und viel Geld angehäuft hat, ohne dass ihn das Gesetz je dabei gestört hätte, der aber jetzt selbst gestört ist und vor einigen Monaten in eine psychiatrische Klinik eingeliefert wurde; und auch zum Gedenken an all jene, die du befragen wirst, wobei du weißt, dass die erste Pflicht des Fragenden, wenn er Antwort bekommen will, das Schweigen ist.

Alles geschah hier immer wegen der Straße, La Via. Kriege, Handel, Liebesgeschichten, Tode, lange Hungersnöte und plötzlicher Reichtum, kleine Intrigen und verheerende Skandale, Zerstörung und Wiederaufbau, Abwanderung und Rückkehr. Und auf der Straße sind stets alle Toten vorbeigekommen, auch die von weit her, noch lebend oder im Sarg getragen, sogar aus Neuseeland und Amerika – deshalb gibt es an der Straße, selbst wenn sie nur durch ein kleines Dorf führt, ein internationales Bestattungsinstitut. Auch alle Seelen sind auf der Straße vorbeigekommen, denn solange es Leben und Gedächtnis gibt, gibt es auch Seelen. Auch die des kleinen Hahns, der sich mitten auf die Fahrbahn verlaufen hatte, wo er von einem Lastwagen überfahren wurde, während er herumpickte und Zigarettenkippen mit Maiskörnern verwechselte; und seine alte Besitzerin, deren einzige Freude er war, sah alles mit an, da sie gerade gebeugt und keuchend die Treppe herunterkam, warf den Stock beiseite, stürzte fast hüpfend unter Schreien und Klagen zwischen die Autos und Lastwagen, blieb wie durch ein Wunder unversehrt – denn genau an der Stelle ist eine gefährliche Kreuzung, jedoch haben weder die Kommune noch die Verkehrspolizei dort je eine Ampel und nicht einmal Zebrastreifen angebracht, obwohl diese Kreuzung das Dorf in zwei Teile teilt, weshalb sie nicht nur ein besonderer, sondern auch ein strategischer Punkt der Straße ist –, hob den kleinen Hahn schließlich auf und drückte ihn an die Brust, dort mitten auf der Straße stehend, mit erhobenem Arm auf Lastwagen und Autos fluchend, deren Bremsen vielleicht auch eine Seele hatten, da die Wagen zwar nicht vor dem Tier, aber vor ihr quietschend anhielten. Doch vermutlich handelte es sich nicht um eine echte Seele, sondern eher um die der Versicherung, denn eine echte Seele hat sich noch nie versichert, und von diesen versicherten Seelen ging bereits ein Regen wüster Beschimpfungen auf die Alte nieder, der erst nachließ, als aus der Bar Nazionale einige Männer herbeiliefen – die Verkehrspolizisten waren anderswo damit beschäftigt, Strafzettel zu verteilen, um die Einnahmen der Gemeinde aufzubessern –, die die Alte in den Arm nahmen und sie zu ihrem Treppenaufgang zogen, frotzelnd und spottend, ja, aber gerührt wegen dieses seltsamen, an den bebenden Busen gedrückten Kindes.

Heute ist das Dorf weder hässlich noch schön. Ursprünglich bestand es aus wenigen Häusern an der nach einem römischen Konsul benannten Straße, aus einer Schenke, einem Gasthaus, einer Kaserne, Lagerhallen und Ställen, einem Bordell, für die Rast und Erquickung von Militärtruppen, Handelsreisenden, Adeligen auf dem Weg zu ihren Landgütern und Villen am Meer, und auch die Hirten bedienten sich hier, wenn es an der Zeit war, die Herden weiterzutreiben, und die Bauern, die hinter dem Rücken der Befehlshaber bei den Milizsoldaten heimlich Käse und Zwiebeln gegen ein beliebiges Stück Eisen eintauschten, das sie dann in ein Messer verwandelten. Denn damals gab es hier kein Eisen, nur Messer aus Stein.

Gleich neben der Straße wurde dann auf der kleinen Anhöhe, die von den einheimischen ›Acraia‹ genannt wird – ein rundlicher Haufen weißer Kalksteine mit mediterraner Macchia dazwischen, begrenzt von einem kleinen Fluss und Bächlein und Wasserpfützen, nach Auffassung jener Zeit ein heiliger Ort –, ein Tempel zu Ehren Äskulaps errichtet, des Gottes, der die erschöpften Reisenden stärkt und heilt, den verwundeten Soldaten, die schmerzgebeugte, staubige Matrone, das verletzte Pferd, die infizierte Hure, das fiebernde Kind, leichtere Beute für die Stechmücken, wenn man, kurz vor der Ankunft, die Malariasümpfe durchquert hatte.

Ausländische Feinde und Seeräuber konnten vom Meer her kommen, noch nicht unterworfene Völker oder nie ganz bezwungene Briganten aus den Bergen, deshalb wurden rund um die Straße und den Tempel Wachtürme errichtet, manchmal nicht nur von dem anfälligeren *opus reticulatum* umgeben, sondern von zyklopischen Mauern, die standhielten, bis im Lauf der Jahrhunderte sehr viel größere Feinde eintrafen, stets über die Straße, in Horden, bis zu den letzten, die sich in der ganzen Gegend niederließen: den Normannen, und da wurde auf dem Felsen von Acraia eine mächtige Burg gebaut, heute genauso verfallen wie die antiken Türme; und um die von hohen Mauern umfriedete Burg entstand das obere Dorf, das die Einheimischen ›Rione Terra‹ nennen. Sie haben es hier genauso gemacht wie in den Orten am Meer, wo die Dörfer oben auch ›terra‹ und die unten ›città‹ oder ›borgo‹ heißen, denn die Straße ist hier, wie anderswo das Meer, der Ort, an dem man abfährt oder an den man zurückkehrt, von dem man aufbricht zu Abenteuern oder Reisen, um seinen Lebensunterhalt zu verdienen oder mehr von der Welt zu sehen. So wie ich auch, und sonst hätte ich dich ja nicht kennengelernt.

Du wirst im Rione Terra wohnen, ich dagegen wohne unten im Borgo; deines ist ein altes Haus, meines ist neu, weil meine Frau, wie alle Frauen hier, ein neues, modernes Haus wollte.

Im Krieg wurde fast das ganze Dorf von Bomben zerstört, und *unten* konnte man leichter wieder aufbauen, *oben* nicht, das war zu teuer, denn die Häuser schmiegten sich dicht an die Burg, wie Vogeljunge im Nest unter den Flügel der Mutter, wenn du den Flügel oder die Kralle des einen nicht von denen des anderen unterscheiden kannst. Dann wurde immer weitergebaut, auch jetzt noch, deshalb findest du hier in einem einzigen Dorf viele verschiedene Dörfer, einmal scheint dir, du bist in der Brianza, dann in der Schweiz – es gibt hier auch einige Chalets –, dann in den Höhlen von Matera, dann in Wolfsburg, dann in Mostar oder Sarajewo, so wie es dort heute aussieht, denn der Rione Terra ist noch voller Kriegsruinen, da unser Krieg aber schon länger zurückliegt, sind zwischen den Trümmern Bäume gewachsen; das Gleiche wird auch in Mostar und Sarajewo passieren, wo jetzt nur das Glaskraut sprießt.

So wie in der Antike Bauern und Hirten in die

Wachtürme zogen, die nicht mehr gebraucht wurden, zogen im Krieg sogar ganze Familien in die prähistorischen Höhlen der Ureinwohner; heute aber, da die Leute reicher sind, flüchten sich in die verfallenen Häuser nur noch Bäume und Tiere und manchmal ein armer Irrer oder ein Drogenabhängiger.

Die Straße ist genau die, auf der wir uns gerade befinden. Wie oft bin ich als Kind hier gegangen oder auf dem Wagen meines Vaters mitgefahren, um in die Dörfer am Meer zu gelangen! Schau nur, wie voll sie jetzt ist, lauter Lastwagen, die vom Großmarkt, von den Steinbrüchen oder den Lagern für Elektrogeräte kommen. Wenn es die Straße nicht gegeben hätte, hätte es auch dieses Dorf nicht gegeben, das ist wahr, aber auch keinen Krieg. Es wäre gewesen wie im Dorf meiner Mutter, das weiter im Inland liegt, wo keine Straße vorbeiführt, die diesen Namen verdient, Campofiore heißt es, ›Blumenfeld‹, obwohl es in den Bergen liegt, also noch höher als der Rione Terra, denn ›in alten Zeiten‹, sagt man, züchteten die Frauen dort Blumen und verkauften die Pflänzchen und Stecklinge auf den Märkten im Tal oder in den Klöstern … Ob das stimmt, weiß ich nicht, aber sicher ist, dass sie Blumenmuster stickten auf Spitzendeckchen, Tischdecken, Betttücher und Schals. Es war zu einer richtigen Industrie geworden, sie hatten sogar Pantografen, doch dann, noch vor dem Krieg, kam die Krise, diese Stickereien waren nicht mehr in Mode, und die Frauen mussten ihr Leben auf andere Art fristen, ihr eigenes Gemüse anbauen und sich als Tagelöhnerinnen im Tal verdingen. Aber jedenfalls war es besser für sie, dass es in Campofiore die Straße nicht gab.«

So erzählte Teodosio auf seine Weise, während er mich vom Bahnhof zu der Wohnung brachte, die er mir in dem sogenannten Rione Terra vermietet hatte. Im Lauf meines abenteuerlichen Lebens hatten wir vor Jahren – als auch Teodosios Leben voller Abenteuer war, wenn auch nicht so sehr wie das meine – gemeinsam eine dieser extremen Erfahrungen gemacht, bei denen man einen Pakt fürs Leben schließt, selbst wenn man sich dann jahrelang nicht mehr begegnet, bei denen man sich kennenlernt und keine Worte mehr braucht, um sich noch näher zu kommen, bei denen aber keine Verpflichtungen zur Dankbarkeit zurückbleiben, welche die Bindung ja häufig in Ketten verwandeln oder mit der Zeit abhanden kommen, weil es sowohl dem, der erhalten, als auch dem, der gegeben hat, an Großzügigkeit mangelt; denn der Gebende müsste froh sein, dass er die Gelegenheit hatte, zu geben, und der Empfangende, der bei anderer Gelegenheit vielleicht das Gleiche getan hat oder getan hätte wie der Gebende, müsste sich ebenbürtig und nicht unterlegen fühlen; so kommt zuletzt, seien diese Verpflichtungen nun zu Ketten geworden oder verflogen, ein und dasselbe heraus: eine Beziehung, die weniger unklar als vielmehr schädlich ist, ich würde sogar sagen, ein schmutziger Fleck, den man mit der Schminke der guten Manieren oder mit einem Flicken verdeckt.

Daher spürte ich, dass Teodosio nicht beabsichtigte, mir von sich zu erzählen, noch fragte er mich andererseits nach mir, sondern fast wie ein Touristenführer stellte er mir einfach den Ort vor, wo ich einige Monate verbringen würde und wo er, da er zufällig hier geboren war – wie wir alle zufällig hier oder dort geboren werden –, an einem bestimmten Punkt zu leben beschlossen hatte, nicht weil er besonders daran hing, sondern weil er, wie ja auch ich selbst, wusste, dass man nirgends zu Hause ist, und deshalb genauso gut diesen Ort wählen konnte, während ich das nicht hatte tun können, da ich meine ursprüngliche Heimat nicht kannte. Meine Kindheit war eine Wanderschaft gewesen, wie später auch mein Erwachsenenleben.

Beide wussten wir jedoch, dass man nicht an einem Ort zu Hause ist, sondern nur in der Zeit, in einigen Augenblicken und Seinsweisen in der Zeit. Und einen solchen Augenblick hatten wir gemeinsam erlebt. Viele Jahre nach *unserem Moment,* als ich mich gerade von einem schweren Unfall erholte, waren wir uns zufällig wiederbegegnet, und er hatte zu mir gesagt: »Komm zur Erholung in mein Dorf, ich kann dir eine Wohnung vermieten; ich würde sie dir umsonst geben, aber meine Frau macht die Buchführung und ist sehr penibel, in diesem Fall wäre sie allerdings wohl eher eifersüchtig. Schon immer war sie auf meine Vergangenheit eifersüchtig, vielleicht ist sie neidisch, die Ärmste, weil sie so ein Leben, oder ein Leben, wie sie glaubt, dass meines gewesen sei, nie hatte und sich wer weiß was vorstellt, weniger in Bezug auf meine Vergangenheit als vielmehr auf ihre eigene; sie wünscht sich, die wäre anders gewesen. Sie ist eine gute Frau, und auch sie hätte dir die Wohnung umsonst gegeben, wenn ich mit deinem Elend ihr Mitleid geweckt hätte, doch aus Achtung vor dir hatte ich keine Lust, so ein Theater zu machen. Aber falls du in Schwierigkeiten bist, tue ich es natürlich.« Ich versicherte ihm, dass es nicht nötig sei. »Ein Glück«, sagte er. »Weißt du, die Leute reden, und sie hätten gedacht, du bist ein armer Schlucker, während du vielmehr inkognito ein König sein wirst, auch ich bin das, denn die wahren Könige, ich meine die, die über sich selbst herrschen, soweit man König seiner selbst sein kann, sind wie die echten Könige, die sich verbergen und einen Würdenträger haben, der ihnen flüsternd von den Ereignissen berichtet, während ein anderer Würdenträger an ihrer Stelle spricht.« Bis zu dem Tag unserer Verabredung, als er mich am Bahnhof abholte, um mich ins Haus im Rione Terra zu bringen, hatte es keine Worte mehr zwischen uns gegeben.

»Diese Gasse ist so eng, dass es schwierig ist, sie im Auto hinaufzufahren, wenn man keine Übung hat; mir fehlt zwar die Übung nicht, aber ich mache es nie, weil ich keine Autos mag, obwohl wir mit Onofrio eine Autowerkstatt haben, und hier oben schon gar nicht, denn der Rione Terra ist für Maultiere und Esel gebaut worden, nicht einmal für Karren; zu Fuß hinunterzugehen ist allerdings auch schwierig, wenn du nicht Schuhe mit Schnur- oder Gummisohlen anhast, vor allem bei Regen, denn auf diesen Steinen, besonders auf den glatteren und runderen, vom jahrhundertelangen Gebrauch abgenutzten, rutscht man, auf den schwarzen Pflastersteinen dagegen, aus Lava und ordentlich behauen, die sie ebenfalls schon vor Jahrhunderten, aber auch noch in den letzten Jahren von der antiken Straße genommen haben, wenn die weißen Steinplatten aus unseren Bergen zerbrachen oder locker wurden, auf denen rutscht man nicht, oder zumindest weniger. Siehst du, das hier ist ein richtiger Palazzo, jedenfalls für den Rione Terra, sogar mit steinerner Balustrade rund um die Terrasse. Mein Haus liegt links davon, in einer noch engeren

Gasse, genau an einer strategischen Kreuzung, strategisch in dem Sinn, dass man hier früher oder später alle Leute aus dem Rione Terra trifft, auch die, denen man nicht begegnen möchte, denn sie kommen zwangsläufig alle hier vorbei, wenn sie nicht einen längeren Umweg machen wollen, und viele tun das, eben um sich nicht zu begegnen, während andere es trotzdem nicht tun, aus Trägheit oder als Herausforderung. Hier dürfte ich eigentlich nicht halten, aber ich halte trotzdem, weil wir dein Gepäck ausladen müssen. Nicht das Gesetz, aber das Gewohnheitsrecht erlaubt es auch, zu halten, um Holz, Trauben oder Tomaten abzuladen, wenn die Zeit dafür kommt, oder bei Renovierungsarbeiten, die in den letzten Jahren zugenommen haben; viele Fremde haben sich in den Rione Terra verliebt, zum einen, weil er trotz der Zerstörung im Krieg schön ist, zum anderen, weil die Häuser hier billiger sind als am Meer, und daraufhin haben auch die Leute aus dem Borgo angefangen, die alten Häuser zu renovieren, um sie zu vermieten oder zu verkaufen, und einige sogar, um darin zu wohnen, obwohl die meisten eine Villa auf dem Land vorziehen, nennen wir es ›Villa‹, denn in Wahrheit handelt es sich um Betonskelette, an die sie nach und nach alles Mögliche ankleben, Balustraden, schmiedeeiserne Lampen, kleine Loggien, bunte Kacheln, Tiere aus Gips, und überall Gitter und Tore, Tore und Gitter … Gefangene der Angst vor Dieben, doch da viele selbst Diebe sind, ist es so, als hielten die Diebe die Diebe gefangen.«

Wir waren angekommen. »Ich setze dich vor dem Keller der drei Generäle ab und parke dann unten, warte auf mich. Die Generäle wissen schon, wer du bist.« Da stand ich, meinen abgenutzten, aber soliden Lederkoffer neben mir auf dem Boden, die Tasche über der Schulter, den Stock, den ich wegen der Folgen meines Unfalls noch brauchte, an den Arm gehängt, denn mich darauf zu stützen wäre mir so vorgekommen, als posierte ich dort mitten auf der Kreuzung und für die Frauen, die vor dem Keller saßen, einer nur spärlich vom Licht der Dämmerung erleuchteten Höhle, in der auf gelassene und zugleich lebhafte Weise über wer weiß was diskutiert wurde. Eine der Frauen machte ein Zeichen nach drinnen, und sogleich kam ein großer, magerer Mann heraus, kerzengerade trotz seines Alters, der, so schien mir, etwas Hellblaues in seinem blassen, strengen und wohlwollenden Gesicht hatte. Die Augen, dachte ich. Aber nein, die Augen waren nicht blau, sondern braun. Der Mann gab mir die Hand und griff sofort nach meinem Stock und betrachtete die Spitze. »Da müssen Sie eine Gummikappe draufmachen, sonst rutschen Sie auf diesen Steinen«, sagte er. »Und falls nicht schon vorhanden, lassen Sie auch Ihre Schuhe mit Gummi besohlen. Nur manche Mädchen gehen hier auf Pfennigabsätzen runter, und ich weiß nicht, wie sie es schaffen, dass sie nicht hinfallen … Es wird wohl ihre Jugend sein, die sie so sicher trägt wie Tänzerinnen … Heute tanzen sie durchs Leben, beladen es nicht mit Lasten wie zu meiner Zeit … Ich schaue weg, wenn sie vorbeikommen, weil ich sonst denke: Wirst sehen, gleich fällt sie hin! Und da ich weiß, wie mächtig Gedanken sind, vermeide ich es, weil ich nicht will, dass sie hinfallen.« Dann verschwand er im Keller, und sofort nahmen die Frauen, die inzwischen Gelegenheit gehabt hatten, mich zu betrachten, wie auf geheimen Befehl ihre Tätigkeiten wieder auf – eine enthülste Erbsen, die andere strickte –, doch waren sie so in ihre Arbeit vertieft, dass ich dachte: Wer weiß, warum sie nicht herschauen, nicht mit mir reden …

Als Teodosio zurückkam, griff er nach dem Koffer. Ich versuchte, ihn ihm streitig zu machen, aber er gewann. Ein bisschen das alte Spiel, das gewöhnlich abläuft, wenn man mit Freunden oder Bekannten in die Bar geht: »Ich zahle!«, »Nein, ich zahle!«, »Heute zahle ich, morgen du!«, und dabei gilt nicht nur das Gesetz des Tauschs, sondern auch das der Macht, denn hinter diesem banalen, alltäglichen Geplänkel in der Kneipe oder in der Bar verbirgt sich, vor allem unter Männern – wie sich die Frauen heute verhalten, weiß ich nicht so recht –, jenes ewige und schreckliche Spiel: das Angebot, das sich in Erpressung verwandelt, der Schutz, der zur Unterdrückung verkommt.

Das Wetteifern um den Koffer zwischen mir und Teodosio besaß eine andere Färbung: Ich wollte ihm törichterweise trotz der Krankheit meine Kraft beweisen, er wollte mir helfen, da er mich jedenfalls körperlich für schwächer hielt. Dennoch wusste ich – und begriff bei unserem kurzen Gerangel, auch er wusste es –, dass nichts einem Kranken so guttut wie die Kühnheit, seine Krankheit zu leugnen, und die Verstellung dessen, der ihm hilft.

Die Haustür stand weit offen. Nur drei Dinge fielen mir auf – die mir haften blieben und die ich später immer mit diesem Haus verbunden habe: ein Geruch nach verbranntem Holz, ein großer Bogen aus nacktem Stein, der den Raum teilte, und ein alter, riesiger eiserner Wecker mit rosa Zifferblatt, der wie ein Fremdkörper mitten auf einem kahlen Wandbord stand. Beide Zeiger standen auf zwölf, als zeigten sie eine längst versunkene

Zeit an; ich hatte, wie gesagt, kaum Gelegenheit, diese drei Dinge wahrzunehmen, weil ich sofort von einer Stimme angezogen wurde, die mich begrüßte: »Ciao!« – »Das ist mein Freund Onofrio, der auf uns wartet«, sagte Teodosio. Onofrio saß am Kopfende eines Tischs, auf dem ein geblümtes Wachstuch lag und der zum Essen gedeckt war: eine Flasche Rotwein, verschiedene Käsesorten, Brot, schwarze Oliven. Er erhob sich nicht, sondern bedeutete mir nur, mich hinzusetzen, und während er mir ein Glas Wein eingoss und mich aufforderte zuzugreifen, sagte er rauchend: »Seltsame Sache, das Rauchen … Es gibt Dinge, an die man nie denkt, und jetzt gerade, als ich auf dich wartete, habe ich daran gedacht … Ich rauchte, und während ich die Zigarette betrachtete, dachte ich: Alles geht in Rauch auf. Und je länger ich rauchte und die Zigarette betrachtete, umso mehr dachte ich … dachte an diesen Satz … Das ist wie eine religiöse Meditation über den Tod, ich bin nicht gläubig, aber in dem Moment war mir, als ob ich es sei … Früher hatten die Mönche einen Totenkopf oder einen Sarg im Zimmer, wir haben den Tabak … *Vanitas vanitatum* … Wenn ich als Kind in die Messe oder zum Katechismus ging, wurde noch lateinisch gesprochen … Da ist ein Freund von mir, Gianni, ein Anstreicher, wenn der auf der Leiter steht und eine Decke streicht, den Farbeimer wackelig oben auf die Leiter gestellt, dann raucht er dabei, er raucht und streicht, raucht, raucht und taucht den Pinsel ein, dann streicht er, dann raucht er die Zigarette zu Ende, hält inne, nimmt eine neue aus dem Päckchen in der Hemdtasche, zündet sie an und streicht weiter … Ein Gleichgewichtskünstler … Er denkt es nicht, aber er weiß es: All diese Mühe geht in Rauch auf … O ja, denn abgesehen von ihm und seiner mühsamen Arbeit wird auch diese Farbe eines Tages abblättern, und man wird neu streichen müssen. Auch mein Freund Leonida, der Schmied, raucht beim Schmieden, und der Rauch der Zigarette mischt sich mit dem des Eisenstaubs … Gewiss, das Eisen hält länger als die Farbe, aber es genügt eine Bombe, ein Erdbeben, ein Krieg … Schau an die Decke … zwischen den hölzernen Balken sind Stücke von Eisenbahngeleisen, wer weiß, ob aus dem Ersten oder dem Zweiten Weltkrieg … die Leute haben sie sich geholt … Später werden die Gleise sicher repariert … aber einstweilen … Also wenn ich, na ja, nicht gerade der Gesundheitsminister, der so vehement gegen das Rauchen wettert, aber wenn ich der Papst wäre, würde ich fürs Rauchen werben: *Memento mori, vanitas vanitatum* … Denn wer hat heute noch einen Totenkopf oder einen Sarg im Haus? Aber Tabak schon … Ich mag die Asche … die Kippen in der Asche dagegen ekeln mich an … Jetzt rauchen wir natürlich mit Filter …, aber ich weiß noch, als ich klein war, da sammelten wir die Kippen ein und rauchten sie, und damals wurde auch das Papier zu Asche …«

So sprach Onofrio und lächelte, während er mir erneut Käse anbot: »Wir nennen ihn ›Marzolino‹, es ist ein Ziegenkäse, er wird mit Thymian gewürzt, mit Peperoncino oder auch mit Oliven … Es heißt, sie kämen aus Caieta, aber sie stammen von hier, in Caieta werden sie nur verschifft, selbstverständlich ist das auch Arbeit, aber zu behaupten, sie seien von dort, ist ja, als wolle man die mühsamere Arbeit leugnen, die dahinter steht, vorher.« Derweil ermunterte er mich, auch Wein zu trinken. »Wenige verstehen sich hier aufs Keltern … Heutzutage wird der Wein der Bauern sofort zu Essig … Sogar beim Bisulfit irren sie sich in der Dosis … Aber dieser Wein ist von meinem Onkel, der hat sich nie geirrt und hat auch den richtigen Keller, allerdings macht er nur kleine Mengen und verkauft ihn nicht, denn er ist ein tüchtiger, schlauer Bauer, der weiß, wie man dieses hässliche Sprichwort umdrehen muss: ›Den Bauern sollst du nicht wissen lassen, wie gut Birnen zum Käse passen‹ … Aber meines Erachtens wussten die Bauern früher in Wirklichkeit sehr wohl, was gut ist, ihre Gutsherren glaubten bloß, sie wüssten es nicht …«

Ich, Reisen und Abenteuer zu Land und zu Wasser gewohnt sowie mit oberflächlichen oder auch tieferen Bekanntschaften – selbst wenn Letztere manchmal nur ein paar Stunden oder gar Augenblicke andauerten – und verqueren oder auch weisen Worten vertraut, fühlte mich wohl. Ich rauchte meine Pfeife und hörte zu; nur fragte ich mich, was Teodosio und Onofrio verband, und daher indirekt, was Onofrio mit mir verband, denn er sprach zu mir von Mann zu Mann, als kennten wir uns von jeher, oder umgekehrt, als müssten wir uns, kaum miteinander bekannt geworden, morgen wieder trennen. Der einzige Schluss, den ich blitzschnell zog, war, dass Onofrio nicht seine Freundschaft mit Teodosio betonte, die älter war als meine; kurz, er wollte mich weder in ihre Freundschaft ein- noch von ihr ausschließen. Soweit ich es verstehen konnte, war ich für ihn, unabhängig von Teodosio, eine eigenständige Person und zugleich ein anderes Selbst. Fast als wolle er meine Überlegungen bestätigen, sagte Teodosio: »Du siehst, die Welt ist groß, doch wenn du sie aufs Wesentliche reduzierst, ist sie klein … Wir müssen uns zum Beispiel alle ausruhen.

Deshalb lassen wir dich jetzt in Frieden.« Nachdem sie mir rasch die Wohnung gezeigt hatten – die aus einem Schlafzimmer links von dem Wohnraum mit dem Bogen, einem kleinen Bad rechts und einer Kochecke mit Gasherd und Kühlschrank neben dem Kamin im Wohnzimmer selbst bestand –, führten sie mich auf die Terrasse. »Wenn du auf der linken Seite im Liegestuhl liegst, kannst du alles hören, was auf der Kreuzung und vor dem Keller der drei Generäle gesprochen wird.« – »Drei Generäle?« – »Ja, genau, aber du bist müde, das erzählen wir dir morgen … Rechts dagegen, falls du niemanden hören willst, hört man nicht nur niemanden, sondern überhaupt nichts. Akustische Barrieren … Nicht einmal, wenn ein Moped vorbeifährt … Du siehst nur die Burg und die Sterne.« Dann, bevor sie sich verabschiedeten, sagte Onofrio noch: »Obwohl bald Ostern ist, haben wir dir ein Feuer angezündet, denn das Haus ist ein wenig feucht, und nachts wird es kühl.« Und Teodosio fügte hinzu: »Seitlich am Kamin ist eine Lasagne warm gestellt, die meine Frau gekocht hat. Sie hat nicht gesagt, dass sie sie deinetwegen kocht, sondern nur: ›Heute mache ich Lasagne, ich mache zwei Formen …‹ Da sie aber unter der Woche nie Lasagne kocht, habe ich mir gedacht, dass sie sie extra für dich zubereitet hat. Sie ist schüchtern, will sich nicht einmischen. Aber wenn ich ihr nicht erzählt hätte, dass ein Freund von mir kommt, hätte sie es trotzdem erfahren. Hier im Dorf erfährt man immer alles, was man wissen will, und wenn einer sagt, er weiß es nicht, tut er nur so.«

Gerade waren die beiden gegangen und ich wollte meinen auf dem Bett abgestellten Koffer öffnen, da hörte ich, dass mich von der noch offenen Tür her eine Frau rief. Sie war alt, hatte gefärbte Haare und zart pastellrosa Lippen. Doch sie trug eine lange steife Schürze, in der sie hölzern aussah, auch weil die ursprüngliche Farbe durch den Gebrauch schuppenartig alle Schattierungen eines Pinienstamms angenommen hatte, von Rosa über Ocker bis Grau. In der Hand hielt sie eine Kuchenform: »Das«, sagte sie, »schickt Ihnen meine Herrin, Donna Rosita.« – »Wer ist das denn?« – »Früher oder später werden Sie sie kennenlernen.« Und nachdem sie die Kuchenform auf den Tisch gestellt hatte, fügte sie hinzu: »Sie lässt Ihnen ausrichten, dass zwar Krieg herrscht, Sie aber trotzdem frohe Ostern haben sollen, und das ist der Kuchen, der bei uns Brauch ist.« Dann verschwand sie mit einem flüchtigen koketten Lächeln und schloss selbst die Tür.

Es musste etwa zehn Uhr abends sein – während dieser anachronistische Wecker auf dem Wandbord weiter hartnäckig Mittag oder Mitternacht anzeigte. Anachronistisch nicht so sehr deshalb, weil es war, als sei die Zeit stehen geblieben, sondern weil ich einfach zum ersten Mal krank und nun zur Erholung hier war, und als ich alle Eindrücke meiner Ankunft an diesem unbekannten Ort mit seinen geheimnisvollen Dingen und Namen und Begebenheiten an mir vorüberziehen ließ – die Straße, Onofrio, Rosita, die drei Generäle, die Oliven von Caieta, die nicht aus Caieta kamen, die Dienstmagd, diesen Baumstamm mit kokettem Frauenkopf, und ihre Geschenke, die schüchterne Ehefrau mit ihrer Lasagne, die Steine, bei denen ich aufpassen musste, um nicht auszurutschen, die Mädchen auf Pfennigabsätzen, die nie ausrutschten –, da schien mir, als sei ich in eine magische Dimension eingetreten, in der die Zeit aussetzte oder die zu einer anderen Zeit gehörte. Vielleicht war ich zu müde oder hatte zu viel Wein getrunken und zu viel Lasagne gegessen, da das großzügig darübergestreute frische Basilikum ihren Geschmack noch verfeinerte und sie leicht erscheinen ließ – jedenfalls hallte die Zwölf des Weckers in mir nach wie ein Echo: »Wie viele Schiffe? Zwölf. Wie viele Züge? Zwölf. Wie viele Flugzeuge? Zwölf. Wie viele Lastwagen? Zwölf. Wie viele Häuser? Zwölf ... Kurz, wie viele Dinge? Zwölf.«

Der Liegestuhl stand in der Mitte der Terrasse. Ein Zufall oder die Höflichkeit meiner Gastgeber, es mir zu überlassen, ob ich ihn nach rechts oder nach links schieben oder ihn lieber da stehen lassen wollte, in der Schwebe zwischen Klatsch und Stille? Ich ging vorsichtig nach links und hörte unten ein Geflüster von Frauen, die feste Stimme eines jungen Mannes, das lebhafte und zugleich gelassene Gespräch der drei Generäle, vielleicht. Nein, sagte ich mir. Ich will Stille. Also nahm ich den Liegestuhl und ging in die rechte Ecke, zu der durch ein »akustisches Wunder« kein Geräusch drang.

Die Burg war angestrahlt, aber strahlender war der Himmel mit all seinen Sternen. Wahrend ich sie betrachtete, fühlte ich mich von ihnen betrachtet – und betrachtet zu betrachten bedeutete auch, zu beschützen und beschützt zu werden, fast wie ein Siegel der Liebe. Zwei- oder dreimal in meinem Leben, nein, vielleicht nur einmal und nur für wenige Augenblicke, hatte ich dies mit einer Frau erlebt. Liebend zu betrachten und geliebt betrachtet zu werden, in reiner Ekstase, blitzartig, vor der Verschmelzung. Nein, zwischen mir und den Sternen war Schmelzen nicht vorgesehen. Nichts Flüssiges. Von Licht zu Licht. Nur dass ich aus dem Licht und dann aus der Verschmelzung unversehrt hervorgegangen war, sie aber nicht, wie ich später erfuhr. Deshalb schien es mir, als sei die flüchtige Wolke, die einen Augenblick die Sterne vor mir verbarg, ihr Schatten. Wenig später verschwand sie, und ich ging müde und niedergeschlagen zu Bett.

Ein Dutzend Eier in einem aus Schilf und Olivenzweigen geflochtenen Korb, in der Mitte zwei verblasste, struppige Plüschküken – dem einen fehlte ein Glasäuglein – mit winzigen roten Krallen aus Draht, die eine gerade, die andere erhoben in der albernen Pose eines klassischen Balletts. Ich merkte, dass die Krallen an den Spitzen auf zwei Eier geklebt waren, denn das fragile Gleichgewicht war beim Herumtragen des Körbchens nicht durcheinandergeraten. Vor der Tür stand, um neun Uhr morgens, dieselbe kokette alte Frau wie am Abend zuvor, in ihrer Schürze, die aussah wie ein Pinienstamm und die sie, wie ich später erfuhr, niemals ablegte. Sie sagte, diese Eier sende mir Donna Rosita, ihre Herrin, aus Achtung vor mir … da ich gerade eine Krankheit hinter mir hätte. Ich müsse das Eigelb jeden Morgen mit Zucker und, nach Belieben, starkem Kaffee oder Marsala in ein Schälchen geben und dann rühren, rühren, aber immer in derselben Richtung …, bis es schaumig werde … Das sei die beste Kur, bei Schwäche, nach einer Geburt, nach einer Krankheit … und auch für Männer, wenn … »Nun … Sie verstehen, was ich meine«, sagte sie, von ihrem einheimischen Dialekt zum Italienischen übergehend – und ich, der ich in meinem Leben viele Dialekte kennengelernt hatte, nicht nur italienische, sondern auch fremde, und mir für jede

Gelegenheit eine Art *lingua franca* geschaffen hatte, wie man sie auf Malta und an vielen Orten am Mittelmeer oder an der Grenze benutzt, verstand sie ziemlich gut. Wenn ich gewollt hätte, hätte ich es ihr sogar gleichtun können, doch eine Art Schamgefühl hinderte mich daran, das dich von augenzwinkernder Kumpelhaftigkeit abhält, wenn keine echte Gleichheit besteht und man nur heuchelt. Mich beeindruckte an der Sprache dieser Frau – schon am Vorabend hatte ich es bemerkt, aber keine Zeit gehabt, darüber nachzudenken –, dass sie zwar dem Neapolitanischen und dem Kampanischen der großen und kleinen Hafenstädte sehr ähnlich war, aber eine Hauptvariante aufwies, die Umwandlung von *a* in *e*, fast als könne man sich in der Großstadt und am Meer ausbreiten, eben auch beim Aussprechen der Laute, während man in Bergdörfern wie Acraia, auch wenn man von dort an einigen Stellen das Meer sah, *enger* lebte, weshalb zum Beispiel *jammo a magnà* (gehen wir essen) zu *jemmo a magné* wurde, so als seien Bauern und Hirten oben im Gebirge nicht unbedingt *eng*stirniger – und lautkarger –, sondern wüssten vielmehr um die Mühe beim Herstellen der Lebensmittel und um die Gefahren, die all die Mühe zunichtemachen konnten – Unwetter, Dürre, Pflanzenkrankheiten und Tiere. Und meine Intuition wurde bestätigt, als ich am nächsten Tag ein paar Leute fragte, ob es im örtlichen Dialekt das Wort *scialà* gebe (was »prassen«, »verschwenden« bedeutet), und erfuhr, dass es nicht einmal in der Variante *scialé* vorhanden sei. »Auf unsere Kosten«, fügten sie hinzu, »*prassten* sie in den Städten und Häfen, wie Sie uns erklärt haben, ja, sie *prassten,* und zwar auf unsere Kosten. Und wenn die Reichsten unserer alteingesessenen Gutsherren prassten, dann taten sie es nicht hier, sondern in Rom, in Neapel, im Casino von San Remo … Aber der Vater von Donna Rosita zum Beispiel, der vom Verwalter von Äckern und Weiden allmählich zum Grundbesitzer wurde, vor allem im und nach dem Krieg, der prasste nicht, weder hier noch in Rom, Neapel oder San Remo. Niemand verstand damals zu prassen, in manchen Häusern wurde einfach besser gegessen, wenn man konnte, zu den großen Feiertagen … Aber den Bauch kann man sich nur bis zu einem gewissen Grad vollschlagen, sonst platzt man, und ein paar Leute sind ja tatsächlich draufgegangen, entweder weil sie zu sehr daran gewöhnt waren oder eben nicht, und die haben dann diese einzige Gelegenheit genutzt und sich wenigstens einmal im Leben so vollgestopft, dass sie hinterher der Schlag getroffen hat … Ein, zwei Seidenkleider, eine Aussteuer mit Bettwäsche und gestickten Deckchen aus Campofiore, ein Radio, ein Grammofon … Wer reich war, wusste nicht einmal, wie man noch mehr prassen konnte … Bis heute, wo auch hier alle im Überfluss leben, gibt es Leute, allerdings immer weniger, die, wenn sie prassen, hinterher eine Reise nach Lourdes oder nach Assisi machen … Und ich kannte mal einen Mann, schwerreich, der hatte einen ›epileptischen‹ Sohn … so hatte ein Arzt gesagt, dabei war es dann eine andere, weniger schwere Krankheit, die aber tödlich verlaufen konnte, wenn man sie nicht behandelte … jedenfalls mussten diesem schwerreichen Mann mindestens drei Freunde gut zureden, bis ihm ihre Argumente einleuchteten und er seinen Sohn in der Poliklinik in Rom untersuchen und dann operieren ließ … Weil … was wusste er denn davon, obwohl er seinen einzigen männlichen Nachkommen sehr liebte, dass Krankheit nicht nur Schicksal ist, sondern dass man sie auf, sagen wir, *moderne* Art behandeln kann, oder falls man sie nicht behandeln kann, dass ihm das mindestens ein, sagen wir, ehrlicher Arzt bescheinigt?«

»Das Dienstmädchen von Donna Rosita«, wie sie sich selbst nannte, war also zum Italienischen übergegangen – sie sprach affektiert, halb gespreizt wie die Turiner, halb wie eine Puffmutter aus früherer Zeit – und fügte hinzu: »Es sind zwölf Eier, denn auch Silberbesteck verschenkt man immer im Dutzend, selbst Fischbesteck, weil man Fisch ja nicht mit dem Messer essen darf, niemals ... Und wenn man einer Frau Rosen schenkt, müssen es zwölf sein, rote, rosafarbene, gelbe, nie weiße, die sind für die früh Verstorbenen oder für die Madonna, aber manchmal können sie auch einer Frau gefallen, weil sie darin eine maliziöse Botschaft sieht: ›Ihr seid wie eine uneinnehmbare Festung, aber ...‹ Mehr als zwölf Rosen dürfen es nicht sein, und wenn man sie mit anderen Blumen zusammen verschenken will, braucht man einen wirklich prachtvollen Strauß, auch mit Kamelien, Gardenien und haufenweise Orchideen, und mindestens eine davon muss eine ganz seltene sein ... Oder, wenn es nicht zwölf Rosen sind, dann darf es nur eine sein, eine einzige, ein dominierender Gedanke, und immer rot, welchen Sinn hat sonst eine einzelne Rose? Rot muss sie sein ... wie ein blutiges Schwert, das du dir selbst ins Herz gestoßen hast oder der Frau ins Herz stoßen würdest, wenn sie dich nicht wiederliebte ...«

Unter der Schürze trug sie ein enges smaragdgrünes Samtkleid, das ihr knapp bis zum Knie reichte, und ihre unförmigen geschwollenen Beine sahen in den groben grauen Wollstrümpfen aus wie die Reste einer Militärdecke, um die Füße eines Polstersesselchens gewickelt, das bessere Zeiten gesehen hatte. Und als sie nach meiner Aufforderung eintrat und das Körbchen auf den Tisch stellte, bemerkte sie noch: »Diese Eier stammen von den Hühnern, die ich wie früher mit Maiskörnern und altem Brot füttere, auf dem Grundstück, das Don Mario gestern gesegnet hat.« Sie bekreuzigte sich, blickte sich frech im ganzen Raum um und urteilte: »Alles in Ordnung, auch Sie sind ein Hausmann, denn Sie haben gestern Abend abgespült … Aber Kimbo-Kaffee, nein, der passt nicht zu einem Herrn wie Ihnen … Donna Rosaria nimmt nur Kaffee von Illy. Er ist teurer, aber sie wird Ihnen welchen zukommen lassen, Arabica-Mischung, noch teurer … Sie sagt, der schadet nicht … Donna Rosita kennt sich in allem aus.« Und dann, immer noch in ihrem affektierten Italienisch: »Übrigens empfehle ich Ihnen, das Tässchen zu erwärmen, bevor Sie den Kaffee servieren … Und es muss aus dünnem Porzellan sein, oben etwas weiter, dann kühlt der Rand schneller ab und man verbrennt sich beim Trinken nicht die Lippen …« Mit diesen Worten huschte sie hinaus, während ich immer noch dastand, die Stockspitze wie angenagelt auf den Boden gestemmt, vielleicht wegen ihrer seltsamen Erscheinung – doch im Folgenden begriff ich, dass es ihre Art war, so plötzlich aufzutauchen und wieder zu verschwinden, wie eine Eidechse, eine Rieseneidechse, wenn man ihre Größe und das abgewetzte Smaragdgrün bedachte, das schuppenartig auf ihrem Rücken schimmerte.

Eine Frau in Hosen und T-Shirt, blond und so schmächtig und klein von Wuchs, dass sie einer Grille glich, goss draußen vor der Tür ihre Blumen, die in Tontöpfen, alten Kochtöpfen und kleinen, in den Mauerspalten angelegten Beeten wuchsen, wobei sie sich liebevoll, aber entschieden gegen eine Tigerkatze wehrte, die ihr einmal die Gießkanne streitig zu machen schien, sich dann wieder an ihre Hand oder unter den Saum der Hosen schmiegte, so als sei sie eifersüchtig auf die Pflege, die den Pflanzen galt und nicht ihr.

Zwölf Eier – wie diese starre 12 auf dem Wecker – und auf den Eiern die Küken, die deren Frische zu widersprechen schienen und sie eher zu Schmuck als zu etwas Essbarem machten. Vielleicht sind es hart gekochte Eier, sagte ich mir, bald ist Ostern. Und als ich eines herausnahm, kam noch ein anderes mit, das an den Krallen des Kükens klebte. Während ich sie in der Hand wog, schloss ich, dass sie roh waren, und legte sie rasch zurück, aus Angst, dass sie herunterfallen könnten – aber dann merkte ich, wie stark dieser Klebstoff war. Nun, es sind Eier, sagte ich mir, als sei diese Feststellung in der merkwürdigen Welt, in die ich mich versetzt fühlte, das einzig beruhigende und feststehende Element.

Als ich aus der Tür trat, um zum »Borgo«, wie Teodosio es nannte, hinunterzugehen, sagte die schmächtige blonde Frau, die ihre Pflanzen versorgte und vertrocknete Blätter und Blüten abzupfte, mit denen die Katze spielte, laut und deutlich: »Guten Tag« – die ersten vernünftigen Wörter, die ich seit meiner Ankunft hörte und die mich für einen Augenblick aus der seltsamen Welt herausholten, in die ich mich gleich am Bahnhof hineingezogen gefühlt hatte, ein Eindruck, der wahrscheinlich durch diese erste und einzige Zeit der Rekonvaleszenz in meinem Leben verstärkt wurde, vielleicht, weil ich, wie manche behaupteten, in Körper und Geist eisern war, oder vielleicht, wie ich dachte, weil ich von früher Kindheit an durch Unglück und dann im Lauf des Lebens durch meine Abenteuer und Missgeschicke abgehärtet war. Stets hatte ich gedacht: Auf Biegen oder Brechen, hatte nur die beiden Extreme, Leben und Tod, für natürlich, das heißt der Existenz innewohnend, gehalten und niemals Krankheit und Verfall die geringste Beachtung geschenkt, sodass es mir einmal sogar mit vierzig Fieber – der Schiffsarzt hatte es hinterher gemessen – gelungen war, einen schwedischen Fischkutter bei Sturm in den Hafen zu lenken; und ein andermal hatte ich, den Kopf in Flammen und die Augen vom Rauch geblendet, einen Kollegen aus einem in Brand geratenen Lastwagen gerettet.

Die Frau hatte ein noch jugendliches, aber sehr verhärmtes Gesicht. Sie war meine unmittelbare Nachbarin, ihre Tür stand offen. »Kommen Sie rein«, sagte sie. Vor einem großen Spiegel über einer Konsole schminkten sich zwei kurvenreiche, dunkelhaarige junge Mädchen. »Meine Töchter«, sagte sie. Ich wunderte mich, dass aus einem so zierlichen, hölzernen, koboldartigen Körper zwei üppige Odalisken herausgekommen waren – sie parfümierten sich gerade mit süßlichen Düften. Der Spiegel reflektierte das Poster eines Gemäldes, auf dem halbnackte Frauen in lasziven Posen in einem Harem voller Teppiche und arabeskengeschmückter Kacheln dargestellt waren, ganz im Einklang mit dem auf der Konsole ausgebreiteten Überfluss an Puder, Rouge, Nagellack und Lippenstiften. Die Mutter lud mich ein, Platz zu nehmen und einen Espresso zu trinken, den sie soeben aufgesetzt hatte. Die Mädchen verabschiedeten sich mit einem genuschelten Gruß, ich weiß nicht, ob aus Scheu oder Frechheit. »Sie gehen zur Gründonnerstagsmesse, aber Sie haben's ja gesehen … schick und angemalt, als gingen sie in die Disco … Da lasse ich sie aber nicht hin … Bis jetzt begnügen sie sich mit den Jungs auf der Piazza, mit einer Coca-Cola … aber in ein, zwei Jahren, wer kann sie da noch halten? Der Vater erfüllt ihnen jeden Wunsch, wie viele Väter nach der Trennung, bei mir dagegen knapst er mit dem monatlichen Unterhalt, der mir zusteht … Zum Glück hat er eine andere Frau und ist kein Millionär, sonst wären die beiden schon längst zu ihm gezogen … Die Mutter zählt nicht … Und schauen Sie mich an, könnten sie in mir je eine Rivalin sehen? Die Mutter als Rivalin zählt nämlich auch. Da geht es um Eifersucht. Doch Sie sind ein Mann, so was verstehen Sie nicht … Obwohl Sie nie Frau und Kinder gehabt haben, verstehen Sie es trotzdem, sagen Sie … Gott sei Dank … Das alles hat mich aufgezehrt, aber ich wehre mich, mit meiner ganzen nervlichen Kraft, ich bin knochendürr, ausgetrocknet wie die Wüste, habe aber Nerven wie Drahtseile, härter als Knochen, deshalb schlage ich mich nicht verzweifelt und armselig durch, sondern ich *gehe vorwärts.* Vorwärts – wohin? Nichts Besonderes, bloß dem Leben entgegen. Ich habe mir zwei Beschäftigungen geschaffen, eine für den Lebensunterhalt und eine, um vorwärtszugehen. Für den Lebensunterhalt … ich bin ja eine Fremde, aus der Provinz Salerno, aber wenn du nicht hier geboren bist, auch wenn du später jahrelang im Ausland warst wie fast alle hier im Dorf, dann bist und bleibst du immer eine Fremde, man kommt sich vor wie auf dem Balkan, wo heute Krieg herrscht, und wenn hier die Bedingungen entsprechend wären, gäbe es hier genauso Krieg … Bloß dass der Krieg hier nicht ausbricht, er schwelt. Und wenn er mal aufflammt, beschränkt er sich auf ein Verbrechen, einen Verkehrsunfall … Wenn man sich aber die Verkehrsunfälle und die Zahl der Opfer ansieht, empfinden Sie das nicht auch wie einen kleinen Krieg? Er schwelt vor sich hin, sagte ich, wie Glut unter der Asche … Nun, da ich aus einer Familie komme, in der alle für die Nudelfabrik arbeiteten, in der Fabrik selbst wie mein Vater oder in Heimarbeit wie ich, von klein auf, habe ich angefangen, hausgemachte Pasta herzustellen und direkt an die Familien hier zu verkaufen … Natürlich können sie ihre Nudeln auch selber machen, aber wegen des Wohlstands haben sie keine Zeit dazu … Und da ich mich nach dem Geschmack der Leute richte und die Rezepte in den Wochenzeitungen lese, habe ich mich außerdem auf Geburtstagstorten, Hochzeitstorten, Torten für alle kirchlichen und sonstigen Feiertage spezialisiert und bin allmählich auch in einem Bereich tätig geworden, der heute groß in Mode ist … Ich organisiere Kinderfeste … Ich habe einige Spiele gelernt, mit denen man die Kleinen vor und nach dem Vollstopfen mit Süßigkeiten und Geschenken beschäftigen kann, wenn sie im Haus herumrasen wie Gefangene beim Hofgang und die Eltern um die Einrichtung bangen … Mehr als Süßigkeiten und Geschenke fällt ihnen für die Kinder ja nicht ein … Süßigkeiten, Geschenke … und Fernsehen, aber auch Fernsehen fesselt die Kinder bei solchen Gelegenheiten nicht, weil sie alle zu Hause schon mehr als genug davon kriegen, und wenn es mich oder jemand anderen, der diesen neuen Beruf gelernt hat, nicht gäbe, dann würden diese Eltern die Kinder ausschimpfen und mit dem Besen davonjagen, aber das schickt sich nicht, was für ein Fest wäre das, also stehen sie einfach tatenlos daneben, als wäre eine Horde Barbaren bei ihnen eingefallen, und lassen mich machen … Und falls es im Haus eine Katze gibt, die erschreckt sich noch mehr als die bestürzten Eltern und versucht sich zu verstecken, aber die Kinder finden sie immer und zerren sie herum, als ob sie ein Plüschtier wäre, und darum muss ich auch noch was für die Katze organisieren, entweder ich nehme sie mit zu mir, oder ich schließe sie in eine Kammer ein, mit allem Komfort natürlich, Katzenklo, Wasserschälchen, Trockenfutter, ein Wolltuch zum Drauflegen, ein Gummibällchen zum Spielen … Schließlich muss man auch mit Tieren zivilisiert umgehen, nicht nur mit Kindern, falls man diese Feste, die jetzt so groß in Mode sind, als ›Zivilisation‹ bezeichnen kann … Aber ich lebe davon, und es verletzt mich, von so was leben zu müssen, und … Sie sehen es ja … ich werde immer dünner … Kurzum, alle sind zufrieden, ich tue, was ich kann, aber es ist, als würde mein Körper Nein sagen, nur er … Was soll man da machen? Mal eine Schlaftablette, mal ein Beruhigungsmittel … Ihr Lächeln gefällt mir, so ruhig und geduldig, neugierig, aber nicht aufdringlich, man sieht, dass Sie keine Klatschbase sind. Sie werden sich fragen: Aber was tut sie, um vorwärtszugehen? Um vorwärtszugehen, habe ich mir noch einen anderen Beruf erfunden, ganz für mich. Die Bilder hier, die habe ich gemalt, inspiriert von den Sonnenblumen van Goghs, nur Blumen oder Stillleben … Jetzt übe ich die Verwendung von Weiß, im Handbuch steht, das gehört mit zum Schwierigsten. Schauen Sie diese Tischtuchfalten an, die haben mich Monate der Übung gekostet … Farben zu mischen ist für mich heilsamer als die Schlaftabletten, die

Beruhigungsmittel ... So schlage ich mich durch und gehe vorwärts ...«

Ich wandte mich zur Tür. Sie aber sagte noch: »Vorsicht auf der Straße mit diesem Stock ... Da gibt es antike Steine, rund, glitschig, und das Lavapflaster ... auch glatt, und außerdem die Unebenheiten, einfach gefährlich, ich weiß nicht, wie meine Töchter es machen, auf ihren Stöckelschuhen hier runterzugehen.« – »Und die drei Generäle, sind die da?«, fragte ich augenzwinkernd, ich weiß nicht, ob mehr zu der Ecke, wo sie ihr Hauptquartier hatten, oder zu meiner Gesprächspartnerin gewandt. – »Nein, sie fangen erst nachmittags zu arbeiten an«, erwiderte diese ganz selbstverständlich. »Am Morgen gehen sie jeder für sich ins Dorf runter. Jetzt sind bloß ihre Freunde da, die Karten spielen, ein paar Frauen ... Ich gehe auch hin, denn hier nimmt niemand Anstoß ... Wenn wir Frauen nämlich unten im Dorf in die Bar kommen, starren uns alle an. Deswegen gehe ich nicht runter, obwohl ich noch ziemlich jung und eine Fremde bin ... also ich meine, bloß aus der Provinz Salerno ... Nicht weil ich mich anpasse, aber ... was soll ich da unten? Mich interessiert nur die Nachbarschaft, nicht um zu klatschen, sondern weil du mehr über die Welt erfährst, wenn du wirklich mit deinen Nachbarn sprichst ... Und dann hab ich noch mein Hobby, die Malerei, in aller Bescheidenheit ...« Man sah, dass es ihr großen Spaß machte, mit mir zu reden oder einfach mit jemandem, der nicht aus dem Dorf stammte, dennoch machte ich mich, während sie mir ihren Namen nannte, Rituzza, auf den Weg, denn einerseits wollte ich mich einer Intimität entziehen, die mir peinlich war und mich irgendwie beunruhigte, andererseits wollte ich endlich hinuntergehen, nicht nur, um meine verbleibenden Kräfte zu messen, sondern auch und vor allem, um diesen Teil des Ortes kennenzulernen, von dem ich schon so viel gehört hatte. Ich war immer neugierig, doch musste zwischen der Welt, der meine Neugier galt, und mir selbst stets ein gewisser Abstand bestehen, und da ich jedes Mal, wenn ich irgendwo ankam, wusste, dass ich nach einer Weile wieder würde abreisen müssen, war der Abstand zwischen mir und jener Welt von selbst gegeben. Sowieso war ich von klein auf an einen solchen Abstand gewöhnt und habe ihn stets betont, um mich vor Nähe zu schützen, die sich als zweideutig oder, noch schlimmer, als falsch erwies …

Das Militärquartier der »drei Generäle« – ich hatte gelernt, sie auch so zu nennen – entsprach der Beschreibung der Signora von nebenan, es war geöffnet, ja, und belebt; in Wirklichkeit handelte es sich um ein Kellergeschoss, das früher vielleicht als Ölmühle oder als Lager für Wein und Öl gedient hatte. Vage konnte ich in dem matten Licht innen einen Tisch erahnen, den zwei alte Frauen gerade abräumten und säuberten; er stand unter einem wundervollen Steinbogen, wie er, so erfuhr ich später, in den alten, den Bombardierungen entgangenen Häusern häufig als Stütze der Gewölbe diente und den manche Bewohner, mehr aus modischen Erwägungen, als um die Spuren einer schmerzlichen Vergangenheit zu tilgen, gelb oder rot angestrichen oder mit Tapete überklebt hatten, so als solle dieser nackte Steinbogen den Stil der großen und kleinen, über Berg und Tal verteilten Villen nachahmen, denn wie Teodosio mir sagte, hatten manche diese Bögen nur wiederentdeckt, weil ein ausländischer Käufer sich dafür begeisterte oder weil ein paar vor allem junge Leute, die auswärts studierten, nicht nur den architektonischen Reiz erkannten, sondern auch, wie sehr so etwas in der Toskana oder in Umbrien ein Haus aufwerten konnte – »du wirst sehen«, schloss er, »sie werden nicht nur die Farbe beseitigen, die die Bögen verdeckt, sondern auch noch neue, künstliche dazubauen.«

Der Weg ins Dorf war nicht nur steil, sondern auch sehr beschwerlich mit diesen runden, glitschigen Steinen und den Gräben. Dennoch gelangte ich, indem ich mich auf jeden Schritt konzentrierte, mithilfe meines Stocks zum Borgo hinunter – das Meer lehrt einen außer waghalsigem Leichtsinn auch Vorsicht und Geduld. Mehr als mein Charakter und die Erfahrung mahnte mich jedoch der Stock selbst zu Vorsicht und Geduld, denn ich hatte einmal sagen hören: »Der Alte hat nicht mehr zwei Beine, sondern drei«, und wenn ich auch noch nicht so alt war, meinen Stock hatte ich lieb gewonnen und zürnte fast innerlich den Ärzten, die mir versichert hatten, dass ich ihn in ein paar Monaten nicht mehr brauchen würde. Kurz bevor ich bei der Straße anlangte, sah ich links einen schon belaubten Feigenbaum, darunter saß auf einer Bank ein alter Mann mit großer dunkler Brille. Ein schöner Schäferhund schwänzelte um ihn herum und zerrte an dem Stock, den die dürren Finger des Mannes umklammert hielten. Bestimmt ein Blinder, dachte ich, doch nein, der Mann grüßte mich. Vielleicht ist er blind, hat aber meine Schritte gehört und deshalb gegrüßt, dachte ich, wie es hier üblich ist, wo sich alle grüßen. Doch ganz gewiss war der Hund nicht sein Blindenhund; denn er lief nun neben mir her. Als wir gemeinsam an die Kreuzung kamen, wo man die Straße überqueren musste – ein gefährliches Unterfangen, in der Kurve, ohne Zebrastreifen oder Ampel, zwischen Lastwagen und Autos, die mit voller Geschwindigkeit vorbeifuhren –, begriff ich, warum Teodosio zu mir gesagt hatte, die Straße sei für den, der oben im Rione Terra wohne, wie das Meer, natürlich ein ganz anderes Meer als das echte, mit hektischem Verkehr und auch weniger sicher als das Meer selbst, wo die Schiffer von Kompassen und Gesetzen geleitet werden sowie von Leuchttürmen, Funksprüchen, präzisen Absprachen mit den Lotsen, während hier alles chaotisch war wie zu Urzeiten auf einem Meer bei Sturm, als du dich behelfen, dich auf deinen Spürsinn, deine Kühnheit und den Zufall verlassen musstest. Vielleicht machten mein angeschlagenes Bein und mein unsicherer Schritt diese Straße in meinen Augen gefährlicher als das Meer. Außerdem war ich nicht an die menschliche Disziplinlosigkeit gewöhnt, die so anders war als die der Elemente, die ich kennengelernt hatte. An der Kreuzung also benahm sich der Hund des echten oder mutmaßlichen Blinden trotz seiner jugendlichen Keckheit wie eine dieser alten Frauen, die sich neben dich stellen und warten, bis du über die Straße gehst, bevor sie sich auch trauen. Er wartete mit mir, bis der Verkehr einen Augenblick abebbte, und als ich losging, folgte er mir, um mich dann sogleich zu verlassen. Kurz, ich hatte ihm geholfen, die Straße zu überqueren. Unversehens brauchte nicht mehr ich jemanden, der mich führte, sondern war für das Schicksal dieses sehr schlauen Hundes verantwortlich, der mich ausnutzte. Im Dschungel des Verkehrs war also er der Mensch und ich der Hund.

Bevor ich schließlich hinüberkonnte, war mir auf der anderen Straßenseite ein Geschäft mit großen Schaufenstern aufgefallen, das ich für einen Laden von Vogue hielt – allerdings kam es mir seltsam vor, dass es in einem Dorf so fern jeder Großstadt solchen Luxus gebe. Doch als ich die Straße überquert hatte und davor stand, merkte ich, dass es sich um eine ultramoderne Metzgerei handelte, wie ich sie selbst in den zahlreichen Hauptstädten der Welt, in denen ich gewesen war, noch nie gesehen hatte. Ich spähte durch die Scheiben und ging dann unter dem Vorwand, ein paar Bratwürste zu kaufen, hinein. Der Raum, kalt und ohne Schlachtergeruch, war mit schönsten Terrakotta-Skulpturen von Stieren und Kühen geschmückt, und die Waren gelangten auf einem Förderband zur Kasse – Hackfleischbällchen von der Pute oder vom Rind, mit feinstem Speck aus Colonnata gefüllte Kaninchenrouladen, Braten, einmal gefüllt, einmal als Roastbeef gedacht, Fleisch aller Art: für Brühe, Florentiner Steak, Ragout oder Genueser Sauce. In einer zweiten Abteilung gab es Wurstwaren jeder Sorte, Salami pikant oder nach Mailänder Art, Parmaschinken, Bauernschinken, Speck, in Öl eingelegte oder luftgetrocknete Würste und in einer dritten Saucen und Konserven für jeden Geschmack; dazu verschiedene Sorten Balsamico-Essig, vom gewöhnlichsten bis zum kostbarsten, und Senf, Senffrüchte, Gläschen mit Kräutern; und außerdem Pasta, seltene Reissorten aus superkontrolliertem Anbau. »Wie kommt es«, fragte ich unwillkürlich, »dass in einem so kleinen Dorf eine so große Nachfrage herrscht?« Einer der jungen Metzger, aber man sollte sie lieber Angestellte nennen, antwortete mir: »Das ist die Straße. Wir beliefern nicht nur das

Dorf, sonst würden wir's nicht schaffen, sondern auch alle Durchreisenden, besonders Lastwagenfahrer … Sie kaufen bei uns, und häufig große Mengen, die sie dann einfrieren, weil … wir sind zwar nicht billig, aber wir garantieren für die Qualität … Wenn Sie wüssten, wie die Kunden hier Schlange stehen und wie die Bestellungen sich häufen an Ostern und Weihnachten!« Dann zeigte der Metzger-Angestellte in seiner makellosen weißen Uniform einschließlich Gummihandschuhen auf einen etwas vierschrötigen Alten, der sehr würdevoll auf einem Stuhl am Eingang saß. »Das«, sagte er, »ist mein Vater. Er hat den Grundstein gelegt … Er hatte eine kleine Metzgerei gegenüber, und wir Kinder haben dank seiner lebenslangen Opfer und unserer moderneren Ideen vor knapp zwei Jahren dieses neue Geschäft eröffnet. Sehen Sie? An der Kasse sitzt jetzt meine Frau, eine Ukrainerin, die ich in Kiew kennengelernt habe, weil wir hier Kinder aus Tschernobyl aufnehmen … Sie wechselt sich mit der Frau meines Bruders ab, die wiederum ist von hier. Ich möchte ja nicht aufdringlich sein, aber ich habe gehört, Sie sind ein Freund von Onofrio und Teodosio … Die beiden reparieren unsere Maschinen, seien Sie also willkommen. Wenn Sie etwas brauchen, können wir es Ihnen auch nach Hause liefern …«

Im Hinausgehen, nachdem ich ehrerbietig den Alten gegrüßt hatte, der sein Leben zu genießen schien, während er auf den Erfolg seiner Söhne blickte, er, der jahrelang Ochsen- und Schweineviertel auf der Schulter getragen und mit seiner Frau die Würste von Hand gefertigt hatte … und neidlos das große, mit Kunstwerken und Förderbändern ausgestattete Geschäft betrachtete, ohne ihnen diesen Luxus vorzuwerfen, indem er sagte: »Zu meiner Zeit, zu meiner Zeit ...«, allerdings behandelten ihn seine Söhne offenbar auch sehr gut, und vielleicht kam er sich vor wie im Kino, in einem Film über die Familie und die modernen Zeiten; im Hinausgehen also, als alle diese Gedanken auf mich einstürmten, fühlte ich mich verunsichert, denn während ich versuchte, die Tür aufzumachen, öffnete diese sich automatisch. Draußen wurde mir bewusst, dass man den Modergeruch des Fleisches trotz Klimaanlage und aller modernen Maschinen doch wahrnahm, vielleicht sogar stärker als in den alten Metzgereien, wo die Tür immer offen stand und die Theken weniger reich bestückt waren. Ein Geruch ähnlich dem im Unterdeck, wo in den Kühltruhen argentinisches Fleisch lagerte, ein sozusagen zweideutiger Geruch, wie man ihn in den Läden mit Tiefkühlfisch, in den Copyshops, den Banken wahrnimmt, die mit Klimaanlage ausgestattet sind und in denen man den ursprünglichen Geruch nach Fleisch, Fisch, Papier, Geld nur durch verschiedene Filter des Geruchssinns ahnen kann – doch auch das Geld in den Banken meiner Jugend besaß einen eigenen Geruch, es roch irgendwie nach Schweiß, verstaubt, aber gleichzeitig seltsam luftig, wenn die Scheine, die man bekam, in den Fingern des Bankangestellten raschelten. Noch immer von jenem nun undeutlicheren, aber doch noch vorhandenen Metzgereigeruch umweht, erinnerte ich mich an einen Satz meiner Nachbarin, als sie anbot, für mich zu kochen: »Sie sind ein alleinstehender, kranker Mann und ein Freund meiner Freunde, ich werde Ihnen immer etwas kochen«, hatte sie schüchtern bemerkt, »aber kein Fleisch, denn seit ich im Fernsehen diese Bilder von geschlachteten Tieren gesehen habe, esse ich kein Fleisch mehr … Nicht, weil ich Angst vor den Tierkrankheiten habe, daran bin ich von klein auf gewöhnt, aber diese Massentierhaltung zu sehen und die ausgestellten Fleischstücke, das hat mich geekelt … Es hat mir gezeigt … du isst ein Steak und machst dir nicht bewusst, was dahinter steht, dir scheint, du isst Nutella oder was weiß ich … Ich habe es auch meinen Töchtern gesagt: ›Ich koche kein Fleisch mehr für euch …‹ Und sie waren einverstanden, nicht, weil es sie ekelte, sondern weil sie eine neue Diät entdeckt hatten.«

Als ich an der Vogue-Metzgerei vorbei war, kam ich auf einen schön gestalteten Platz mit Natursteinpflaster und steinernen Mäuerchen, bepflanzt mit ein paar Bäumen und einheimischen mediterranen Sträuchern, Lorbeer, Ginster, Rosmarin, gewiss so geplant von einem aufgeklärten Fachmann, der sie den exotischen Pflanzen vorzog, doch leider diente das Ganze als Parkplatz, und daraus resultierte eine Art ungleicher Kampf zwischen jenen Pflanzen, die gebührenden Respekt vor der Natur der Gegend bezeugen sollten, und jenen Autos, die ähnlich überall auf der Welt zu finden sind. Auch die Statue von Padre Pio, scheußlich, in Serie hergestellt wie alle, die nach der Seligsprechung plötzlich in ganz Süditalien aufgestellt wurden, passte überhaupt nicht zu diesem Platz, auch war sie noch dazu mit exotischen Blumen und Topfpflanzen geschmückt, die Gläubige, vor allem Frauen, gebracht hatten. Es gab Kakteen, Strelizien und andere seltsame Blumen, deren Namen ich nicht kannte, besonders aber beeindruckte mich ein Gewächs in einem Topf voller Kiesel, eines von denen, die nur von Luft leben, unter dem das kleine Bild eines Toten prangte mit der Aufschrift: »Für dich, den ich dem Heiligen

Geist anvertraut habe.« Während ich die Statue betrachtete, die deplatziert zwischen all den Autos herumstand – aber auch wieder ganz passend, wenn man bedachte, dass die Gläubigen ja mit Auto, Bus und Eisenbahn in sein Dorf pilgern –, sprach mich eine Frau mit leicht exaltiertem Blick an, die ein Mickymaus-T-Shirt trug: »Der Krieg ist ausgebrochen, aber Sie werden sehen, Padre Pio wird dafür sorgen, dass er wieder aufhört.« Sie beeindruckte mich, auch wegen ihrer schütteren, rot gefärbten Haare. Deshalb war ich am Abend, als Teodosio und Onofrio mich besuchen kamen, in der Lage, sie zu beschreiben. – »Das ist doch Donna Civita«, sagten die beiden. »Sie ist arm und hat viel Ärger mit der Familie. Ihre Kinder und Verwandten haben sie sich selbst überlassen, und sie lebt in zwei kleinen Räumen, so wie sonst fast niemand mehr lebt, mit einem Kamin in einer winzigen Küche ... Sie verbringt die Stunden auf einer Bank im Rione Terra ... Voriges Jahr am 31. August, an meinem Geburtstag, den ich zuerst allein feiern wollte, stieg ich zum höchsten Punkt des Rione Terra hinauf, vielleicht um mit Blick auf den Borgo über mein Leben nachzudenken, während meine Familie ungeduldig mit dem Frühstück auf mich wartete, vor den Kakaotassen und Kinderzeichnungen und Geschenken, sodass meine Frau mir dann Vorwürfe machte, weil ich zu spät kam ... Nun, während ich also gegen acht Uhr morgens über mein Alter, mein Leben, die Geschichte meines Dorfes nachdachte und die Landschaft genoss, denn von dort oben sieht man das Meer und einige Inseln, überlegte ich, wie viel ich bisher im Leben gewonnen oder verloren hatte und wie viel Kummer ich meiner Frau und meinen beiden Kindern bereitete, die am Küchentisch warteten, den sie für mich geschmückt hatten … Aber was soll's, mein Freiheitsdrang war groß, jedenfalls an diesem Morgen, ungeachtet jeder Verpflichtung, nach all den Jahren des Respekts vor den Familiengepflogenheiten … Es war, als würde mein Geburtstag mir sagen: ›Nimm dir einen kleinen Urlaub.‹ So saß ich dort ohne Zeitgefühl, ich glaubte, der Tag sei gerade erst angebrochen, dabei war es schon acht Uhr morgens …« – »Ich«, unterbrach ihn Onofrio, »habe an meinem Geburtstag etwas Ähnliches gemacht. Während meine Frau und meine Kinder zu Hause schon am frühen Morgen mit mir feiern wollten, hatte ich ihn einfach vergessen und war im Morgengrauen zu unserer Werkstatt gegangen, als alle Geschäfte noch zu waren …« – »Ich weiß«, erwiderte Teodosio, »Geburtstage magst du nicht … aber nicht so sehr, weil wir beide keine Familienfeiern mögen, an denen wir wegen der Kinder immer teilnehmen mussten, sondern, weil du beinahe zwanzig Jahre älter bist als deine Frau und nicht nur Angst vor dem Älterwerden hast, sondern auch davor, dass sie dir Hörner aufsetzt … Du brauchst gar nicht so zu tun, als wolltest du mir an die Gurgel. Erinnerst du dich nicht, wie oft du mir das gesagt hast, schon von Anfang an? Und du sagtest auch, du Heuchler, du würdest dich ja nur um sie sorgen, dabei hast du, wie ein Angestellter, der ausrechnet, wie viel ihm noch bis zur Rente fehlt, bloß die Zeit ausgerechnet, bis dein Schwanz nicht mehr steif werden würde … Es ist zwecklos, dass du protestierst, du brauchst dich vor unserem Freund nicht zu schämen, er ist älter als wir und hat viel mehr gesehen als wir, er wundert sich über nichts … und urteilt nicht, bei all den Lebens- und Liebesgeschichten, die ihm untergekommen sind …

Und übrigens, wie oft habe ich dir schon erzählt, dass ich als kleiner Junge genau wie du jede Menge Fantasien über Donna Rosita gehabt habe, und so hatte ich dann auch ein paar Fantasien über deine Frau, die schön war wie Lucia Bosé ... Inzwischen ist sie, wie ich vor ein paar Tagen im Fernsehen gesehen habe, ganz aufgedunsen und verhärmt, Lucia Bosé meine ich, trotz Make-up, im Gegensatz zu der gleichaltrigen Diva Sophia Loren ... Aber deiner Frau wird das nicht passieren, denn sie ist immer noch schön wie eine griechische Statue und so vital ... Vielleicht hat sie sie ›in den Genen‹, wie man heute sagt, diese Vitalität ... Und deshalb hat sie sich nie gehen lassen, trotz deiner, trotz der Kinder, trotz des Dorflebens ... Allerdings warst du auch schon immer ein besonders schöner Mann und bist es immer noch, im Gegensatz zu mir ... Du könntest gut noch in einem Männerstriptease auftreten, wie sie jetzt in Mode sind, das sagt man jedenfalls, und ich habe es in einem Film gesehen ... Warum sind wir denn deiner Meinung nach schon als Kinder so dicke Freunde geworden? Weil du die Schönheit warst und ich die Kraft ... Aber bestimmt nicht nur deshalb ... Uns verband der Kult um Donna Rosita, als wir sie das erste Mal zu Pferd die Straße überqueren sahen, und später noch viele andere Dinge ... zum Beispiel, dass ich dir einmal, auch in der Kindheit, das Leben gerettet habe, nicht wahr? Und ein andermal hast du es mir gerettet ... als wir am Efeu herumkletterten, der die Burg umrankte, oder in dem Gebüsch, das die Ruinen im Dorf überwucherte und unter dem sich Gräben und die Abgründe der zerstörten Häuser auftaten ... Einmal hast du mich da an der Hand festgehalten, ein andermal ich dich ... Und dann haben wir auch unsere Gedanken über die Welt geteilt … Für eine so lange Freundschaft wie die unsere bedeutet Dinge gemeinsam zu tun genauso viel, wie Gedanken zu teilen … Aber du schaust mich an, als hätte ich vergessen, worüber wir gerade sprachen … das, was Donna Civita damals an meinem Geburtstag sagte, aber ich folge beim Reden einem roten Faden, auch wenn ich gelegentlich abschweife … Also, an dem Tag sah ich, dass sie weinte, früh um acht dort auf ihrer Bank, und da sie im Leben schon so viel durchgemacht hatte, fragte ich sie: ›Was ist Ihnen denn passiert?‹ Dabei dachte ich natürlich an die kleinen Missgeschicke im Leben, denn die großen hatte sie schon hinter sich, ich dachte zum Beispiel, dass ihr eine Pflanze vertrocknet wäre oder dass sich die Auszahlung ihrer kleinen Witwenrente verzögert hätte oder dass ihr das Essen im Topf angebrannt wäre, da es ab und zu vorkam, dass sie vergaß, das Gas abzustellen, weil sie sich nie an den Gasherd gewöhnen konnte und ihre Bohnen meist lieber in einem Tontopf seitlich am Kamin kocht, aber damals war Sommer und der Kamin kalt, oder ich dachte, ein Lastwagen hätte ihr wieder einen Hahn auf der Straße überfahren …: ›Ja, was ist denn passiert?‹, fragte ich sie zuletzt, und sie: ›Lady Diana ist tot!‹ Da rutschte mir heraus, und das kann ich mir bis heute nicht verzeihen: ›Und was schert Sie das?‹ Ich kann es mir nicht verzeihen, denn es war brutal, und erst hinterher wurde mir bewusst, dass das Fernsehen mittlerweile ihre einzige Gesellschaft war, und obwohl Lady Diana schön, reich und mächtig gewesen war, kurz, eine Prinzessin, war Donna Civita vielleicht gerade darum so traurig … weil es sie an die Märchen der Kindheit erinnerte, in denen ein armes Mädchen sich in eine Prinzessin verwandeln und glücklich und zufrieden leben konnte, ohne zu sterben.«

In diesen wirren Erzählungen gibt es, wie ihr seht, häufig keine Übereinstimmung zwischen dem, was ich selbst erlebt habe, und den Geschichten, die mir erzählt wurden und die jenen Erfahrungen vorausgingen oder folgten, und zwar nicht unbedingt wegen meiner Unfähigkeit, systematisch oder chronologisch zu erzählen, oder weil ich denke, dass die scheinbare Unordnung der Träume, die jede rationale Kategorie von Zeit und Raum durcheinanderwirft, die unbekannte und bekannte Gesichter übereinanderschiebt oder dir einen Ort vertraut erscheinen lässt, an dem du nie gewesen bist oder gewesen zu sein glaubst – von Albträumen ganz abgesehen –, also nicht, weil ich denke, wie gesagt, dass diese scheinbare Unordnung wahrer wäre, sondern, weil mein Leben immer so gewesen ist: Auf eine Ursache folgte nicht notwendig eine Wirkung, oder umgekehrt: Es war mir unmöglich, von der Wirkung auf die Ursache zu schließen, vielleicht auch weil ich, obwohl ich das Leben eines Entwurzelten geführt habe, in den Erlebnissen der Menschen, meine eigenen nicht ausgenommen, stets eine Gemeinsamkeit gefunden habe, sodass ich, sobald mir ein Gesicht mit seiner ganzen Geschichte vor Augen stand, es sogleich mit einem anderen, in Zeit und Raum weit entfernten verband; und dies auch, weil ich, wie es manchmal Kindern geschieht, Vergangenheit und Zukunft durcheinanderbrachte oder umgekehrt, während die Gegenwart schwankte, obwohl mein Schritt damals sicher war – kein Vergleich mit meinem Stock jetzt, nach dem Unfall. Es ist einfach so, dass ich immer gezögert habe, wie beim Militär auf Kommando zu sagen:

»Hier! Anwesend!«, und beim Appell der Autoritäten stets lieber geantwortet hätte: »Abwesend!«

Nach dem Überqueren der Straße, als der Hund, der mich mit liebenswürdiger List ausgenutzt hatte, seiner Wege ging, gelangte ich auf den Hauptplatz des Borgo: eine quadratische Piazza, gesäumt von modernen Gebäuden mit wenigen Stockwerken, aber immer noch zu vielen, die nach dem Krieg hastig zwischen einem Natursteingebäude, das die Luftangriffe überstanden hatte, und einem zerbombten Palazzo, der das noch lebendige Phantom des Krieges darstellen sollte, hochgezogen worden waren. Der mögliche Grund für meine vorher angesprochenen Schwierigkeiten, zwischen Vergangenheit, Zukunft und Gegenwart zu unterscheiden, schien mir hier bestätigt zu werden, auch wenn auf dieser Piazza wegen einiger Merkmale ebendieser neuen Gebäude eindeutig die Gegenwart dominierte: ein Wechsel von weit vorspringenden Balkonen mit modernen oder altertümlichen Geländern, mit ganz heruntergelassenen Jalousien oder geschlossenen Vorhängen, weshalb ich mir zwischen diesen bescheidenen, weiß gestrichenen neuen Häusern mit weißen Vorhängen und Jalousien vorkam wie in einem Krankenhaus. Während ich mir dann vorstellte, wie dieser Platz vor dem Krieg ausgesehen haben musste, als die Häuser aus Naturstein waren, mit nicht übergroßen, aber gewiss größeren Fenstern als im Rione Terra, geschmückt mit Geranien und Basilikum, und die Frauen von Fenster zu Fenster freundschaftliche oder beleidigende, liebenswürdige oder tückische Worte wechselten, als man jedenfalls Stimmen hörte, kehrte ich in die Vergangenheit zurück. Was das halb zerbombte Gebäude anging, so sah ich, dass es eingezäunt worden war, damit nicht etwa ein Stück Mauer auf die Passanten stürzte, und dass davor eine große Reklametafel stand, auf der die alten Besitzer oder ein neuer Käufer des Grundstücks – um zu vermeiden, dass dieser Ort eine Grünanlage werden könnte, dazu bestimmt, die Piazza zu erweitern und mit einem kleinen Park zu beleben – das Projekt eines neuen Gebäudes vorstellten: ein modernes Wohnhaus mit ausladender Fassade und ausladenden Balkonen, um deren eiserne Geländer sich schon Pflanzen und Blumen rankten; das Ganze in einem grellen Rosa gestrichen, das nach Fertigstellung des Gebäudes gar nicht zu dem Platz passen würde, denn die nach dem Krieg hastig und mit spärlichen Mitteln errichteten neuen Gebäude hatten mittlerweile alles in allem einen eigenen Stil, weder schön noch hässlich und jedenfalls von der Notwendigkeit diktiert, wogegen dieser geplante Neubau eher einer neapolitanischen Signora glich, von der die Gassenjungen höhnisch sagten: *»'A Signora co' 'e tacchi, quanno cammina, c'aballano 'e pacche!«* – »Die Signora mit den Stöckeln, wenn sie geht, wackelt ihr der Hintern!« Nur dass es jetzt keine neapolitanischen Gassenjungen mehr geben würde, die dieses groteske Haus verhöhnen könnten, weil sich ihre Mütter und Schwestern inzwischen genauso anzogen wie diese Signora. Und doch vernahm ich, wie ein alter Mann angesichts der Reklametafel murmelte: »Das soll ein Haus sein? Sieht eher aus wie eine Pralinenschachtel …« Nie sah ich in einem alten Mann größere Einsamkeit, denn niemand war bei ihm, um ihn zu trösten oder seinen Worten zu widersprechen, auch wenn seine harmlose Bemerkung eine Vorstellung von der vergangenen, gegenwärtigen und zukünftigen Welt zu beinhalten schien, die wahrscheinlich niemand geteilt hätte, und sie ihm vielleicht nur herausgerutscht war, weil er wusste, dass man ihn nicht hörte; und hätte er sie wiederholt, dann gleichgültig und obenhin, so wie er selbst oder auch jemand anders in der Bar, wo die Männer Karten spielen oder in der Sonne stehen, angesichts eines Kindes, das ein Eis ablehnt, weil es ein anderes will, unter dem beifälligen Nicken der Umstehenden sagte: »Wer hätte zu meiner Zeit davon träumen können, jeden Tag ein Eis zu kriegen!«, oder: »Wer hätte sich zu meiner Zeit vorstellen können, dass ein Politiker hierherkommen würde, um mit Schlips und Kragen zu uns zu sprechen!« Und irgendjemand fügte dann unweigerlich an: »Mussolini kam in Bauernkleidern, mit einem Kind auf dem Arm!«, während ein anderer zum Ausgleich entgegnete: »Und als Staatspräsident Pertini gekommen ist, hatte er bloß ein kariertes Hemd an!« So würde man, ausgehend von seiner Bemerkung über das geplante Haus, das einer Pralinenschachtel glich, auf dem Umweg über die Politik beim Klatsch über Hochzeiten von Angehörigen oder Bekannten landen, wie viel sie ausgegeben hatten oder nicht, was sie im Tausch für die Einladung zum Fest bekommen hatten oder nicht, und das demnächst entstehende Haus wäre in Vergessenheit geraten.

Am Eingang zur Piazza war links der Zeitungsstand, und während an den Außenseiten des Kiosks Plakate aus Pappe mit den wichtigsten Lokalereignissen der Provinz prangten, etwa »Banküberfall in Pezze«, »Drei Asylanten beim Übernachten in Umkleidekabinen des Strandbads überrascht«, »Zwanzigjähriger erhängt im Umland von

Acraia aufgefunden«, »Wer steckt hinter dem Pornovideo-Skandal?«, »Der Kommunalreferent Tico wechselt zur Opposition«, bemerkte ich, dass dagegen im Schaufenster neben den Bestsellern des Jahres oder besser gesagt der letzten Monate eine Unmenge Bücher und Büchlein zur Geschichte Acraias ausgestellt waren sowie vier oder fünf Publikationen über Fra' Barnablú, einen Briganten, wie ich später erfuhr, der im Haus neben dem, wo ich nun logierte, geboren war und als Held des Ortes galt. Ich kaufte *La Stampa* und *L'Unità,* denn, obgleich wenig überzeugt, sagte ich mir: Die eine ist die Zeitung der Bosse, die andere die der Arbeiter ... Wenig überzeugt, ja, weil ich in den letzten Jahren gar nicht mehr begriff, wer meine Bosse waren – in der Tat handelten die Artikel in *La Stampa* mehr von Börsenkursen als von der Produktivität der Fabriken und klangen überaus mysteriös, weil die Kurslisten Börsen in aller Welt umfassten und das Eigentum der Industriekonzerne damit unklar wurde. In den letzten Jahren war es mir nicht einmal mehr gelungen, zu verstehen, wer mein Reeder war, also mein Boss, und zwar nicht, weil manche Schiffe zur Tarnung unter der Flagge Panamas oder eines anderen Phantomstaates fuhren – das wussten wir genau –, sondern, weil man auch bei den Schiffen, die unter italienischer Flagge fuhren, nicht mehr erkennen konnte, mit wem der Reeder unter einer Decke steckte. Selbstverständlich muss ein Kapitän gehorchen, egal, wer sein Boss ist, und das Schiff ungeachtet seiner Ladung, seines Bestimmungsortes und seiner Flagge in den Hafen steuern, ich jedoch schenkte, wenngleich ich meine Aufgabe bis zum Ende ausführte, nicht nur den Kapitänleutnants, sondern auch den Matrosen Gehör, wie es in jeder beliebigen Fabrik üblich ist. Was *L'Unità* betraf, so schien mir, dass diese Zeitung internationale Fragen zu oberflächlich abhandelte, sodass ich sogar häufig den Eindruck hatte, mehr darüber zu wissen als die Journalisten, und zwar dank meiner Reisen und der oft wirren Diskussionen, die ich in verschiedenen Häfen der Welt gehört oder an denen ich mich beteiligt hatte. Darüber hinaus störten mich all die Klatschgeschichten über diesen oder jenen Politiker, die nichts mit Politik zu tun hatten. Und für uns Seeleute, für uns Arbeiter des Meeres interessierten sie sich offenbar sowieso kaum, genau wie für viele andere Berufsgruppen, da sie es vorzogen, sich ausschließlich auf die Rentner oder die Arbeiter dieser oder jener Krisenindustrie zu konzentrieren. Doch am allermeisten ärgerte es mich, dass viele dieser Journalisten dem Vatikan und seinen Vertretern hörige Frömmler zu sein schienen. Wieso musste man dem Papst die Hand küssen? Ich hatte mich schon im Heim geweigert, dem Bischof die Hand zu küssen, und war dafür bestraft worden, während ich sie einem Seekapitän geküsst hatte, der uns wie viele andere Kapitäne und Matrosen in diesem Waisenhaus für Seewaisen besucht hatte. Manchmal kamen sie mit ihren Gattinnen … Das war ein Fest! Denn natürlich trugen sie Uniform, doch wie verschieden war die von den abgewetzten Priesterröcken! Von den Gattinnen ganz zu schweigen … Solche Frauen sahen wir höchstens ab und zu bei unseren seltenen Ausgängen. Wie wir sie anschauten, wenn sie ihre Knie ein wenig entblößten und im Sommer auch den von einem sittsamen BH gestützten Busen! Wir genossen sozusagen stückweise den Duft dieser Frauen, vermischt mit dem Geruch der trockenen Kekse und der frischen Törtchen, die sie uns mitbrachten ... Doch zurück zu dem Kapitän, dem ich zur allgemeinen Empörung die Hand küsste, statt sie ihm zu schütteln oder wohlerzogen vor ihm zu salutieren, wie man es mich gelehrt hatte; nicht nur sein Äußeres hatte mich dazu bewogen – unter anderem hatte er eine Pfeife, die er aus Rücksicht auf das Heim ausgemacht hatte –, nicht nur sein verschmitzter Blick, nicht nur, dass er nacheinander gleich drei oder vier Gläschen Likör leerte, die eine Nonne ihm anbot, und ihr Komplimente machte über das köstliche Getränk und über ihr faltenloses, blasses Gesicht, das ihn an seine erste Verlobte erinnerte – wofür ihn seine Frau mit dem Ellbogen anstieß, nicht so sehr aus Eifersucht, glaube ich, als vielmehr, um ihn zu dem Anstand zu ermahnen, den dieser Ort verlangte –, nein, ich küsste sie ihm vor allem wegen seiner Worte – die Kapitäne wurden stets aufgefordert, eine kleine Erbauungsrede an uns zu richten, etwa »Ihr seid die Söhne unserer auf See umgekommenen Gefährten und ihrer Frauen, die dem Schmerz nicht standgehalten haben« oder »Ihr seid wie unsere Kinder, und Gott sei gedankt, dass sich jemand wie diese vortrefflichen Patres und Matres eurer angenommen hat« –, während die Matres, also die Nonnen, sich stets nur in stummem Dank verneigten und die Patres, ich meine die Pfaffen, kaum die Hand hoben zum Zeichen des Segens. Jener Kapitän dagegen, mit leicht geröteter Nase, was, wie ich später begriff, dem Alkohol geschuldet war, sagte: »Nun, Jungs, nachdem ihr jetzt hier drin eure Zeit des Gebets beendet habt, ist es so weit, dass ihr auf den Schiffen anheuert, wo euch die Zeit des Fluchens erwartet!«

Ich kaufte also *L'Unità* vor allem, weil in den letzten

Jahren der Zeitung schöne Videokassetten beilagen, die ich gern anschaute, wenn ich auf See war – das Videogerät war mein kleiner moderner Luxus, den ich allein in meiner Kajüte genoss, während die anderen im Gemeinschaftsraum fernsahen, wenn der Apparat funktionierte, und es war nur ein paar Mal vorgekommen, dass mir jemand Gesellschaft leistete, darunter ein Junge, der, den Spruch eines von ihm heiß geliebten Schauspielers paraphrasierend, zu mir gesagt hatte: »Und wieso sollen wir, nur weil wir halbe Analphabeten sind, deiner Meinung nach bloß die Show mit Pippo Baudo sehen?« Die Zeitungen unter dem Arm, blickte ich mich also um, entschlossen, eine Runde durch die Bars zu machen, um etwas Starkes zu trinken und auch zu entscheiden, welches auf meinen Ausflügen zum Borgo hinunter mein Stammlokal werden sollte. Links von dem Zeitungsstand war eine kleine Bar, auf deren Schild geschrieben stand: »Folies Bergeres«, mit einem *s* zu viel am Ende, weil die Leute des Ortes vielleicht nicht wussten, dass »Bergère« in diesem Fall ein Nachname war, und den Ausdruck als »Verrücktheiten von Schäfern und kleinen Schäferinnen« deuteten, was in diesem Dorf besonders pikant klang, da es vor über fünfzig Jahren vorwiegend von Schafzucht gelebt hatte, doch vielleicht handelte es sich auch bloß um einen durch Unwissen oder einfachen Gleichklang hervorgerufenen Fehler, nicht anders als bei jenem »Bulangerie« über dem Eingang zur Bäckerei an der Ecke. Nicht, dass ich viel Schulbildung genossen hätte – ich war ein Autodidakt, und was ich im Heim gelernt hatte, hatte mir nicht viel genützt –, aber da ich so viel gereist und in den unterschiedlichsten Häfen gelandet war, hatte ich bestimmte Dinge gelernt, weshalb ich in allen europäischen Sprachen radebrechen konnte, sogar ein bisschen auf Arabisch. Was kann man auf den Schiffen schon tun, wenn man über dreißig Jahre zur See fährt? Entweder du betrinkst dich und lässt dich gehen, oder du denkst an deine Familie, oder du machst es wie ich, der nie eine Familie gehabt hat, und studierst. Um aber auf das Schild »Folies Bergeres« zurückzukommen … Einmal, als ich auf einem Lastkahn Dienst tat, der die Seine rauf- und runterfuhr, war ich in den echten »Folies Bergère« gewesen und hatte mich sogar, nicht vergeblich, aber unglücklicherweise – nicht für mich, sondern für sie – in eine Tänzerin verliebt, die bald darauf an Tuberkulose starb und nicht an Magersucht, wie es heute geschieht; sie wog nur vierzig Kilo und tanzte göttlich, wobei sie zusammen mit einer gefälligen, rundlichen Kollegin auftrat – man hatte die beiden extra ausgewählt, um uns zu amüsieren –, die, wie ich in der Folge entdeckte, ihre Mutter war. Die Tochter sagte mir eines Tages, dass auch die Mutter schwer krank sei, es aber nicht zeige, weil sie, in Unkenntnis der Krankheit der Tochter, fürchte, sie werde sie bald auf dieser Welt alleinlassen müssen, und sich für sie ein besseres Los erhoffe, womöglich auch eine vorteilhafte Heirat. Leider stießen sie auf mich.

Die kleine Bar glich einer Karikatur ihres Namens. Drei oder vier Frauen waren dort, und obwohl sie keine auffälligen Verhaltensweisen an den Tag legten, die sie als Straßenmädchen oder Bordellnutten auswiesen, haftete doch ihrer Art, sich zu unterhalten oder mit dem Barmann zu reden, etwas Zweideutiges an, und er schien sie einfach nur zu ertragen, denn anstatt auf ihre lockeren Bemerkungen einzugehen, hielt er den Blick fest auf den Fernseher oder die Bedienung gerichtet, ein hübsches junges Mädchen mit bloßen, muskulösen Armen, die stur Espressotassen und Gläser spülte, auch zwei- oder dreimal, und die, als eine der Anwesenden sich zu ihr wandte und ihre Arme lobte, die Frau ungerührt anstarrte und erwiderte: »Das macht die Arbeit.«

Was die Männer anging, so fiel einer besonders auf, ein großer, gut aussehender junger Typ, der sich als Boss aufspielte und nur grüßte, wenn er gegrüßt wurde, aber nicht immer, und der mir bei meinem Eintreten einen halb arroganten, halb misstrauischen Blick zuwarf, dem ich entnahm, dass er noch nicht wusste, wer ich war und wie ich ausgerechnet in sein Dorf geraten war, während der Barmann und die Bedienung es schon zu wissen schienen. Am selben Abend erfuhr ich dann von Teodosio und Onofrio, dass jener Herr nicht der Besitzer der Bar, sondern eines kleinen Hotels nebenan war, wo er nicht nur ungestört seine Geschäfte mit Frauen und Durchreisenden betrieb, sondern auch mit Drogen handelte; meine Freunde erzählten mir auch, dass die Bar von den alten, ihn protegierenden Eigentümern an eine ehrbare Familie verkauft worden war, die durch Emigration nach Belgien zu etwas Geld gekommen war, dass der Typ sich aber, unfreiwillig geduldet, weiterhin als Boss fühlte, nicht nur der Bar, sondern des Ganzen, da er mit den Honoratioren verwandt war, die seit Jahren das Dorf regierten.

Nach jenem Besuch im Folies Bergeres ging ich in die Bar Nazionale, die direkt gegenüber lag und vermutlich die älteste Bar am Ort war, nicht nur des Namens wegen, sondern auch weil vor der Tür etwa zwanzig alte Männer standen, würdevoll, im Anzug, die schweigend ihre Vergangenheit und das sich auf der Piazza abspielende Leben zu betrachten schienen – ein Hin und Her von Bussen, Autos, Fußgängern, Verkehrspolizisten, Postboten, einzelnen Frauen mit Einkaufstüten – wobei jeder von ihnen eine uralte, unergründliche Geschichte verbarg. Es war, als stünden sie nicht nur da herum, um zu bezeugen, dass für Frauen, ihre eigenen wie die jungen, dort kein Platz war, und auch nicht nur, um ein Gegengewicht zu den Geschäften zu bilden, die in der Bar gegenüber gemacht wurden, sondern vor allem, um aufrecht und stocksteif, wie sie waren, fast alle hager und dunkel gekleidet, das Gedächtnis des Dorfes wachzuhalten, das viele von ihnen durch ihre Arbeit in den Bergwerken und Fabriken Nordeuropas mit aufgebaut hatten; und in dieser strengen Pose glichen sie ganz den ursprünglichen, vom Krieg verwüsteten Mauern aus Naturstein, die wie ein ernster Vorwurf an die anspruchsvollen modernen Dinge wirkten, obwohl jene Alten ja mit ihren Überweisungen aus dem Ausland selbst zu den modernen Errungenschaften beigetragen hatten.

Ich betrat also die Bar Nazionale, die innen ganz wie früher war – eine abgenutzte Holztheke, eine kleine alte Espressomaschine, ein Fässchen, aus dem Bier gezapft wurde. Was macht dieses Fass hier?, fragte ich mich, bis mir einfiel, dass fast alle kräftigen Männer zu ihrer Zeit in Länder ausgewandert waren, in denen Bier das übliche Getränk war. Auf den wenigen Tischchen lagen rot karierte Plastikdecken, und rund herum standen Stühle mit strohgeflochtenen Sitzen. An der Wand hinter der Theke die gewohnte Batterie von Flaschen, vorwiegend Amaro Lucano, Vecchia Romagna und Campari, darüber längst verblasste Werbeplakate und ein paar Kalender, wie sie hier auf dem Land verbreitet waren, mit Frate Indovino und Fra' Barnablú, außerdem ein Poster von Marilyn Monroe, auf das jemand eine Coca-Cola-Reklame mit einem handschriftlichen Zusatz geklebt hatte: »Ich habe sie nicht vergiftet!« Zuletzt, wie beinahe überall in öffentlichen als auch privaten Räumen – wie ich später feststellen konnte –, das Bild der Schwarzen Madonna von Civita, deren Kind, so nah neben dem Briganten Barnablú, mir dazu bestimmt schien, der zukünftige Held des Dorfes zu werden. Als ich an der Theke stand, fragte mich ein alter Herr in Sakko und Krawatte, der offenbar der Besitzer war, nachdem er mich bedient hatte, ob ich, da ich ja ein Fremder sei, gern ein Kunstwerk in der hinteren Gaststube besichtigen wolle. Es handele sich um ein unter Denkmalschutz stehendes frühmittelalterliches Fresko: ein Überrest des Klosters, das vor dem Krieg an der Stelle gestanden habe, wo sich nun das Gebäude mit seiner Bar befinde, erklärte er mir. Und da das Licht im Lokal schwach war, obwohl an einigen Tischen ein paar Alte Karten spielten, ergriff er eine Taschenlampe, um es für mich zu beleuchten. In der Tat war das Fresko, wenn auch teilweise beschädigt, sehr schön, und während er es mir zeigte, klagte der Barbesitzer immer weiter über die Gleichgültigkeit der Behörden und darüber, wie belastend es für ihn mit seinen geringen Mitteln sei, es vor den Übergriffen der Zeit und seiner Mitbürger zu bewahren und zu schützen, die es nur deshalb noch nicht gestohlen hatten, weil sie seinen Wert nicht erkannten. Doch vor allem schimpfte er auf die Pfarrer des Ortes, die es nicht gekauft hatten – dabei gab es wahrhaftig noch viele Kirchen und Klöster –, ja, es nicht einmal geschenkt wollten, bloß weil er im Gegenzug bescheiden um eine Erwähnung als Stifter gebeten hatte. »Vielleicht«, sagte er boshaft, »weil die Kirchenmänner die Nase voll haben von solchen alten Madonnen und Heiligen, wer weiß, wie viele sie schon verkauft haben und wie viele sie noch besitzen, ohne überhaupt ihren Wert zu kennen, sie sind doch alle Spekulanten oder Ablassverkäufer oder Ignoranten, während die jungen, angeblich ›modernen‹ Pfarrer die Jugendlichen mehr durch Fußballspielen als durch Bibelkunde anzulocken versuchen ... Sie fragen mich, warum ich Bibel und nicht Evangelium gesagt habe? Weil ich Protestant bin ... Nicht Zeuge Jehovas, nein, die sind fanatisch und ungebildet. Ich bin Waldenser ... Das erstaunt Sie? Dann werden Sie gleich noch mehr staunen ... Denken Sie nur, dass ein Antifaschist aus den Waldenser Tälern in unser Viertel kam, in New York, ein Waldenserprediger; der hat meinen Vater zum Guten bekehrt, denn Böses hatte er wahrhaftig genug getan ... zur Zeit des Krieges zwischen Sarden und Acraianern. Deshalb hatte er nach Amerika flüchten müssen ...« Abgelenkt von seinen Worten über die Waldenser in New York, hatte ich bei dem Folgenden nicht richtig hingehört und sagte nickend: »Natürlich, im Ersten Weltkrieg.« Darauf er: »Nein, im Krieg zwischen den Sarden und den Acraianern, der um 1910 stattfand ...« Dann musste er das Gespräch unterbrechen: »Entschuldigen Sie einen Augenblick ...« – denn rund um einen Billardtisch gingen die jungen Männer mit Fäusten aufeinander los, ich weiß nicht, warum. Während er also mit Unterstützung von ein paar Alten, die vorher Karten gespielt hatten, versuchte, sie zu trennen, wandte ich mich, da ich wegen meines Beins in keiner Weise helfen konnte, zum Ausgang, hörte ihn aber noch ausrufen: »Und das alles, weil er keine Autonummer von hier hat und du behauptest, er habe dir den Parkplatz weggenommen? Aber hier gibt es doch gar keinen Parkplatz ... Und auf der Piazza stellt einfach der sein Auto ab, der zuerst kommt! Es ist doch selbstverständlich, dass er zuerst parkt ... er kommt ja von weit her ... und versucht, früh da zu sein ... Du dagegen ... du dürftest das Auto überhaupt nicht da hinstellen ... weil ... zu Fuß bräuchtest du keine zehn Minuten zur Baustelle ... Und jetzt ab zur Arbeit, die Mittagspause ist vorbei, und versucht, nicht vom Gerüst zu fallen, so voll mit Wut und Bier, wie ihr seid!«

Mittelalterliche Fresken, Pfaffen, Bibeln, Waldenser, unbekannte Kriege, wegen einer Autonummer wild gewordene junge Leute, mir war, als käme ich weniger aus einem Irrenhaus als vielmehr aus einer der vielen Hafenkneipen der Welt, wo sich alles mischt, Sprachen, Dialekte, Religionen, Kriegsgeschichten, Streitereien ... gewiss nicht um Autonummern, aber um die Vorfahrt beim Anlegen von Schiffen und Fischkuttern. In diesem Augenblick verstand ich, warum Teodosio am Vorabend zu mir gesagt hatte, die Straße sei wie das Meer.

Vom Aufstieg ermüdet, legte ich mich beim Heimkommen sogleich aufs Bett und ließ die Tür angelehnt, ich weiß nicht, ob aus Vergesslichkeit oder weil ich mich, da ich nie krank gewesen war, davor fürchtete, allein und hilflos zu sein. Als ich am späten Nachmittag erwachte, bemerkte ich zu meiner Überraschung, dass das Geschirr vom Mittag gespült war und auf dem Tisch neben einer hypermodernen Espressomaschine, die ich nicht bedienen konnte, und einer Dose Illy Caffè ein elegantes Tässchen stand, mit Untertasse und einem Löffelchen, das aus Silber zu sein schien. Außerdem lag noch ein Bildband über die Schlacht von Montecassino da, offenbar von einem Ausländer verfasst, vielleicht einem Deutschen oder einem Amerikaner. Begleitet wurde das Ganze von einer pompösen, aber gewöhnlichen Glückwunschkarte: »Von meiner Herrin, Donna Rosita, und von meinem Bruder, General Lorenzo«, las ich, und darunter: »Ihre Dienerin und treue Freundin Eusebia.« Die Schrift war so verschnörkelt, wie kopiert aus einem Brief des vorigen Jahrhunderts, dass ich etwas Mühe hatte, den Inhalt zu entziffern.

Leicht beunruhigt durch diese bizarren Aufmerksamkeiten, klopfte ich bei Rituzza, meiner Nachbarin, die mir mit einem in gelbe Farbe getauchten Pinsel in der Hand öffnete. Freundlich und bescheiden bat sie mich auf einen Kaffee herein, doch ich lehnte ihre Einladung höflich ab und fragte, ob sie nicht zu mir kommen könne, da ich mir von ihr eine Erklärung zu den Dingen erhoffte, die ich auf meinem Tisch vorgefunden hatte. »Ich komme sofort«, sagte sie. »Ich stelle nur den Pinsel ins Terpentin … Nein, Sie stören nicht, ich kopiere gerade van Goghs Sonnenblumen … Das ist eine Geduldsarbeit, keine Sache der Inspiration …« Als sie dann sah, was auf meinem Tisch aufgebaut war, lächelte sie: »Ganz die gute Eusebia!«, sagte sie. »Ich weiß nicht, wer mehr spinnt, sie oder Donna Rosita! Ich bin nicht von hier, das habe ich Ihnen ja gesagt, oder?, und kenne nicht die ganze Vorgeschichte. Ich weiß nur, dass Eusebia neben Donna Rosita im Luxus gelebt hat, ob als Freundin oder Dienstmädchen, ist unklar, und dass sie sie nachahmt. Ich sehe sie häufig, denn den drei ›Generälen‹, nennen wir sie so, einer davon ist ihr Bruder, mit dem sie zusammenlebt, bringt sie ähnliche Geschenke. Ich weiß nicht, ob sie die Sachen bei Donna Rosita klaut, ob sie sie sich ganz offen nimmt oder ob Donna Rosita selbst sie damit hinunterschickt, auch weil diese Donna Rosita wirklich geheimnisvoll ist. Ich wüsste nicht einmal, ob ich sie je irgendwo gesehen habe, hier im Rione Terra oder unten im Borgo, denn seit ich hergekommen bin, haben viele Fremde hier alte Häuser gekauft und restauriert; früher herrschte ein Kommen und Gehen von reichen Kerlen mit sonderbaren Damen im Gefolge, dann kamen die Männer mit ihren Geliebten und zuletzt ganze Familien, Fremde mit Frau und Kindern … Nicht, dass sie sich richtig hier niedergelassen hätten, sie benutzen die Häuser als Zweitwohnung, und zwischen all diesen Damen, die so anders sind als die Dorffrauen … manche tragen sogar Hüte und dunkle Brillen, haben gefärbte Haare und sind stark geschminkt oder sonnengebräunt, auch die alten … zwischen all diesen Damen würde ich Donna Rosita gar nicht erkennen, die, heißt es, ein bisschen so ähnlich ist und immer noch sehr schön … Doch warum fragen Sie mich auch nach dem Buch der drei Generäle? Woher soll ich wissen, warum die Ihnen das geschenkt haben … Aber ich werde sie Ihnen vorstellen … Nein, keine Ahnung, was für eine Beziehung Teodosio, Onofrio und die drei Generäle zueinander haben … Ich weiß nur, dass speziell Teodosio ihnen aus Gründen, die weit zurückliegen, verbunden ist … vor allem Lorenzo, also dem kommandierenden General … Vielleicht, weil sie beide Automechaniker waren, einer der Meister, der andere Lehrling … Was Donna Rosita mit diesen Geschenken zu tun hat, fragen Sie? Ich weiß es nicht, keine Ahnung … Ich weiß nur, dass Freundschaft und Verwandtschaft hier so verschlungen sind wie ein Labyrinth und dass ich als Fremde sofort irre werde, wenn ich versuche, mich da durchzufinden … Nehmen Sie zum Beispiel meinen Fall: Zuerst war mein Mann, der von hier stammt, mit seiner Cousine verlobt, dann hat sie ihn kurz vor der Hochzeit verlassen, und daraufhin hat er mich geheiratet, und dann … hat er mich wegen ebendieser Cousine verlassen, und dann … dann hat er sich mit einer anderen liiert, die seine Tante ist, obwohl sie jünger ist als er und auch hübsch, ja, aber vor allem reich … Und wenn ich diese Cousine und auch seine jetzige Geliebte sehe, die meinen Töchtern gleichen wie zwei Wassertropfen, dann sage ich mir«, sie lächelte, »dass dieses lateinische Sprichwort – Sie wissen schon, dass die Mutter sicher ist, aber der Vater nicht – vielleicht nicht stimmt, weil ich nicht weiß, wie meine zwei Töchter hier herausgekommen sind« – und mit einer unfreiwillig komischen Geste, sodass wir beide lachen mussten, aber weder provozierend noch unbescheiden, berührte sie ihren flachen Bauch und fuhr sich mit den Händen über die heraussstehenden Hüftknochen. »Und das Tässchen neben dem Illy Caffè? Nun, das weiß ich, denn wie schon gesagt, verdiene ich mir ab und zu etwas, indem ich Geburtstagsfeste für Erwachsene und Kinder organisiere … Hochzeiten nicht. Die feiern sie im Restaurant und geben einen Haufen Geld dafür aus … Also, in diesen Familien gilt der Illy Caffè als chic, auch wenn ich finde, erstens … dass die Dose recht kalt ist im Design, und zweitens … dass es besseren und billigeren Kaffee gibt, da kenne ich genug … Kurz und gut, alles eine Frage der Mode … Und diese Tässchen, jedes anders … eben auch chic und modern. Die lässt Herr Illy herstellen, sie kosten ein Vermögen, als ob sie aus Capodimonte kämen … Können Sie mit der Kaffeemaschine umgehen? Nein? Ich zeige es Ihnen … Hab ich auch bei diesen Leuten gelernt … Geben Sie es zu … Sie haben sich auch gefragt, ob das Löffelchen aus Silber ist … Mal schauen« – und damit hielt sie es ans Licht, um den Stempel zu prüfen. »Sieht so aus. Aber an Ihrer Stelle würde ich es General Lorenzo zurückgeben … Am besten mache ich das gleich selbst, denn … was wissen wir denn, ob Eusebia es geklaut hat oder ob es ein Geschenk von Donna Rosita ist? Und wenn Sie zuletzt ein ganzes geklautes Besteck im Haus haben? Ich habe bei diesen Leuten gearbeitet, die zählen ihre Silberlöffelchen, das weiß ich, und ob!«

Am Abend gegen neun Uhr – bei ihnen zu Hause wurde um halb acht gegessen – kamen Teodosio und Onofrio mit Gemüse- und Tintenfischpizza und einer Karaffe Wein, während ich inzwischen die Steaks gebraten hatte, die ich in der Vogue-Schlachterei gekauft hatte. »Na gut«, erwiderten sie auf meinen Protest, dass das doch viel zu viel sei, »die Pizza isst du morgen. Und mach dir keine Sorgen, weder haben wir sie gekauft, noch haben unsere Frauen sie gebacken, der Pizzabäcker von Caieta hat sie uns geschenkt, denn wir geben ihm zwar keinen Rabatt, wenn er uns seinen Lieferwagen in die Werkstatt bringt, aber wir reparieren ihn ordentlich, während viele unserer Kollegen entweder nichts taugen oder die Arbeit absichtlich schlampig machen, damit der Kunde gezwungen ist wiederzukommen. Hier ist alles ein *do ut des,* weißt du, in Neapel sagt man dazu ›eins dir, eins mir‹, aber vielleicht ist es auf der ganzen Welt so, und immer so gewesen, denn die Sprichwörter fallen ja nicht vom Himmel, sie werden von den großen Philosophen formuliert, bevor sie im Volksmund ankommen, das sogenannte ›niedere Volk‹ ist sowieso das einzige, das Sprichwörter nicht nur versteht, sondern auch umsetzt, wenn auch im Kleinen und nicht so großartig wie die Reichen.« – »Also erstens«, widersprach Teodosio, »mögen wir beide keine Sprichwörter, weil sie häufig dumm sind und auch zu oft als Slogans verwendet werden, etwa ›Wille ist Macht‹, was sowieso in Widerspruch steht zu dem anderen Sprichwort ›Zwischen Sagen und Tun liegt das Meer‹. Ob daran die antiken Philosophen schuld sind, weiß ich nicht, sicher ist, dass sie stets im Streit miteinander lagen, auch wenn man uns in der Schule beigebracht hat, dass die später Geborenen immer besser waren als die vor ihnen, so als wäre ich, weil ich nach dir geboren bin, besser als du … Und um auf uns zurückzukommen, du sagst, was kann ich euch dafür geben? Nun gut, du gibst uns dich selbst, und mir, ganz abgesehen von dem, was zwischen uns einmal passiert ist, genügt das, wie auch meinem Freund Onofrio. Außerdem geben wir uns gegenseitig unsere Geschichten, du berichtest über deine Welt dort, wir über unsere hier. Deshalb besuchen wir dich, wenn es dir recht ist, jeden Abend, denn abgesehen von den Familien, den Kindern, den Verwandten, der Arbeit haben sogar ich und Onofrio, obwohl wir die besten Freunde sind, es manchmal satt, nur miteinander zu reden, und einer, der von außen kommt, ist immer willkommen.« Dann deckten sie, während ich damit gerechnet hatte, allein zu essen, den Tisch für drei: »Um halb acht, wenn wir uns mit den Kindern zu Tisch setzen«, erklärten sie, »tun wir nur so, das haben wir mit unseren Frauen vereinbart, denn solange du hier bist, essen wir lieber mit dir zu Abend.« – »Da habt ihr aber Glück mit euren Frauen!«, bemerkte ich. – »Nun«, erklärte Teodosio, als wolle er gleich eine Erklärung zur sexuellen Emanzipation abgeben, »das ist keine Frage des Glücks, sondern des guten Willens, denn die Abmachung mit unseren Frauen, als wir um sie warben und sie dann heirateten, lautete ›gegenseitige Freiheit‹. Und damit meine ich nicht Fremdgehen, das würden sie nicht akzeptieren und wir auch nicht, selbst wenn das heute in Mode ist und angeblich keine Spuren hinterlässt, bringt es doch in Wirklichkeit Aufruhr oder zerstört alles ... Ich meine vielmehr, dass wir uns einig waren, dass ich, meine Frau und die Kinder nicht in Symbiose leben sollten; und Onofrio hat es mit seiner Frau und seinen Kindern genauso gemacht. Auch mit unseren wenigen echten Freunden und Freundinnen haben wir diesen Pakt geschlossen, denn was zählt, ist nicht, wie viel Zeit man zusammen verbringt, sondern, wie man sie verbringt.« – »Ja, aber«, erwiderte ich, »was machen eure Frauen jetzt? Abspülen, fernsehen, auf euch warten?« – »Du hast noch nicht begriffen, wahrscheinlich weil du nie Frau und Kinder gehabt hast, dass das Familienmodell sich verändert, aber nicht so, wie viele Frauenzeitschriften und Psychologen und Fernsehsendungen behaupten, dass nämlich der moderne Mann heute das Kind wickelt und füttert, als wollte er ein bisschen weiblich werden, und auch nicht so, dass heute die Konflikte zwischen Frau und Mann im Bett gelöst werden, auch wenn es manchmal bei kleinen Streitigkeiten vorkommt, nein, wir meinen etwas anderes mit ›gegenseitiger Freiheit‹. Wir verstehen darunter, dass man heute von Gleich zu Gleich miteinander sprechen soll, nicht über alles natürlich, denn jeder muss den anderen respektieren, einen gewissen Abstand zu dem Gefährten oder der Gefährtin braucht man. Was glaubst du denn? Dass unsere Frauen Hausfrauen sind? Meine ist Grundschullehrerin, und Onofrios Frau arbeitet als Krankenschwester, und sie haben viel mehr zu erzählen als wir mit unserer Autowerkstatt.« – »Gut«, sagte ich immer noch leicht skeptisch. »Aber wer passt jetzt abends auf die Kinder auf, solange ich hier bin?« – »Unsere Frauen haben sich ihre Abende viel besser organisiert als wir, und nicht erst, seit du da bist. Sie wechseln sich ab. Einmal passt die eine auf die Kinder auf und die andere geht zum Beispiel ins Kino in Caieta oder Formura oder besucht eine politische Veranstaltung, und beim nächsten Mal machen sie es umgekehrt … Und so haben sie sich mit drei oder vier weiteren Freundinnen abgesprochen. Gelegentlich gehen sie auch alle gemeinsam aus, weil eine zum Beispiel eine Großmutter hat, die auf die Kinder aufpasst, ein andermal setzen sie sich bei einer vor den Kamin und plaudern … Worüber sie reden, wissen wir nicht, wahrscheinlich auch über uns … Und bestimmt reden sie heute Abend über dich, aber nicht bloß weil du unser Freund bist … An so was sind sie gewöhnt … Es kommt durchaus vor, dass ein merkwürdiger Freund oder Verwandter auftaucht, mit dem nur ich oder er oder wir beide zusammen zu tun haben … Vermutlich fragen sie sich heute Abend eher, warum Donna Rosita dir durch Eusebia so viele Geschenke schickt, denn Donna Rosita, das weißt du wohl schon, ist ja im Dorf in aller Munde, sowohl im Rione Terra als auch im Borgo, und sie rätseln, ob du vielleicht einmal ihr Geliebter warst oder ob General Lorenzo, der mit seiner Schwester Eusebia im Haus von Donna Rositas Vater aufgewachsen ist, dich womöglich mit Geschenken besänftigen will, um seine Geheimnisse zu wahren, da er auch ein abenteuerliches heimliches Leben gehabt hat, von dem ich dir irgendwann noch erzählen werde, beziehungsweise von jemandem, der behauptet, mehr darüber zu wissen, erzählen lasse.«

»Ich verstehe nichts von Familien und Kindern und noch weniger von altmodischen oder modernen ehelichen Beziehungen, deshalb bitte ich euch, lassen wir das Thema … Sagt mir lieber …« Und da ich verwirrt war über meine Erlebnisse an diesem Tag und wenigstens in einigen Punkten etwas Klarheit wollte, erzählte ich ihnen von meinem Besuch in der Bar Nazionale und den Madonnen, Bibeln, Waldensern und raufenden jungen Männern, und vor allem fragte ich sie nach jenem mir unbekannten Krieg zwischen Sarden und Acraianern. »Was die Bar angeht, kann ich dir dienen«, sagte Onofrio. »Nicht, weil ich Teodosio das Wort abschneiden will, sondern, weil er sich für bestimmte Sachen nicht interessiert, oder vielleicht doch … aber es kann ja nicht immer nur er reden … Außerdem kenne ich mich da viel besser aus, weil der Besitzer mein Großonkel ist. Fangen wir also mit dem Heiligenfresko an. Was dir der Alte gesagt hat, stimmt, weder das Amt für Denkmalpflege noch die verschiedenen Pfarreien und Klöster sind daran interessiert. Ob es wertvoll ist oder nicht, weiß ich nicht. Ich weiß nur, dass es hier in Acraia und Umgebung einen Haufen vorgeschichtliche, griechische und römische Ruinen gibt, die von den Schafen gefressen werden, in dem Sinn, dass die Herden das Gras abweiden, das darüber wächst … Und manchmal sind diese Gebiete gefährlich, weil die Gräben, die diese Reste verbergen, von Efeu überwuchert sind … Ich sage ›Reste‹, denn alles, was man stehlen konnte, ist über die Jahrhunderte gestohlen worden, nur die paar Überbleibsel sind noch da, und ab und zu schreibt mal ein Professor ein Büchlein darüber, das du dann am Zeitungskiosk kaufen kannst. Apropos Zeitungskiosk, du wirst bemerkt haben, wie viele Bücher über diesen Fra' Barnablú dort liegen, während sich niemand die Mühe macht, zum Beispiel eins über Spartakus zu schreiben, der gleich neben dem Grabmal des Cicero, an der Straße nach Formura, in einer Villa als Sklave gehalten wurde … Ja, der Sklave, von dem der Aufstand ausging … Den Grund kann ich mir denken, aber den brauche ich dir nicht zu nennen … Ich sage nur, dass hier viele Männer Vladimiro oder Spartaco heißen, aber offensichtlich weiß niemand mehr, warum, während es keinen einzigen namens Barnablú gibt und auch keinen Barnaba, weil die Kirche, die anfangs auf seiner Seite war, da sie ihn als Verteidiger der Bourbonen gegen die Französische Revolution betrachtete, sich dafür später immer genierte und nie wollte, dass die Kinder seinen Namen bekämen, und außerdem … dieser Brigant hieß überhaupt nicht Barnaba … er hieß Michele, weil er aber ein frecher kleiner Gauner war, sagte der damalige Pfarrer zu ihm: ›Du bist genau wie Barnabas, der Schächer, der an Christi Stelle gerettet wurde …‹, und wer im Dorf könnte da, trotz der Verehrung, die die Leute für diesen Briganten hegen, noch den Mut aufbringen, seinen Sohn Barnaba zu taufen?

Die einheimischen Forscher debattieren in ihren Büchlein immer noch darüber, ob er Barnablú genannt wurde, was an Beelzebub erinnert, oder Barbablú, also Blaubart, weil er einen rabenschwarzen Bart hatte; ich persönlich glaube mehr an die erste Version, weil sie ihn als Kind anscheinend alle wie ein Teufelchen behandelten, und auch, weil man damals das Märchen von Blaubart hier gar nicht kannte und erzählte … Außerdem war er, der Brigant, auf die Franzosen sauer, nicht auf die Frauen … Aber kommen wir auf meinen Großonkel zurück. Es stimmt, dass sein Vater nach Amerika abhaute, nach dem Krieg zwischen Sarden und Acraianern, von dem dir Teodosio erzählen wird, weil er mehr darüber weiß; es stimmt, dass er Waldenser ist, wie er sagt … Aber ich, also mit Waldensern kenne ich mich ein bisschen aus, da meine Schwiegermutter aus Guardia Piemontese kommt, wo die Klagemauer zum Gedenken an das Massaker an den Waldensern steht und wo die wenigen Überlebenden gezwungen waren, zum Schein zum Katholizismus überzutreten so wie hier bei uns die Juden … Ja, hier bei uns. Du musst nämlich wissen, dass es wenige Schritte von diesem Haus entfernt eine Gasse gibt, die ›Vicolo Giudecca‹ heißt … und dort wohnten die Juden, bevor sie von den Spaniern vertrieben wurden. Und dort, in dieser Gasse, steht ein merkwürdiges Haus, merkwürdig im Vergleich zu allen anderen alten Häusern in Acraia, man sagt, es sei die Synagoge gewesen und dann eine Kirche geworden … Jetzt dagegen, ich weiß nicht, ob seit hundert Jahren oder seit Kriegsende, ist es ein Wohnhaus, in dem ein junger Wirrkopf lebt, der alle Nachbarn mit seiner überlauten Musik stört … Aber entschuldige, dass ich, wie du sagst, abschweife … Nun zurück zu meinem Großonkel: Wenn ich ihn mit den wenigen Waldensern vergleiche, die ich dort unten kennengelernt habe, kommt er mir doch ziemlich anders vor, denn selbst wenn er die Bibel und das Evangelium so gut kennt, wie er behauptet, wüsste ich doch nicht, dass er seine Kinder oder Enkel darin unterrichtet hätte, und ebenso wenig kann man sagen, dass er viele gute Werke tut … Kurz, es ist, als rühmte er sich eines Adelstitels, indem er sagt, er sei Waldenser, denn er ist der einzige hier … Wenn er dagegen Zeuge Jehovas wäre, würde er es vermutlich nicht herumerzählen, weil es davon eine ganze Menge gibt … Sie haben sogar einen eigenen Raum, innen und außen ganz schwarz, sieht aus wie eine Leichenhalle, eine schwarze Leichenhalle … Und sie finden auch Zustimmung … bei den armen Leuten. Bei denen, die entweder Verwandte in Amerika hatten oder nach dem Krieg Pakete von der UNRRA erhielten, deshalb sind sie nämlich übergetreten, zu Recht, denn Brot und alles andere gaben ihnen die Pfarrer hier nicht … Sie sind auch ganz schön lästig, klopfen an deine Tür, wollen sich über Sachen unterhalten, die du schon weißt, mit ihren Heftchen, die weltweit Gottes Wort verkünden, als ob es Radio Mars wäre, aber ich habe meiner Frau beigebracht, wie man sie loswird. ›Sag einfach: Entschuldigung, ich habe die Nudeln auf dem Herd‹, habe ich ihr geraten, ›die verkochen sonst.‹ Und anscheinend funktioniert dieses Argument viel besser als ›Ich habe schon meine Religion‹ oder, schlimmer noch, ›Ich bin nicht gläubig‹ … Ja, ich schweife nicht mehr ab, entschuldige … Was dann die Streitereien wegen der Autonummern angeht, die sind hier sehr häufig, davon können wir ein Lied singen, Teodosio und ich, denn manchmal, an abgelegenen Orten, da geht's nicht mehr um Schlägereien ... da fahren sie mit den Autos aufeinander los, und wir sollen sie dann quasi gratis reparieren, die Autos von diesen Spinnern. Warum? Weil sie aus Acraia sind ... während jeder, der von auswärts kommt, als Feind betrachtet wird. Und diese Auseinandersetzungen gibt es nicht nur zwischen Maurern, denn ... hinter der Geschichte mit den Autonummern steckt auch die Meinung der Leute aus Acraia, dass die von auswärts den Hiesigen die Arbeit wegnehmen, was gar nicht stimmt. Weißt du, wie viele Arbeitslose ich kenne, die hier bestimmte Jobs nie annehmen würden, um sich keine Blöße zu geben, und sich damit begnügen, genau die gleichen Jobs woanders zu machen, wo sie keiner sieht ... oder die solche Arbeiten überhaupt nie annehmen würden, weder bei sich zu Hause noch sonst wo? Nicht unbedingt, weil sie unterbezahlt oder gefährlich wären, sondern, weil sie immer hoffen, durch Beziehungen eine Stelle als Gerichtsdiener oder Hausmeister zu ergattern oder womöglich sogar als Computerspezialist ... Und, wie gesagt, es kommt nicht nur unter Maurern zu dieser Art von Konflikten, sondern auch unter den sogenannten ›Signori‹ ... Manchmal zerstechen sie sich sogar die Reifen. Uns kann das natürlich nur recht sein, denn je mehr Autos kaputtgehen, umso besser verdienen wir, aber es geht gegen unsere Überzeugung, weil wir uns sagen: ›Ist es denn möglich, dass einer unbedingt das Auto nehmen muss, um fünfhundert oder dreihundert Meter zurückzulegen?‹ Und während wir als Kinder zu Fuß zur Schule gingen, werden sie jetzt alle mit dem Auto hingebracht ... Aber hier funktioniert alles so, was willst du da machen! Unsere Kinder kommen nach

Hause und haben gelernt, wie man die Straße überquert, man sagt ihnen, sie sollen an der Ampel warten, bis Grün kommt, und dann gibt es keine Ampeln. Die Straße teilt das Dorf in zwei Teile; wie du selbst gesehen hast, ist sie stark befahren, als aber vor zwanzig Jahren ein Kommunalreferent vorschlug, Ampeln aufzustellen, antwortete ihm ein anderer: ›Wir sind doch nicht in Rom!‹ Aber inzwischen ist es hier schlimmer als in Rom … Diesen Hund, der dir gefolgt ist, würde ich in den Kommunalrat schicken … Doch jetzt bist du dran, Teodosio«, sagte Onofrio zuletzt, indem er seine aufgeregte Wanderung durchs Zimmer abbrach und sich, wie ermüdet von all dem Reden und Gestikulieren, in den Sessel lümmelte, aber nicht ohne zuvor das Deckchen, das die Rückenlehne zierte, abgenommen und sorgfältig zusammengelegt zu haben. Teodosio jedoch stellte sein Weinglas ab, öffnete die Tür und rief: »Rituzza!« Ich hörte ihn sagen: »Wenn deine Töchter auf die Piazza gegangen sind, komm zu uns und leiste uns Gesellschaft … Auch wenn sie bald wiederkommen, leg ihnen doch einen Zettel hin, dass du bei uns bist, das Abendessen hast du ja sicher schon vorbereitet.« Und sie: »Nein, hab ich nicht, weil ihr Vater mit ihnen ins Restaurant geht. Aber ich …« – »Was, ich?! Los, mach schon! Du weißt genau, dass sich hier niemand erlaubt, über uns herzuziehen, und selbst wenn … was geht dich das an? Da du nicht von hier bist, zerreißen sich sowieso alle das Maul über dich, einfach weil du von auswärts kommst, das weißt du ja, oder? Auch wenn du nie Anlass dazu gegeben hast … Los, stell den Pinsel ins Terpentin und komm rüber, etwas Gesellschaft tut dir gut, du kannst doch nicht dauernd mit deinem van Gogh allein sein!« Dann kehrte

Teodosio lächelnd zurück und setzte sich auf einen Stuhl, mit neugierigem, unschuldigem, leicht schelmischem Kinderblick. »Jetzt«, sagte er zu Rituzza gewandt, »muss ich unserem Freund die Geschichte des Krieges zwischen Sarden und Acraianern erzählen.« – »Aber die kenne ich schon …«, wandte Rituzza ein. »Und eigentlich, bevor du anfängst, weil dann vielleicht meine Töchter zurückkommen und ich immer dafür sorge, dass ich zu Hause bin, um sie zu begrüßen, genau wie ich sie immer zur Tür bringe, wenn sie weggehen … Also eigentlich möchte ich euch erzählen, was heute mit den drei Generälen passiert ist, oder vielmehr mit General Lorenzo, denn die anderen waren noch nicht da.« – »Dann schieß los«, sagte Teodosio, indem er ihr ein Stück Pizza hinhielt, das sie ablehnte. »Ich habe schon gegessen.« – »Dann nimm was Süßes«, drängte Teodosio. – »Na gut«, erwiderte sie zögernd. Dann begann sie sogleich mit ihrer Geschichte: »Also, vor dem Kellerraum warfen Bartolomeos kleiner Sohn Patrizio und ein Spielgefährte Steine aufeinander, da kam General Lorenzo heraus und fragte sie: ›Was kostet mehr Kraft? Einen Stein zu werfen oder ihn in der Faust hinter dem Rücken zu verstecken?‹ Worauf erst Patrizio und dann der andere prompt das Gleiche antworteten: ›Man braucht mehr Kraft, um ihn hinter dem Rücken zu verstecken.‹ Danach blieben sie verblüfft stehen, als staunten sie über ihre eigenen Worte, schauten sich aber noch immer feindselig an. – ›Na gut‹, sagte Patrizio dann, ›vorerst hören wir auf damit, aber was mache ich, wenn er irgendwo anders wieder einen Stein nach mir wirft? Lass ich mich treffen und Schluss?‹ Worauf General Lorenzo sagte: ›Das kann ich jetzt nicht beantworten. Ich sage nur, dass dann du oder ihr beide zusammen zu mir kommen oder die Frage jemand anderem unterbreiten müsst, weil man auch in diesem Fall genau wie beim Fußball einen Schiedsrichter braucht. Und ich bin bereit, euer Schiedsrichter zu sein, wenn ihr sonst niemanden findet.‹ Die beiden Jungen lachten los: ›Der, ein Schiedsrichter? Der ist doch uralt, und wer weiß, ob er überhaupt je Fußball gespielt hat!‹ Dann liefen sie feixend davon, wenigstens für den Augenblick versöhnt, denn zusammen zu lachen tut gut, selbst wenn es auf anderer Leute Kosten ist … Und jetzt müsst ihr mich auch ein bisschen zum Lachen bringen, selbst wenn es auf Kosten der Sarden ist, da ihr ja Acraianer seid.«

»Da gibt es wenig zu lachen«, sagte Teodosio, zu mir gewandt, »weil dieser Krieg, nennen wir ihn so, tatsächlich stattgefunden hat. Damals, Anfang des Jahrhunderts, gab es, wie in allen Jahrhunderten davor, nur die Straße, die den Norden mit dem Süden verband. Eines Tages jedoch beschlossen die Behörden, dass man, um die Einheit Italiens zu stärken, eine Eisenbahn bauen müsse, nicht so sehr für die Menschen als vielmehr für die Waren. Nun ist die Straße ja an vielen Stellen bald zwischen Meer und Bergen eingezwängt, bald ein ständiges Auf und Ab … während die Züge bekanntlich geradeaus fahren müssen und Platz für zwei Geleise brauchen … Deshalb war es auf manchen Streckenabschnitten notwendig, Tunnels durch die Berge zu graben, und einer davon war der hiesige. Da es bei uns aber keine Spezialisten auf diesem Gebiet gab, wurden Bergleute aus Sardinien gerufen, die sich mit Sprengungen, dem Ausheben von Gruben, Stützbalken und Tunnelbau auskannten. Sie kamen zu Tausenden und verteilten sich auf die verschiedenen Dörfer … Hier zum Beispiel waren es über fünfhundert, und sie wurden von den ortsansässigen Familien beherbergt, die so wenigstens auch etwas verdienten. Aber beliebt waren sie nicht, ganz im Gegenteil … nicht nur, weil sie Fremde waren, nicht nur, weil gemunkelt wurde, dass sie den Einheimischen die Arbeit wegnahmen, sondern auch, weil viele dachten, dass die Eisenbahn denen an der Straße das Geschäft ruinieren würde; und außerdem waren die Leute hier alle kleine Bauern, Tagelöhner, Schäfer, Handwerker … Die hatten keine Ahnung von Industriearbeit und Arbeiterklasse. So kam es, dass sie anfingen, sich mit kleinen Bosheiten und Schikanen zu rächen und die Sarden schließlich beschuldigten, die Frauen zu belästigen. Daraufhin verbreitete sich das Gerücht, dass diese Bergleute den Mädchen den Rock hochhoben oder sie gar vergewaltigten, wenn sie zum Wasserholen zum Brunnen gingen, bis die Acraianer rebellierten.

Der Bürgermeister, Donna Rositas Vater, der schon damals zu den Reichsten des Dorfes gehörte, weil er viele Güter zuerst als Verwalter bewirtschaftete und sich dann die Ländereien aneignete, wenn die Herrschaften ihr Vermögen in Neapel oder Rom verjubelt hatten, manche behaupten sogar, in Paris, aber ich glaube nicht, dass sie bis dahin gekommen sind … so riesig wie anderswo war ihr Vermögen dann auch wieder nicht … Jedenfalls, nachdem Donna Rositas Vater, der von seinem Äußeren her mehr einem Büffelhirten als einem Bürger glich, die Lage vergeblich den zuständigen Behörden und sogar dem Polizeipräsidenten in Neapel gemeldet hatte, ohne je eine Antwort oder Verstärkung zu erhalten, was weiß ich, zum Beispiel Carabinieri, beschloss er eines Tages, eine Kundgebung auf der Piazza zu veranstalten, und da Tribünen für Politiker damals hier noch nicht üblich waren, stieg er auf einen Tisch und sagte zu der aufgebrachten Menge: ›Wenn uns niemand Gehör schenkt, müssen wir selbst Justiz üben, bewaffnen wir uns also mit Flinten, Steinen, Messern und Mistgabeln und verjagen wir diese Sarden, die sich in unserer Heimat und in unseren Häusern als Herren aufspielen und sogar die Ehre unserer Frauen gefährden!‹ Gesagt, getan. Die Acraianer begaben sich sofort auf die Jagd nach den Sarden, die auf die Berge und in die Felder geflohen waren, und obwohl auch sie sich zur Verteidigung bereit gemacht hatten, wurden viele verletzt und einige sogar getötet. Daraufhin musste die Obrigkeit notgedrungen eingreifen. So fand 1913 endlich in Neapel ein Prozess statt. Ein berühmter Prozess. Stell dir vor, der Verteidiger der Acraianer war der junge Rechtsanwalt De Nicola, der später Präsident der Republik wurde, und der Verteidiger der Sarden war der junge Rechtsanwalt Segni, der dann ebenfalls Präsident der Republik wurde! Das Urteil, sagt man, war exemplarisch. Es hieß darin, dass man den Sarden mildernde Umstände zubilligen müsse, denn sie hatten sich zwar schwerer Beleidigungen den Frauen gegenüber schuldig gemacht, doch war dieses Verhalten durch den Umstand gerechtfertigt, dass man sie hierhergeschickt hatte, für Jahre fern von ihren Familien und ihren Frauen, während die Acraianer, des Mordes für schuldig befunden, mit schweren, aber nicht härtesten Strafen belegt wurden, weil man ihnen als mildernden Umstand Notwehr zugestand. Unterdessen jedoch waren viele der Acraianer, die noch auf freiem

Fuß waren, aber eine Verhaftung fürchteten, nach Amerika geflohen, unter ihnen eben auch der Vater von Onofrios Großonkel, dem Besitzer der Bar Nazionale … Der Hass auf diese Sarden ist natürlich geblieben. Man braucht nur die diversen Büchlein der Lokalhistoriker zu lesen, die diese Vergeltungsaktion als einen Krieg schildern, aber da ich auch ein wenig gereist bin, wenn auch nicht so weit wie du, hatte ich Gelegenheit, die Version der Sarden zu hören, wonach es weder um Röcke am Brunnen noch um Vergewaltigung ging … Die Wahrheit ist, dass die Camorra nicht nur bei den Firmen, die die Eisenbahn bauten, Schutzgeld erpresste, sondern durch ihre Mittelsmänner in Acraia auch vom Lohn der Arbeiter einen Anteil als Schutzgeld einforderte …« – »Ich bin zwar nicht von hier«, warf Rituzza ein, »doch wundert mich das nicht, in der Provinz Salerno läuft es auch nicht viel anders …« – »Aber zum Beweis, dass selbst bei kleinen Kriegen wie diesem manche doch Frieden schließen, und sei es auch nur im Bett«, fuhr Teodosio fort, »gibt es nun hier in Acraia viele sardische Nachnamen … Zudem verbindet uns mit Sardinien, das ja direkt vor uns liegt, auch wenn man es nicht sieht, ein Baum, die Korkeiche nämlich, die in Italien nur hier und bei ihnen wächst, vielleicht noch gelegentlich in der Toskana … Und gemeinsam ist uns auch, dass wir unsere Korkindustrie nach und nach haben eingehen sehen, denn früher machte man hier wie dort aus Kork Flaschenkorken, Schwimmer für die Fischernetze, Platten zur Wärmeisolierung, lauter Sachen, die jetzt aus Kunststoff gefertigt werden oder, wenn sie noch aus Kork sind, aus wer weiß welchem Land kommen …« Als wollte er seine Worte unterstreichen, legte er die Korken einiger

Flaschen, die wir an zwei Abenden geleert hatten, auf den Tisch: »Wenn wir genug beisammenhaben«, sagte er, »werden sie die Bauern auf unserem Schachbrett, als König und Königin nehmen wir die zwei Küken, die Eusebia auf die Eier geklebt hat, als Läufer die Tüten vom Illy Caffè und als Springer … weiß ich noch nicht, das muss ich mir überlegen …«

»Die Springer«, warf Rituzza lachend ein, »besorge ich euch: die leeren oder aus der Mode gekommenen Lippenstifte meiner Töchter.«

Und so gingen sie scherzend und lachend davon.

Am Karfreitag – ich war am Palmsonntagabend in Acraia angekommen – sah ich am späten Nachmittag von der Terrasse aus, dass sich vor dem Militärquartier der drei Generäle mehrere Personen versammelt hatten, die sonst nicht dort zu stehen pflegten, und da ich mich zwischen all diesen Leuten nicht als Eindringling fühlte, gesellte ich mich zu ihnen. Ein paar alte Frauen machten sich an einem kleinen Altar zu schaffen, einem Tisch mit weißer Spitzendecke, auf dem rote Grablichter brannten, wie sie nach und nach auch an fast allen Fenstern und Balkonen der Gasse aufflammten, woran ich erkannte, dass die dunkel gebliebenen Häuser, abgesehen von den im Krieg eingestürzten Gebäuden, Zweitwohnungen waren. Bald reichte mir jemand einen Stuhl, und ich setzte mich, versunken in die Betrachtung eines wundersamen Stücks *arte povera,* auf das der letzte Sonnenstrahl fiel: ein kleines, in den Naturstein eingelassenes Fenster mit einer Art Wappen darüber und schönen Spitzenvorhängen, die außen vollkommen harmonisch in braun bis rötlich bis staubig grün gefärbte

Spitzen überzugehen schienen, da ein Gewirr von einfachen Pflanzen teils am Fenstersturz emporkletterte, teils herabhing wie ein duftig durchsichtiger Faltenwurf. Wie kunstvoll hier Menschenwerk und Natur rein zufällig zusammenwirken, sagte ich mir, wenn sie aber absichtlich kombiniert werden, wie bei den Geranien oder den exotischen Pflanzen auf den Balkonen an der Piazza oder an anderen Häusern, ist das Ergebnis so banal und wenig originell, dass man es nicht einmal bemerkt. Doch während ich noch zu gern die Geheimnisse jenes rätselhaften schönen Fensters ergründet hätte, auch weil es mich an ein ähnliches erinnerte, in Cadiz, hinter dem sich ein Mädchen verborgen hatte oder vielmehr verborgen wurde, das eine meiner ersten Lieben gewesen war, riss mich Rituzzas Stimme aus meinen Gedanken mit den Worten: »Gleich kommt die Karfreitagsprozession vorbei … Ein paar Leute, die sie schon weiter unten gesehen haben, sagen, sie sei so lang wie noch nie!« Als die Prozession sich hinter der Porta Regina ankündigte, einem steinernen Bogen, der für diesen Abend ausnahmsweise von den Autos geräumt worden war, die sonst auf der einen Seite parkten, während auf der anderen, die zum Durchfahren zu eng und deshalb frei war, ungestört zwischen den Quadern hartnäckige Kapernpflanzen wucherten, auf die niemand Anspruch erhob, allerdings nicht, weil es sich um öffentlichen Grund und Boden handelte, das zeigte die Rücksichtslosigkeit, mit der die Autos hier geparkt wurden, und, in den versteckteren Winkeln, die Menge von weggeworfenem Papier, leeren Flaschen und anderen fauligen Abfällen, die dort herumlagen, sondern, weil man hohe Leitern gebraucht hätte, um die Kapernfrüchte zu pflücken, und niemand fand, dass es der Mühe wert sei, und schließlich … als die Prozession unter diesem Bogen anlangte, standen alle auf; sogar die drei Generäle traten aus ihrer Stellung oder Höhle heraus. Ich verstand nicht, warum die Leute um mich herum so staunten. In Süditalien und Spanien hatte ich schon viel eindrucksvollere Prozessionen gesehen. Hier gab es weder Kapuzenträger noch halbnackte Flagellanten, weder bußfertige Männer, die auf Dornenkronen knieten, noch stumme oder schreiende verschleierte Frauen: Es war nur eine endlose Menschenschlange, vorneweg die üblichen Ministranten, die üblichen kleinen Mädchen in Weiß und Hellblau, gefolgt von den üblichen violett gekleideten Priestern, von denen einer das Kruzifix trug, während die anderen Weihrauchfässchen schwenkten, danach Frauen und Kinder, dann die Männer, junge und alte. Gewiss, der Zug war lang, und am auffälligsten war das Schweigen, in dem er sich fortbewegte, ein etwas beunruhigendes Schweigen; bei den anderen Prozessionen, die ich gesehen hatte, wurde es wie in einem Psychodrama von Schreien und Klagen unterbrochen; und später, als diese uralten Riten bei Anthropologen und Snobs in Mode kamen, die sich vorher nie um derartige Dinge gekümmert hatten und jetzt auf einmal von Dorf zu Dorf zogen, wo die alten Traditionen noch unverfälschter lebendig waren, hatte ich gesehen, wie sich all diese Leute mit Fotoapparat an den Rändern des Zuges drängten, dann am Ende des Rituals fröstelnd in eine Kneipe eilten, die noch nicht für diesen folkloristischen Massentourismus gerüstet war, und sich nur ungern mit dem wenigen zufriedengaben, das ihnen dort geboten wurde. Doch um zu meiner Prozession zurückzukehren: »Beeindruckend, beeindruckend!«, sagten manche und andere: »Nicht einmal während des Krieges hat es das gegeben! Aber klar, wer hatte damals schon Zeit für Prozessionen!« Und wieder andere: »Nicht mal 1948, als die Madonnen weinten, haben wir so was erlebt, und auch nicht kurz darauf, als die Madonnen weiterweinten! Wahrscheinlich, weil es damals hier kaum Männer gab, sie waren alle zum Arbeiten im Ausland.« Ich begriff augenblicklich, dass das allgemeine Staunen der großen Anzahl an jungen und alten Männern galt, die bei der Prozession mitgingen. »Das macht der Serbienkrieg«, sagte General Lorenzo, mehr zu mir als zu den anderen gewandt. »Alle haben Angst vor dem Krieg ... Natürlich hat es seit der Schlacht von Montecassino eine Menge Kriege gegeben auf der Welt ... Ja, aber in diesen sind wir verwickelt, unsere Regierung ist verwickelt, und Serbien ist nahe, nicht weit weg wie Korea oder Vietnam oder Irak zu Zeiten des Golfkrieges ... Auch die Kirche hat ihn verdammt, hat sich nicht nur darauf beschränkt, Militärpfarrer zu schicken. Und dann ist da das Fernsehen, das uns mit gefälschten Nachrichten bombardiert ...« – »Apropos Fernsehen«, mischte sich ein junger Bursche ein, »ich habe gehört, dass der amerikanische Kommandeur Clark heißt, und da Sie im Zusammenhang mit der Schlacht von Montecassino auch ab und zu einen General Clark erwähnt haben, der die Operationen von Caserta aus leitete, frage ich mich, ob es etwa derselbe war ...« – »Aber mein Junge, wie kannst du nur denken, dass es sich nach mehr als fünfzig Jahren noch um denselben General handelt? Nur der Name ist gleich ... Wer weiß, es wird ein Schicksal der Namen sein, nicht der Personen ... Und ist es deiner Meinung nach bloß eine Frage des

Schicksals, dass die Bomben, die heute auf Serbien fallen, das gleiche Ergebnis zeitigen wie die, die auf uns fielen?« Der Junge schwieg. Dann fragte sein Freund schüchtern: »Dürfen wir vielleicht, da Sie so gut Bescheid wissen, einen Abend bei Ihnen vorbeikommen, um mehr über diesen Krieg in Serbien zu erfahren?« – »Nein, dürft ihr nicht«, erwiderte General Lorenzo, »weil wir uns darauf beschränken, die Schlacht von Montecassino zu studieren, in die wir aus unterschiedlichen Gründen verwickelt waren, als arme Unwissende und Opfer, und uns scheint, wenn ihr euch mehr dafür interessieren würdet, würdet ihr aufhören fernzusehen, um zu begreifen, was Krieg ist, denn abgesehen von den Atombomben auf Hiroshima und Nagasaki gleichen sich die Kriege alle, seit es Bomben gibt ... Ihr dagegen spaziert weiter zwischen den im letzten Krieg zerstörten Häusern durchs Dorf und betrachtet sie, als wären es römische Ruinen, falls ihr überhaupt römische Ruinen kennt, und manche von euch achten gar nicht darauf, als wären es neben der Abfalltonne deponierte alte Matratzen ... Und jetzt ist die Prozession vorbei, jetzt lasst uns in Frieden unsere Arbeit tun!« Und zusammen mit den anderen beiden Generälen, die ebenso beleidigt wirkten, zog er sich in das Kellergeschoss beziehungsweise Hauptquartier zurück, während ich mich, von Rituzza begleitet, nach Hause aufmachte.

»Sie sind in Wirklichkeit nicht so grantig, wie sie zu sein scheinen«, sagte Rituzza zu mir. »Im Gegenteil, sie haben mir gesagt, falls Sie mehr über ihre Arbeit wissen möchten, sind Sie willkommen.«

An jenem Abend zog ich es vor, mich auf die Seite der Terrasse zu setzen, die zur Burg hinaus ging, weg von der Gasse, den drei Generälen, Rituzza, den Grablichtern und den Stoßgebeten, die nur noch schwach von fern herüberklangen. Der große Kran, der die Burgzinnen überragte, erinnerte mich an die Häfen, in denen ich gewesen war, vor allem an den Hamburger Hafen, eine schwimmende Fabrik, während die Burg mit dem Mond darüber mir wie eine Ansichtskarte vorkam, so unzugänglich war ich für Emotionen. Bis etwas geschah, eines jener vielen kleinen Wunder, die vielleicht allen Menschen begegnen und dank deren sie weiterleben, ohne dem Schicksal hilflos ausgeliefert zu sein. Eine kleine Wolke verdunkelte nur einige Minuten oder Sekunden den Mond, ein Augenblick der Auslöschung, der auch mich auslöschte, fast als sei ich selbst die düstere Wolke. Als sie verschwand und der Mond wieder leuchtete, fühlte ich mich plötzlich lebendig, so als seien wir, die Wolke und ich, einer des anderen Schatten; danach überließ ich mich nicht meinen Träumen oder Gedanken, sondern wie ausgeleert diesem milchigen, unaufdringlichen Schein, der keine Geheimnisse barg, sondern *war,* einfach *war.* Vielleicht nickte ich ein, denn so überraschten mich Teodosios Stimme: »Stören wir? Bist du müde?«, und seine Hand, die leicht meine Schulter streifte. Sein sanfter Ton rührte mich, ob aus Müdigkeit, Versonnenheit oder Schläfrigkeit, weiß ich nicht. Er saß auf dem Boden neben Onofrio. Wir schwiegen eine Weile und betrachteten gemeinsam den Mond und die Wolken, die ihn ab und zu verdeckten. Bis ich, da mir meine Abwesenheit oder vielmehr Nachlässigkeit ihnen gegenüber ungerecht vorkam, schließlich sagte: »Nun, überlassen wir den Mond seinem Lauf und gehen wir hinein.« Allerdings waren diese Worte auch dem Umstand geschuldet, dass ich spürte, wie mir die Feuchtigkeit Kleider und Knochen durchdrang. Das war mir bisher nie passiert, viele Jahre lang hatte ich den Zeichen der Zeit an meinem Körper eher geringe Beachtung geschenkt, doch jetzt war es, als bräuchte er Schutz; so sagte ich, fast wie eine Forderung, die ich noch nie an jemanden gerichtet hatte: »Mir ist kalt!« Als hätten beide nur auf meine Worte gewartet, entzündete Onofrio, sobald wir im Haus waren, das Feuer im Kamin, und Teodosio sagte, vielleicht um mich nicht zu demütigen, so schien es mir jedenfalls, denn die Nuancen in den menschlichen Beziehungen können sehr subtil sein: »Mir ist auch kalt.« Und den Satz abschwächend, fügte er hinzu: »Außerdem fange ich bei Prozessionen auch im Sommer immer zu frösteln an. Würde es dich nicht auch frieren vor einem lodernden Scheiterhaufen voller Ketzer, so wie es früher war?« Er lachte. Und auch ich und Onofrio stimmten in sein Lachen ein.

Dann entdeckte ich zu meinem Erstaunen mitten auf dem Tisch eine längliche Platte mit *insalata russa,* dessen Mayonnaiseschicht mit einem zarten Blütenmuster aus Karotten, roten Rüben, Tomaten und Stangensellerie verziert war. »Ist das Rituzzas Werk?«, fragte ich, da ich unterdessen sowohl ihre künstlerische Leidenschaft für Blumen als auch ihre Vertrautheit mit den Vorlieben der Damen kannte. – »Nein«, sagte Onofrio. »Den hat meine Frau gemacht, weil heute Karfreitag ist und es Fisch gibt. Unter diesen ganzen Verzierungen verbirgt sich nämlich ein schöner Lachs. Insgesamt hat sie drei gemacht: einen für uns, einen für Teodosios Frau und einen für dich. Sie hat Spaß an Kochbüchern, meine Frau, als sie jedoch Alessia, die ukrainische Frau des Metzgers, nach dem

Rezept für diesen ›russischen‹ Salat fragte, hatte die keine Ahnung … Anscheinend ist an diesem Salat gar nichts russisch. Andererseits steht in dem Kochbuch, die Mayonnaise hätten die Bauern von Mahón erfunden, auf einer kleinen Insel vor Spanien, und als Kardinal Richelieu sie belagerte, schmeckte ihm diese Sauce so gut, dass er sie am Hof von Frankreich einführte. Während die Bauern sie also nur mit ein paar Schnecken aßen, verfeinerten die französischen Herrschaften sie und servierten sie mit Salat, auch wenn darunter schon damals ein großer Fisch lag … Sehr gut, heißt es, kam sie auch bei den kirchlichen Würdenträgern an, die sich am Karfreitag, anstatt zu fasten, nicht nur mit dieser Mayonnaise vollstopften, sondern mit ganz unterschiedlich zubereiteten Fischen, in weißer oder sepiaschwarzer Sauce … Wie du siehst, lernt jeder auf seine Weise Geschichte. Meine Frau lernt sie mit den Kochbüchern, in denen nicht nur alte Rezepte, sondern auch deren Geschichten zu finden sind. Nur wenn da steht ›nach Belieben‹, ist sie immer ein bisschen verunsichert, aber dann verlässt sie sich auf ihr Fingerspitzengefühl.« – »Warum holen wir nicht Rituzza dazu«, warf Teodosio ein. »Wahrscheinlich sind ihre Töchter doch auch heute unterwegs …«

Rituzza erschien in einer großen weißen Schürze, ungekämmt und heftig nach Fisch stinkend. »Entschuldigung«, sagte sie, »aber ich habe drei Fischpuddings mit Reis und Béchamelsoße im Backofen, für drei verschiedene Familien, sie holen sie nachher ab … Nein, meine Töchter kommen spät, denn morgen ist keine Schule …« Dann, mit einem interessierten Blick auf die Platte mit *insalata russa*: »Das Rezept müsst ihr mir mal geben«, sagte sie, zu Onofrio gewandt, »das kenne ich gar nicht.

Das kann ich für die Sommerfeste machen oder vielleicht am nächsten Karfreitag ... Für zu Hause habe ich eine Kichererbsensuppe gekocht, die nur ich esse; meine Töchter mögen Kichererbsen lieber mit Pasta. Nachher, wenn die Kunden die Puddings abgeholt haben, bringe ich euch was davon vorbei ...« – »Wie du siehst«, sagte Onofrio, »wechseln feine und einfache Küche sich hier ab. Aber die *haute cuisine* ist inzwischen so weit verbreitet auf der Welt, dass manche berühmte Köche sie verschmähen und sich auf unsere alten kulinarischen Traditionen besinnen. Das habe ich auch meiner Frau gesagt, als sie sich in den Kopf gesetzt hatte, mit ein paar Freundinnen ein Restaurant zu eröffnen, so wie andere Buchladen-Cafés oder exklusive Boutiquen. Nun, von den Buchladen-Cafés brauchen wir gar nicht zu reden, lesen will sowieso keiner, aber auch über die exklusiven Boutiquen gibt es wenig zu sagen, sie schießen hier wie die Pilze aus dem Boden und verschwinden wieder, manchmal habe ich den Verdacht, dass es sich um Geldwäsche handelt. Und außerdem sind sie genau wie die in Formura, Neapel oder Rom ... bloß viel teurer. Und was die sogenannten ›exotischen‹ Boutiquen betrifft, die indische Sachen verkaufen – indisch ist an denen nur der Duft nach Haschisch, Amber oder wer weiß welchem anderen Teufelszeug, denn alles Übrige, was du da findest, das verkaufen die *vuo' cumpra'*, die afrikanischen Händler, die im Sommer über die Strände ziehen, oder du kriegst es auf dem Markt. Was all diese unternehmungslustigen Damen, darunter auch meine Frau, nicht wissen, ist, dass man für so was jede Menge Kapital braucht, das viele gar nicht haben, dass es Arbeit, Kenntnisse, Schlauheit erfordert und vor allem Geduld ... Der russische Salat schmeckt ausgezeichnet, sagst du? Danke. Und weißt du, warum? Weil er ganz frisch ist und die Mayonnaise nicht aus dem Glas kommt … Die hat meine Frau selbst gemacht mit Öl, Zitrone und Salz … Aber wer kann das überhaupt noch unterscheiden! Wir hätten hier zum Beispiel ein ausgezeichnetes Olivenöl, es ist uns aber nie gelungen, das Gütesiegel ›doc‹ dafür zu bekommen wie in der Toskana, denn die Genossenschaftsidee hat hier nie gegriffen und die Kooperativen aus Nord- und Mittelitalien haben sich nie bequemt, bis zu uns zu kommen. Sie sagen, wir seien noch nicht reif dafür. Ist ja klar, uns fehlt auch die Erfahrung. Aber was haben die aus dem Norden gemacht, als sie in den Süden gekommen sind? Sie haben die Schwarzarbeit ausgenutzt, wie beim Bau der Autostrada del Sole. Und doch, erinnerst du dich an die Kämpfe der Bauern nach dem Krieg und an diesen Salvatore Giuliano, der, wahrscheinlich von wer weiß wem gedungen, am 1. Mai die Landarbeiter auf der Kundgebung in Portella della Ginestra zusammenschießen ließ, weil die Linke bei der Wahl gewonnen hatte … Und dann die Kämpfe der Tagelöhner gegen die Feudalherren in Apulien, die auf ein *do ut des* hinausliefen, denn der Großgrundbesitz wurde zwar teilweise zerschlagen, aber derweil mussten alle auswandern … Da kommt Rituzza! Los, legen wir noch ein Gedeck auf!«

»Warum«, fragte ich Rituzza, »ist es für euch eigentlich so wichtig, zusammen zu Abend zu essen? Ich bin das nicht gewohnt. Für mich gab es das nur damals im Waisenhaus, und jetzt, wenn ich auf See bin, aber es war immer eine Pflicht, kein Vergnügen.« – »Vielleicht«, erwiderte Rituzza, »weil Sie ein Seemann sind und sich eine falsche Vorstellung von den, sagen wir so, ›Landratten‹ gemacht haben. Für uns war es einerseits ein Zwang, der ökonomisch bedingt war, aber auch ein großes Vergnügen und eine Freude. Als ich klein war, aßen wir abends alle zusammen und alle bedienten sich aus einer einzigen großen Schüssel, und manchmal geschah es, wie in meiner Familie, dass der Vater eines von uns Kindern tadelte, wenn es die besten Stücke herauspickte oder sich mehr nahm als die anderen. Und Mama respektierte er, auch wenn sie als Letzte drankam, deshalb sagte er zu uns: ›Wehe, ihr lasst nicht so viel übrig, wie eurer Mutter zusteht!‹ Darum waren wir eine anständige Familie, weil auf Gerechtigkeit geachtet wurde. Allerdings lässt sich das von anderen Familien, die ich gelegentlich besuchte, nicht sagen. In manchen rafften Vater und Söhne alles an sich, während es in anderen nichts zu raffen gab, abgesehen von einer Gemüsesuppe mit ein paar Kartoffeln, und denen half meine Mutter, so gut sie konnte. Dabei waren wir mitten im Wirtschaftswunder, wie ich später erfuhr. Und doch ging es in unseren Familien damals häufig wilder zu als bei Ihnen im Waisenhaus oder auf See. Aber auf die eine oder andere Weise lebten wir zusammen, und diese Erfahrung kennen Sie nicht. Sie wissen nicht, wozu die Frauen fähig waren, um die Familien zusammenzuhalten oder um – wenn sie großherzig waren, was nicht auf alle zutraf – denen zu helfen, denen es schlechter ging. Darum ist mir, obwohl ich eine gewisse Zeit eine, wie es heute heißt, ›normale‹ Familie hatte, also Mann, Frau und Kinder, die Erinnerung an damals geblieben, als wir zu vielen am Tisch saßen. Und darum esse ich auch jetzt noch so gern mit anderen, auch wenn sie nicht mit mir verwandt sind.«

Nach diesen Worten hüllte sie sich in feindseliges, verärgertes Schweigen, abgemildert durch ihr schlichtes Äußeres und ihren kindlichen Blick, der zwischen Staunen und Empörung schwankte. Dann, während sie sich eine Scheibe von dem russischen Salat abschnitt, sagte sie lachend: »Ich würde die Verzierungen anders machen, denn … sehen Sie hier diese rote Blüte?« Sie zeigte auf die rote Rübe. »Das sieht doch aus wie ein lippenstiftverschmierter Mund … Und diese grünen Ränder, die vermutlich frische Blätter darstellen sollen« – sie sah Onofrio fragend an –, »die gleichen eher welken Rucolastängeln. Heute ist Rucola, in meiner Kindheit das geringste aller Gemüse, ja groß in Mode, aber keiner weiß, dass sie nach wenigen Stunden verwelkt … Und ehrlich gesagt, ist mir dieser russische Salat völlig egal, genau wie meine Soufflés mit Reis und Fisch; mich interessiert nur das Geld, ich brauche es … Auch was meine Töchter machen, ist mir letztendlich egal, ich kann sowieso nichts dran ändern, ob sie gut oder schlecht aufwachsen, ob sie lieber Nudeln mit Kichererbsen oder Kichererbsen pur als Suppe essen. Heute Abend ist mir nur Anna wichtig, so ist das!«, schloss sie abrupt. – »Wer ist das?«, fragte ich neugierig und beunruhigt von ihrem jähen Stimmungsumschwung. Teodosio antwortete mir: »Eine Frau, die wie ein Mann aussieht und zusätzlich zu dieser Unannehmlichkeit auch noch, wie man sagt, ›geistig zurückgeblieben‹ war … Von klein auf hielt sie sich fast nie zu Hause auf, sondern saß entweder bei den alten Frauen, unter ihnen auch ihre Mutter, die älteste von allen, oder streunte durchs Dorf, häufig ging sie sogar bis zur Piazza oben, hinter sich einen Rattenschwanz von Kindern, die sie hänselten, gewöhnlich, sagen wir, auf gutmütige Weise, wie es allen Verrückten oder Sonderlingen auf dem Dorf so geht … Und einmal kam mein Sohn ganz erschrocken heim, weil sie ihn mit dem Hintern geschubst hatte, und als er bemerkte, dass sie schon erwachsen war, da war er entsetzt; daraufhin habe ich zu ihm gesagt: ›Du brauchst nicht zu erschrecken, sie macht das, weil sie mitspielen will. Ihr schubst euch doch gegenseitig auch manchmal mit dem Hintern, oder?‹ – ›Aber ich bin doch ein Kind‹, wandte mein Sohn ein, ›und sie ist groß, alt, außerdem war es nicht wie bei uns, wenn dich einer provoziert, dann reagierst du … Sie hat es einfach so gemacht, ohne Grund.‹ Da habe ich ihm erklärt, dass Anna trotz ihres erwachsenen Körpers und ihres Alters aufgrund einer Krankheit noch kleiner sei als er und seine Freunde. Das verwirrte ihn, weil er es nicht verstand, aber dann merkte ich, dass er Anna allmählich akzeptierte, da er die anderen Kinder, besonders die kleinen Mädchen, weiter ganz unbefangen in ihrer Nähe spielen sah.« Dann wandte er sich zu Rituzza: »Aber was ist eigentlich passiert? Warum sorgst du dich?«, fragte er. – »Was passiert ist?«, erwiderte Rituzza empört. »Also, wenn ich jemand wäre, der zählt, oder den Mut hätte … aber hier hört ja niemand auf mich, nicht einmal die drei Generäle, einschließlich Lorenzo und sein Anhang, obwohl sie von der Sache wissen … Keiner kümmert sich darum, ja es fällt ihnen gar nicht auf. Und als ich einen von ihnen gebeten habe einzugreifen … hat mich jemand, ich weiß nicht mehr, wer, angeblafft: ›Das geht dich nichts an‹, während eine alte Frau mir versichert hat, es sei alles in Ordnung: ›Die Mutter war zu alt, um sich um sie zu kümmern, sie ist fast neunzig, deshalb lebt Anna jetzt bei der Schwiegertochter.‹ Kurz, alle behaupten, es gehe ihr gut, oder schauen weg, als wäre sie ein Phantom … Aber ich, ich schlafe oft schlecht und wache im Morgengrauen auf, dann höre ich von dort oben Schreie, aus der Wohnung, wo die Schwiegertochter wohnt … Es klingt wie ein Tier, das dann plötzlich verstummt. Und ich erkenne sie, diese Schreie, weil ich sie schon seit Jahren höre, seit ich hier lebe; zu Anfang glaubte ich, es wäre ein seltener Nachtvogel oder ein exotisches Tier, bis mein Mann, um mich zu beruhigen, sagte: ›Glaubst du, in der Burg spukt es? Nein, das ist bloß eine Verrückte, die nachts herumkreischt!‹ Und jetzt, nachdem ich jahrelang nichts mehr gehört hatte, wieder diese Schreie. Da habe ich mich vorgestern Abend auf der Terrasse auf die Lauer gelegt, in der Stille der Nacht, und habe begriffen, wo sie herkommen: aus dem Haus von Annas Schwägerin nämlich. Und als ich gestern die alte Frau gefragt habe, die mir ja irgendwie als Einzige die Wahrheit gesagt hatte, wohl auch, weil es ihr ganz normal vorkam, entgegnete sie mir: ›Weißt du das nicht? Die Mutter ist ins Altersheim gekommen, und Anna haben ihr Bruder und dessen Frau zu sich genommen, weil sie so ihre Invalidenrente kriegen, da sie aber beide arbeiten, schließen sie Anna in ein Zimmer ein.‹ Da dachte ich, dass sie sie vermutlich mit Medikamenten vollstopfen, und wenn die Wirkung nachlässt, fängt Anna an zu schreien, weil es aber nachts ist, glauben die beiden, dass es niemand hört! Kurz, Anna ist verschwunden und keiner kümmert sich darum! ›Warum erstattest du nicht Anzeige bei der hiesigen Sozialstation?‹, hat mich ein Arzt gefragt, der auch hier in der Nähe wohnt. – ›Und warum macht ihr das nicht?‹, habe ich zurückgefragt. ›Auf euch würden sie doch eher hören, falls es diese Einrichtung hier überhaupt gibt!‹ Und was antwortet er mir? ›Aber ich weiß von nichts!‹ Nachdem also niemand was weiß oder sich, falls er was weiß, einen Dreck schert um eine Person, die verschwunden ist, einschließlich eurer Freunde, der Generäle, die sich mit Kriegen beschäftigen, an die sich keiner mehr erinnert, oder damit, Frieden zwischen kleinen Jungen zu stiften, die sich mit Steinen bewerfen, und einschließlich eurer, denn ihr hört mir zu, als würde ich ein Märchen oder eine Klatschgeschichte erzählen, oder einfach, weil ihr gerne schwatzt, also, dann will ich nicht länger stören, auf Wiedersehen!« Und rot im Gesicht, empört, aber immer noch höflich und hilfsbereit, stellte sie ihren schmutzigen Teller in das Spülbecken, wischte die Brotkrümel mit einem Schwamm fort und ging.

Wir saßen sprachlos da, und nachdem wir noch eine Weile versucht hatten, das Gespräch wiederzubeleben, verabschiedeten Teodosio und Onofrio sich früher als gewöhnlich. Als sie fort waren, widerstand ich der Versuchung, bei Rituzza zu klopfen, um sie zu trösten, auch weil ich fürchtete, ihre Odaliskentöchter seien zurückgekommen, und zog mich erneut in die geschützte, von der Gasse abgewandte Ecke der Terrasse zurück, indem ich mir, in Decken gehüllt, sagte: Und das war also ihr Karfreitag. Dann lauschte ich auf den nächtlichen Schrei der ins Haus eingesperrten Verrückten, aber vergeblich, während ich, ebenfalls in Heuchelei verfallend, dachte: Wer weiß, wie viele Menschen im Lauf der Jahrhunderte in den Verliesen dieser Burg eingesperrt waren. Und derweil kam mir alles wie eine Farce vor, die drei Generäle, die Prozession und sogar der Serbienkrieg, den man nur im Fernsehen sah, und das einzig Wirkliche und Greifbare schienen mir der Körper und der Schrei jener Anna zu sein, die im Gegensatz zu Christus, dem Gesalbten, dessen man seit mehr als zweitausend Jahren gedachte, von allen ignoriert wurde. In diese Gedanken schlich sich ab und zu Rituzzas Bild ein, ich hätte sie gern bei mir gehabt, an mich gedrückt in einer Umarmung, die nicht, wie sonst öfter, ein Auftakt zum Liebesspiel wäre, noch es sein wollte, selbst wenn es vielleicht hätte passieren können; so, während ich fühlte, dass meine Glieder trotz der Decken immer kälter und feuchter wurden und der Schmerz im Bein immer heftiger pochte, wurde ich von Schreien aufgeschreckt; allerdings waren es nicht die Schreie der verrückten Anna, sie kamen von der anderen Seite. Es mochte ein Uhr nachts sein, und unten auf der Gasse standen einige schwarz gekleidete Jugendliche, unter ihnen auch Mädchen, die sich stritten und dann wieder mit anzüglichen, nicht erotischen, sondern burlesken Gesten umarmten und gegenseitig mit Bier bespritzten. Und ihr Geschrei, gelegentlich unterbrochen von unbestimmter lauter Musik, war wild, wie von Wölfen, die in ihnen eingesperrt waren und deren Gewalttätigkeit diese mageren Körper kaum fassen konnten, sodass ihr Protest oder ihr Pseudojubel nicht über schwarze Kleidung und provozierendes Gebaren hinauskam. Was für ein Gefängnis die Seele für ihre Körper ist!, dachte ich unwillkürlich. Denn sie konnten dieser wilden Tierseele nicht entrinnen, während Anna das, nach allem, was Rituzza gesagt hatte, in Wahrheit doch gelungen war, auch wenn sie sie vielleicht genau deshalb eingesperrt hatten. Mir kam die wilde See bei einigen meiner Fahrten in den Sinn, nicht auf modernen Schiffen, die ihr trotzen konnten, sondern auf klapprigen Dampfern oder Fischkuttern, auf denen dein Schrei und der des Meeres manchmal eins waren.

Eines Tages, es war Sonntag, standen Teodosio und Onofrio früh am Morgen vor meiner Tür. »Heute«, sagten sie, »fahren wir mit dir in die Berge, denn die musst du unbedingt kennenlernen, jeder Berg ist anders, vor allem aber wollen wir dir Bartolomeo vorstellen, er ist für uns der König der Berge, und heute ist er sicherlich mit seiner Frau und seinen beiden Kindern dort, um die goldene Hochzeit seiner Eltern zu feiern, die von jeher auf dem Berg leben und mindestens noch so lange oben bleiben, bis sie zu gebrechlich sind. Das war, soweit wir uns erinnern können, immer das Gesetz des Berges: Wer zu alt oder zu hinfällig ist, um weiter dort zu leben, den holen die Kinder zu sich ins Dorf, abgesehen von den paar Greisen, die einfach nichts davon wissen wollen, was den Jungen häufig große Scherereien macht, da man sie dann beschuldigt, sich nicht um die Eltern zu kümmern, selbst wenn sie alle zwei Tage hinauffahren, um sie zu versorgen, dabei habe ich gehört, dass sich früher, ich meine vor dem Krieg und auch gleich danach, niemand um diese Alten kümmerte, dass sie starben und da oben lagen, bis sie zufällig jemand fand; ich habe von einem gehört, der plötzlich tot umgefallen war, während er ein Schaf abstach, und von einem anderen, bei dem das Schaf lebendig am Bett stand und blökte und blökte …«

Unterdessen fuhren wir auf die hohen, kahlen Berge zu, die im Lauf der Jahrhunderte völlig abgeholzt worden waren, wogegen sich im Tal und an den Hängen Häuser drängten, die fast alle Acraianern gehörten: Die weniger Wohlhabenden nutzten sie, um ihr Land zu bestellen, mehr aus atavistischer Gewohnheit, als um daran zu verdienen, die Reicheren, um Feste zu veranstalten und damit vor Bekannten oder Freunden zu protzen, während die Fremden sie sich einfach als Zweitwohnungen oder als Basis für ihre Drogengeschäfte oder ihre Tätigkeit als Spione hielten. »Spione, hier?«, fragte ich verblüfft, indem ich Teodosios Wortschwall unterbrach. – »Ja, Spione«, erwiderte Teodosio, »mit fantasievollen Namen, nicht wie in den Spionagefilmen, sondern eher wie aus einem Film von Totò oder aus der Commedia dell'Arte ... Viele solche Leute sind hier untergeschlüpft ... manche hatten mit Politik zu tun, vor allem mit der alten neofaschistischen Partei MSI und später der Alleanza Nazionale, andere sogar mit den Geheimdiensten; und auch Verbrecher ... teils schwerer Vergehen angeklagt, Vergewaltigung oder Menschenhandel mit Minderjährigen, teils Camorra-Angehörige ... Die Gegend ist ideal, um Spione und Verbrecher zu verstecken, damit sie ungestört ihren Geschäften nachgehen können oder eine Zeit sozusagen ›im Ruhestand‹ verbringen ... Wie du siehst, ist es scheinbar eine stille Gegend, abseits von indiskreten Blicken ... Und häufig haben Jugendliche hier ihre, sagen wir, ›Aktivitäten‹ organisiert, hinter dem Rücken der Eltern, bürgerlichen reichen Leuten, die sich eine Villa gebaut hatten, wo sie den Sommer mit ihren Kindern verbrachten; und dann haben manche von diesen Kindern, als sie groß waren, die Eltern verjagt, nicht mit Gewalt, sondern einfach indem sie massenhaft lärmende Freunde mitbrachten, und danach haben die in diesen Villen gemacht, was sie wollten ... Wie einer, dessen Schwester sich dauernd bei der Mutter beklagte, dass sie nicht mehr ins Sommerhaus mitkommen wolle, weil ihr, behauptete sie, ohne weitere Erklärungen anzufügen, die Freunde des Bruders nicht gefielen, dabei steckte hinter dieser Weigerung etwas ganz anderes, ein Ring von Prostituierten aus Osteuropa nämlich. Denn siehst du, hier in die Gegend kommen eine Menge Leute aus Osteuropa, nicht immer im Zusammenhang mit Prostitution und organisierter Kriminalität … Zum Beispiel fahren Gruppen von jungen Männern dorthin, um eine Frau zu finden, allerdings scheitern diese Ehen häufig, weil die Frauen, die einwilligen, meistens gar nicht in diese Männer verliebt sind, sie suchen bloß einen Ausweg aus ihrem Elend, der nicht über die Prostitution führt, oder möchten ihren Traum vom Westen verwirklichen, und viele von ihnen, oft hochgebildete Mädchen, finden sich dann mit einem ignoranten Mann wieder und noch dazu in einem Dorf wie dem unseren, das recht wenige von den Attraktionen aufweist, die sie sich erträumt hatten; dann werden sie depressiv, da sie ihre Tage hinter der Kasse eines Geschäfts oder am Computer einer Finanzierungsgesellschaft oder eines Immobilienbüros verbringen, und heiraten zuletzt womöglich auch noch den Onkel oder den verwitweten Vater ihres Verehrers, weil sie bei ihrer Ankunft entdecken, dass der schon verheiratet ist … Der Unterschied zu den Ehen von früher, als sich der Auswanderer in Amerika oder Australien eine Frau von hier kommen ließ, die er nur nach einer Fotografie und aufgrund der Versicherung ihrer Rechtschaffenheit seitens der Verwandten und besonders des Pfarrers wählte, besteht darin, dass diese Heiraten nicht vermittelt, sondern eher ›vereitelt‹ werden … Von den Ehen unter Acraianern ganz zu schweigen, womöglich kennt sich das Paar schon seit Jahren, selbstverständlich auch im Bett, aber wenn sie dann zusammenleben, werfen sie sofort alles über den Haufen, fangen an zu streiten … zuerst darüber, welches Sofa, welches Bild oder welchen Spiegel sie anschaffen sollen, und dann über das Kind, der eine will gleich eins, der andere vielleicht gar keins, und danach, wenn sie Geld haben, über Reisen, ob es besser ist, auf die Malediven oder nach Sharm el Sheikh zu fahren. Und irgendwann beginnen sie einander zu betrügen, oft ist es die Frau, die damit anfängt, und schon ist der Teufel los! Die Villa, die sie gerade bauen, bleibt auf der Strecke, bis die Gütertrennung festgelegt ist, die immer vorteilhafter für den ausfällt, der reicher ist oder die besseren Beziehungen zu den Kommunalbehörden hat … Ich schweife ab, sagst du … Ja, gut, zurück zu den Spionen. Siehst du die Villa dort, fern von der Straße zwischen Weinfeldern, Olivenbäumen und Blumen, wo es sogar diesen herrlichen Gemüsegarten gibt, der geradezu künstlich wirkt? Nun, früher wohnte da im Sommer ein Akademikerehepaar, das sich eine Familienidylle wie aus der Kekswerbung geschaffen hatte … Aber als der Sohn erwachsen war, arbeitete er als Spion für die Russen, ich weiß nicht, ob für die Regimetreuen oder die Dissidenten, mit Verbindung zu unseren Geheimdiensten, und so hat der Sohn dieser idyllischen Familie ein böses Ende genommen … wie wenn man in der Kekspackung einen Wurm gefunden hätte. Und siehst du die andere, hinter Buchsbaumhecken versteckte Villa? Gleicht sie nicht der Behausung eines geheimnisvollen Drachen? Umso mehr, als man seit Jahren nicht weiß, wer dort ein und aus geht … Nur dass ich, dank meiner

Freundschaft zu einem jungen Leutnant der Carabinieri, der so offen mit mir spricht wie ich mit dir, draußen vor der Tür, wenn er nicht von seinem Vorgesetzten überwacht wird, der hat ein Gesicht … nicht ›über Jahrhunderte treu‹, wie das Motto der Carabinieri lautet, sondern ›über Jahrhunderte untreu‹ … also der Junge hat mir gesagt, ehrlich und naiv, wie er ist, dass in dieser Villa ein Boss mit Bodyguards lebt, ich weiß nicht, ob von der Camorra oder der Mafia, und dass vor vielen Jahren auch Donna Rosita dort verkehrte; und als ich mit General Lorenzo zusammenarbeitete, da war ich noch ein Junge, bin ich zweimal in der Villa gewesen, weil diese Leute ihre Autos nicht zur Reparatur in die Werkstatt brachten, sondern wollten, dass wir hinkommen, und ich versichere dir, solche Luxusschlitten hatte ich noch nie gesehen … Und dann war da ein Typ mit dunkler Brille und einem Brillantring am Finger, der uns Befehle erteilte, und mir scheint, als habe er … aber die Erinnerung liegt natürlich schon lange zurück … dem Notar in Formura ähnlich gesehen, den ich mit meiner Frau einmal wegen einer kleinen Grundstückssache aufgesucht habe …« – »Wie viele Geschichten …«, sagte ich genervt. »Erst sagst du, wir machen einen Ausflug in die Berge, dann redest du von Spionen, von Notaren, von eurer Donna Rosita, über die ihr nur zu sagen wisst, dass ein Geheimnis sie umgibt, ich habe noch nicht verstanden, ob ein glanzvolles oder ein schmerzliches, wie im Liebesroman oder im Krimi, von General Lorenzo, der nie General war, sondern offenbar früher als Mechaniker gearbeitet hat …« Und obwohl ich zusammenhanglose Reden gewohnt war, vermischten sich all diese Namen in meinem Kopf zu einem unentwirrbaren Knäuel, daher fügte ich hinzu: »Ich bin seit vierzehn Tagen hier und habe noch keine einzige Geschichte ordentlich von Anfang bis Ende gehört … Schlimmer als in einer Hafenkneipe … Entschuldigt, ihr seid so nett zu mir, aber … ihr redet zu viel, das ist es … als wärt ihr betrunken oder verwirrt, so als würden mir von vielen Menschen Geschichten in den Ohren klingen, die ich auf meinen Reisen durch die Welt gehört habe und nicht mehr voneinander unterscheiden kann! …« – »Entschuldige«, sagte Onofrio, »aber wir reden mit dir eben so, wie wir untereinander reden, deshalb sind wir ja so eng befreundet, und dich behandeln wir auch wie einen Freund.« – »Und außerdem«, setzte Teodosio hinzu, »kennen wir die Geschichten der Leute aus dem Dorf selbst nicht genau und haarklein, denn es gehen Gerüchte um, Vorstellungen, Vermutungen über dieses und jenes, und dann werden die Geschichten komplizierter, mischen sich mit anderen, aus unterschiedlichen Blickwinkeln … Deshalb erzählen wir dir, was wir zusammenfügen können; und wärst du selbst, wenn einer dich fragte, in der Lage, ich meine, so ehrlich wie möglich, schließlich ist niemand ganz ehrlich mit sich selbst, uns dein Leben zu erzählen? Denn was wir dir hier unter uns schildern, sind nur einzelne Bruchstücke eines Mosaiks, und auch wenn zum Schluss ein ganzes Bild herauskommt, gibt es in Wirklichkeit zwei Denkschulen. Das habe ich von einem Freund gelernt, der Archäologe ist und restauriert hat, was von dem Schiff des Odysseus und von Polyphem in der Villa des Tiberius noch übrig ist: Die fehlenden Teile kannst du entweder so rekonstruieren, dass sie wie echt wirken, oder du lässt es und überdeckst sie mit Stuck. Wir machen also nichts anderes, als Mosaiksteinchen zu sammeln und einige aneinanderzureihen; und wenn die Fragmente einmal zusammengesetzt sind, ziehen manche es vor, die Leerstellen mit falschen Teilen zu vervollständigen, andere dagegen, so wie wir, füllen sie lieber mit Stuck auf ... Wenn aber unsere Leben wie Mosaiksteinchen sind, heißt das, dass man erst am Ende das Muster erkennt; und so werden manche Leben nur aus winzigen Mosaikresten bestehen, aus denen man nichts rekonstruieren kann, in anderen wird es einige künstlich restaurierte Bilder geben, in wieder anderen werden viele Teile aus Nachlässigkeit, Scham oder Gemeinheit mit Stuck bedeckt sein. Aber mit dem Stuck verdeckt man natürlich auch das, was man nicht weiß, das Geheimnis ... Wenn wir dir also ein Fragment unseres Lebens, deiner Nachbarn, von Menschen, die du nicht kennst, oder des Dorfes allgemein mitteilen, wissen wir nicht, was dir davon bleibt ... ob mehr oder weniger zusammenhanglose Bruchstücke oder ein vollständiges Mosaik, sei es nun echt oder nachgemacht.« – »Ich entschuldige mich bei euch«, sagte ich zerknirscht. »Ich bin einfach verwirrt, denn ich war, abgesehen von dem Bein und den Schmerzmitteln, nach den Jahren im Waisenhaus nie mehr so lang auf dem Festland und hätte nie gedacht, dass ich so lang bleiben würde ... wie die Ärzte mir verordnet haben ... Nein, nein ... eure Geschichten ermüden mich kein bisschen! Was täte ich ohne euch, nicht nur ohne eure materielle Fürsorge und eure Gastfreundschaft, sondern auch ohne unsere abendlichen Gespräche ... Mir ist bloß ab und zu schwindelig, vielleicht wegen all der Kurven, wegen des Autos, weil es so holpert ... Entschuldigung«, ich versuchte, ironisch zu sein, »auf See ist mir das nie passiert.«

Zuvorkommend hielten sie an, und wir gingen ein wenig spazieren, bis Teodosio auf ein wütendes Hundegebell hin sagte: »Wir müssen wieder einsteigen und die Fenster schließen, denn das sind die Hütehunde der Büffelkühe, wenn sie in den Stall zurückkehren, stürzen sich die Hunde auf jeden, der der Herde nahe kommt.« Dann, als wir wieder im Auto saßen, fuhr er ein Stückchen vor und parkte schließlich auf einem Grundstück. Das Schauspiel, das sich uns bot, war ergreifend und komisch zugleich: Langsam und feierlich schritten die großen, würdevollen Tiere dahin, manche mit ihren Kälbern im Gefolge, so uralt wie der Weg, den sie gingen, und die Landschaft, die sie umgab, aber angetrieben – und das war die komische und gleichzeitig rührende Note – von einem Hündchen, das vor ihnen herlief und sie, wenn sie zu langsam gingen oder zerstreut grasten, mit schrillem Gekläff weiterscheuchte ... Die Hunde, die versucht hatten, unser Auto anzufallen, waren dagegen spurlos verschwunden. Dieses Hündchen, dem die großen Tiere gehorchten, glich, so schien mir, aufs Haar dem, das ich in einer Fernsehsendung beim Amtsantritt eines Präsidenten der Republik gesehen hatte und das angeblich das Maskottchen der Grenadiere war. Als ich das Onofrio und Teodosio erzählte, sagten sie, als hätten sie den gleichen Gedanken gehabt: »Unsere Präsidenten der Republik täten gut daran, sich von diesem Hündchen leiten zu lassen anstatt von all den Herren in Anzug und Krawatte ... Ich bin sicher, dass der König von Schweden, so wie er mit der Straßenbahn fährt, auch dies tun würde, er würde so ein Hündchen mitnehmen, ihm eine Fahrkarte kaufen und es dann auf seinem Schoß sitzen lassen.« Als die Büffelkühe im Stall waren, fuhren wir weiter die holperige Straße entlang. Es war ein strahlender Morgen, und man sah das Meer und einige Inseln; eine davon fand ich besonders bizarr, weil sie von spitzen Zinnen überragt war, als handelte es sich um ein Zauberschloss. »Das«, sagte Onofrio zu mir, »ist keine richtige Insel, sie ist nämlich mit dem Festland durch einen Streifen Land verbunden, der so schmal ist, dass man ihn von hier aus nicht sieht. Weißt du, was mein kleiner Sohn gesagt hat, als ich sie ihm gezeigt habe? ›Sieht aus wie von Walt Disney gezeichnet!‹« – »Meiner Ansicht nach hat er recht«, fügte Teodosio hinzu, »weil die Schönheit manchmal so groß ist, dass sie künstlich wirkt ... Aber kein Erwachsener würde sich trauen, das zu sagen ... auch wenn sie hier, nur um diese sagenumwobene Insel sehen zu können, zwei Riesenhäuser hingebaut haben, die sie ›Villen‹ nennen, und die Genehmigung haben sie bekommen, indem sie, was den Staatsgrund angeht, die Gemeindeverwaltung bestochen und sich dann mit dem Besitzer des Geländes geeinigt haben, der ganz vergessen hatte, dass es ihm gehörte, und erst hellhörig wurde, als er das Geld sah. Ein ziemlich reicher Typ, der angeblich Mitglied beim Bund Naturschutz ist. Als ich zum ersten Mal hier raufkam, war mir, als sähe ich ein Wunder, die Madonna della Civita, die sie bei der Prozession herumtragen, ist nichts dagegen ... Mein Sohn jedoch, schau einer an, ist trotz Walt Disney einmal hingerissen vor einem Straßenwärterhäuschen stehen geblieben. ›Papa‹, hat er gesagt, ›so ein schönes Haus! Da kann unser Wohnblock nicht mithalten! Warum ziehen wir nicht hierher?‹ Daran sieht man, wie die Schönheit oder das, was wir als solche bezeichnen, einem Kind plötzlich in die Augen sticht ...« – »Außerdem«, sagte Onofrio, »ist die Schönheit sowieso etwas, was dich plötzlich ins Herz trifft, wie man es von Cupido sagt. Mir ist das öfter passiert … Besonders an eine Sache erinnere ich mich, scheinbar etwas ganz Banales: Während wir wilden Spargel sammelten, stand ich auf einmal vor einer Kletterpflanze mit roten Beeren und sagte unwillkürlich: ›Ist die schön!‹ Hätte ich es doch nie gesagt! – ›Du bist ein Teufel!‹, tadelte mich meine Großmutter. ›Weißt du nicht, dass das die giftige Schlangenpflanze ist, die Teufelspflanze?‹ Was soll ein Kind da machen? An die Nützlichkeit des Spargels glauben oder an die Schönheit? Und nachts, als ich von der Schönheit dieser Beeren und einem geheimnisvollen, leuchtend roten Wesen träumte, sah ich, wie sich die knotigen Hände der Großmutter um die Pflanze krallten, um sie auszureißen, grün geädert wie die wilden Spargel. So gelang es mir am Morgen, als ich mich an den Traum erinnerte, nicht, die widersprüchlichen Bilder zu entwirren und mich zu entscheiden … Wie es mir auch einmal in der Schule ergangen ist, als man mir, ich erinnere mich noch heute, ein Aufsatzthema gegeben hatte, das hieß: ›Wen liebst du mehr, deinen Vater oder deine Mutter?‹ Ich gab das Blatt damals leer ab … Dabei hätte ich gern nur darauf geschrieben: ›Ich mag die Schlangenpflanze oder Teufelspflanze‹, aber das habe ich mich nicht getraut« Dann fiel ihm ein, dass ich Waise war: »Entschuldige«, fügte er hinzu, »du hast ja nie Eltern, Großmütter und Großväter gehabt … Vielleicht habe ich dich beleidigt.« – »Nein«, sagte Teodosio, mir das Wort aus dem Mund nehmend. »Was hat das damit zu tun … Denn seien wir ehrlich, ich hatte zwar eine Familie und habe später selbst eine gegründet, aber an die Familie, so wie die Pfaffen und

Politiker sie verstehen, habe ich noch nie geglaubt … In gewissen Momenten verfolgt uns die Familie wie der Jäger den Hasen, manchmal tötet er ihn, manchmal findet er ihn nicht, aber in jedem Fall verletzt er ihn. Und wer der Jäger ist, wer der Hase, muss man noch sehen, es kommt immer darauf an, manchmal packt dich die Familie, so wie wenn Tiere sich paaren, dann wieder lockt sie dich in die Falle, so wie Menschen die Tiere oder Tiere selbst andere Tiere, deshalb glaube ich nicht an diese blutigen Blutsbande, auch wenn ich selbst welche geschaffen habe … Und außerdem, wie es im Evangelium heißt: ›Sie wissen nicht, was sie tun‹ … Falls ich also meine Eltern oder andere Verwandte schlecht behandelt habe oder falls wiederum meine Frau oder meine Kinder mich je schlecht behandeln sollten, weiß ich, dass das passiert, ohne dass wirklich jemand daran schuld ist, dass es in der Vergangenheit schon vorgekommen ist und immer wieder vorkommen wird, trotz des Schleiers der Heuchelei, den Kirchenmänner und Staatsmänner gewöhnlich über solche Fakten breiten, und in den letzten Jahren auch Soziologen, Psychologen und so weiter … Alles nur, um uns vom Wesentlichen abzulenken, nämlich dass wir nackt geboren werden und ebenso sterben; dass, wenn wir uns von den Tieren unterscheiden wollen, und ich weiß nicht, bis zu welchem Punkt das möglich ist, jede Familie entweder auf Freundschaft und Achtung gründet oder keine Familie ist noch sich als solche betrachten kann … Nicht zufällig vermeide ich es, das Wort *Liebe* zu benutzen, weil der Begriff allzu vieldeutig ist.« – »Ich weiß, dass ihr das alles auch meinetwegen sagt«, warf ich ein, »um mich zu trösten, weil ich Waise bin, ohne Familie, ohne Heimat … Vielleicht auch, um euch selbst zu trösten, weil das Leben oft sinnlos zu sein scheint. Und in Wahrheit ist es das auch, ebenso wenig lässt es sich in eine angenommene Ordnung zwingen. Aber zwischen dem Augenblick, in dem wir nackt geboren werden, und dem, in dem wir nackt sterben, gilt es eine Zeit und einen Raum zu durchlaufen, und solange ich hier bleibe, möchte ich diese Zeit möglichst oft mit euch teilen … Nun, wir sind gerade auf einem Ausflug in die Berge, lasst uns also etwas essen, trinken wir ein bisschen Wein … Und du, Teodosio, liegst da im Gras, ob um die Sonne zu genießen oder um so zu tun, als seiest du schon tot, weiß ich nicht, komm, steh auf und sprich weiter.« – »Ich …«, begann Teodosio, indem er sich erhob, während Onofrio den Proviant aus dem Kofferraum holte und sagte: »Die Gemüsepizzas und diese Torte sind für heute Nachmittag, wenn wir auf der anderen Seite der Berge bei Bartolomeo und seinen Verwandten ankommen.« – »… Ich«, sagte also Teodosio, »kann nicht umhin, an bestimmte Dinge zu denken, wenn ich an Orte wie diesen hier komme, an die Welt des Dorfes dort unten und an mein Leben in dieser Welt. Und von hier aus gesehen, scheint mir meine Existenz nicht so sehr falsch als vielmehr weit weg, als gehörte sie mir nicht … Letztlich ist auch dieser Eindruck falsch, denn selbst hier oben gehört außer dem Himmel alles irgendwem, das steht ja schon in der Bibel, wo zum Beispiel um die Herden gekämpft wurde, wie es auch heute passiert, nur dass sie in der Welt da unten um andere Dinge kämpfen, was weiß ich, ein Immobilienbüro konkurriert mit einem anderen, eine Bank mit einer anderen … Und dann … schon in der Bibel stritten sich die Familien, Brüder, Schwestern, Ehefrauen …

Nur weil wir diese Geschichten dort lesen, wirken sie archaisch, dabei geschehen sie heute noch, haargenauso … Du fragst, ob ich auch Waldenser oder so was bin … Nein, ich lese die Bibel, weil sie ein großartiges Buch ist. Es gibt drei oder vier Bücher, die ich mit Begeisterung wieder und wieder lese. Eines ist die *Ilias,* und ich weiß nicht, warum die drei Generäle alle Bücher über die Schlacht von Montecassino kennen und die *Ilias* nicht, denn die Gesetze des Krieges sind immer die gleichen, soweit ich sie überhaupt verstehe. Nun, jeder von ihnen war aus unterschiedlichen Gründen in diesen Krieg verwickelt, beim Trojanischen Krieg dagegen waren sie nicht dabei. Übrigens tun sie ja auch gut daran, sich nicht für den Serbienkrieg zu interessieren, von dem wir nur im Fernsehen etwas mitbekommen. Doch zurück zu der Tatsache, dass zwischen nackt geboren werden und nackt sterben ein kleines Menschenleben liegt … Ebendeshalb lese ich die *Odyssee,* die mich an meine und vor allem an deine Zeiten auf See erinnert, obwohl du ja nie ein Ithaka hattest, zu dem du zurückkehren konntest, ich dagegen schon, wenngleich ich Zweifel an meinem Ithaka hege, weil ich am liebsten immer wieder aufbrechen würde, egal ob meine Penelope sich dem Weben widmet oder ihren Verehrern … Und dann lese ich die *Göttliche Komödie,* die mir hilft, Hochitalienisch und Dialekt in Einklang zu bringen, und deren Verse sich so tief einprägen, dass du sie, selbst wenn du wolltest, nie mehr vergisst, und wenn du nicht einschlafen kannst, kannst du sie dir vorsagen, statt Schäfchen zu zählen. Wenn ich dann bei der Terzine eines Gesangs nicht weiterkomme, fange ich eine andere aus der *Hölle,* dem *Purgatorium* oder dem *Paradies* an. Ja, sogar aus dem *Paradies,* das in der Schule, ich weiß nicht, warum, immer übersprungen oder nur oberflächlich behandelt wurde. Ich erinnere mich an folgende Verse aus dem *Paradies:* ›Nun sieh die hohe göttliche Vorsehung / Dass beide Sichten unsres Christenglaubens / In gleichem Maße diesen Garten füllen …‹ Wieso erinnere ich mich eigentlich daran?«, fragte er mehr sich selbst als uns, während er sein Sandwich verzehrte. »Vermutlich, weil *göttlich* und *Garten* mir dasselbe zu sein schienen. Damals waren die *Gärten* in Wirklichkeit Nutzgärten, wo wir Kirschen und Pfirsiche klauten, deren Geschmack uns *göttlich* vorkam.« Danach zitierte er noch aus dem *Rasenden Roland,* einem weiteren Buch, das ihm sehr gefiel, öfter unterbrochen von Onofrio, der spöttisch fragte: »Du möchtest wohl Eindruck schinden bei deinem Freund? Und was ist mit all den Krimis, die du liest? Du meinst, die helfen nicht beim Einschlafen, weil du bis zum Ende kommen willst? Ich schlafe gut, ich brauche weder Schäfchen zu zählen noch die Verse deiner Dichter zu rezitieren.« – »Ich weiß, warum du gut schläfst«, gab Teodosio zurück. »Erstens weil deine Frau noch jung ist und im Bett mehr von dir verlangt, während meine genauso alt ist wie ich und wir uns beide etwas beruhigt haben. Zweitens weil deine Frau, jung wie sie ist, extravagantere Wünsche hat und du, um sie ihr zu erfüllen, auch an Feiertagen und nachts in der Autowerkstatt arbeiten musst, so als stündest du bei deiner Frau in Dienst wie General Lorenzo bei Donna Rosita!« Ich fürchtete, dass sie anfangen würden zu streiten, doch Teodosio, der in meinen Gedanken las, beruhigte mich: »Glaub nicht, dass wir jetzt streiten … Wir sind es gewohnt, unter uns kein Blatt vor den Mund zu nehmen.«

Ihr Schlagabtausch ging mir auf die Nerven, zum Teil, weil ich nie verheiratet war, zum Teil, weil die Verhältnisse mir letztlich immer gleich und die von ihnen erzählten Einzelheiten nicht dramatischer erschienen als in anderen menschlichen Beziehungen; doch mit dem, was Teodosio über die Familie gesagt hatte, wenn auch vielleicht nicht restlos überzeugt, war ich einverstanden. Und als ahnte er meinen Verdruss – was für eine Freundschaft wäre die unsere gewesen, wenn es, abgesehen von jener fernen Begebenheit, die uns zusammengebracht hatte, nicht diese geheimen Übereinstimmungen gegeben hätte? –, sagte er: »Lassen wir diese Fragen der unteren Welt, die nicht nur *unter* Dorfbewohnern, sondern auch *unter* Röcken und Hosen ausgetragen werden, und gehen wir ein Stückchen.«

Nach dem arg zertrampelten Weg voller Kuh- und Büffelfladen, deren Geruch mir nicht unangenehm war, vielleicht weil er mich an den meines Kots erinnerte, als ich eine Zeit lang zu vegetarischer Kost gezwungen war, wanderten wir auf schmalen Pfaden über die offenen Felder, wo sich der Duft des Ginsters und der herbere des Grases mischten, und dieser Duft berauschte mich viel mehr als der Wein, den wir getrunken hatten, weil es wahrscheinlich hier oben mehr Sauerstoff gab oder weil ich solche Düfte nicht gewohnt war – im Gegenteil, ich wunderte mich, dass ich sie überhaupt noch wahrnehmen konnte, in Anbetracht des Diesel- und Ölgestanks, des Qualms auf Schiffen, in Häfen und Kneipen, den ich eingeatmet hatte, vom Tabakrauch meiner Zigarren ganz abgesehen. Doch vielleicht war es mehr der Anblick, der diese Düfte hervorrief, als dass ich sie roch, der Anblick all der blühenden Ginsterbüsche und der mit blauen wilden Lilien übersäten Felder, die einer irdischen Projektion des Sternenhimmels glichen – meinem Trost als Seefahrer –, denn gelb waren die Sterne und von jenem Blau manchmal der Himmel. Onofrio pflückte unterdessen Büschel von Ginster und Lilien und blieb ab und zu stehen, um sie zu Sträußen zu binden. »Es gibt genug für dich, Rituzza, unsere Frauen und Bartolomeos Eltern«, sagte er. – »Wem dieses Land gehört, fragst du?«, erwiderte Teodosio auf eine halb scherzhafte Frage von mir. »Jedenfalls nicht dem Grafen von Carabas, wie es im Märchen vom *Gestiefelten Kater* heißt … Nach dem Krieg gehörten sie noch dem Besitzer des Nagels … Du kennst die Geschichte vom Besitzer des Nagels nicht? Nun, ein Mann beschloss eines Tages, sein Haus zu verkaufen, stellte dem Käufer jedoch eine Bedingung: dass er nämlich Besitzer des großen Nagels bleiben wolle, der im Vorzimmer in die Wand geschlagen war. – ›Gut‹, sagte der Käufer. ›Warum auch nicht. Lass uns diese Klausel ruhig niederschreiben.‹ Hätte er es doch nie getan! Denn nach einem Monat stand der Besitzer des Nagels vor der Tür und fragte: ›Darf ich meinen Mantel an meinen Nagel hängen?‹ – ›Bitte sehr‹, sagte der Käufer. ›Möchten Sie ein Gläschen Schnaps?‹ – ›Danke, gern‹, antwortete der andere und setzte sich ins Wohnzimmer. Dann begann er jeden Abend um die Abendessenszeit vorstellig zu werden. ›Darf ich meinen Mantel an meinen Nagel hängen?‹ – ›Gewiss, wir wollten gerade essen, möchten Sie mitessen?‹ – ›Danke, gern.‹ Schließlich wurde der Käufer ungeduldig und jagte ihn eines Abends fort. Doch auf den Vertrag pochend, kehrte der andere mit seinem Rechtsanwalt zurück und erzwang sich den Zutritt. ›Erlauben Sie‹, er zog sich aus, schlüpfte in Pyjama und Morgenrock und hängte sich mit einem speziell angefertigten Kleiderbügel an den Nagel mit den Worten: ›Gute Nacht allerseits.‹ Die Sache ging noch eine ganze Weile so weiter, bis der Käufer entnervt zu ihm sagte: ›Was willst du eigentlich?‹ Und er: ›Ich will das Haus zurückkaufen, aber ohne den Preis des Nagels …‹ Es hört sich an wie ein Witz à la Totò, aber ungefähr genau so ist es tatsächlich gelaufen, als Donna Rositas Vater diese Ländereien kaufte, nur dass anstelle des Nagels immer mehr Wechsel da waren, die Donna Rositas Vater freundlicherweise diesen Schwachköpfen von Großgrundbesitzern ausgestellt hatte, den Herren des Dorfes, die es glaubten, wenn er sagte: ›Macht euch keine Sorgen, zahlt, sobald ihr könnt.‹ Dann legte er ihnen die vielen Wechsel plötzlich alle auf einmal vor, wie der Besitzer des Nagels, der sich in Pyjama und Morgenrock im Haus des Käufers einnistete, und die Herren waren gezwungen, ihm ihr Land zu verkaufen, zu Schleuderpreisen … Deshalb gehörte alles, was du hier rundherum siehst, einmal Donna Rositas Vater, der sich vom Verwalter zum Grundbesitzer gemausert hatte … Die neuen Herrschaften bezogen das große Haus aus Naturstein dort unten, siehst du, während die alten Besitzer, Eusebia, Lorenzo und, bis sie dann gestorben sind, ihre Eltern, sich mit diesem kleinen, halb verfallenen Bauernhaus abfinden mussten … Wem das Land jetzt gehört, fragst du mich? Es ist noch eine lange Geschichte, bevor man bei den neuen Besitzern ankommt … Denn als Donna Rositas Vater starb und sie die Güter erbte, stellte sie es viel schlauer an als ihr Vater, kein Vergleich mit dem Besitzer des Nagels! Da im Dorf alle wussten, dass sie sowohl im Krieg als auch danach, man weiß nicht, wie, Geschäfte zwischen Formura, Caieta, Neapel und Rom machte und das Land des Vaters loswerden wollte, boten sie ihr an, es ihr abzukaufen, weit unter Wert, wie sie fand. ›Ihr behauptet also‹, sagte sie zu den Käufern, ›dass hier kein Wasser kommt und dass das vorhandene nicht einmal für eure Kühe reicht! Ich werde es euch zeigen, hier oben wird es nicht nur Wasser geben, sondern auch Büffelkühe!‹ Was sie sagte, klang wie ein schönes Märchen für die Armen im Geiste oder vielmehr wie ein eigens ausgedachtes Argument, um in den Augen der gutgläubigen Geschäftemacher die Grundstückspreise in die Höhe zu treiben, aber was macht die kluge Frau? Mit dem Geld, von dem niemand wusste, woher es kam, lässt sie drei Riesenbohrer herauftransportieren, sodass manche sagten: ›Wirst sehen, dass es hier Öl gibt!‹ Es wird gebohrt und gebohrt, und was kommt? Wasser. Anschließend lässt sie auf dem Grundstück große Becken ausheben, und plötzlich … tauchen auch die Büffelkühe auf! Das hätte sich da oben keiner je träumen lassen, denn die gibt es nur unten, nicht einmal im unteren Dorf, sondern nur dort, wo Sümpfe sind. Also hatten die Käufer nach ein paar Jahren ein Einsehen und boten Donna Rosita für diese Ländereien eine um über hundert Prozent höhere Summe. Deshalb haben wir hier oben statt normalen Kühen Büffelkühe. Sie aber, schlau wie ihr Vater, der Besitzer des Nagels, stellte eine Bedingung, die banal, wenn nicht sogar töricht erschien: ›Und falls ihr je unten im Dorf ein Geschäft eröffnen solltet, um Büffelprodukte zu verkaufen‹, sagte sie, ›müsst ihr die Gewinne, auch die aus dem Verkauf anderer Waren, mit mir teilen!‹ Die Käufer schlugen ein. Wer hätte sich damals je vorstellen können, ein Geschäft im Dorf aufzumachen? Und doch … vor wenigen Jahren wurde eines eröffnet, und sofort stand die Besitzerin des Nagels auf der Matte. Überrascht, weil sie natürlich nicht mehr an die Klausel gedacht hatten, mussten die Eigentümer ihr nicht nur einen entsprechenden Betrag ausbezahlen, die ihr zustehenden Gewinnanteile, sondern waren auch gezwungen, ihr die Hälfte des Geschäfts zu verkaufen. Da kannst du dir vorstellen, was sie im Krieg erst mit den Deutschen, dann mit den Alliierten getrieben hat … Manche behaupten, sie ging als Luxusnutte erst mit den einen, dann mit den anderen … Gerüchte … auch wenn ich sie nicht als Nutte sehe, sie wird eher die Geliebte eines Mächtigen gewesen sein und das ganze Geld, das sie ihm vermutlich abgeknöpft hat, statt es zu verschleudern, sicherlich gut investiert haben, wie ja auch die Geschichte dieser Ländereien und Bauernhöfe beweist. Hättest du damals je mehrere Millionen Lire investiert, um auf einem Grundstück wie diesem nach Wasser zu bohren, eine Büffelzucht aufzubauen und das Ganze anschließend mit mehr als hundert Prozent Gewinn zu verkaufen? Diese Frau ist ein Finanzgenie, das sage ich dir! … Aber schau mal, was Onofrio da anstellt!« Onofrio hatte sich nämlich einem bescheidenen, hinter Zypressen verborgenen und mit schönen Blumen, vor allem mit Rosen geschmückten Häuschen genähert und war jetzt von einem Dutzend Hühnern umringt, die sich beinahe auf ihn stürzten, während er ein totes Huhn hochhielt. »Seht ihr diese armen Tiere? Sie haben Hunger! Ihr Besitzer ist vor vierzehn Tagen gestorben, ein Carabiniere im Ruhestand, der allein lebte und nicht von hier stammte. Um die Beerdigung hat sich seine Schwester gekümmert, die aus Molise angereist kam und das Haus so gelassen hat, wie es war. Es gab auch einen Hund, aber der wird weggelaufen sein. Und diese armen Viecher …« Wutentbrannt stieß er mit der Schulter ein Holztürchen auf, nahm einen Sack Maiskörner und verstreute sie auf der Tenne. »Ich wusste«, sagte er, »dass seine Vorräte da drin sind, denn manchmal, wenn er krank war, brachte ich ihm ein paar Sachen. Und wisst ihr, was ich morgen mache? Ich hole mir die Hühner und bringe sie in meinem Gemüsegarten unter. ›Wirst sehen, ich sterbe allein‹, sagte er immer zu mir, wenn ich mich eine Weile mit ihm unterhielt, und anstatt traurig zu sein, pflückte er lächelnd ein paar Rosen. Und er ist allein gestorben … Zum Glück vor dem Haus, so hat ihn ein Jäger gefunden, und die Carabinieri sind sofort aktiv geworden, als sie erfahren haben, dass er einer von ihnen war, sie haben sogar eine Obduktion machen lassen, und nach langer Suche haben sie in seinen Papieren schließlich die Adresse der Schwester gefunden … Schaut euch bloß diese Hühner an, wie neugeboren … Man sieht, dass hier oben« – er ließ den Blick über den großen Büffelkuhstall schweifen – »lauter Reiche wohnen. Denn zu meiner Zeit, als ich jung war, hätte sofort jemand die Hühner geklaut, heute dagegen stehlen die Jugendlichen Handys und wissen nicht einmal, wo die Eier herkommen, die sie essen … Also das hier, das nehme ich sofort mit. Seht ihr, wie zutraulich es geworden ist? Es pickt an meinen Schuhen und schaut mich mit seinen Knopfaugen an, ich weiß ja nicht, ob sie mich sehen oder was sie sehen, aber sie erinnern mich an meinen Sohn gleich nach der Geburt, als er zum ersten Mal ganz, ganz kurz die Äuglein aufgemacht hat.« Und das Huhn im Arm, ging er hinter uns her zum Auto, während Teodosio und ich die großen duftenden Blumensträuße einluden, die er zuvor gepflückt hatte.

Das Haus und das Land von Bartolomeos Eltern lagen auf der anderen Seite des Berges, den wir eben hinaufgefahren waren. Während wir nun wieder abwärtsfuhren, erzählte Teodosio: »Bartolomeos Großeltern hatten zur Zeit des Faschismus zehn Kinder, und da Mussolini für jedes Kind eine Prämie zahlte, kauften sie mit dem bisschen Geld, das sie von der Regierung bekommen hatten, das Stück ›Land‹, nennen wir es so, auch wenn es mehr ein Steinhaufen ist. Dem Besitzer, auch einer dieser verschwenderischen Gutsherren, war dieses Grundstück sowieso egal. Niemand, dachte er, würde den Mut haben, da zu investieren. Nur Bartolomeos Großeltern, und das war ihr Glück, relativ gesehen natürlich. Warum sie es gekauft haben? Weil sie schon immer da oben lebten, als Schafhirten, auch ein paar Kühe hatten sie, und außerdem besserten sie ihren mageren Verdienst auf, indem sie Stroh sammelten, aus dem sie Besen und Körbe herstellten, oder bei der Wallfahrtskirche der Madonna della Civita aushalfen, die alles in allem nicht weit von ihrem Haus entfernt war, wenn man es ›Haus‹ nennen kann, denn damals bestand es nur aus einem Zimmer und einem Stall. Und die Strecke zwischen dem Markt im Borgo, wo sie einige kleine Käse oder die Produkte aus Stroh feilboten, und der Wallfahrtskirche legten sie auf dem Maulesel zurück. Es war ein Glück, ja. Vor allem, weil es ihnen dank der Arbeit bei der Wallfahrtskirche gelang, vier Kinder, zwei Söhne und zwei Töchter, in kirchlichen Einrichtungen unterzubringen, wo sie dann Priester und Nonnen wurden. Und während drei weitere früh gestorben sind, wollte von den übrigen vieren nur Bartolomeos Vater nicht auswandern, zwei seiner Brüder sind nämlich, meine ich, in Australien gelandet, und die jüngste Schwester müsste jetzt infolge einer arrangierten Ehe in New York oder Umgebung wohnen. Weißt du, dass es dort ein kleines Museum gibt, das Acraia und den Acraianern gewidmet ist, gebaut und finanziert von denen, die zu Geld gekommen sind, während es hier, wo sie angeblich ein historisches Museum in der Burg eröffnen wollen, wenn sie fertig restauriert ist, nichts gibt außer den mündlichen Erinnerungen der Alten, denen keiner mehr zuhört? Und dieses Stück Land war auch deshalb ihr Glück, weil sie im Krieg dort oben nicht bombardiert und nie von irgendwem gestört wurden, sondern sogar viele Mitbürger aufnahmen, die auf der Flucht vor Deutschen und den Alliierten waren, und ihnen halfen, so gut sie konnten. Und man hat mir auch erzählt, dass Bartolomeos Vater, als die Crew des Films … *und dennoch leben sie* bei ihm anfragte, ob sie in seinen Räumen, seinen Höhlen drehen dürften, und auch ihm und seiner Frau eine Statistenrolle anbot, empört ablehnte und zur Antwort gab: ›Am Krieg wollen wir kein Geld verdienen!‹ Dabei war er damals bloß ein armer junger Mann von zwanzig Jahren, der gerade ein Mädchen aus Campofiore geheiratet hatte, die auch nichts besaß!« – »Bist du sicher, dass du bei den Kindern von Bartolomeos Großvater richtig gezählt hast?«, fragte Onofrio. »Bei diesen Alten hier weiß man nämlich nie, wie viele Kinder sie hatten, denn die Kinder haben die Eltern oft vergessen … und umgekehrt; wie es einer alten Frau aus meiner Bekanntschaft passiert ist, die ihre sieben oder acht Kinder entweder vergessen hat oder so tut als ob, weil sie von verschiedenen Ehe- und sonstigen Männern stammen; und abgesehen von dreien oder vieren, die ich kenne, weiß man deshalb von den anderen nichts, außer dass sie ständig miteinander im Streit liegen um das Erbe. Kurz, eine Donna Rosita aus dem Volk, denn nach ihrem abenteuerlichen Leben konnte sie sich nur dies eine erlauben: dass einer der Söhne, dem sie dafür einen Teil des Hauses überschrieben hat, sie versorgt, und zwar gut, mit allem Komfort, weil die anderen Geschwister schon darauf lauern, sich auf ihn zu stürzen mit fertig formulierten Anklageschriften, hier in Acraia gibt es nämlich mehr Gerichtsverfahren als Einwohner, wenn wir alle Auswanderer dazurechnen, die im Ausland leben und als Einwohner gar nicht zählen, nicht einmal, wenn sie tot sind ... Doch bei den Prozessen um Erbstreitigkeiten zählen sie sehr wohl, und wie! Auch wenn es um ein kleines Grundstück geht, eine Treppe, zwanzig Meter Wegerecht ... Kurz und gut, ein Kleinkrieg unter armen Leuten ... Aber halten wir kurz an, mir scheint, unserem Freund bekommen die vielen Kurven schlecht.« Und nachdem er das Auto am Straßenrand geparkt hatte, gingen wir ein Stückchen und setzten uns auf eine Bank. »Was macht diese Bank hier mitten im Wald?«, fragte ich. – »Hier rechts«, sagte Onofrio und deutete auf einen Pfad, »gibt es große Eichen-, Buchen- und Kastanienwälder, ein Naturschutzgebiet, das zum Park der Monti Sessarunci gehört. Im Sommer fahren wir gewöhnlich sonntags hierher statt ans Meer, wo zu viel los ist, denn hier ist es kühl; früher war es in Staatsbesitz, man begegnete nur den Schäfern mit ihren Zelten, aber jetzt haben sie alle freien Flächen und Lichtungen eingezäunt, und eine Parzelle gehört einem Viehzüchter, eine andere einem

Reitstall, wieder eine einer Pizzeria. Doch unsere Jungen kommen im Sommer trotzdem zum Zelten herauf, sie suchen sich eine Lichtung, die noch nicht privatisiert ist, und das sind ihre Ferien, aber wenn sie größer sind, wollen sie bestimmt auch auf die Malediven oder nach Sharm el Sheikh, wie alle, die ein bisschen Geld haben. Einmal nehmen wir dich auch mit rauf in diese Wälder ... Da gibt es verborgene Plätze, an einem findest du Pilze, am nächsten Salbei oder prähistorische Ruinen und Veilchen, Zyklamen, antike Tränken, und an einer Stelle steht der Baum der Liebe, wo gewöhnlich alle Liebenden ein Zeichen in die Rinde ritzen wollen, auch wenn diese Zeichen dann ganz genauso aussehen wie die Graffiti, die du im Borgo finden kannst; doch vielleicht denken die Paare, die in den Baum geritzten Herzen würden länger halten als die an den Mauern. Dabei, ich weiß ja nicht, wie es anderswo ist, aber hier halten die in Kirchen- und Standesamtsregister eingetragenen auch nicht lang, ehrlich gesagt ...« – »Kommt, wir picknicken«, unterbrach ihn Teodosio, »wir können ja bei Bartolomeo nicht zum Mittagessen auftauchen!« Mit diesen Worten holte er außer Brot und Wein ein paar Antipasti mit Käse und Salami sowie drei große Steaks und drei Bratwürste aus dem Auto. Dann errichtete er mit Onofrio aus ein paar Steinen eine Feuerstelle, zauberte aus dem Kofferraum, der einer Speisekammer glich, einige Reisigbündel und Olivenholzscheite hervor, zündete ein Feuer an, und als dieses rasch zu Glut heruntergebrannt war, stellte er einen Grill mit dem Fleisch darauf. Bald überlagerte Bratenduft den Duft des Ginsters und der Waldluft. Er erinnerte mich an alte Zeiten und weckte gleichzeitig meinen Appetit, an dem es mir sowieso nie gefehlt hat, weder im Waisenhaus noch später, trotz der miserablen Verpflegung auf den Schiffen. Es bestand eine seltsame Ähnlichkeit zwischen den beiden Orten, hier wie da duftete es nie, sondern roch nach abgestandener Luft, stets vermischt mit anderem, Gebeten oder Flüchen, stets ununterscheidbar, weshalb eine Speise der anderen ähnelte, abgesehen von dem verhassten Malzkaffee mit Kondensmilch, der im Refektorium zum Frühstück ausgeteilt wurde. Unterdessen gesellte sich zu dem Fleischduft der nach gerösteten Brotscheiben. Anfangs, bevor sie braun wurden, der Duft nach Brot, wie er frühmorgens aus den Bäckereien dringt, einer der heiligsten Düfte der Welt, den ich als Kind manchmal am Sonntagmorgen gerochen hatte – nur gerochen, nie geschmeckt –, wenn wir geschlossen einen Ausflug in die Stadt machten, oder als Erwachsener im fahlen Morgengrauen der Häfen, wo er mir, wenn ich, benommen von Alkohol und Rauch, zum Schiff oder in ein kleines Hotel zurückkehrte, der Ausdruck eines unerreichbaren Paradieses zu sein schien. Als junger Mann ist es mir nur bei wenigen Gelegenheiten gelungen, nicht allein in den Genuss des Dufts, sondern auch den des Geschmacks zu kommen: einmal, als ich aus dem Waisenhaus fortgelaufen war und Brot gestohlen hatte, und einmal, als ich nüchtern von einem Kahn an Land gegangen war und in einer Bäckerei in Paris nahe der Seine welches gekauft hatte, doch der Geruch jenes frischen Brots hatte sich sofort mit dem Anblick der schönen jungen Verkäuferin gemischt, sodass ich, als ich wieder auf der Straße stand, den Duft des Brots nicht vom Anblick jener blonden Lockenhaare trennen konnte, die ebenfalls nach Brot rochen, aber ganz andere Dinge verhießen. Während wir hungrig zulangten, obwohl wir alle drei recht mager waren, mochte es unsere Konstitution sein oder Energieverschwendung, und wie viel Energie verschwendeten wir gemeinsam mit Gesprächen und Geschichten, freilich waren sie nicht sehr tiefschürfend – doch was oberflächlich ist und was tief, das wussten weder ich noch meine Freunde, uns genügte die Lust zusammenzusein und zu erzählen –, sagte Onofrio, als nähme er ein vergessenes Thema wieder auf, lachend zu Teodosio: »Bist du wirklich sicher, wie viele Kinder Bartolomeos Großvater hatte? Gewiss, weniger als zehn können es nicht gewesen sein, in Anbetracht der Prämie, die er von Mussolini bekommen hat, aber könnten es nicht doch mehr gewesen sein?« – »Warum denn? Wie kommst du darauf?«, fragte Teodosio, indem er mir auf einem Pappteller eine scharfe Bratwurst und eine Scheibe geröstetes Brot mit Tomate hinhielt. – »Weil«, erwiderte Onofrio, »diese Geschichte über die Anzahl der Kinder mich an einen Scherz erinnert hat, den wir Größeren mit den Kleineren trieben. Du entsinnst dich doch auch noch, oder?, dass bei den Gedichten, die man in der Schule vorgesetzt bekam, immer das mit dem ›grünen Granatgehölz‹ von Carducci dabei war. Jeder Vers eine Schaufel Erde, die der Dichter auf das Grab seines kleinen Sohnes warf. Also fragten wir, schon von den Älteren eingeweiht, die Jüngeren: ›Wie viele Söhne hatte Carducci?‹ Und da sie verlegen schwiegen, wir: ›Einer steckt im grünen Granatgehölz, einer liegt in der kalten Erde, einer liegt in der schwarzen Erde, einen freut nicht mehr die Sonne, einer weckt nicht mehr die Liebe … macht zusammen fünf!‹ Denn weißt du, damals funktionierte die Schule so, jetzt dagegen muss man meines Wissens keine Gedichte mehr auswendig lernen.« – »Mir tut das leid«, mischte sich Teodosio ein. »Selbst wenn ich mit diesem Gedicht nichts hätte anfangen können …« Und er zitierte noch einmal Verse aus seinen Lieblingsbüchern und fügte, zu mir gewandt, hinzu: »Hätte ich damals … als wir gemeinsam dieses Unglück durchgestanden haben, hätte ich da nicht manche dieser Verse auswendig gekonnt, ich weiß nicht, wie ich das hätte aushalten sollen.« – »Ihr immer mit eurem Geheimnis!«, knurrte Onofrio gereizt. »Nein, ich will es nicht wissen! Aber ich habe auch eins, das ich euch selbstverständlich nicht verraten werde!« Und so wussten Teodosio und ich nicht, ob er es ernst meinte oder ob er scherzte.

Du musst wissen«, fing Teodosio wieder an, während wir den Berg hinauffuhren, »dass Bartolomeo der einzige Acraianer ist, der nur auf dem Standesamt geheiratet hat.« – »Und ihr«, unterbrach ich ihn, »ihr macht euch doch ständig über die Kirche lustig, wo habt ihr geheiratet?« – »Ich«, antwortete Teodosio, »musste kirchlich heiraten, denn nach meiner abenteuerlichen Vergangenheit, die zwar keiner wirklich kannte, über die aber nur zu gern geklatscht wurde, musste ich notgedrungen die Familie meiner Frau und die Dorfbewohner beruhigen. Damit machte ich gewissermaßen drei Kreuze über meine Vergangenheit, so wie man ein Kreuz aufs Grab eines Toten setzt, der wieder auferstehen könnte. Auch meine Frau, die mein Vorleben und unsere gemeinsame Erfahrung nur teilweise kennt, nun, auch sie sagte: ›Machen wir drei Kreuze drüber.‹ In Wahrheit musste meine Frau nämlich eine ganze Menge Kreuze machen, um mit ihrer eigenen Vergangenheit und der ihrer Familie abzuschließen. Aber auf ihre Angelegenheiten will ich jetzt hier nicht eingehen. Wir waren eben verliebt, deshalb lächelten wir uns zu und wurden Komplizen. Wenn du wüsstest, was für Blicke wir getauscht haben, während der Pfarrer uns seinen Segen gab. Auch die Ausgaben für ein teures Hochzeitskleid konnten wir vermeiden, denn meine Frau trug einfach ein weißes Kostümchen, aber das Bankett musste sein. Mit all den Angehörigen und Verwandten! Die dann, um sich zu revanchieren, Geld geben oder Geschenke machen, was wir zum Beispiel nicht wollten, denn was die Geschenke angeht, na ja, was soll man mit einem Silbertablett anfangen, wenn man einen Kühlschrank braucht? Ja, ich weiß, jetzt kann man sich die Hochzeitsgeschenke aussuchen, die man sich wünscht, aber auch wenn es damals schon so gewesen wäre, wie hättest du je einen Resopaltisch für die Küche wählen können anstelle von Porzellantassen, Kristallgläsern, skurrilen Aschenbechern im Stil von Alvar Aalto oder englischen Teekannen mit provenzalisch gemusterten Teewärmern? Kurz, abgesehen davon, dass wir die Grundausstattung brauchten, gefiel uns dieses ganze Zeug einfach nicht, bis heute. Bei Onofrio«, er warf dem Freund einen Blick zu, »ist es ganz anders gelaufen. Seine Frau, unsere Lucia Bosé, war noch minderjährig, und weil ›das Malheur‹ passiert war, auch wenn man noch nichts sah, musste er in der Kirche heiraten … Das wollte ihre Familie so … unbedingt, mit allem Drum und Dran, einschließlich der nötigen Schmiergelder … Ich nenne es bewusst so, weil in diesem Fall alles eine Frage von Bestechung ist. Und daher musste bestimmte Sachen der Bräutigam, Onofrio, bezahlen, weil sie noch minderjährig und *Jungfrau* war, andere dagegen ihre Familie, weil das Gerücht umging, dass sie schwanger sei, und darum musste diese Hochzeit im großen Stil gefeiert werden … als Wiedergutmachung, man weiß nicht, von was eigentlich … Es wurde sogar mit einer Untersuchung beim Frauenarzt gedroht, um die Wahrheit herauszufinden… So hat Onofrio aus Achtung vor seiner Frau nachgegeben … Und dann Schmiergeld für den Pfarrer, Bestechung etlicher Verwandter, und zwar in Form von einer Essenseinladung in ein superteures Restaurant. So war es doch, oder, Onofrio?« – »Ja, aber du musst auch dazu erzählen, wie wir uns zum Ausgleich bei dieser Gelegenheit über alle lustig gemacht haben. Unser ›Ja‹ bei der Trauung zum Beispiel kam so verspätet und undeutlich, dass der Pfarrer laut und nervös nachfragen musste: ›Also was jetzt, ja oder nein?‹ Und beim Ringtausch, das hatten wir mit den Trauzeugen so abgesprochen, steckte sie mir ihren Ring an und umgekehrt … ein Hin und Her von Ringen, bis der Pfarrer, ich habe es mit eigenen Ohren gehört, zu fluchen anfing … ja, wirklich, er fluchte … gleich nach unserer musste er nämlich noch eine Trauung vornehmen. Auch beim Hochzeitsfest im Restaurant haben wir uns amüsiert … vor allem, als wir als Hochzeitspaar gemeinsam den Tanz eröffnen sollten und alle in Verlegenheit brachten, weil sie stattdessen mit einem ihrer Verehrer tanzte, den alle Leute kannten, und ich mit einer meiner Exfreundinnen, während viele aus dem Dorf murmelten: ›Man versteht die Welt nicht mehr, mit diesen ganzen ausländischen Moden …‹, unter den Gästen waren nämlich viele Auswanderer. Und dann, damit uns unsere Ungezogenheiten verziehen würden, oder immer noch aus Lust an der Provokation, das weiß ich nicht, jedenfalls baten wir das Orchester nicht um moderne Rhythmen, sondern forderten es auf, traditionelle Tänze wie Tarantella und Quadrille für uns zu spielen. Daraufhin begannen alle, besonders die Älteren unter den Gästen, wie wild zu tanzen, während wir zusahen und sagten: ›Wenigstens bieten wir ihnen mal eine Abwechslung zu den Fernsehshows, die man sich nachts alleine anschaut‹ … nicht nur auf den Lokalsendern, sondern auch auf den öffentlichen, weshalb man sich richtigerweise sagt: ›Der Staat hat nicht nur das Monopol am Glücksspiel und am Tabak, obwohl er doch behauptet, diese Dinge zu bekämpfen, sondern auch bei der Pornografie, mit der er die Köpfe der Leute monopolisiert.‹ Deshalb hat Bartolomeo recht, der Anarchist ist und schon immer entschlossener war als wir.«

Unterdessen war das Auto auf dem Weg zwischen den steinigen Hängen stehen geblieben. »Wir haben einen Platten«, sagte Onofrio. Und als wir ausstiegen, um den Reifen zu wechseln, sagten die beiden wie zum Spiel zueinander: »Wechselst du ihn, oder wechsle ich ihn?« Während sie sich so kabbelten, setzte ich mich am Wegrand auf einen flachen Stein und blickte mich um. Überall waren weiße Steine, und dazwischen Schafe, ebenfalls weiß, als lebten sie in einer Symbiose, nichts ahnend von Menschen und sie umgebenden Wäldern, über die Hänge verstreut bis ins Tal, kaum unterscheidbar, als spielten sie Verkleiden … Doch stets war das Schaf der Verlierer, weil es sich bewegte und wegen seines Geruchs, der es dazu verdammte, getötet zu werden. Dann entdeckte ich weiter unten einen Steinbruch … Auch diese weißen Steine, die so unerschütterlich und ewig wirken, werden also früher oder später zermalmt, sagte ich mir. Und der Anblick des aufgerissenen Berges, der gleich einzustürzen drohte, brachte mich auf einen Gedanken, der mir häufig kam, obwohl ich immer versucht hatte, ihn zu verscheuchen, nämlich dass sich in den Werken der Menschen mit ihrem Fortschreiten alles in sein Gegenteil verkehrt. So ist das, sagte ich mir, im Augenblick ähneln diese weißen Steine den liegenden Schafen, aber früher oder später werden sie mit deren Blut befleckt; und die dort unten gebrochenen Steine werden zum Bau von Villen aller Art verwendet und somit schließlich auch mit Blut befleckt sein, nicht nur mit dem, das in den offiziellen Kriegen vergossen wird, sondern auch mit dem weniger sichtbaren, das bei den Kleinkriegen in den Familien fließt. Stets jedoch lenkte mich der Fluss meines Blutes von solchen düsteren Gedanken ab, denn das Blut hält ja alle Menschen und Tiere am Leben und hat mich immer gedrängt, abenteuerlich oder vielleicht auch träge zu leben bis zu seiner Erschöpfung, wobei ich mir oft gewünscht habe, es werde möglichst spät so weit sein, und als ich ein paar Mal in Gefahr war zu erfrieren, habe ich immer sehnlich gehofft, das Blut wieder durch meine Adern fließen zu spüren. Kaffeeduft lenkte mich von diesen Gedanken ab, denn Teodosio und Onofrio, auf die ich nach ihrem scherzhaften Wortgeplänkel nicht mehr geachtet hatte, hatten inzwischen, um sich zu stärken, aus dem unerschöpflichen Kofferraum eine Thermoskanne voll Espresso geholt, dessen Geruch mich ehrlich gesagt mehr berauschte als sein Geschmack, wie manche Versprechen, die dich, wenn sie gehalten werden, enttäuschen. – »Allerdings«, fing Teodosio wieder an, »ist

Onofrios relativ luxuriöse Hochzeit nichts gegen die beiden Prunkhochzeiten, die wir in der kleinen Kirche im Rione Terra gesehen haben … Auch wer im Borgo wohnt, zieht für Taufen, Kommunionen, Firmungen und Trauerfeiern diese Kirche vor, weil sie die älteste und schönste im Dorf ist, gewiss … aber vielleicht auch, weil der Rione Terra trotz der Bombardierungen noch eine Seele hat, während man unten im Borgo nur lauter ruhelose Geister antrifft, die wie die Seelen in Dantes Fegefeuer alles tun, um ins Paradies zu kommen oder vielmehr sich die modernen Paradiese zu erobern, die zahlreich zu sein scheinen, in Wirklichkeit aber nur ein einziges sind, das Paradies des schnell verdienten Geldes, mit dem sie eigentlich nichts anfangen können, außer es auszugeben, indem sie die Reichen nachahmen, von denen man das weiß, was im Fernsehen gezeigt oder in der Regenbogenpresse erzählt wird. Bedeutet reich sein deiner Meinung nach etwa, seinen Kindern Pokemons kaufen zu können? Oder nach Sharm el Sheikh oder auf die Malediven zu fahren? Oder nach Bangkok, um es mit Minderjährigen zu treiben? Die wirklich Reichen suchen ihr Vergnügen an exklusiven Orten, sie pflegen ihre Laster diskret in gut geschützten Häusern und Villen, schicken ihre Kinder womöglich auf Waldorfschulen, freilich kommt auch bei diesen Familien ab und zu ein Verrückter oder ein Unangepasster heraus, der sich nicht an die Regeln hält … Ich erinnere mich zum Beispiel an den Sohn eines Großindustriellen aus Mailand, der sein Geld den Genossen schenkte und, wie ich gehört hatte, wunderschöne Erzählungen schrieb … Ein Freund, der von dem schrecklichen Abenteuer wusste, das ich durchgemacht hatte, schickte mir eine davon … Ich werde sie nie vergessen, diese Erzählung … Sie handelte von einem jungen Mann, der am Ertrinken war und Hilfe suchend die Arme hob, während seine Freunde am Strand seine Gesten als fröhlichen Gruß deuteten … Und manche dieser Sprösslinge haben ein schlimmes Ende genommen, die Ärmsten, und die Familie hat, solange sie konnte, alles getan, um sie zu schützen … Doch zurück zu den Pokemons, weißt du, was wir uns zusammen mit unseren Frauen ausgedacht haben? Ich sage ›wir‹, denn unsere Familien, meine und die von Onofrio, gleichen in etwa einer Wohngemeinschaft von vor zwanzig Jahren, nicht nur, weil wir uns den Gewinn aus der Autowerkstatt redlich teilen und keiner von uns beiden je auf die Idee käme, den anderen zu betrügen oder bei Schwierigkeiten hängen zu lassen, falls er zum Beispiel krank würde, sondern auch, musst du wissen, weil unsere Wohnungen Tür an Tür liegen, aber mehr noch, weil alle Türen offen stehen. So teilen sich unsere Frauen nicht nur die Hausarbeit, die Gartenarbeit und die Versorgung der Kinder, sondern im Keller haben wir auch eine große Waschmaschine und eine große Tiefkühltruhe; noch dazu kann man auf diese Art sparen … Kurz und gut, abgesehen von den Schlafzimmern haben wir alles gemeinsam … Also, um auf die Pokemons zurückzukommen … Unsere Frauen haben mit Rituzzas Hilfe wunderschöne Kartenspiele gezeichnet, in Anlehnung an große, vor allem moderne Maler, und zu den Kindern gesagt: ›Entweder ihr spielt damit oder gar nicht, denn die Pokemons kaufen wir euch nicht!‹ Und Rituzza, die unglaublich gut ist, sobald sie mit ihren Sonnenblumen von van Gogh aufhört, hat dann mit ihnen gespielt und sogar ein herrliches Würfelspiel entworfen.

Die Kinder waren hellauf begeistert, bloß dass sie in der Schule weiterhin von den Pokemons ihrer Kameraden verführt wurden; und als meine Frau zu den Lehrerinnen gegangen ist, um sich zu beklagen, und ihnen unsere Erfindungen gezeigt hat, haben sie gesagt: ›Dafür sind wir nicht zuständig … die Kinder drücken sich aus, wie sie wollen …‹ Aber in Wirklichkeit drückten die Kinder sich aus, wie die Lehrerinnen es wollten, die ihnen aus Faulheit oder aus Dummheit Malbücher mit vorgedruckten Figuren zum Ausmalen gaben … Eine junge Frau von den französischen Antillen, die wir uns ab und zu für den Hausputz holten, eine *›extra-comunitaria‹*, wie das heute hier heißt, erzählte einmal etwas, was mich beeindruckte: ›In der Schule‹, erklärte sie, ›brachten sie uns bei, viereckige Häuschen mit rotem Dach und Wiesen mit Kühen drum herum zu malen … Dabei gab es so was bei uns überhaupt nicht … Und als ich, bevor ich hierherkam, in Frankreich war und die Häuser, die grünen Wiesen und die Kühe gesehen habe …, da dachte ich: Also gibt es das tatsächlich!‹« – »Du schweifst ab, wie gewöhnlich …«, unterbrach ihn Onofrio. »Ich habe nicht so viele Bücher gelesen wie du, man sieht, dass dich die Lehrer nicht so entmutigt haben … aber *Tausendundeine Nacht* schon, das haben wir nämlich unseren Kindern abends gemeinsam am Kamin vorgelesen«, sagte er, zu mir gewandt, »und selbst in diesem geschichtenreichen Buch wird nicht so viel abgeschweift …« – »Abgesehen davon, dass die Schule mich immer mehr entmutigt hat als dich, da du wenigstens mit deinen Kameraden über die Verse von Carducci scherzen konntest«, fing Teodosio wieder an, »habe ich, in der letzten Bank, wo die Armen und die Esel sitzen, in der Schule nur dreierlei Arten von Streichen gelernt: die, die wir aus den letzten Bänken den Kindern der bessern Leute in den vordersten Reihen spielten; die, die sich gegen die Lehrer richteten; und schließlich die, für die wir uns alle verbündeten, oft einschließlich Lehrer, gegen den Rektor … Einmal, als der Rektor in die Klasse kam, um einen Lehrer zu rügen, weil er die Vorschrift missachtete, dass unsere Schulkittel, zumindest morgens, makellos sauber zu sein hatten, begannen wir sogar, obwohl wir beide hassten, Lehrer wie Rektor, unsere Kittel absichtlich zu beschmutzen, mit Kreide, mit Tinte oder auch mit Tomate vom Pausenbrot; und einer aus den ersten Reihen, mit dem ich mich abgesprochen hatte, denn obgleich er der Sohn eines der Honoratioren des Ortes war, gönnte er sich gelegentlich den Spaß, mit uns aus den hintersten Bänken gemeinsame Sache zu machen und der strengen Disziplin seiner Familie zu entfliehen, fragte: ›Herr Rektor, erklären Sie uns bitte, wozu die Kittel gut sind?‹ Worauf der Rektor verdutzt sagte, mehr zu dem Lehrer als zu dem unverschämten Schüler gewandt: ›Ich antworte dir nur, weil du der Sohn des Notars bist, der meinen Respekt genießt …‹ Dann, nach einer kurzen Pause, als wollte er abwarten, bis seine Worte auch bei den Flegeln in der letzten Bank angekommen waren, sagte er: ›Weil der Kittel vorgeschrieben ist, eine Uniform, und in der Schule wie im Leben muss man sich an die Regeln halten.‹ – ›Und an welche Regel müssten wir uns halten?‹, fragte der Junge frech. – ›Vor allem an die Regel des makellosen weißen Kittels.‹ – ›Und warum tragen Sie dann keinen Kittel, wo Sie doch gesagt haben, dass wir uns alle daran halten müssen, in der Schule wie im Leben? Logischerweise müssten ja sogar unsere Väter und Mütter im weißen Kittel herumlaufen!‹ – ›Unverschämte Bande!‹, knurrte der Rektor, während es Kittel auf ihn regnete, die wir unterdessen ausgezogen hatten mit den Worten: ›Hier, lassen Sie sich doch, so dick, wie Sie sind, aus allen unseren Kitteln einen für sich selber machen!‹ Den Preis für diese Aufsässigkeit zahlte nicht der Klassensprecher, der Sohn des mit dem Rektor zu gut befreundeten Notars, und auch nicht die ganze Klasse, die zur Strafe nur zwei Tage von der Schule suspendiert wurde, sondern der Lehrer … er wurde versetzt. Darum verhielten wir uns immer weiter so, bis uns bewusst wurde, dass stets die, wenn auch verhassten, Lehrer büßen mussten … Und dann beschlossen wir, geschützt durch den Sohn des Notars, der die Orte der Macht gut kannte, ich meine, wo Papier und Benzin lagerten, eine gefährliche Aktion durchzuführen, und zündeten die Schule an. Niemand verriet uns, außer einem armen Kerl, einem aus den hintersten Bänken, so wie ich, der uns gegen Geld und versprochene Straffreiheit verpfiff. Und der Pfarrer hatte den Mut, den Namen des Rädelsführers zu nennen, den Sohn des Notars. Daraufhin wurde dann alles vertuscht. Und der Sohn des Notars hat sich mit den Jahren nicht geändert, sodass wir immer noch befreundet sind. Damals wie heute war er das schwarze Schaf der Familie, er wollte auch nicht den Notarberuf ergreifen, der, wie du weißt, vom Vater an den Sohn weitergegeben wird, sondern ist Lehrer geworden, sogar in besonders ärmlichen Schulen in der Provinz, den technischen Oberschulen, wo er zu seinem Bedauern, wie er sagt, Italienisch unterrichtet, aber selbst wenn er ein technisches Fach unterrichten würde, hätte er Schwierigkeiten, scheint es, weil sie für die Werkstätten entweder überhaupt kein Material kaufen, oder falls sie es kaufen, lassen sie es im Keller verschimmeln. Und dieser Freund von mir ist der Sohn des Notars von Formura, der nun nicht weiß, wem er seine Kanzlei vermachen soll, denn auch der zweite Sohn hat es vorgezogen, etwas anderes zu werden, und ist jetzt Steuerberater … Das kommt auch daher, weil die Söhne auf den Vater sauer waren, darauf, wie er ihre Mutter behandelte … er betrog sie ständig … sogar mit Donna Rosita, heißt es, mit der er sich jedoch statt einer unerwiderten Leidenschaft auf Geschäftsbeziehungen beschränkte, die ihr immer große Vorteile brachten, hat mir jedenfalls der Sohn erzählt … Was nun meine Lieblingsbücher angeht … Siehst du, lieber Onofrio, die habe ich nicht in der Schule kennengelernt, sondern dank eines Büchernarren, der nur jemanden suchte, der ihm zuhörte, und ich war damals dazu bereit, vor allem, weil er mich zu hervorragendem Essen einlud, während es zu Hause wenig oder nichts gab, aber auch aus Neugier. Im Dorf sagte man, er wäre schwul, aber mich hat er nie angerührt, er hat mir nur den Kopf mit seinen Versen vollgestopft … Bloß eins störte mich … dass er immer in der Nase bohrte, während er mich, wenn ich das tat, ausschimpfte. Und so ging es noch mit vielen anderen Kleinigkeiten … Kurz und gut, ich fühlte mich wie ein Vogel im Käfig, wie dieser Papagei, den er in einem großen Käfig hielt und dem er nur Futter gab, wenn der Vogel einen bestimmten Vers nachsagte, immer mehr oder weniger denselben, denn manchmal krächzte er ihn deutlich, dann wieder verworren, ich meine, der Vers hieß ›*Amor che a nullo amato amar perdona*‹ – ›Liebe, der kein Geliebtes kann entgehen‹, und der Papagei brachte ihn nie ganz heraus; manchmal sagte er *›amor‹* oder *›amato‹* oder *›perdona‹* …« – »Ach geh, du wusstest genau, dass er schwul war«, stichelte Onofrio, »und du bist auch nicht wegen der Dichter hingegangen, sondern wegen dem Essen …«

»Jetzt reicht's«, sagte ich zu Teodosio. »Fang nicht wieder an, dich mit deinem Freund Onofrio zu zanken, weil du ihn indiskret findest. Erzähle mir lieber von den Hochzeiten dieser Neureichen und sag mir anschließend was zu Bartolomeo, sonst komme ich dort an wie ein Esel.« – »Na gut«, sagte Teodosio. »Aber wenn Onofrio es so eilig hat, aus diesen Hochzeiten Schlüsse zu ziehen, soll er selbst davon erzählen.« Damit legte er sich ins Gras, einen Fenchelstängel im Mund. »Um es kurz zu machen«, begann Onofrio, »als ich einmal, an einem Sonntag, oben im Rione Terra war, ich schlendere nämlich in meiner Freizeit auch gern ein wenig dort herum, sah ich einen Hubschrauber über dem Dorf kreisen … Ich dachte, er müsse einen Brand löschen, aber weit gefehlt, er warf Rosenblätter und Kärtchen ab, auf denen die Hochzeit eines bestimmten Paares angekündigt wurde. ›Ja‹, sagte eine Alte begeistert, ein paar von diesen Blütenblättern im Schoß, ›sie haben sogar einen *Flugschrauber* gemietet, damit die Hochzeit nicht nur vom Pfarrer, sondern auch vom Himmel oben gesegnet wird!‹ Das Brautpaar in der Kirche habe ich mir nicht angeschaut, denn etwas mehr oder etwas weniger Spitzen, züchtige oder tiefe Ausschnitte, langer oder kurzer Schleier oder Brautkränzchen, und die Männer in Schwarz oder in Grau oder in Blau, am Ende sind sich alle Hochzeiten ähnlich. Nur eines machte mich neugierig: Wer wohl diesen Hubschrauber bezahlt hatte, aus dem weiter Rosenblätter auf mich herabfielen. So erfuhr ich, dass die Braut die Tochter des Besitzers eines Steinbruchs war, des bedeutendsten der Gegend, und dass die Idee mit dem Hubschrauber vom Bräutigam stammte, der als Pilot für vermögende Herrschaften in Norditalien gearbeitet hatte und dann bei seinem Schwiegervater ins Geschäft eingestiegen war ... Und alle standen mit offenem Mund da und staunten, als hätten sie einen dieser Außerirdischen gesehen, die manche angeblich in Amerika gesichtet haben; zum Glück behauptete allerdings keine der alten Frauen, dass die Madonna della Civita den Hubschrauber geschickt hätte. Viele dagegen, vor allem Kinder, riefen: ›Was für Geizkrägen ... Hätten sie es doch Süßigkeiten und Bonbons regnen lassen!‹ Wieder andere, darunter einer der drei Generäle, fühlten sich an historische Ereignisse erinnert: ›Auch in der Gegend um Montecassino warfen sie im Krieg Lebensmittel oder Waffen ab ... nicht über geschlossenen Ortschaften, wie sie es angeblich jetzt in diesem Krieg machen, so dass die Leute das Zeug an den Kopf kriegen, und die Leute ... was wissen die schon, was da abgeworfen wird ... womöglich ist es eine Bombe, die ihnen in den Händen explodiert!‹ ... Die zweite überkandidelte Hochzeit, also die hat mich ein bisschen an die Geschichten über Donna Rositas Hochzeit erinnert, die ich von den Alten im Dorf gehört hatte. Das Brautpaar war in einer offenen vierspännigen Kutsche angekommen, die unten am Rione Terra halten musste, weil sie nicht durch die engen Gassen passte, und von da an hat der Bräutigam die Braut auf den Armen bis zur Kirche getragen, wo er sie, wie vorgeschrieben, ihrem Vater anvertraute. Und bei noch einer Hochzeit, die gar nicht so lange her ist, war die Braut halb als Zigeunerin verkleidet, mit farbigem Kopftuch, großen goldenen Ohrringen und bunten Halsketten, ob wertvoll, weiß ich nicht, und halb als Reiterin, denn zu der bestickten Bluse trug sie schwarze Hosen und Stiefel ... Don Mario, der Pfarrer, soll sie dann gebeten haben, sich etwas Weißes aufzusetzen, worauf sie ihrem Mann das Einstecktuch aus der Brusttasche zog und es sich auf den Kopf legte wie einen Schleier ... Aber es schien keine Provokation zu sein, es wirkte eher, als sei sich die Braut ihrer unpassenden Kleidung gar nicht bewusst ... Auch sie war in der Kutsche vorgefahren. Und bei dieser überspannten Hochzeit erkundigte ich mich dann, wer die Brautleute denn seien, aber alle antworteten: ›Wir kennen sie nicht, vielleicht sind es Ausländer aus irgendeiner Villa.‹ Als ich jedoch genauer nachfragte, erfuhr ich, dass es sich um die Schwester jenes flüchtigen jungen Mannes handelte, den manche für einen übergelaufenen Spion des Geheimdienstes, manche für einen einfachen Betrüger hielten, und dass die Eltern diese pompöse und leicht groteske Hochzeit gewollt hatten, wie um die Familie zu rehabilitieren. Anstatt den Skandal um den Sohn also diskret zu behandeln, hatten sie sich so eine Show einfallen lassen, doch die Dorfbewohner waren nicht erstaunt über diese übertriebene Achtung vor der Tradition, sondern ratlos. Offensichtlich wusste die Familie wenig vom Dorf. Wer hatte je in so einem Aufzug geheiratet! Und je mehr die armen Eltern, ich sage ›arm‹, weil der Sohn sie ja bestimmt auch betrogen hatte, sich um die Gunst der Acraianer bemühten, indem sie diesen ganzen Luxus zur Schau stellten, um so boshafter wurde über sie geklatscht. Man munkelte wieder, dass Donna Rosita vor vielen Jahren, während des Krieges, etwas Ähnliches veranstaltet habe … Die einen sprachen von einer vierspännigen Kutsche … die anderen von einer Kalesche mit höchstens ein bis zwei festlich geschmückten Pferden! Wieder andere von einem Auto; das war wirklich ein Luxus in diesen engen Gassen, auch weil ihr Ehemann am nächsten Tag mit genau diesem Auto an die Front abreisen sollte.« – »Onofrio«, unterbrach ihn Teodosio, »du hast es viel besser, wenn auch gewiss nicht kürzer gemacht als ich. Da es aber bis zu Bartolomeo und seinen Eltern nicht mehr weit ist, möchte ich, dass mein Freund noch etwas über sie erfährt, bevor wir uns wieder auf den Weg machen.« Und dann, zu mir gewandt: »He, wach auf!«, denn er glaubte, ich sei eingenickt auf dem Gras, das in dieser Kurve des Saumpfads extra ein kleines weiches Bett zwischen den Steinen für mich gebildet hatte, damit ich, vom Grasduft trunken, darin ausruhen konnte. »Also«, sagte Teodosio, »um mal ein bisschen Ordnung in unsere ausufernden Reden zu bringen, da wir ja jetzt endlos über Hochzeiten gesprochen haben, möchte ich dir vor allem sagen, dass Bartolomeo der einzige konsequente Mensch im Dorf ist. Wie schon gesagt, hat er nur standesamtlich geheiratet und auch seine Frau Ausilia dazu überredet, die seiner Entscheidung mehr aus Liebe als aus Überzeugung zugestimmt hat … Und als eines ihrer Kinder zur Erstkommunion gegangen ist, mit Bartolomeos Einverständnis, da er fürchtete, sein Sohn könnte sonst diskriminiert werden, bekam Ausilia, als sie die Bitte äußerte, selbst auch zur Kommunion gehen zu dürfen, vom Pfarrer zu hören, das sei nicht möglich, weil sie nicht kirchlich getraut sei. Daraufhin begann sie, in der Gasse und im ganzen Dorf auf diesen Pfarrer zu schimpfen, und Bartolomeo musste all seine Gelassenheit, Vernunft und Überredungskunst aufbieten, um sie zu beruhigen: ›Von seinem Standpunkt aus, den ich absolut nicht teile, hat der Pfarrer recht‹, sagte er zu ihr. ›Wenn wir das Sakrament der Ehe abgelehnt haben und er außerdem weder dich noch mich je in der Messe sieht, warum sollte er dir dann erlauben, zur Kommunion zu gehen?‹ Und sie erwiderte resigniert: ›Weil ich bei diesem Anlass meinem Sohn nahe sein wollte!‹ So ging sie trotzdem in die Kirche, auch ohne Kommunion, während Bartolomeo die inzwischen *kommunizierten* Kommunikanten dann zu Hause empfing, wo sie ihre weißen und hellblauen Kleider ablegten und sich auf Süßigkeiten und Geschenke stürzten. Noch eine Sache sollst du wissen, damit du vorbereitet bist, nämlich dass Bartolomeo als einziger Acraianer die anarchistische Zeitschrift *Umanità Nova* abonniert hat, von der man hier in der Gegend noch nie gehört hat. Wie er von dieser Zeitschrift erfahren hat, weiß ich nicht, aber auf jeden Fall ist er dafür genau der Richtige, denn bei Bartolomeo fiel dieser Samen auf ›vorbereiteten Boden‹, auch wenn es sich heute nicht mehr um so fruchtbaren Boden handelt, wie es vor dem Krieg oder noch früher unter Bauern und Hirten des Südens der Fall war: Damals, das haben mir meine Großeltern erzählt, wurde noch über Fra' Barnablú und Errico Malatesta gestritten und manche Leute verwechselten die beiden sogar und konnten den Bourbonenfreund, der jeden Gunstbeweis annahm, nicht unterscheiden von dem sozialen Agitator, der nicht nur keine Gunstbeweise annahm, sondern auch nie eine Uniform anzog! Deshalb gibt es unter den neunzigjährigen alten Männern etliche, die Errico heißen, so wie manche von den Jungen, also von den Jüngeren, Vladimiro heißen, ein hier in der Gegend bestimmt nicht üblicher Name, oder Giuseppe, also Josef, ein viel häufigerer Name, dessen Herkunft offenbar alle vergessen haben, denn er bezog sich nicht auf den heiligen Josef, sondern zuerst auf Giuseppe Garibaldi und dann auf Josef Stalin. Was nun Bartolomeo betrifft, so glaube ich, dass bei ihm der fruchtbare Boden nicht nur durch seine Erfahrungen bereitet wurde, die er dir selbst schildern wird, sondern auch durch seinen Vater, der während des Krieges, obwohl er kein Anarchist war und gar nicht wusste, was Anarchie bedeutet, de facto Anarchie praktizierte. Heute wird das Wort von allen missbraucht, man assoziiert damit Bomben und soziale Unordnung, die dem Urchaos gleicht, dabei ist daraus doch die Ordnung von Sternen und Planeten hervorgegangen, in deren Mittelpunkt sich unsere Erde befindet … Nach Bartolomeos Ansicht dagegen bedeutet Anarchie von jeher soziale Gerechtigkeit, verbunden mit der Freiheit des Einzelnen, solange sie nicht in die der anderen eingreift, und Teilnahme aller am politischen Leben, wie bei einem Chor, in dem am Anfang jeder für sich singt, dann aber mit den anderen in ein einziges Lied einstimmt … Doch jetzt erkläre ich dir, warum er diese Ideen meiner Meinung nach von seinem Vater hat, obwohl der, wie gesagt, von diesen Dingen gar nichts wusste … Er hat exemplarische Gesten vollbracht. Zum Beispiel, als nach den Bombardierungen im Februar/März 1944 die Alliierten kamen und er noch viele Acraianer in seinen Grotten beherbergte und durchfütterte, so gut er konnte, da die anderen sich auch das Vieh genommen hatten, und alle, Groß und Klein, Wegwarte,

Mangold und sonstige essbare Kräuter suchen gingen sowie Esskastanien oder Johannisbrot, woraus sie Brot und Pizza machten, falls man es so nennen konnte … Genau in diesen Tagen also wurde ein junges Mädchen von den Marokkanern vergewaltigt … Nun, verantwortlich dafür waren nicht so sehr die Marokkaner, arme Kerle im Sold ihrer Beherrscher, sondern die französischen Generäle, die ihnen freie Hand gelassen hatten beim Plündern und Vergewaltigen, denn die feinen Herren wollten sich nicht mit solchen Lappalien die Hände schmutzig machen, sondern waren mehr daran interessiert, die Reichen des Dorfes und der umliegenden Ortschaften auszunehmen und mit den Damen der Gesellschaft zu verkehren, darunter Donna Rosita, wie erzählt wird, auch wenn es ihr freilich immer gelungen ist, die Männer auszutricksen. Jedenfalls wurde dieses kaum dreizehnjährige Mädchen vergewaltigt, und ihr Vater wollte sie umbringen. Da nahm Bartolomeos Vater ihn beiseite und sagte: ›Gib zuerst mal dir selbst die Schuld, denn du hast an diesen Krieg geglaubt und bist sogar, weil du ein bisschen besser lesen konntest als wir, über Land gefahren, um die Ärmeren ein Papier unterschreiben zu lassen, worin denen, die sich als Freiwillige für den Spanienkrieg meldeten, ein guter Sold und andere Vorteile versprochen wurden. Aber was wussten diese armen Analphabeten schon davon, was es hieß, in den Krieg zu ziehen? So unterschrieben sie, unterschrieben wie dressierte Schafe, manche auch mit einem Kreuz … Aber ich, erinnerst du dich?, ich fiel nicht darauf herein, weil ich einen Freund hatte, ob er Faschist oder Antifaschist war, weiß ich nicht, jedenfalls hatte der mir alles erklärt … ein Neapolitaner, der gelegentlich in unserer

Gegend auftauchte, um Stoffe und Jutesäcke zu verkaufen, und der schon zur Zeit des Äthiopienkrieges die Verse eines neapolitanischen Komödiendichters, eines gewissen Raffaele Viviani, für mich rezitiert hatte, die er besonders liebte: „Unser eigener Hunger genügte vollauf, da brauchte es nicht eueren noch obendrauf", in direktem Zusammenhang mit diesem Krieg. Und als du kamst, um mich zu überreden, das Papier zu unterschreiben, da hast du behauptet, es handle sich gar nicht darum, in den Krieg zu ziehen, sondern man müsse nur dem Vorhaben zustimmen, ohne klarzustellen, welchem denn eigentlich, und dieses *Vorhaben* mit großem Trara auf der Piazza begrüßen, immer noch ohne genau zu sagen, welche Vorteile wir daraus ziehen würden … Ich erinnere mich bloß, dass du mir versprochen hast, du würdest dich dafür einsetzen, dass ich einen Bauernhof in den Pontinischen Sümpfen bekäme, so müsste ich nicht mehr wie ein Wilder auf diesen Bergen hier leben … Ich lachte dir ins Gesicht und unterschrieb nicht … dank meines neapolitanischen Freundes, der mich gewarnt hatte … Und jetzt, wo deine Tochter vergewaltigt worden ist, erzählst du überall herum, dass du sie umbringen willst? Ja, ist dir denn bewusst, dass auch du diesen Krieg gewollt hast, obwohl du fast genauso unwissend bist wie ich, und dass wir ihn verloren haben? Dass alle Kriege gleich sind … dem Sieger das Recht auf Beute? Dann rate ich dir, deine Tochter wieder in die Familie aufzunehmen, weil sie nur ein Opfer ist; angesichts deiner Ideen, über die ich nicht diskutieren will, und deiner Wut sage ich nicht, dass du vor ihr niederknien, sie umarmen und um Verzeihung bitten musst, aber nimm sie wenigstens wieder auf…‹ Daraufhin gestattete der Mann seiner Tochter, wieder nach Hause zu kommen, wollte sich aber um jeden Preis an den Marokkanern rächen. Wie ein Verrückter lief er mit seinem Gewehr über die Berge, bis er einen von ihnen verletzte und schließlich, von den Übrigen überwältigt, selbst umgebracht wurde. Die andere Episode mit dem Vater, die für Bartolomeo wie eine Warnung klang, war folgende: Als sich, so um 1945, die Wogen etwas geglättet hatten, standen die Leute vor dem Sitz der Alliierten Schlange, weil dort Pakete an die Bevölkerung ausgegeben wurden … Wie du dir vorstellen kannst, war es keine geordnete Schlange, sondern eine Menge schreiender Leute, die sich von allen Seiten gegenseitig schubsten … Bartolomeos Vater stieg eines Tages auf einen Stuhl, den er aus der Kirche geholt hatte, und sagte: ›Schämt euch, beachtet wenigstens die alphabetische Reihenfolge, wenn wir schon nicht nach den Armutszeugnissen gehen, von denen weiß man ja, dass sie alle falsch sind!‹ Da die Alliierten ihn für einen Hitzkopf hielten, holten sie ihn daraufhin herein, zusammen mit einem Freund, der eine Emigrantenvergangenheit hatte und Englisch sprach, und als er den amerikanischen Offizieren seine Gründe auseinandergesetzt hatte, wurde er von einem mit Whiskeyatem angespuckt und von zwei Soldaten in ihr Gefängnis abgeführt, weil er die öffentliche Ordnung gestört hatte. Nun, ich sage nicht, dass nach dieser Szene das Durcheinander vor der Tür aufhörte, aber wenigstens fünf oder sechs Personen folgten seinem Beispiel … Deshalb stimme ich mit den drei Generälen überein, die die Schlacht von Montecassino studieren und sich weigern, über den gegenwärtigen Krieg Auskunft zu geben, denn auch wenn du dich aufs

Fernsehen beschränkst, brauchst du nur etwas Einbildungskraft und ein paar Erinnerungen, wie sie uns unter anderem auch von Bartolomeos Vater vermittelt wurden, und dann kannst du hinter den oberflächlichen oder parteiischen Nachrichten die Realität sehen, die immer dieselbe ist, gemacht aus Arroganz und Übergriffen.« – »Du wirst mir doch nicht sagen«, unterbrach ihn Onofrio, »dass du nach diesem Loblied auf Bartolomeo und seinen Vater ebenfalls *Umanità Nova* abonnieren willst?« – »Nein«, erwiderte Teodosio entschieden. »Erstens, weil die Tätigkeit, die wir ausüben und dank deren wir samt unseren Familien gut leben, im Widerspruch zu meiner Auffassung steht, dass die Masse von Autos, die nicht nur Acraia, sondern die ganze ›zivilisierte‹ Welt überschwemmt hat, absolut unerträglich ist. Nicht, dass ich bei der Zeit von Esel und Maultier stehen geblieben wäre; die Sache ist, dass vor allem die öffentlichen Verkehrsmittel funktionieren müssten; wenn einer aber im Innersten von einer Idee überzeugt ist, müsste er sie auch umsetzen, diese Idee, und das können wir uns nicht erlauben; zweitens, auch wenn ich mir erlauben könnte, die *Umanità Nova* in der Hand zu schwenken, würde ich wohl kaum Kunden verlieren, denn die pfeifen auf Ideen, wichtig ist ihnen nur, dass ihr Auto gut repariert wird, aber eine so eindeutige Zugehörigkeit würde ganz bestimmt unsere Frauen und Kinder im Dorf noch mehr isolieren, als es sowieso schon der Fall ist.«

»Einverstanden«, sagte Onofrio, »ich denke genauso. Aber von der Arbeit her gesehen, muss Bartolomeo vermutlich auch ein paar Kompromisse machen, vielleicht sogar mehr als wir, weil er von Schafen und Kühen lebt, die heute nicht mehr so in Mode sind … Und was die

Familie angeht, ist er, da er im Unterschied zu uns nicht kirchlich geheiratet hat, eher verletzlicher …«

»Dann«, wandte Teodosio ein, »frag ihn im Hinblick auf die Arbeit doch mal, wie viele Prozesse er über sich ergehen lassen musste, gerade wegen seiner Ehrlichkeit … Was die Familie betrifft, na ja, auch wenn wir kirchlich getraut sind, erregen wir doch genau besehen mehr Anstoß als Bartolomeo und Ausilia … Denn sie sind letztlich eine ganz normale Familie, Eltern, zwei Kinder, Großvater; wir dagegen leben in einer Art Wohngemeinschaft, und alle zerreißen sich das Maul. Nicht einer, der nicht über uns tratscht, etwa, dass wir die Betten teilen, während die Lehrerinnen so tun, als wüssten sie nicht – oder vielleicht wissen sie es ja wirklich nicht –, welche deine Kinder sind und welche meine … Und außerdem, um auf das Geschäft zurückzukommen, du weißt es genau … alle wundern sich, dass wir, obwohl wir nicht verwandt sind, seit so vielen Jahren zusammenarbeiten, ohne uns zu streiten. Unseren Mitbürgern ist das unbegreiflich«, sagte er, zu mir gewandt. »Sie wollen alles einfach und klar. ›Zwei, die verwandt sind, sind auch zusammen im Geschäft‹, sagen sie. ›Logisch, die Blutsbande …‹ Oder: ›Die zwei sind zusammen im Geschäft, weil der eine die Arbeit macht und der andere Beziehungen zur Gemeindeverwaltung hat …‹ Nun gut, Geschäft ist Geschäft! Aber zwei wie uns, weder verwandt noch mit der Gemeindeverwaltung verbandelt, die können sie einfach nicht einordnen!« In dem Augenblick klingelte ein Handy. »Ist es deins, ist es meins?«, fragten sie sich. Schließlich fanden sie es. »Wer ist da?«, fragte Teodosio. Und nach einem freundlichen Getuschel schaltete er es aus. – »Wer war das?«, fragte ich neugierig. »Einer, der Probleme mit seinem Auto hat und euch auch sonntags anruft?« – »Ach was«, erwiderte Teodosio, halb wütend, halb belustigt. »Es war Eusebia, die es geschafft hat, sich von einer unserer Frauen die Nummer geben zu lassen …« – »Und was wollte sie?« – »Sie hat gesagt, da du ein Seekapitän bist und Lorenzo Soldat war, wolle sie euch gern zusammenbringen und dass sie hinter dem Rücken der anderen beiden Generäle mit Rituzzas Hilfe schon ein großes Abendessen vorbereitet hat; dass sie aber, falls du oder wir keine Zeit hätten, alles bei Rituzza in die Tiefkühltruhe tun kann, auch wenn sie gegen das eingefrorene Zeug sei. ›Aber ab und zu kann man eine Ausnahme machen‹, hat sie hinzugefügt, ›Ausnahmen bestätigen die Regel.‹« Wir lachten alle drei, bis ich, von jeher neugierig auf die Welt, und in diesem Dorf fühlte ich mich hin und her geworfen wie auf einem Schiff, dann sagte: »Na, mal sehen, wie es ausgeht … Ob sie allein kommt oder auch der Bruder oder womöglich keiner von beiden …« – »Siehst du«, mischte sich Onofrio ein, »Eusebia ist ein weiterer Grund, warum sie im Dorf so viel über uns klatschen. Alle halten Eusebia für etwas verrückt, während wir uns nicht nur mit ihr unterhalten, sondern sie sogar bei uns zu Hause empfangen … Und von ihr kommt man auf General Lorenzo, ihren Bruder, in dessen Autowerkstatt Teodosio als Junge gearbeitet hat, wie wir dir erzählt haben, und schließlich auf Donna Rosita, über die ich etwas weiß, was ich euch nicht verraten werde, da ihr ja auch eure eigenen Geheimnisse habt, von denen ich ausgeschlossen bin.« – »Jetzt hör schon auf mit dieser Geheimnisgeschichte!«, fuhr Teodosio dazwischen. »Denn was mein Geheimnis betrifft, das ich mit meinem Freund teile …«, sagte er, sich zu mir umdrehend, »musst du wissen, dass du und ich nur dank eines solchen Geheimnisses die Autowerkstatt haben, an der wir gut verdienen und die noch nie jemand zu kritisieren gewagt hat.« Dann, erneut zu mir gewandt: »Siehst du, all diese scheinbar zusammenhanglosen und unbedeutenden Begebenheiten hängen mit einer viel älteren historischen Tatsache zusammen. Das Dörfchen Acraia gehörte nämlich zum Königreich beider Sizilien, und hier wie auch in anderen Ortschaften verteidigten die Leute Fra' Barnablú, den Briganten, der aufseiten der Bourbonen stand, nicht etwa, weil sie ihn für einen Robin Hood der Armen hielten, sondern, weil sie sagten: ›Die Bourbonen, die haben einen vollen Bauch, die anderen dagegen haben Hunger und werden ihren Bauch auf unsere Kosten füllen wollen.‹ Und genauso ist es ja auch hundert Jahre später mit dem Königreich Italien passiert, als Rom Hauptstadt wurde. Seitdem haben sie Fra' Barnablú noch mehr aufgewertet, nicht etwa, weil sie die Bourbonen wollten, sondern, weil sie die Savoyer nicht wollten. Daher haben viele Fra' Barnablú auf eine Ebene mit den Briganten der Epoche nach der Einigung Italiens gestellt, und einmal haben die Rechten ihn für sich reklamiert, einmal die Linken … schließlich war er der einzige Lokalheld. ›Vorher ging es uns besser‹, dachten die einfachen Leute weiterhin, denn von dem viel beschworenen Fortschritt war nichts zu sehen, sie hielten ihn sogar für ein Übel, wie zur Zeit des Krieges zwischen den Sarden und den Acraianern. Und was folgte daraus? Dass Neapel, die alte Hauptstadt, und Rom, die neue, stets nicht bloß misstrauisch, sondern vielmehr mit Hass betrachtet wurden, sodass hier nach meiner Erinnerung früher nie jemand für den FC Neapel war, nicht einmal, als Maradona dort gespielt hat, und auch niemand für den AS Rom. Alle waren Juventus-Fans, es kam ihnen vor, als wäre dieser Club im Ausland, als handelte es sich um die Mannschaft von Sidney oder Toronto oder Buenos Aires, wobei sie nicht wussten, dass die Einigung Italiens gerade in Turin besiegelt worden war. Deshalb ist hier einer wie General Lorenzo, der viel mit Neapel zu tun hatte, ein verdächtiges Subjekt. Siehst du, wie weit diese Geschichte zurückreicht? Einer, der viel mit Rom zu tun hatte, war dagegen weniger verdächtig, denn nachdem Mussolini 1936 die Pontinischen Sümpfe trockengelegt hatte, schuf er die Provinz Littoria, heute Latina, und von dem Augenblick an schien es allen, als gehörten sie zu etwas, mehr denn zu Rom zu einem eigenen Territorium, eben dieser faschistischen Neugründung mit ihren modernen Städten … Wer von hier dorthin gelangte, staunte und dachte: ›Nach und nach werden alle diese Sachen auch zu uns kommen …‹ Aber nichts ist gekommen, der Krieg ist gekommen. Deshalb wird heute auch Rom, die neue Hauptstadt, mit Misstrauen betrachtet, und niemand würde es sich je einfallen lassen, für deren Fußballmannschaft zu sein … Was erzählst du mir da für ein historisches Durcheinander, sagst du? Aber so ist es, Robin Hood auf der einen Seite, Mussolini auf der anderen und dazwischen zwei Hauptstädte, die von allen gehasst wurden. Wer Geld hat, schickt seine Kinder deshalb zum Studium nach Siena oder Bologna, außer er hat irgendwelche nahen Verwandten in Rom oder Neapel. Und wer, wie wir, etwas mehr mit diesen beiden Hauptstädten zu tun hatte, dem misstraut man, als sei er in Sodom oder Gomorra gewesen,

speziell wenn er auch noch mit Leuten verkehrt, die als überspannt gelten, wie Eusebia, die Sprecherin der drei Generäle, oder Donna Rosita, über die dieses oder jenes gesagt wird, ohne dass in Wahrheit irgendwer etwas Genaues über sie weiß … Von unseren Frauen ganz zu schweigen, die natürlich öfter mit uns zwischen den Hauptstädten und Acraia hin und her gefahren sind …«
An dieser Stelle griff Onofrio, wie er es oft machte, um Situationen oder zu anstrengende Themen zu entschärfen, auf eine seiner kleinen Geschichten wie die von den fünf Söhnen Carduccis zurück: »Ich habe einen Witz über diesen Serbienkrieg gehört«, sagte er, die Stimme hebend. »Ein Serbe sagt zu einem amerikanischen Soldaten: ›Ihr kennt die Geschichte nicht, weil ihr keine habt.‹ Und der Amerikaner: ›Dafür bringen wir euch jetzt blitzschnell Geografie bei …‹«

Endlich erreichten wir das Haus von Bartolomeo und seinen Eltern, das kaum zu sehen war, versteckt hinter zwei großen Johannisbrotbäumen mit vielen kleinen unreifen grünen Schoten, die, wie mir etliche Leute gesagt hatten, zu nichts nütze waren, da es keine Esel und Maultiere gab, die gefüttert werden mussten, während diese großen Bäume, wenn sie nah an den Häusern wuchsen, mit ihren tiefen Wurzeln deren Fundamente bedrohen konnten … Auch die dem gelblichen Weiß des Berges so ähnliche Farbe des antiken Steins, aus dem ein Großteil der Mauern gebaut war, trug dazu bei, das Haus in der Landschaft aufgehen zu lassen, während Zeit und Unwetter schon so an den später errichteten Anbauten aus Eisenbeton genagt hatten, dass deren Grau längst verblasst oder von Kanadischem

Efeu überwuchert war, vor Jahren gepflanzt um das Unkraut zu ersetzen, das sie dort extra hatten wuchern lassen, um eine kleine bauliche Unregelmäßigkeit zu vertuschen. Deshalb also schien dieses Haus eins mit der Landschaft, zwischen dem Grün der neuen Triebe und dem Braun der noch nicht abgefallenen dürren Blätter … Als wir aus dem Auto stiegen, empfing uns gleich ein kleiner Junge mit Krauskopf, der sich damit vergnügte, einen Hund einen Ball fangen zu lassen, während ein zweiter, etwas größerer auf einem alten Klepper ritt, den er auf dem wenigen verfügbaren Platz im Kreis gehen ließ. »Irgendwann werden er und ich über Berg und Tal galoppieren!«, rief er uns mit einem kühnen und zugleich scheuen Blick zu, während Bartolomeo und Ausilia aus dem Haus traten und sagten: »Wir bleiben erst mal draußen, weil Mama und Papa schlafen.« Mir fiel auf, dass Bartolomeo zwar klein von Wuchs, aber kräftig war und wunderschöne grüne Augen hatte, eindringlich und nachdenklich, denen seines älteren Sohnes ähnlich, der aufgrund seiner überschwänglichen Jugend einen weniger beherrschten Blick hatte, wie schon sein unruhiges Reiten im Kreis zeigte, auch weniger nachdenklich, dafür beunruhigender, vielleicht wegen dieser Mischung aus Kühnheit und Verwirrung, die er ausstrahlte, auch wenn noch schwer zu erkennen war, welche der beiden Seiten in Zukunft die Oberhand gewinnen würde. Der Kleinere dagegen glich ganz der Mutter, nicht nur im Aussehen – schwarze Locken, braune Augen –, sondern auch in der schüchternen, verschlossenen Art, still und furchtsam, was von Auflehnungsversuchen kündete, die im Bewusstsein ihrer Ohnmacht sofort unterdrückt wurden. Laut Onofrio und Teodosio hatte Bartolomeo eine gute Partie gemacht, er, ein armer Viehzüchter mit ein paar Schafen und Kühen auf dem Berg, sie dagegen aus nicht direkt wohlhabender, aber doch sehr achtbarer Familie, der sogar einige Häuser im Rione Terra gehörten. Sie war also ökonomisch die Stärkere und hatte auch nie darauf verzichtet, zu arbeiten. Doch offenbar hatte nicht Berechnung Bartolomeos Wahl bestimmt, sondern nur die Liebe, selbst wenn diese Liebe, wie bei jeder sogenannten »Liebe auf den ersten Blick«, in Wahrheit vermutlich das Resultat ihres jeweiligen Begehrens in der Vergangenheit war, so unbewusst es sein mochte, und ihrer beider Art, nicht nur die Gegenwart, sondern auch die Zukunft zu verstehen, obwohl sie sich vermutlich auch dessen nicht ganz bewusst waren, wie es übrigens allen bei Entscheidungen geht. Manchmal rebelliert eher nur der Körper, wie es zum Beispiel einem jungen Mann passierte, der zwischen einer Exfreundin und einer neuen hin- und hergerissen war, die, da Ausländerin, einen Sprung ins Unbekannte bedeutete; obwohl er sich von der Zweiten heftig angezogen fühlte, entschied er sich für die Erste, weil sie Kontinuität bedeutete, nicht nur aufgrund der langen gemeinsamen Vergangenheit, sondern auch hinsichtlich der Vergangenheit des Dorfes, aus dem sie beide stammten. Als daher die Exfreundin schwanger wurde und zu ihm sagte: »Ob du willst oder nicht, ich behalte das Kind, auch um den Preis, dass ich es allein aufziehen muss«, hatte er keine Zweifel mehr, verließ die Neue und zog mit der Ersten zusammen; doch sein Körper, der diese Entscheidung zu ignorieren schien, mochte sie nun vom Verstand oder vom Herzen diktiert sein, lehnte sich auf: Der junge Mann bekam eine Allergie, eine schreckliche Hautkrankheit. Es brauchte eine ganze Weile, bis das Übel wieder abklang. Außerdem kenne ich noch einen Fall, in dem sich mehr oder weniger intime oder durch äußere Umstände bedingte Entscheidungen und Wünsche beinahe grotesk vermischt haben. Ein Paar, beide achtzehn, bekam sofort das erste Kind, denn sie hatten heiraten »müssen«. Diesbezüglich gab es keine Probleme, die Eltern halfen ihnen; so gelang es ihm, ein Fotolabor zu eröffnen. Das war Ende der Siebzigerjahre. Er hatte eine Beziehung zu einer anderen, während sie im Büro schuftete und sich um Haushalt und Kind kümmerte, unterstützt von ihrer Mutter, auch finanziell. Ihre immer häufigeren Auseinandersetzungen wurden gedämpft durch das Haschisch, das sie am Abend zusammen rauchten, allein oder mit Freunden, und durch die beiderseitige Verwirrung, was ihre eigene Beziehung und die zu den anderen betraf. So war das damals. Die sexuelle Freiheit wurde mit Ideologie verwechselt, auch innerhalb einer kleinbürgerlichen Familie in der Provinz ... Kurz und gut, die jungen Männer dieser Generation hatten nicht mehr das Bedürfnis, zu einer Hure zu gehen, da die Freundinnen ihnen ihre Möse umsonst anboten. Das Opfer der Lage war sie, denn in der Lebensweise des Jungen sah sie ihre geheimen Wünsche verwirklicht oder glaubte es zumindest, Wünsche nach Freiheit, gereift auf der Schulbank, wo sie sich kennengelernt hatten, Wünsche, denen sie noch mehrere Jahre lang in diesem Durcheinander aus revolutionären Parolen und Haschischrauch hinterherlief, wobei sie jeden Morgen pünktlich daraus erwachte, um das Kind in die Schule zu bringen und zur Arbeit in ihr langweiliges Büro zu gehen, während er faul im Bett lag und sich so sehr gehen ließ, dass er, zehn Jahre zuvor ein hübscher schlanker Junge, nun fett, aufgedunsen und voller Pickel war wie ein Heranwachsender. Trotzdem bekamen die beiden ein paar Jahre später ein zweites Kind, als wollten sie damit ihre wackelige, aber vor allem konfuse Beziehung festigen. Und während sie, aus dem Krankenhaus zurückgekehrt, im Bett das Neugeborene stillte, bekam er eine schlimme Grippe, die ihn irgendwie regredieren ließ. Ständig fragte er: ›Stella, machst du mir ein Glas heiße Milch?‹, fast als sei er auf den Säugling eifersüchtig, bis sie, Stella, nachdem er von seiner Grippe genesen war, ihm eines Morgens, als sie zusammen im Bad waren, genervt einen Strahl Milch aus ihrer Brust ins Gesicht spritzte und sagte: ›Da hast du die Milch, und von mir und den Kindern hast du ja sowieso genug, wir gehen!‹ Am Anfang dachte er, es handele sich um einen Scherz, als er aber aus dem Bad kam und sah, dass nicht nur seine Frau und das ältere Kind wie gewohnt weggegangen waren, sondern auch der Säugling samt Kinderwagen fehlte, suchte er Trost bei Stellas Mutter, da sie ihn immer gern gemocht und in seiner jugendlichen Liebe zu ihrer Tochter unterstützt hatte, die jetzt bei ihr wohnte. – »Mein Junge«, sagte die Frau, »im Augenblick will sie nicht einmal mit dir sprechen … Lassen wir ihr Zeit … Du wirst sehen, dass eines Tages alles wieder ins Lot kommt …« Nichts kam ins Lot. Aber das ist eine andere Geschichte.

Wer weiß, hatte ich gerade gedacht, kurz bevor wir bei Bartolomeo ankamen, mitten in Teodosios und Onofrios ununterbrochenem Geplauder, warum mir von dieser langen Fahrt, abgesehen von den Büffelkühen und ein paar anderen Tieren, von Grundstückskäufen,

Schwarzbauten, Hochzeiten und einem armen toten Carabiniere nur Letzterer in Erinnerung geblieben war und ich mir vorstellte, dass er sterbend, im Duft von Rosen und Ginster, wie wir uns Sterbende gerne vorstellen, nichts roch, sondern das Geräusch des Todes vernahm, einen harten, schmerzhaften Schlag an die Brust, wie alle, die an einem Herzschlag sterben, der zwar, heißt es, rasch und unerwartet kommt, vielleicht aber in jenen Augenblicken eine sehr lange und lang gereifte Zeit in sich birgt. Und wer weiß, was eine überreife Frucht empfindet, wenn sie vom Baum fällt?, fragte ich mich, indem ich mich an meine Kindheit im Waisenhaus erinnerte, wo zu der Strafe, keine Frucht vom Baum pflücken zu dürfen, noch jene andere kam, nämlich nicht einmal die heruntergefallenen Früchte aufheben zu dürfen. Wenn ich sie daher am Boden verstreut sah, empfand ich es als doppelte Strafe, für uns und für die Früchte, die dort verfaulten. Doch wie das bei Kindern so geht, wurde dieser Gedanke sofort verdrängt von der Verwunderung über den Ansturm der Ameisen und anderer Tierchen, die sich gewissenhaft und geduldig bedienten, während wir diese Früchte längst als etwas Nutzloses, Totes betrachteten. Diese Gedanken verschwanden jedoch sofort angesichts der beiden Kinder und ihrer Eltern, die uns jetzt einluden, uns an dem Holztisch im Innenhof niederzulassen, während Bartolomeo schon Wein ausschenkte und Onofrio die Pizza rustica und die süße Pizza auf den Tisch stellte, die aus dem magischen, speisekammergleichen Kofferraum aufgetaucht waren. Ausilia ging mehrmals ins Haus, einmal um Orangenlimonade und Coca-Cola zu holen, einmal um einen Braten auf dem Rost zu wenden, bis sie sich mit einem

Korb Wildkräuter auf dem Schoß zu uns setzte und sie zu putzen begann, wobei sie Bartolomeo Blicke zuwarf, der angefangen hatte, zu reden wie unter alten Freunden, obwohl er mich gar nicht kannte. »Du weißt doch, dass ich nicht rauche«, sagte er lachend zu Onofrio, der ihm aus Spaß eine Zigarette angeboten hatte. »… Oder bist du jetzt etwa wie Eusebia, die ab und zu mit einem Kistchen Zigarren ankommt, aber keine Toscanelli, sondern echte kubanische, und sagt: ›Die schickt euch Donna Rosita.‹ Vielleicht, weil ich öfter den Garten ihrer Herrin gesäubert habe, als ihr Bruder Lorenzo nicht hier war, wer weiß … So ist diese Frau eben … Immer will sie sich bei jemandem revanchieren, der ihrer Herrin einen Gefallen getan hat, auch wenn es gar kein Gefallen war, sondern eine bezahlte Arbeit … Oder vielleicht denkt sie, dass viele von uns in der Jugend Donna Rositas Liebhaber waren, na, und da glaubt sie, uns entschädigen zu müssen … denn ihrer Meinung nach hat Donna Rosita uns alle verführt und sitzen gelassen, nachdem sie uns wer weiß was versprochen hatte, ich sage ja nicht, die Ehe, aber wenigstens einen sicheren, stabilen Arbeitsplatz …« – »Aha«, mischte sich Ausilia scherzend ein, »hast du es etwa auch getrieben mit dieser berühmten Donna Rosita, die, als du jung warst, doch schon um einiges älter gewesen sein muss?« – »Was hat meine schwatzhafte Frau bloß für ein loses Mundwerk! Dabei habe ich Donna Rosita nie im Leben gesehen, nicht einmal als ich in ihrem Garten gearbeitet habe! Sehen Sie, Kapitän«, sagte er dann, zu mir gewandt, »diese Donna Rosita ist, wie man so sagt, eine ›Dorflegende‹, angefangen beim Namen … Denn wenn bei uns eine Rosa heißt, ist die Verkleinerungsform Rosetta oder

Rosina; und einige behaupten, dass sie Rosita heißt, weil eine Schwester ihres Vaters wegen einer arrangierten Ehe mit fünfzehn nach Argentinien ausgewandert ist; andere, weil ihr Vater mit einer von außerhalb ging, die einen geblümten Schal trug und einen spanischen Fächer … Sie verstehen … eine Tingeltangelsängerin; wieder andere, weil sie sie Rosa Rita genannt hätten und die auf dem Standesamt beim Schreiben einen Fehler gemacht und das r weggelassen haben; andere, weil ihre Amme, die Mutter von Eusebia und General Lorenzo, es vorzog, sie so zu nennen, in Erinnerung an den Bruder, der ebenfalls nach Argentinien ausgewandert ist, wo er eine gewisse Rosita geehelicht hat … Wie auch immer, wir haben hier drei ›Legenden‹, die ständig in aller Munde sind. Sehen Sie die Wallfahrtskirche dort rechts, das ist die Madonna della Civita, die angeblich einem Hirten erschienen ist … Wer weiß, warum die Madonnen immer Hirten und Schäferinnen erscheinen, vermutlich, weil die römisch-katholische Kirche sie für dümmer hält oder für ›arm im Geiste‹, wie sie es nennt, oder vielleicht, weil sie den biblischen Zeiten näher sind; ich zum Beispiel wäre bei ihrer Krippe der schlafende Hirte Benino, der vom Wunder jener Geburt und der Ankunft der drei Weisen aus dem Morgenland nichts mitbekam, weil er sie verschlief. Nun, ich sehe mich sehr gut in dieser Rolle: Ich bin eingeschlafen und habe nichts bemerkt, weder damals noch später. Was die Krippe angeht, denkt ihr etwa, dass man hier oben während des Krieges und gleich danach zu Weihnachten Krippen mit Hirten und Ochs und Esel aufstellte? Die Krippe waren wir selber« – er legte sich die Hand auf die Brust –, »und es gab keine Weisen, die uns besuchen kamen. Meint ihr, einer, der das miterlebt hat, zum Beispiel hier oben, hat dann später, wenn er groß ist, trotz der Indoktrinierung durch die Pfaffen noch Lust, zu Hause eine Krippe aufzustellen?« Ausilia hob den Kopf von ihren Wildkräutern: »Was hat das damit zu tun!«, sagte sie mit schriller und entschiedener Stimme, die mich angesichts ihrer sanften Miene überraschte. »Die Kinder haben immer eine Krippe gewollt! Es ist keine Frage der Religion, wie du sagst. Sie wollen einfach nicht anders sein als die anderen.« – »Außerdem«, entgegnete Bartolomeo begütigend, »sahen die Krippen, die manche zu meiner Zeit aufstellten, absolut lebensecht aus, genauso wie bei uns daheim, und ich habe ihnen nach dem Krieg selber dabei geholfen, indem ich Ton zum Modellieren der Hirten an versteckten Plätzen holte, von denen die aus dem Borgo unten gar nicht wussten, wo sie überhaupt waren … Gegen ein bisschen Geld habe ich ihnen oft die richtigen Stellen gezeigt, das Moos dagegen gab ich ihnen gratis … Aber abgesehen davon hatten wir daheim aus ganz anderen Gründen keine Krippe. Mama hatte schon alle Hände voll zu tun mit der Krippe für die Madonna della Civita … Hier«, sagte er, zu mir gewandt, »gab es nicht einmal Strom, und Mama zündete in diesen Tagen zu Hause eine Kerze vor der Madonna della Civita an, die noch heute in einer Mauernische steht, denn damals gab es bei uns wie in vielen Häusern sowohl im Borgo wie im Rione Terra, abgesehen von den wenigen Reichen, weder Schränke noch Kredenzen, höchstens eine Truhe, in der man Wäsche aufbewahrte, und ovale und rechteckige Nischen, aber ovale waren besser, um die Mauern zu stützen, da kam alles hinein … Öl, Essig, Salz, eingelegte Oliven in dem Raum, der sozusagen als Küche diente … und im anderen Zimmer auch Hefte und Bücher, als wir in die Schule kamen.« – »Du brauchst dich gar nicht weiter in Schilderungen des Landlebens zu ergehen. Warum hast du denn nicht gewollt, dass wir bei uns eine Krippe aufstellen, wo du doch seit Jahren nicht mehr in der, wie du es nennst, *Krippe* hier oben wohnst?« – »Ausilia und ich«, sagte Bartolomeo, »streiten häufig über diese Dinge, aber am Ende versöhnen wir uns wieder.« – »Natürlich«, erwiderte Ausilia und hob aus Spaß die Hand, als wollte sie ihm ein Büschel Wegwarte ins Gesicht werfen, »weil ihn von seinen Ideen sowieso niemand abbringt, und wenn ich mit ihm diskutiere, ziehe ich immer den Kürzeren, weil sich, ebenfalls seiner Ansicht nach« – sie senkte die Stimme –, »meine Ideen auf die Familie beschränken, während seine angeblich überlegen sind, da sie die Welt betreffen.« – »Ich«, sagte Bartolomeo, »und das weißt du genau, ich lege großen Wert auf die Familie, sie ist mir wirklich wichtig … Bloß hänge ich vielleicht zu sehr an meiner Vergangenheit … aber vielleicht auch nicht, denn ich versichere euch, auf diesem Berg zu leben und dann jeden Tag zu Fuß in die Schule zu gehen, ich versichere euch, das war nicht lustig … Deshalb weckt dieser Berg in Wahrheit keinerlei Sehnsucht nach der Vergangenheit in mir, hier ist einfach meine Arbeit, mit der ich mit Ausilias Hilfe versuche, unsere Familie im Rione Terra zu ernähren. Aber Weihnachten, so wie es heute gefeiert wird, überzeugt mich nicht: Die Krippen sind ein Gefunkel von Glühbirnchen, sieht aus wie im Fernsehen … während wir in unserem echten Stall nicht einmal elektrisches Licht hatten … Und dann der Christbaum, wann hat es den je bei uns gegeben? Alles Modeerscheinungen, genau wie der Weihnachtsmann … in Konkurrenz zur Befana. Von den Paketen und Päckchen mit tausend bunten Schleifchen gar nicht zu reden … Und schließlich, aber das ist erst in den letzten Jahren aufgekommen, das Geknalle … Früher gab es das nur an Silvester, jetzt dagegen fangen sie schon Mitte Dezember mit den ersten Raketen an. Und da ja erst kürzlich Ostern war, was soll man dazu sagen, dass die Ostereier jetzt sogar schon einen Monat vorher ausgestellt und verkauft werden? Während es die Süßigkeiten, die man früher nur zu Weihnachten aß, nun auch an Ostern gibt und übrigens auch umgekehrt … als lebte man in einem andauernden, durchgehenden Fest, das nur im Sommer unterbrochen wird, wenn es andere Feste gibt, sozusagen ›profane‹ und nicht ›heilige‹, vorausgesetzt, dass Weihnachten und Ostern heute noch heilige Feste sind … Ausilia fällt natürlich manchmal auf dieses ganze Theater herein, wie eine Fliege im Herbst, die sich vom Tomatensugo verführen lässt …« Ausilia bedachte ihn mit einem scheinbar bösen, in Wirklichkeit aber milden Blick: »Als ob ich das nicht wüsste, ich muss schließlich bei jedem Fest mit den Kindern kämpfen … Der eine will ein Weihnachtsmannkostüm, der andere will Knallfrösche und Raketen, die so gefährlich sind … und jetzt noch dieses neue Fest, als würde Karneval nicht reichen, dieses amerikanische Fest … Halloween, da wollen alle beide eine Totenkopfmaske … Jeden Tag kämpfe ich mit den Kindern … Und dann, mit der Ausrede, dass der Opa den ganzen Tag vor dem Fernseher sitzt, auch noch das Gejammer, dass sie einen eigenen Apparat in ihrem Zimmer wollen … Ganz zu schweigen davon, welchen Kampf es mich gekostet hat, ihnen kein Handy zu kaufen, und wie ich jeden Tag wegen der Hausaufgaben mit ihnen ringe … während du, du …« – »Ich«, sagte Bartolomeo, »tue, was ich kann, und manchmal, du weißt es, genügt ein Wort, eine Geste, ein kleines Beispiel, und sie verstehen … Mehr kann ich nicht tun«, entschuldigte er sich, zu mir gewandt, »denn ich stehe um vier, fünf Uhr früh auf und fahre hierher, und wenn ich abends heimkomme, bin ich oft so müde, dass ich beinahe sofort ins Bett gehe, um acht, spätestens um neun … Aber zumindest denke ich hier oben, und manchmal gelingt es mir auch, zu lesen, und was ich gedacht oder gelesen habe, erzähle ich dann den Kindern in kurzen Worten, die, glaube oder hoffe ich jedenfalls, ihnen im Gedächtnis bleiben; zum Beispiel wissen sie alles, was hier oben auf den Bergen passiert, und das ist nicht wenig … Apropos«, sagte er, weiter an mich gewandt, »da ich weiß, dass Sie mit Teodosio und Onofrio befreundet sind, den wenigen Menschen im Dorf, denen ich vertraue, dass Sie neugierig sind, kein Klatschmaul, um Himmels willen … und dass Sie ein paar Monate hierbleiben müssen, wie mir meine beiden Freunde gesagt haben, erzähle ich Ihnen nun, wie es einem so ergeht, wenn man in den Bergen wohnt und arbeitet, fern vom Borgo und vom Rione Terra, die mir manchmal vorkommen, als wären sie nicht wenige Kilometer, sondern Tausende von Jahren entfernt, selbst wenn die Welt von unten natürlich rasch auch hierher vordringt. Ich werde Ihnen mal schildern, auf welche perverse Art das, was man ›Fortschritt‹ nennt, hier ankommt. Zum Beispiel: die Sache mit den Bränden. Inzwischen interessiert das auch die unten, weil sie jetzt allmählich um ihre Häuser und Villen an den Berghängen und an der Strandpromenade bangen. Sie haben eine gute Phase erwischt, denn in dieser Jahreszeit gibt es keine Brände, doch wenn Sie sich umsehen, werden Sie merken, wo es gebrannt hat, auch wenn scheinbar alles grün ist. Man braucht kein Fernglas …«, und zum *Du* übergehend, wie es im Dorf Brauch war: »Ich zeig es dir. Siehst du den kahlen Berg da drüben, der so schön grün ist? Dort, schau, ein paar Bäume sind noch übrig … Siehst du sie? Alle braun oder grau, verkohlt. Du kannst sicher sein, dass die nicht mehr austreiben, aber die Leute, die sich nicht mit den Jahreszeiten auskennen, meinen, sie seien noch mit Herbstlaub bedeckt. Und siehst du, wie unterschiedlich grün diese beiden Wiesen sind? Die eine ist satter und leuchtender, das heißt, dass sie vor zwei Jahren abgefackelt wurde, die andere ist schütterer, mit braunen Flecken dazwischen, das heißt, sie haben sie voriges Jahr abgebrannt. Die Sache mit den Bränden ist, wie du weißt, uralt, älter als die Geschichte der Griechen und Römer. Auf allen Bergen, wo Schafe und Kühe gezüchtet wurden, legten die Leute Feuer. Deshalb siehst du überall diese kahlen Berge, die vor Tausenden von Jahren vermutlich bewaldet waren; und wenn du genau hinschaust, wirst du auch noch ein paar bewaldete Berggipfel entdecken; damals wie heute legten die Hirten Brände, weil die Asche den Boden fruchtbarer macht, sie wirkt wie Dünger, und dann wächst das Gras im Frühling dichter. Aber damals und bis in meine Jugend waren die Brände begrenzt und maßvoll, weil das dürre Gras eingebracht wurde, es diente als Winterfutter, und die etwas höheren Sträucher eigneten sich als Reisigbündel gut für den Kamin und wurden nicht nur zum Heizen genommen, sondern auch zum Kochen. Seit jedoch das industriell hergestellte Futter verbreitet ist, lohnt es sich nicht mehr, Grundstücke vom dürren Gras zu säubern; und deshalb greifen die Brände um sich, sie beginnen an einer bestimmten Stelle, aber dann weißt du nie, bis wohin sie sich ausdehnen werden; manchmal halten sie unten an den Berghängen inne, bei den Olivenhainen, die vom Unkraut befreit werden, aber vor den neuen Villen, ob sie nun Acraianern oder Fremden gehören, machen die Flammen oft keineswegs halt, denn dort säubert keiner das Grundstück … als ob ihre Gitterzäune gegen die Diebe genügten, um sie vor Bränden zu schützen; hinzu kommt noch die Dummheit der Forstbehörde, die zur Aufforstung Pinien verwendet, und da diese Bäume voller Harz sind, verwandeln sie sich in Scheiterhaufen, auf denen keine Hexen verbrannt werden, sondern öffentliche Gelder, das sind ja die Hexen unserer Zeit. Vor Jahren wurde, ich weiß nicht, ob national oder auf europäischer Ebene, ein Gesetz erlassen, wonach es für zehn Jahre verboten war, auf einem abgebrannten Grundstück Vieh weiden zu lassen, und dieses Gesetz schrieb auch vor, dass jede Milchkuh mindestens einen Hektar Weideland zur Verfügung haben müsse. Aber, wie es so schön heißt, von jeher geheißen hat und immer heißen wird: Jedes Gesetz hat seine Hintertür. Die Großgrundbesitzer, die außer der Viehzucht auch eigene Schlachtereien betreiben und die nicht daran interessiert sind, das Gelände zu säubern, weil sie industriell hergestelltes Viehfutter verwenden, die stecken auch mit der Gemeinde und der Forstverwaltung unter einer Decke und haben ihr Vieh weiterhin im Frühjahr und Sommer auf ihren abgebrannten Feldern weiden lassen, denn sie haben nicht nur an diejenigen, von denen sie hätten kontrolliert werden müssen, Schmiergelder gezahlt, sondern auch das Gerücht gestreut, die Brände gingen auf das Konto von Brandstiftern, zerstreuten Spaziergängern, die brennende Zigarettenstummel wegwerfen, tückischen Nachbarn oder auch Spekulanten auf dem Bausektor, für den ähnliche Regeln gelten wir für unsere Weiden, selbst wenn natürlich fast niemand sie beachtet. Ehrlich gesagt, war das auch nicht ganz falsch ... Doch für den größten Teil der Brände auf den Bergen, das kann ich dir versichern, trifft der andere Grund zu. Und diese Geschichte, dass Brände sich *naturgemäß* von unten nach oben ausbreiten, ist auch nur eine Lüge, genau wie die absichtlich gestreuten Gerüchte, denn ein Brand, der unten losgeht, würde nicht nach oben übergreifen, wenn das Land gesäubert wäre. Oft legen die Hirten selbst das Feuer, auf halber Höhe oder auch weiter unten, da, wo weder landwirtschaftlich genutzte Flächen noch Villen sind, damit der Brand sich frei ausbreiten kann. Und dieses Gesetz, das erlassen wurde, weil die Leute, die Besitzer der bebauten Felder und der Villen, sich beklagten, hat nichts genützt, denn Schmiergelder zu verteilen kommt die großen Züchter viel billiger, als Arbeiter zu bezahlen, die das Land sauber halten. Ich aber, ein kleiner Züchter hier auf diesem Steinhaufen, bin zweimal angezeigt worden, denn ich habe kein einziges Mal Schmiergelder gezahlt, sondern im Gegenteil im Dorf auch den Mund aufgemacht: das erste Mal, als ich beschlossen habe, selber zu erledigen, was eigentlich Aufgabe der Forstbehörde gewesen wäre, nämlich eine Schneise durch die Vegetation zu schlagen, einen freien Raum, um das Feuer aufzuhalten. Man warf mir vor, die mediterrane Macchia zerstört zu haben ... Da nun bei dieser Aktion noch andere arme Hirten mitgewirkt hatten, die daran interessiert waren, weil die Schneise teilweise über Staatsbesitz, aber auch über ihr Land führte, haben wir zuerst beschlossen, die Strafe stillschweigend gemeinsam zu zahlen, auch wenn ich allein angeklagt war, weil man mich für den Rädelsführer hielt, doch dann, dank des Schwagers von einem der anderen … Der Notar von Formura, dem dieser Hirte wegen irgendwelcher alten Verpflichtungen jedes Jahr zu Ostern zwei Zicklein schenkt, hat uns geraten, uns an einen Anwalt zu wenden, einen anständigen Menschen, der eine Anzeige gegen die Gemeinde und das Forstamt wegen Unterlassung von Amtshandlungen aufgesetzt hat. So haben wir diesen sozusagen umgekehrten Streit gewonnen, bei dem wir die Schneise geschaffen haben, also in Wirklichkeit einen Feuerschutz, für den sie hätten sorgen müssen! Aber nach einem Jahr kam die Rache. Ich habe dir ja von dem Gesetz erzählt, dass jeder Kuh ein Hektar Weideland zur Verfügung stehen muss, und hier oben gibt es wahrscheinlich mehr Steine als Gras, aber wenn man sie mitzählt, habe ich doch um die vierzig Hektar und Kühe etwa dreißig; da sie mir also diesbezüglich nichts anhaben konnten, haben sie mich angezeigt, weil meine Tiere angeblich die Grenze zum staatlichen Land überschritten hätten, was möglich ist, denn was wissen die Kühe davon, ob ein Stück Land privat oder staatlich ist? Sie gehen dahin, wo das Gras frischer ist, und auf dem Staatsgrund wuchs es üppig, weil sie es im Jahr zuvor angezündet hatten … Und diesen Brand, der dank unserer Schneise nicht auf die benachbarten Grundstücke übergegriffen hatte, haben außerdem ich und die Freiwilligen gelöscht, brave Jungs, die einen Hungerlohn kriegen und nur mit Knüppeln ausgerüstet sind … Aber auch diesmal, wieder dank des Anwalts vom Umweltschutzbund … der zum Glück kein Geld wollte, wo hätte ich das sonst hernehmen sollen …, hab' ich gewonnen. Nur dass damals die Drohungen eingesetzt haben … Ein Wort hier, eins da: Dem fackeln wir den Lieferwagen ab, seinem Sohn schlagen wir den Kopf ein … Kurz und gut, die Mafia gibt es auch hier, sowohl in Form dieses Interessenverbands, den Gemeinde und Forstamt mit ihrer Art von Schutzgeld eingehen, als auch die andere Mafia, die, wenn du dich wehrst, so weit geht, deine Habe, dein Leben und das deiner Angehörigen zu gefährden.« – »Das kommt auch davon, dass du dich nicht um deine eigenen Angelegenheiten kümmerst wie alle anderen, weil du eben deine eigenen Vorstellungen hast …«, unterbrach ihn Ausilia und begann ganz unerwartet die Ideen ihres Mannes zu verteidigen, wobei sie Namen herunterrasselte, die er nicht hatte nennen wollen, zum Beispiel den des Parkdirektors der Monti Sessarunci, der nicht nur wegen Korruption verurteilt worden war, sondern auch all das Geld, das er verdiente, sinnlos verschleudert hatte, obwohl er einen schwerkranken Sohn hatte. »Der war schon als junger Mann wenig vertrauenerweckend«, fügte Ausilia mit schelmischer Koketterie hinzu, denn als sie noch sehr jung war, bevor sie Bartolomeo kannte, hatte er ihr den Hof gemacht. Die Sache war von kurzer Dauer gewesen, da sie ihn, als sie erkannte, was für ein Typ er war, sehr bald zurückgewiesen hatte. »Und wie bist du ihm auf die Schliche gekommen? Das hast du mir nie erzählt!«, sagte Bartolomeo lachend. – »Weil ich merkte, dass er, während er mir vor der Schule seine Liebe erklärte, eine Freundin von mir anschaute, die mir sagte, wenn er mit ihr von Liebe spreche, mache er es genauso, und … überhaupt mit allen, wie uns beiden auffiel, während wir so taten, als würden wir mit ihm gehen. Dann, eines Tages, aber das ist mein Geheimnis, das stammt nicht von meiner Freundin, steckte er mir, als wollte er mir zeigen, dass er es ernst meinte, einen schmalen goldenen Ring mit einem kleinen Brillanten an den Finger und sagte: ›Den hat mir meine Mutter für meine Verlobte gegeben, weil sie will, dass ich heirate und vernünftig werde.‹ Und was tat ich? Nach allem, was passiert war mit den Blicken für die anderen Mädchen … damals war ich mutiger und frecher als jetzt … also, ich ging zum Juwelier, um zu fragen, ob der Ring echt sei. Und als der mir sagte, ja, er sei echt, fasste ich mir ein Herz und ging zu seiner Mutter, um ihr von der Sache zu erzählen. Und was vernahm ich aus dem Mund der Ärmsten? ›Das ist schon der dritte Ring, der verschwindet‹, vertraute sie mir an. ›Ich hatte schon der Bäuerin die Schuld gegeben, die gelegentlich zum Putzen kommt! Ein Glück, dass Sie ein ehrliches Mädchen sind!‹ Das sagte sie. Er ließ sich an dem Abend nicht blicken, denn er studierte in Neapel Jura im ersten Semester und ab und zu schlief er dort bei einem Freund, jedenfalls behauptete er das. Am nächsten Tag verbreitete ich die Neuigkeit bei meinen Freundinnen. Auch sie hatten ein Ringlein oder ein anderes Schmuckstück bekommen. So gingen sie alle zu seiner Mutter, um diese Geschenke zurückzugeben. Doch eine, von der wir nichts wussten, besuchte zwar auch in diesen Tagen die Mutter des Typen, sagte aber: ›Diesen Ring habe ich mir an einem Stand selbst gekauft, er ist nicht echt. Echt wahr ist aber, dass Ihr Sohn mich geschwängert hat, und wenn er mich nicht heiratet, sorge ich für einen Skandal!‹; damit zeigte sie ihr einen Brief des Sohnes, in dem er schrieb, sie solle nach Neapel kommen, weil er eine Hebamme gefunden habe, die bei ihr die Abtreibung machen würde. Ich glaube, dass das Mädchen wirklich in ihn verliebt war und er auf seine Weise auch in sie, aber nachdem sie zwei Kinder bekommen haben, leben sie jetzt seit vielen Jahren getrennt, und wenn ich sie treffe, lässt sie kein gutes Haar an diesem Mann, der heute Direktor des Parks der Monti Sessarunci ist …«

Als Ausilia fertig war mit ihrer langen Geschichte über diesen »wenig vertrauenerweckenden Typen«, wie sie ihn genannt hatte, kehrte Bartolomeo zu seinen Themen zurück und sagte: »Sehen Sie, Kapitän, ich weiß nicht, wie die Dinge in anderen Ländern funktionieren … Jetzt gibt es diesen Krieg in Serbien, den sie als ›humanitär‹ bezeichnen, aber haben Sie je von einem Krieg gehört, der nicht *humanitär* gewesen wäre? Was ich meine, ist, dass auch Angriffskriege wie die der Nazis und der Faschisten humanitär waren … humanitär gegenüber dem Teil der Menschen, die als ›human‹ galten, als menschlich, innerhalb der Grenzen jener Nationen … Ich bin Anarchist, für mich teilt sich die Menschheit nicht in Nationen, sondern in Personen, und wie Sie sehen, herrscht auch hier ein Kleinkrieg zwischen denen, die reich sind oder über die richtigen Freundschaften verfügen, und denen, die nichts haben, und der Staat, der die Gemeinschaft vertreten müsste, ist entweder abwesend und drückt ein Auge zu oder er ist aufseiten von Gruppierungen, die von häufig kleinlichen ökonomischen Interessen bestimmt sind. So muss jeder zusehen, wo er bleibt. Ich selbst bin auch kein Held der anarchischen Idee, nicht nur, weil ich mich Drohungen, sagen wir, ›mafioser Prägung‹ gebeugt habe, sondern auch, weil ich gegen meine Prinzipien handele, denn seit mich eine Kuh schwer am Bein verletzt hat, schaffe ich es nicht mehr, stundenlang zu schuften, um das Weideland vom Unkraut zu befreien, also benutze ich Unkrautvertilgungsmittel, die, wie Sie wissen, extrem giftig sind, und damit vergifte ich das Gras, das nachwächst, und auch das Fleisch, das ich verkaufe, ist vergiftet … Jetzt entschuldigt mich, ich muss das Vieh versorgen. Aber wenn ihr wollt, kommt ruhig am Sonntag … hierher oder zu mir nach Hause.« Und da Ausilia ins Haus gegangen war, um das geputzte Gemüse aufzusetzen und die Schwiegereltern zu wecken, fügte er rasch noch hinzu: »Zu Hause ist die Stimmung allerdings nicht sehr gut, weil Ausilia deprimiert ist.« Dann, während wir ihm zum Stall folgten, erklärte er: »Vor zwei Jahren ist ihre Mutter an Krebs gestorben, seitdem hat sie keine Ruhe mehr, sie denkt, die Krankheit hätte auch sie erwischt, als sei Krebs ansteckend … Und es nutzt nichts, dass ich versuche, sie zu beruhigen oder darüber zu scherzen, wenn in der Zeitung in einer Todesanzeige steht: ›gestorben an einer unheilbaren Krankheit‹, und zu ihr sage: ›Na, wenn einer stirbt, heißt das einfach, dass seine Krankheit, egal welche, nicht heilbar war! Sterben die Leute etwa nur an Krebs? Mach doch mal eine Statistik, wenn du willst, über alle, die im Dorf an anderen Krankheiten sterben! Bin ich nicht selbst beinahe verblutet wegen dieser Kuh? Wenn nicht zufällig ein Hirte vorbeigekommen wäre, hätte doch keiner gemerkt, was mir zugestoßen ist.‹ Aber sie, nichts. Sie denkt weiter, dass man nur an Krebs stirbt … Das Leben ist eine Schlacht, da gibt es immer Tote … Früher oder später wird es auch mich treffen!« So kam er vom Hundertsten ins Tausendste, folgte dabei einer eigenen Logik und erzählte uns sogar von den Unternehmungen des José Bové, des Anführers der aufständischen Bauern in Frankreich. Und während Bartolomeo sprach, begriff ich, wie groß das Bedürfnis dieses Mannes war, mit jemandem zu reden, der nicht nur zuhörte, sondern seine Ideen teilte, und wie sehr er sich nach jenen menschlichen Gemeinschaften sehnte, in denen man nicht nur für etwas, was allen am Herzen lag, zusammen gekämpft, sondern auch versucht hatte, anders zu leben … er, der als Kind mühsam über die Steilhänge dieses Berges klettern musste, um in die Schule zu gehen, der sich allein, so gut er konnte, eine Bildung erworben hatte – lückenhaft vielleicht, denn es hatte ihm an Mitteln und Gelegenheiten gefehlt, um mehr zu lernen und zu tun –, er hatte nicht die Absicht, wie die alten Männer vor der Bar Nazionale zu enden, zurückgezogen in enttäuschte Hoffnungen, die sie, egal welchen Inhalts, mit niemandem teilten, während sie wie Fremde zusahen, was nach ihrem Weggang mit ihrem Dorf geschehen war, und vielleicht dachten sie, auch wenn es hart gewesen war, wehmütig an ihre Jugend zurück, die sie im Ausland verbracht hatten, insgeheim überzeugt, dass die Veränderungen hier nichts weiter waren als eine karikaturhafte Imitation dessen, was sie im Ausland gesehen und erlebt hatten. Und das war nicht einfach nur mein Eindruck … Ab und zu hatten sie es mir vor der Bar mit einem halben Satz zu verstehen gegeben, denn häufig lässt sich eine Stimmung wirksamer in einem halben Satz als in endlosen Reden ausdrücken, weil er einen Zweifel im Geist oder ein Schwanken des Herzens enthalten kann, die, heißt es, dem Alter eigen sind, aber eigentlich eher dem unsicheren Blick der Kinder gleichen; auch wenn die Ersten den Tod vor sich haben, die Zweiten dagegen das Leben. Die Menschen mittleren Alters wie Teodosio, Onofrio und ich selbst aber sind entweder zu sehr von den alltäglichen Notwendigkeiten in Anspruch genommen, um nachzudenken, zu staunen und sich zu entrüsten, oder sie hängen zu sehr an der Persönlichkeit, die sich jeder von uns, wie er meint, sorgfältig für die anderen zurechtgelegt hat, häufig jedoch auch für sich selbst. Daher schien es mir, als Bartolomeos Eltern aus dem Haus traten, die Hand vor den Augen wegen des zu grellen Lichts, als seien sie genau wie diese Alten vor der Bar: »So viel Mühe, für nichts und wieder nichts … jedenfalls beinahe …«, sagte der Vater. »Seht ihr meinen Sohn, wie er zugerichtet ist, wie er weiterschuftet, obwohl die Verletzung noch nicht verheilt ist?« Und die Mutter, zu Ausilia gewandt: »Bist du sicher, dass du das Fleisch richtig gegart hast? Mir kommt es so vor, als sei es oben und unten zu stark angebraten und innen noch roh. Gewiss, ich verstehe dich. Du bist es gewohnt, das Fleisch im Gasofen zu machen, aber im Kamin, das ist etwas ganz anderes, eine alte Kunst!«

Ihrer Spiele mit Bällen und Pferd müde oder nur gelangweilt, hatten die beiden Jungen unterdessen den Kassettenrekorder angestellt und beschallten uns mit einer ohrenbetäubenden, aufwühlenden Musik, die sie jedoch gar nicht aufzuwühlen, sondern eher einzulullen schien, denn sie saßen beide am Tisch, den Kopf auf die Arme gelegt, ohne den Mut, noch einmal zu fragen:

»Wann gehen wir endlich?« So verabschiedeten wir uns zuletzt.

Auf der Rückfahrt versuchte Teodosio dann, mir das Leben, das Bartolomeo führte, genauer zu schildern. »Er hat jetzt eine Menge Probleme, weißt du«, sagte er. »Denn abgesehen davon, dass es ihm wegen der Verletzung, die die Kuh ihm beigebracht hat, nicht gut geht, hat er auch noch die Sorge um seine Eltern, die ihm auf dem Berg immer geholfen haben; aber nun sind sie einfach zu alt, sogar um dort oben wohnen zu bleiben, und früher oder später wird er sie in Absprache mit seinem Bruder ins Dorf herunterholen müssen, während seine Söhne noch zu jung sind, um ihm zur Hand zu gehen, falls sie das in der Zukunft überhaupt wollen. Und doch, wirst sehen, er hält bestimmt weiter durch, denn er besitzt die Kraft und die Sanftmut eines Ochsen und hat gleichzeitig noch den Glauben an seine Ideen, der durch die korrupten oder unterwürfigen Politiker, Verwaltungsangestellten und gewöhnlichen Bürger, die er um sich hat, nicht geschwächt wird, sondern immer mehr wächst.«

Ich war sehr müde, und der Gedanke, dass mich am Abend General Lorenzo besuchen würde, bedrückte mich. Ich sagte aber nichts. So war ich innerlich dankbar, als Teodosio, wie in stummem Einklang mit meiner Stimmung, auf einmal sagte: »Den General Lorenzo hätte es heute Abend wirklich nicht gebraucht … Und wir müssten außerdem auch mal etwas mit unseren Familien unternehmen, vielleicht ins Kino nach Caieta und danach eine Pizza essen«, sagte er zu Onofrio, und dann, sich zu mir umdrehend: »Warum kommst du nicht mit?«

– »Nein«, erwiderte ich lachend. »Ich bin sehr müde, und außerdem, ihr habt doch auch ein Recht auf euer Familienleben, oder? Sonst«, sagte ich im Spaß, »denken eure Frauen früher oder später, dass ich nur eine Ausrede bin, dass ihr mich womöglich vorschiebt, um den Nutten auf der Via Domiziana einen Besuch abzustatten …« – »Weißt du, was wir machen?«, fragte Onofrio.

»Wir gehen gleich bei Lorenzo vorbei, erklären ihm, dass du dich nicht wohlfühlst und dass wir es auf morgen Abend verschieben.« Das war jedoch nicht nötig, denn zu Hause fanden wir einen Zettel vor, den Rituzza mit Reißnägeln an die Tür geheftet hatte: »General Lorenzo lässt euch ausrichten, dass er von dieser Verabredung nichts wusste, dass es nur eine Idee seiner Schwester Eusebia war, ›die ihre Nase immerzu in fremde Angelegenheiten steckt‹. Er entschuldigt sich auch in ihrem Namen, würde sich aber sehr freuen, sich demnächst mit euch zu treffen.« – »Ein Glück!«, kommentierte Teodosio. »Aber wenn er sagt, dass sie ihre Nase immer in fremde Angelegenheiten steckt, irrt er sich, denn ich glaube, dass die Ärmste einfach gar nichts Eigenes hat. Kurz gesagt, der Kopf hilft ihr nicht, und niemand versteht es, nicht einmal ihr Bruder.«

Die Sonne ging gerade unter, und der letzte rötliche Schimmer verglühte hinter den grauen Burgzinnen. Die Stille wurde nur von den Schreien und wilden Klagerufen einiger rolliger Katzen unterbrochen. So erinnerte ich mich, während mir schien, als verbreiteten sich in der Welt auch die Liebesschreie der Menschen, einschließlich meiner eigenen, an eine tragikomische Geschichte, die etwas Bestürzendes, aber auch fast Beruhigendes hatte. Denn es war, als gehörten alle Lebewesen zu einer gemeinsamen Gattung. Auf einer Mittelmeerinsel, an deren Namen ich mich nicht erinnere, wurde ein Mann zuerst von seinen Nachbarn und dann sogar vor einem Gericht angeklagt, weil er mit einem Huhn Liebe gemacht hatte, wobei er ihm den Bauch zerfetzte und es natürlich sterben ließ. Ich dachte an den armen Mann, vielleicht mehr von der Not als vom Laster gezwungen, es mit einem Huhn zu treiben, an die Empörung der Nachbarn, die selber Hühner schlachteten, zwar nicht häufig, weil sie arm waren, aber doch zu allen kirchlichen Feiertagen, und vor allem an das Gericht, das gezwungen war, sich mit dieser Geschichte zu befassen, denn sie musste auch in den Augen der Richter lächerlich erscheinen, die zu Ostern und zu Weihnachten sicherlich noch blutende Hähnchen, Kapaune und Zicklein bekamen, und in der Tat verurteilten sie den Unseligen zu einer kleinen Geldstrafe, bloß um die öffentliche Moral zufriedenzustellen. Außerdem war der Schuldige offenbar Mitglied der kommunistischen Partei, und auch diese zahlte ihren Tribut an den *Anstand,* indem sie den Mann ausschloss. Eine noch viel tragischere Geschichte fiel mir ein, doch irgendwie schien sie mir mit der anderen etwas gemeinsam zu haben, und sei es nur die Art, in der die Leute auf bestimmte Vorkommnisse reagierten, während sie bei anderen nicht weniger schwerwiegenden Dingen gänzlich gleichgültig blieben. Vor etwa dreißig Jahren vertraute mir ein Matrose einmal an, dass er an geheimen Plätzen, ich weiß nicht, ob in Neapel oder Marseille, mit knapp zehnjährigen Mädchen schlief. Nun, trotz der unermesslichen Tragödie, die solchen Sachen innewohnt, musste ich lachen bei dem Gedanken, dass sowohl bei der Abschlachtung von Menschen im Krieg als auch bei der von Tieren in Friedenszeiten der Atem, ob von Menschen oder Tieren, stets wie Luft behandelt wurde. Und in der Tat sind all diese Schlächter von Menschen oder Tieren danach immer seelenruhig aufgestanden, um Luft zu atmen. Während ich nie verstanden habe, warum angesichts dieser Abschlachtungen nur die sexuellen Vergehen so wichtig genommen werden. Ich überraschte mich bei dem Gedanken, dass sich nach jedem Abschlachten alle in die Familien flüchten, wo, wie alle griechischen Tragödien und die der täglichen Berichterstattung beweisen, das Schlachten privat weitergeht. Diese scheinbar skandalösen oder tragischen Gedanken beunruhigten mich nicht, sondern brachten mich, wie schon gesagt, sogar zum Lachen. Vielleicht, weil ich durchaus gerechten Menschen begegnet war, aber alle waren, bevor sie gerecht wurden, durch die Hölle gegangen, ihre eigene und die der anderen, wie auch ich selbst. Nun, ich wusste und weiß bis heute nicht, ob ich ein gerechter oder ein guter Mensch war, aber es besteht kein Zweifel, dass ich durch Höllen gegangen bin, und wie! Was mich von diesen Gedanken ablenkte, wenn auch nicht tröstete, war eine kleine Katze mit rotem Halsband, die nicht rollig war, vielleicht war sie noch zu jung oder kastriert, jedenfalls begann sie, auf meinem Schoß zu schnurren und mir die Hände zu lecken, um dann, mutiger geworden, zum Gesicht überzugehen und mir die Haare zu zerzausen. Ich erkannte in ihr Rituzzas Katze, die an diesem Abend allein geblieben war. Ich bot ihr ein Schälchen Milch an, das sie gemächlich ausschleckte. Dann verschwand sie ebenso geheimnisvoll und lautlos, wie sie gekommen war.

Am nächsten Morgen – endlich hatte ich zur Genüge geschlafen und war bei Sonnenaufgang erwacht – ging ich früh ins Dorf hinunter, auch um Rituzzas scheuen Aufmerksamkeiten auszuweichen, denn ich fühlte mich immer stärker von ihr angezogen, obwohl sie so anders war als die wenigen Frauen, die ich geliebt, und die vielen, die ich begehrt hatte. Gewöhnlich standen sie alle gut im Fleisch, ob sie es nun zur Schau stellten oder versteckten, wie die Erste, die ich zu lieben glaubte, eine Nonne aus dem Internat, die mir, wenn sie uns wegen irgendwelcher Fragen einzeln in ihren kleinen Salon mit rot gepolsterten Sesseln rief, wie eine Fee vorkam. Erst viele Jahre später, als ich sie mit den Frauen in den Bordellen vergleichen konnte, ebenfalls zwischen roten Samtmöbeln, schien sie mir jenen in gewisser Hinsicht ähnlich zu sein, aber attraktiver, weil sie ihren Körper nicht feilbot, sondern verhüllte; gleich war jedoch der Blick, so kam es mir wenigstens vor – gespielt männergeil, wie der der Prostituierten –, gleichzeitig aber ganz anders, als wir Jungen ihn wahrnahmen, denn wir lasen in ihren Augen eine Wahl, während es ihr ganz egal war, wer vor ihr stand, Hauptsache ein männliches Wesen; so war jeder von uns, wenn er mit den anderen sprach, enttäuscht, weil sie niemanden vorzuziehen schien, und es nutzte nichts, die Länge des eigenen Glieds zu messen. Da ich nun meinen Wunsch nach Freiheit von jeder dauerhaften Bindung gut kannte, wollte ich nicht ausgerechnet Rituzza falsche Hoffnungen machen und, angenommen, sie würde darauf eingehen, ausgerechnet mit ihr jene Form von, sagen wir, Liebe pflegen, kurz und gut, eine Bettgeschichte von wenigen Monaten. Seltsam, dachte ich, die Liebe.

Während sie dich dem Objekt deiner Begierde annähert, entfernt sie dich gleichzeitig von ihm, weil es ein wenig so ist wie im Krieg, nicht wie früher im Nahkampf, sondern wie in einem der heutigen Kriege, wie jetzt in Serbien, in dem Belgrad bombardiert wird … Ich stellte mir also vor, was geschähe, wenn ich, als Pilot dorthin abkommandiert, eine Bombe nicht auf ein sogenanntes »sensibles« Ziel, sondern zum Beispiel auf ein Kornfeld werfen würde. Rituzza war für mich nämlich wie ein Kornfeld, und darüber hätte ich nie eine Bombe abgeworfen; mir graute bei dem Gedanken, von meinem Flugzeug aus das Kornfeld noch unreif, frühlingshaft, nicht gelb daliegen zu sehen, mit dünnen, zartgrünen Halmen, die meinetwegen nie kräftig, hoch und blond werden würden. So war ich eben, vielleicht ein Feigling, der fast lieber Bomben auf wehrlose, aber unbekannte Menschen, auf Häuser, Paläste, Brücken und Fabriken abgeworfen hätte als auf dieses Kornfeld mit seinem rührenden Grün, das noch nichts ahnte von der späteren Reife der Ähren. Zwischen zärtlichen und grausamen Gedanken gespalten, ging ich also früh ins Dorf hinunter, wohl wissend, dass die Geschäfte um diese Zeit noch geschlossen waren. Trotz der frühen Stunde bemerkte ich, dass auf der Bank unter dem Feigenbaum der Alte, den ich für blind hielt, saß, zusammen mit seinem Hund, der, wie schon einmal, darauf wartete, dass ich die Straße überquerte. Die Straße!, sagte ich mir, überrascht, dass auch ich sie jetzt so nannte, ich, der in seinem Leben schon so viele Straßen und Wege überquert hatte, auch solche, die ein Kriegsgebiet vom anderen trennten, manchmal, um irgendeinen Handel zu tätigen, manchmal einfach, um einen Freund oder eine Geliebte zu treffen, oder einfach aus dummer Arroganz, weil ich dachte: Ich bin ein Niemand, warum sollten sie auf mich schießen? Nie werde ich das Gefühl vergessen, das ich empfand und das mich ein wenig zur Vernunft brachte, als sich einmal, während ich eine solche Kriegsstraße überquerte, ein Mädchen – deren Genossen vor den Angriffen der Polizei geflüchtet waren – bückte und eine Fahne aufhob, nicht mit einer Geste der Herausforderung, sondern des Mitleids mit diesem Stofffetzen, als wäre es ein Verwundeter oder ein Toter; niemand, weder von der einen noch von der anderen Seite der Straße, wagte es, auf sie zu schießen, aber nicht aus Rührung, glaube ich, wie ich sie empfand, sondern wahrscheinlich weil sie sie für harmlos oder die Geste für zufällig hielten. Wer weiß, wo das war, seitdem sind über dreißig Jahre vergangen. Mir ist jedoch der Wunsch geblieben, dieses Mädchen wiederzusehen, falls sie noch lebt, und zu erfahren, was mit ihrer Fahne geschehen ist, denn obgleich ich alle Fahnen hasse, hat mir diese zugleich barmherzige und mutige Rettungsgeste sehr viel bedeutet. Selten habe ich nämlich, auch bei den wenigen Menschen, die ich für meine Freunde halte, Mut und Barmherzigkeit so verschmelzen sehen; denn Barmherzigkeit allein gehört den Heiligen, falls es echte Heilige gibt, und Mut allein haben fast alle, ob Freund oder Feind, doch beides zusammen ist nur wenigen gegeben, und wenn es in einer Geste vereint ist, wird diese wahrhaft episch. Demnach hat die junge Frau mit ihrer scheinbar demütigen, von allen missachteten Geste einen Akt großer menschlicher Würde vollzogen, aber vermutlich wird sich niemand je daran erinnern oder davon erzählen. Noch dreißig Jahre später nannte ich sie Maria, Mariam, Myriam; nun aber drängte sich mir immer mehr der Gedanke auf, sie könnte auch Rituzza heißen, da ich mir meine abgemagerte Nachbarin dabei vorstellte, wie sie auf irgendeiner Straße der Welt die gleiche Geste machte. Und wenn die junge Frau damals mir auch hübsch vorgekommen war, so hauptsächlich wegen ihrer Tat, an die ich mich erinnerte, und genauso ging es mir jetzt mit Rituzza, die gar nicht hübsch war.

Im Borgo angelangt, sah ich nur Pendler, die auf den Bus warteten. Also schlenderte ich ein wenig durch diesen Ortsteil, der älter war als der Rione Terra. Der Borgo war nämlich einst dort entstanden, wo die Straße vorbeiführte, bevor sie später verlängert, verbreitert und um etwa hundert Meter verlegt wurde, damit sie den Verkehr von Personen, Tieren und Waren fassen konnte. Zu beiden Seiten der alten Konsularstraße standen Häuser, teils Altbauten mit steinernen Wappen über den Eingangstüren, teils moderne Gebäude, wiedererrichtet auf den Ruinen der Bombenangriffe, häufig durch Brandmauern voneinander getrennt, und auf einigen hatten einheimische Maler oder Ausländer auf der Durchreise ihre Fantasie ausgelebt: Sie hatten idyllische Szenen einer nicht allzu fernen Vergangenheit dargestellt, Frauen mit Krügen oder Reisigbündeln auf dem Kopf, kleine Esel, Schafherden und Stiere, alte Männer, die Akkordeon spielten, während die Leute eine Art Tarantella oder Saltarello tanzten, aber auch Szenen aus der Gegenwart, häufig sehr kitschig, etwa ein blondes, pummeliges Kind am Strand vor einheitlich blauem Himmel und Meer, wo selbst dieses arme Kind, eine Art Reklamekind, anscheinend nicht wusste, was tun; dann wieder gab es mit größerer Meisterschaft ausgeführte architektonische Darstellungen von Palästen, Kolonnaden, Kuppeln und italienischen Gärten, so als hätte der Künstler in diesen bescheidenen, aber würdigen Borgo die Ansichten antiker Städte hineintragen wollen, die er besucht oder aus einem der am Zeitungskiosk feilgebotenen Handbücher für Malerei kopiert hatte; andere Bilder verrieten einen gewissen Witz, zum Beispiel das eines Diebes, der eine an die Hauswand gelehnte Leiter hinaufkletterte, während sein Komplize an der Ecke Schmiere stand – fast eine Verhöhnung all der Gitter und Tore, die das Eigentum vor altmodischen Dieben ohne moderne Waffen schützten –, und darunter in großen Buchstaben: »Wenn ihr euch mit Eisen schützt, nehmen wir auch das Eisen. Und was für eins! Bum, bum, bum!« Doch es gab auch wirre, geheimnisvolle, grell farbige oder nur von Rot und Schwarz beherrschte Malereien mit umgestürzten Kreuzen, Hakenkreuzen, Höllenflammen, unverständlichen Hieroglyphen, wie sie von satanischen Sekten benutzt werden: »Hier« – sagte Teodosio eines Abends zu mir – »beschränken sie sich zum Glück darauf, diese Sekten nachts zwischen einem Bier und einem Joint nachzuahmen, indem sie gelegentlich ein altes Kruzifix zerstören, das auf einem Felsen steht, oder eine kleine Säule auf der Treppe, die von der Straße zum Rione Terra hinaufführt.« Ich dagegen hätte auf den Brandmauern lieber die Geschichte derjenigen gelesen, die in diesen Häusern gewohnt hatten, mit Geburts- und Todesdatum, Beruf und Todesart. In den Leerräumen dazwischen häuften sich auf dem Boden neben dem Glaskraut, dem wilden Wein und ein paar Feigenzweigen Müllsäcke und Gegenstände, die die Leute los sein wollten: Kühlschränke, Matratzen, zerbrochene Flaschen, Stücke von Resopal- oder Sperrholzplatten, rostige

Eimer, gesprungene Emailleschüsseln, große, ebenfalls rostige Metallbehälter, auf denen noch alte Aufschriften prangten, nun beinahe unleserlich, aber in schönen Gelb- und Rottönen oder mit Schnörkeln, und die vielleicht noch aus der Vorkriegszeit oder der frühen Nachkriegszeit stammten. Wie viele solche rostige Behälter einschließlich Nachttöpfen hatte ich, bepflanzt mit einer Fülle von Blumen und Kletterpflanzen, Balkone und Fenster im Rione Terra schmücken sehen! Als wäre den Leuten dort oben, vielleicht weil sie ärmer oder weniger geneigt waren, etwas wegzuwerfen, die Wiederverwendung dieser alten Gegenstände geradezu heilig; vielleicht entsprach das Sparen für diese Leute weniger einem Bedürfnis als vielmehr einer stillen Ablehnung der Verschwendung, einer Form des inneren Anstands, die alle modernen Aufforderungen zum Kaufen ignorierte. Da erinnerte ich mich beschämt und belustigt an die Augenblicke, in denen ich mich vom Konsumismus, also mehr vom Schein als vom Sein, hatte hinreißen lassen, auch weil ich hinsichtlich meines sogenannten »Seins« ziemlich verwirrt war, mehr als heute, wenngleich ich noch immer unsicher bin, wie einige kleine Manien zeigen, die in den Augen der anderen manchmal groß erscheinen mögen, und in der Tat weisen sie mich dann darauf hin, sonst wüsste ich gar nichts davon. Als ich das Waisenhaus verlassen und mich noch nicht eingeschifft hatte, erwarb ich natürlich, wie viele, die unter den gleichen Entbehrungen gelebt hatten, mit dem ersten Selbstverdienten einen Anzug und zwei weiße Markenhemden; außerdem kaufte ich zwei Krawatten einer berühmten Firma, die sich dann als billige Fälschung erwiesen. Und zum Glück hatte ich nicht auch noch einen Panamahut gekauft und mir keine weiße Nelke ins Knopfloch gesteckt, denn während ich vor der Einschiffung durch die Straßen Neapels stolzierte, traf ich in einer Bar zwei Frauen, die mir zum Scherz mit den Fingern durch die pomadisierten Haare fuhren und an meiner Krawatte nestelten, weil sie, behaupteten sie, nicht gut gebunden war, und die mich gutmütig verhöhnten: »Du siehst aus wie ein *gagà,* bist aber keiner«; so erfuhr ich, dass dieser Ausdruck, den ich noch nicht kannte, sowohl »Herrensöhnchen« als auch »mittelloser Abenteurer« bedeuten konnte. Kurz bevor ich an Bord ging, gab ich einen Teil des Geldes, das ich als Vorschuss bekommen hatte, noch für eine recht luxuriöse Kapitänsuniform aus, die auf dem Schiff bald ziemlich lächerlich wirkte, nicht nur, weil meine Aufgaben sehr bescheiden waren, sondern auch, weil sie sofort von Seewasser, Treibstoff, Teer und sogar Speisen verfleckt war, da zu meinen Aufgaben auch das Überwachen der Essensausgabe gehörte. Zum letzten Mal hatte ich mir in London einen Luxus gestattet, angestiftet von einer Frau, die zu mir gesagt hatte: »Ich kann deine blauen Pullover und deine bäurischen bunten Halstücher nicht mehr sehen!« Sie ahnte ja nicht, dass das in Italien damals im Sommer groß in Mode war, aber vor allem wünschte sie sich ein teures Geschenk von mir. So schleppte sie mich zuerst in ein indisches Geschäft, wo ich ihr einen Kaschmirschal kaufte, und dann in ein englisches, wo sie mich drängte, zwei Pullis, ebenfalls aus Kaschmir, zu erwerben, einen bordeauxroten und einen braunen, worauf sie sich, als ich einen davon angezogen hatte, an mich schmiegte und mir wie eine liebestolle Katze zuraunte: »Ja, jetzt erkenne ich das weiche Fell der Männer meines Landes.«

Sogar einen Glencheck-Anzug sollte ich mir zulegen, verlangte dieses arme und schöne Mädchen, die noch ganz am Anfang ihrer Laufbahn als Kurtisane stand und, wie ich später von Freunden hörte, alsbald Furore machte, doch ich weigerte mich, nicht nur aus Geldmangel, sondern auch, weil ich es lächerlich fand; daher erwiderte ich: »Du willst mich doch wohl nicht herumzeigen wie einen Gangster italienischer Herkunft!« Wie auch immer, einige Tage lang waren wir wahrhaft glücklich, denn die Künste der Kurtisane ähneln am Anfang denen der Liebe, vermischen sich sogar mit diesen. Doch wie lächerlich diese Pullover an einem wie mir wirkten, wurde ein paar Tage später deutlich, als, wieder auf See, ein Freund mich wegen einer Havarie, die meine Anwesenheit erforderte, morgens früher weckte und laut loslachte, als er sah, dass ich über dem Schlafanzug einen dieser Pullover trug, weil er nachts besser wärmte und mich vor der Rauheit der Bordbettwäsche schützte. Da begriff ich, welchen Gebrauch ich davon machen würde und, obgleich sie inzwischen sehr abgenutzt sind, noch immer mache.

In den engen Gassen zu beiden Seiten der antiken Straße öffneten allmählich einige Geschäfte, unter anderem der Schuster, der mir die Schuhe mit Gummi besohlt hatte, damit ich nicht rutschte, und in seinem bescheidenen Lädchen ganz bescheiden und gegen seine eigenen Interessen zu mir gesagt hatte: »Wär's nicht besser gewesen, gleich Gummischuhe zu kaufen, wie man sie jetzt hat?! Auf dem Markt hätten Sie dafür weniger bezahlt als fürs Neubesohlen …« Ich jedoch hasste diese Schuhe, nicht nur wegen ihrer geschmacklosen Farbzusammenstellungen, sondern weil die Füße darin schwitzten, wie ich feststellen konnte, als ein junger Matrose – bei den Jungs waren die Gummischuhe groß in Mode – sie vor mir ausgezogen hatte, während wir in meiner Kajüte einen Schwatz hielten. Das kam häufig vor, denn ich wollte meine Leute so behandeln, wie manche Kapitäne in meiner Jugend mich behandelt hatten: Vielleicht aus Heimweh nach ihren eigenen Kindern auf dem Festland waren sie stets bereit gewesen, einem Ratschläge zu erteilen, nicht nur im Hinblick auf die Seefahrt und ihre Gefahren, deren schlimmste der Drogen- und Waffenhandel oder der Handel mit Giftmüll war, sondern auch, was unsere fast immer missachteten gewerkschaftlichen Rechte und selbst private Angelegenheiten betraf.

Weiter vorn, direkt an dem freien Platz zwischen zwei kahlen Mauern – wo ein kleiner Sessel prangte, ein Stilmöbel, nachgemacht, aber noch in gutem Zustand, die ovale Lehne und der Sitz mit rotem Samt bezogen, ein surrealer Anblick, wie manchmal unsere Träume sind –, befand sich ein kleiner, schwach erleuchteter Kurzwarenladen, in dessen Schaufenster unter anderem einige Knäuel roter Wolle lagen. Vielleicht erregte die Verbindung zwischen diesen beiden Rottönen meine Aufmerksamkeit und bewog mich einzutreten. Zwei winzige alte Frauen, eine spindeldürr, die andere fett, die erste mit durchdringendem, nüchternem Blick, die zweite mit ölig glänzendem Gesicht und ebensolchen Händen, weshalb ich unwillkürlich dachte, sie sehen aus wie die Öl- und Essigfläschchen, blickten mich neugierig an, und ich fragte sie als Ausrede um Rat, womit ich die zwei an meiner Jacke fehlenden Knöpfe ersetzen und wie ich eine Kunststopferin finden könnte, die mir einen ausgefransten Pullover flicken sollte. Während nun die eine verschiedene Schachteln öffnete, um mir Knöpfe zu zeigen, sagte die andere, das »Ölfläschchen«, zu mir: »Wer lässt sich denn heute noch Strümpfe oder Pullover stopfen? Es ist billiger, auf dem Markt etwas Neues zu kaufen, das glauben die Leute jedenfalls … Aber wenn Ihnen so viel an Ihrem Pullover liegt, kann ich das übernehmen« – und indem sie ein kleines Loch in meiner Jacke musterte, das vielleicht von einer Zigarette meiner Freunde oder von einem Funken aus dem Kamin stammte, fügte sie hinzu: »Ich kann auch das kleine Loch da so stopfen, dass man gar nicht mehr merkt, dass mal eins vorhanden war. Das war früher unsere Kunst, bevor wir den Laden eröffneten … Jetzt steht er zum Verkauf; seit es so viele Autos gibt, fahren die Kunden nach Formura zum Einkaufen, und wir sind einfach zu alt, um noch modische Artikel dazuzunehmen.« – »Also wie oft soll ich dir das noch sagen?«, mischte sich die Schwester, das »Essigfläschchen«, ein. »Wenn wir schließen, dann sitzen wir nur noch zu Hause, während wir hier drin wenigstens ab und zu mit jemandem plaudern können, so wie heute, gleich nach dem Öffnen, mit diesem auswärtigen Herrn. Du weißt doch, ich sage es dir schon seit zwei Jahren, wir müssen mithilfe unserer Nichte den Laden umgestalten, künstliche Blumen und Pflanzen verkaufen, die heute große Mode sind, auch wenn es nicht viel einbringt, das macht nichts … wir müssen ja keine Miete bezahlen, der Laden gehört uns … und außerdem muss man die nicht mal pflegen … Weißt du, wie viele Sträußchen und Kränzchen wir dann zu Karneval verkaufen … Du wirst schon sehen, wir werden uns blendend amüsieren! Wenn's geht, säubern wir auch noch den Vorplatz und stellen Blumenkästen, Porzellanvasen oder Kletterpflanzen neben den Sessel, damit es mal aussieht wie ein Wohnzimmer, mal wie eine Gartenlaube für Liebespaare, wie in den Romanen …« – »Aber einstweilen«, fragte ich, »was macht eigentlich dieser rote Sessel da draußen?« – »Sie wollte es nicht«, sagte die Ölige. »Es war die Idee eines Fotografen, der gern Luxusmöbel oder Mädchen im Bikini vor diese alten, verfallenen Steine platziert, er sagt, das sei Kunst, und ich habe ihn machen lassen, weil ich mir dort drüben immer den Salon oder die Laube mit unseren künstlichen Blumen vorstelle …« – »Und wenn dann alles gestohlen wird?«, wandte die Schwester ein. – »Abgesehen davon, dass man das Zeug abends reinholt, wer sollte hier schon etwas klauen, ich meine nicht die Pflanzen, die sind durchaus verlockend, und wir holen sie abends rein, aber diese alten Möbel, die sowieso nichts wert sind?« Und lachend: »Weißt du noch, wie du dich letztes Mal in den Sessel gesetzt hast und er beinahe zusammengekracht wäre?«

Als ich mich von den beiden nunmehr ganz in ihr Gespräch über künstliche Blumen und Liebeslauben verstrickten alten Frauen verabschiedet hatte und durch die Gassen ging, wo nach und nach immer mehr Geschäfte aufmachten, bemerkte ich, dass an den meisten »Zu verkaufen« stand. Beeindruckt war ich vom Laden eines alten Schmieds, der noch Ölkännchen, kleine Eimer, Schüsseln und sogar Espressokannen aus Blech ausgestellt hatte. Neugierig trat ich ein. Er war nicht alt, sondern uralt, klein und hager, mit den lebhaften Augen eines Jungen, weshalb ich dachte: Der wird hundert Jahre alt! Auch weil ich auf meinem Spaziergang durchs Dorf auf mehreren an den Häuserwänden angeschlagenen Todesanzeigen von alten Frauen und Männern gelesen hatte, die mit über neunzig gestorben waren. – »Kommen Sie nur herein«, sagte er einladend. »Sind Sie zufällig ein Verwandter der Künstlerin, die mir das Blechspielzeug der afrikanischen Kinder bringt und mich bittet, es nachzubauen oder nach ihren Zeichnungen neues Spielzeug aus Blech anzufertigen?« – »Nein«, erwiderte ich, »aber wer ist diese Künstlerin?« – »Eine Dame von auswärts ... Sie gibt mir Arbeit, die mir gefällt, und bezahlt gut dafür. Sie sagt, sie verkauft ihre Werke in Rom – soweit ich es verstanden habe, kaufen die Leute, so wie sie hier meine Ölkännchen und Espressokannen als Nippes kaufen, dort diese Spielzeugimitationen, ebenfalls als Nippes natürlich«, sagte er und hob zur Bekräftigung seiner Worte die Hand. »Denn genauso wie die Erwachsenen heute ihren Espresso in Edelstahlkannen kochen, spielen ihre Kinder mit Robotern und anderem automatischen Teufelszeug ... Aber mir macht es Spaß, diese Sachen herzustellen, die einen wie die anderen. Endlich habe ich Spaß daran. Als Junge machte ich diese Arbeit aus Notwendigkeit, für mich und die Käufer. Und nun, nach fast dreißig Jahren als Kumpel in Belgien, bin ich zurückgekommen, um meine Rente zu genießen. Aber nichts zu tun, so wie die vor der Bar Nazionale, das liegt mir nicht. So ist das, was mir als Junge eine Last war, jetzt zum Vergnügen geworden.« Er lachte. »Es tut mir bloß leid, dass meine Kunst verloren geht. Alles Leben verliert sich ...«, fügte er schulmeisterlich hinzu, »aber die Künste dürften nicht verloren gehen, abgesehen von der der Bergleute, das war schon auch eine Kunst, aber schwere, allerschwerste Arbeit. Wie oft bin ich gerade noch einmal davongekommen ... Ich erinnere mich noch an Marcinelle, auch wenn ich in einem anderen Bergwerk gearbeitet habe. Und wenn ich in den Fernsehnachrichten höre, dass in den Bergwerken ferner Länder gestorben wird, ist mir, als hätte sich die Tragödie hier in der Nähe ereignet, gleich um die Ecke. Aber Gott sei Dank, dass er mir nicht nur gestattet hat, im Alter in mein Dorf zurückzukehren, sondern auch noch Spaß zu haben!« Während ich an die beiden Schwestern, an den Schmied und an einen alten Gitarrenspieler dachte, der trotz seiner neunzig Jahre weiterhin in der Pizzeria seines Sohnes sang, und mich für sie freute, dass sie, vielleicht weil stärker und gesünder als andere, so viele Widrigkeiten überstanden hatten, fragte ich mich, was wohl aus mir werden würde, falls ich je so alt oder auch weniger alt werden sollte, wie ich den Übergang vom Leben auf See zum Leben auf dem Festland schaffen würde, trotz der scheinbaren Ähnlichkeiten zwischen beiden heutzutage auf den modernen Schiffen, die ich allerdings so weit wie möglich mied, vor allem Tanker und Kreuzfahrtschiffe, obwohl ich dort mehr verdient hätte, aber Fließbandarbeit hasste ich, gleich, ob in der Tankerfabrik oder in der Festmaschinerie des Kreuzfahrtschiffs. So dachte ich an einen Hafen, nicht im metaphorischen Sinn, sondern ganz konkret, in den ich mich flüchten könnte. Aber welcher? Und wo? Doch gleich wurde ich wieder heiter, denn ich glaubte an das Schicksal, das es, da unergründlich, umso mehr verdiente, dass man sich ihm anvertraute.

Dann ließ ich den Borgo hinter mir und ging bergauf einen Feldweg entlang. Umgeben von Zypressen, die in dieser Gegend weit verbreitet sind und die in mir von Kindheit an Friedhofsbilder heraufbeschworen, entdeckte ich eine lange, hohe, zinnengekrönte Mauer. Das muss, sagte ich mir, der Friedhof von Acraia sein. Am Gittertor angekommen, sah ich, dass es offen stand, ging hinein und fand mich an einem Ort wieder, der durchaus nach Friedhof aussah, aber etwas Dissonantes, Schräges an sich hatte. Zwischen ordentlich angelegten Beeten erhoben sich mit Muscheln und Versteinerungen bedeckte Säulen sowie ein großer Stuhl, auf dem die Statue eines Mannes thronte, und daneben noch ein Stuhl, aber leer. In Wirklichkeit sahen die beiden Sitzmöbel eher wie Throne aus. Davor stand eine große Figur mit segnend erhobenem Arm, wie ein Christus, doch fehlte ihr der Kopf. Die Form des Halses, leicht vorgereckt, und sein mangelhaft geglätteter, etwas gezackter Rand ließen vermuten, dass der Kopf nicht abgeschlagen worden war, sondern im Gegenteil baldigst daraufgesetzt werden sollte. All diese Sitzmöbel und Skulpturen bestanden, wie auch die Säulen, aus Gips, nicht aus Marmor oder Stein. Und aus Gips war auch der seltsame, ebenfalls mit Muscheln und Versteinerungen geschmückte Bogen, der sich über dem Eingang wölbte, darauf in der Mitte ein Stern und seitlich ein abnehmender und ein zunehmender Mond. Während ich mich neugierig umsah, kam ein schlicht gekleideter Mann mittleren Alters auf mich zu. »Seltsamer Garten, den Sie da haben«, sagte ich zu ihm und fügte lachend hinzu: »Von Weitem dachte ich, es handle sich um einen Friedhof.« – »Das ist mein Heiligtum«, erwiderte der Mann. »Und die Skulptur hier rechts stellt meinen Vater auf seinem Thron dar, den leeren Thron daneben wird meine Mutter besteigen, wenn es so weit ist … Diese Statue dagegen bin ich selbst; wenn ich mein Werk vollendet habe, wird sie meine Züge tragen …« – »Was ist denn Ihr Werk?«, fragte ich. Darauf erzählte er mir eine lange Geschichte: »Ich war Barbier, und diese Kunst wie auch den Laden habe ich von meinem Vater geerbt. Bescheiden übte ich meinen Beruf aus, wie er es mich gelehrt hatte. Während des Krieges und in der frühen Nachkriegszeit jedoch haben sich die Reichen des Dorfes wer weiß wohin abgesetzt, und ich rede ja gar nicht von den Ärmsten, die sowieso nie zu uns kamen, aber selbst die Bessergestellten, was weiß ich, Söhne von Handwerkern oder reichen Hirten, blieben aus. Dann allmählich lief das Geschäft wieder besser, gewiss nicht so wie jetzt, wo man beim Barbier das Gefühl hat, man sei in einem Schönheitssalon für Frauen, aber es lief. So wurde der Laden erneut nicht nur ein relativ einträgliches Geschäft, sondern auch ein Treffpunkt für die Männer des Dorfes, besser als eine Bar, denn damals gab es in der Bar keine Sitzgelegenheiten ... Nun, zwischen einem Haarschnitt, einer Rasur, sogar dem Kräuseln eines Barts ... damals kamen die Herren, die sich Bart und Haare färben ließen, zu besonderen Zeiten, entweder morgens ganz früh oder abends nach Ladenschluss, denn das musste man geheim halten, nicht so wie heute, da die Männer sich nicht schämen, sich zu pflegen wie die Frauen ... zwischen einem Haarschnitt und einer Rasur also wurde viel geredet, manchmal recht obszöne Dinge, Sie verstehen, aber auch gewöhnlicher Klatsch ... über Hochzeiten, zum Beispiel, denn damals musste man ordentlich auftreten, nicht nur rasiert, sondern auch pomadisiert. Zu Beginn dieser modernen Zeiten besuchten mich daher viele Handelsvertreter, um dieses oder jenes Produkt anzubieten, Rasierschaum, neue Rasierer, Pomaden, Rezepte für Tinkturen gegen Haarausfall, und wenn ich dem Zeug traute, verhandelte ich über den Preis und erwog die Qualität, so gut ich es verstand, genau wie mein Vater es vor dem Krieg gemacht hatte. Eines Tages jedoch … da betritt ein neuer Vertreter meinen Laden, bietet mir erst seine Produkte an und bleibt dann nachdenklich vor mir stehen: ›Sie wissen es nicht‹, sagt er, ›aber Sie besitzen übernatürliche Kräfte, von denen Sie nichts ahnen. Nur wer, wie ich, selbst solche Kräfte besitzt, kann sie bei anderen erkennen.‹ Anfangs glaubte ich, es handele sich um Scharlatanerie, doch er setzte sich auf einen meiner Friseurstühle, Sie wissen ja, die ähneln einem kleinen Thron, und sagte: ›Setz dich, du wirst schon sehen.‹ Indem er mir starr in die Augen blickte, hypnotisierte er mich, wie ich es dann auch gelernt habe, und ich führte, so erzählte er mir hinterher, alle seine Befehle aus. Anscheinend hatte er ›Heil Hitler!‹ gesagt und ich hatte die Hand zum Nazigruß erhoben, und dann: ›Tritt in die Pedale, tritt in die Pedale wie Bartali‹, und anscheinend hatte ich angefangen zu strampeln. Als er ging, blieb ich einerseits skeptisch, da ich den Mann als Scharlatan betrachtete, der meine Müdigkeit und Nervenschwäche ausgenutzt hatte, doch andererseits weckte sein Märchen von meinen übernatürlichen Kräften meine Neugier. Deshalb fing ich an, sie gelegentlich auszuprobieren. Zu jener Zeit arbeitete ab und zu ein Junge bei mir, den fixierte ich manchmal und sagte dabei: ›Tritt in die Pedale wie Bartali!‹ Und tatsächlich begann der Junge zu strampeln. Daraufhin versuchte ich es bei einem anderen, einem Kunden … Indem ich ihm starr ich die Augen blickte, befahl ich: ›Sag „Heil Hitler“!‹, und er tat es. So überzeugte ich mich von meinen Kräften. Dann wollte ich bei meinen

Versuchen noch weiter gehen und probierte, jemanden schweben zu lassen … Sie erhoben sich aus den Friseurstühlen wie Federn, hingen da in der Luft wie die Astronauten, die ich im Fernsehen gesehen hatte, aber noch regloser als diese, die wenigstens mit ein paar Bewegungen zeigten, dass sie noch atmeten, meine Kunden dagegen, nein, die schwebten da oben wie aufgeblasene Plastikpuppen … und ich, ich wusste nicht, wie ich sie wieder herunterholen sollte! Doch während meine Verzweiflung wuchs und ich mich allmählich wieder fühlte wie der arme Barbier von früher, der darauf wartete, dass ein rasierter Kunde aufstand und dem nächsten Platz machte, kamen sie langsam runter und sagten zu mir: ›Nanu, Alter, du hast uns wohl besoffen gemacht!‹ Denn damals waren Drogen unter den jungen Leuten noch nicht so verbreitet wie jetzt. Wenige Tage später hatte ich nachts einen Traum. Zuerst erschien mir mein Vater, der seit etlichen Jahren tot war: ›He, Junge, ich habe dich gelehrt, Männer zu rasieren, aber nicht Gottvater‹, sagte er, halb lachend, halb mit strengem Blick. Dann erschien mir, jedoch unscharf hinter einer großen Sonne, das Bild unseres Herrn Jesus Christus, der zu mir sagte: ›Du besitzt besondere Kräfte, aber anstatt dem Teufel zuzuarbeiten, verwende sie dazu, die Menschen zu heilen!‹ So wurde ich bekehrt und habe auf diesem Grundstück, das meinem Großvater gehörte, allmählich ein Zentrum zur Heilung von Kranken geschaffen, auch unheilbar Kranken … Nachher zeige ich es Ihnen … Die sitzende Statue dort stellt meinen Vater dar, genauso wie er mir erschienen ist, und der Platz daneben wartet, wie schon gesagt, auf meine uralte kranke Mutter, mit der meine Frau jeden Sonntag zwei oder drei Rosenkränze beten muss, weil man, sagt sie, noch nie eine Frau gesehen hat, die einen solchen Teufel geboren hat, das wäre meine Wenigkeit, ihr sind nämlich bestimmte Gerüchte zu Ohren gekommen, während sie nichts weiß von meiner Bekehrung und dass ich mit Heiltränken ihren Krebs behandle … Sie fragen sich, wieso all diese Versteinerungen an den Säulen? Nun, einst waren die Berge hier, nicht anders als anderswo, vom Meer überflutet, weshalb sich Meeresfossilien bildeten; dann, als das Meer sich zurückzog, bildeten sich nach und nach Landfossilien, von denen ich auch etliche gefunden habe. Und sehen Sie diese Bruchstücke? Was meinen Sie, sind das Versteinerungen von Tierknochen oder von Knochen der ersten Menschen? Seit mir diese Kräfte und dann die Gnade, sie auszuüben, zuteilwurden, interessiere ich mich nämlich für Versteinerungen, sie stellen ja die Vergangenheit des Menschen dar, und viele davon haben heilende Eigenschaften … Versteinerungen und Kräuter, die in unserer Gegend wachsen, vor allem in den Bergen, wo diese Eigenschaften durch die reine Luft besser erhalten geblieben sind. Doch jetzt kommen Sie herein, ich möchte Ihnen mein Labor zeigen!« Damit zog er mich in den Keller hinunter, in eine Art riesige Garage, wo anstelle von Autos lange Regale voller Schraubgläser standen, während von der Decke sorgfältig etikettierte Büschel von Kräutern und getrockneten Blumen herabhingen; in der Mitte des Raums stand ein großer Herd, der aus einer Gasflasche gespeist wurde, und darauf brodelte in mehreren Behältern ein Gebräu, dessen ekelerregender Geruch den angenehmen Duft der zum Trocknen aufgehängten Kräuter trübte. Dann zeigte er mir eines nach dem anderen die Gläser, in denen in grauen und braunen Flüssigkeiten aller Schattierungen irgendetwas schwamm oder ruhte, und erklärte mir die heilenden Eigenschaften dieser Arzneien. Schließlich hielt er bei einem Töpfchen inne, öffnete es und sagte: »Dies ist ein sicheres Heilmittel gegen Krebs, aber es muss in winzigen Mengen verabreicht werden, und wenn Sie jetzt Ihren Finger hineinsteckten, würde er sich auflösen, weil er gesund ist und weil das Mittel eingenommen werden muss, und zwar immer in verschwindend kleinen Dosen.« Ganz hinten im Raum, im dunkelsten Winkel erkannte ich noch einige halb kahle, kaum mehr zum Fliegen geeignete Tauben. »Warum sind diese Tauben denn hier unten?«, fragte ich. – »Die brauche ich für Experimente«, erwiderte er. »Jeden Tropfen ihres Bluts, wenn ich ihnen die Kehle durchschneide, und Sie können sich vorstellen, wie wenig da rauskommt im Vergleich zu einem Schwein, aus dessen Blut Pudding und Blutwürste hergestellt werden, aber ihr Blut ist so viel kostbarer, weil ich ihnen nach und nach das Prinzip der Melancholie eingeimpft habe, das dient zur Behandlung der an Schwermut beziehungsweise, wie man heute sagt, an ›Depression‹ leidenden Kranken, denn nach der modernen Homöopathie, die ja auf Hippokrates zurückgeht, bekämpft man Gleiches mit Gleichem … So ist es auch im Kalten Krieg gelaufen«, fügte er hinzu, »einer amerikanischen Atombombe wurde eine sowjetische entgegengesetzt … Stets nach dem Prinzip des Hippokrates und der Homöopathie, das hilft bei den Krankheiten der Menschen wie bei der Krankheit Krieg …«, schloss er, dem Faden seiner Überlegungen folgend, die so wirr waren wie sein Friedhofsgarten.

Noch erschüttert vom Anblick all der Gläser und noch mehr vom Anblick der armen Tauben, die ihr mühevolles Scharren in der Erde nie mit einem Flug unterbrechen konnten, folgte ich dem Mann ins obere Stockwerk, wo sich weiße Türen vor mir öffneten: Die erste führte in ein modernes Akupunkturstudio mit einem Plakat des menschlichen Körpers, auf dem der verzweigte Fluss der Lebenssäfte und die entsprechenden Behandlungspunkte eingezeichnet waren, einer Liege, über die ein weißes Laken gebreitet war, und gläsernen Regalen, in denen die Nadelbehälter standen, und vor dem gewohnten Bild der Madonna della Civita ein kleiner Kocher, der, wie der Herr des Hauses mir mitteilte, zum Sterilisieren der Nadeln diente. »Ich habe mich nämlich«, erklärte er, »anhand von Lehrbüchern fortgebildet und bin auch Akupunkteur geworden.« Dann führte er mich in den angrenzenden Raum, der offenbar das Wartezimmer war. Als ich endlich herauskam, sah ich vor dem Eingang mehrere Autos stehen, deren Insassen nach ihrem Äußeren zu urteilen Bauern und Bäuerinnen waren; die Autonummern waren jedoch nicht aus dem Dorf, sondern gehörten zu kleinen Städten der Umgebung.

Ich kehrte nach Hause zurück und dachte: Man kommt sich vor wie in Südamerika, mit all diesen Visionären, Gurus, Scharlatanen und Heilern! Rituzza goss gerade ihre Pflanzen, und als sie mich sah, versprach sie mir, nach dem Essen mit ihren Töchtern, die jetzt zu einer neuen Diät auf der Basis von gedünstetem Fisch und Salat übergegangen waren … und wie viel Arbeit es machte, diesen ganzen Fisch zu kochen, vertraute sie mir an, denn nur um das Spülbecken von dem Gestank zu reinigen, brauche man fünf, sechs Zitronen oder eine halbe Flasche Essig … kurz und gut, während sie auf ihre milde, resignierte Art jammerte, versprach sie, dass sie mich besuchen werde, und wenn es mir recht sei, gebe sie mir einstweilen gerne die restlichen Kichererbsen von letzter Woche, als ihre Töchter sich noch nicht diese neue Diät in den Kopf gesetzt hatten. »Weil«, sagte sie, »Freundinnen und Illustrierte dazu raten …« Dann lächelte sie bitter: »Fisch bringe ich Ihnen aber keinen, nicht weil er, wie es heißt, ›nach drei Tagen stinkt‹, sondern weil ein Mann des Meeres wie Sie bestimmt keinen Fisch mehr sehen kann.« – »Nun«, scherzte ich, »dann werde ich eine Kachel draußen an die Tür hängen, wie ich sie heute im Dorf gesehen habe, darauf stand: ›Ein Gast ist wie ein Fisch, nach drei Tagen stinkt er!‹« Wir lachten beide. Dann sie, augenzwinkernd: »Ich kann mir schon vorstellen, an welchem Haus Sie die gesehen haben. Bestimmt bei den zwei reichsten alten Jungfern des Dorfes, über dem Kino …« Und während ich nickte, fuhr Rituzza fort: »Wissen Sie, das Kino ist seit Jahren geschlossen, weil sie ihrem Neffen gedroht haben, ihn zu enteignen, wenn er es wiedereröffnen sollte. Und er, der von klein auf diese Kinoleidenschaft besaß und jetzt älter ist als Sie, er hat sich gebeugt, wenn er deshalb auch nicht direkt ins Unglück geraten ist … Dieses Haus, ein prächtiges Lichtspieltheater, hat nämlich der Großvater gebaut, der auch Bürgermeister von Acraia war, noch vor dem Krieg, in einem anspruchsvollen Stil mit Türmchen, Veranden, Erkern, Spitzbogenfenstern und nach hinten einem großen Garten, der im Sommer schon damals als Freiluftkino genutzt wurde, und es gab nur drei Erben, die zwei alten Jungfern und den Vater des Jungen, der inzwischen auch *erwachsen* geworden ist, wie ich Ihnen erzählt habe. Nun, laut einer Klausel in dem vom Großvater hinterlassenen Testament sollte das Lichtspieltheater an alle Erben gemeinsam gehen, doch durften sie dessen Bestimmungszweck nicht ändern. Und so war es auch bis vor etwa zehn Jahren … Ich habe viele schöne Filme dort gesehen … Da diese Filme jedoch nicht genug einspielten, haben die zwei alten Jungfern, die so wirken, als wären sie ganz Küche und Kirche, von ihrem Bruder verlangt, dass er ein Pornokino daraus machen solle; und er, der sogar mit dem großen Regisseur Giuseppe De Santis befreundet gewesen ist, hat sich gebeugt. Nach einer Weile haben die Behörden dann erklärt, die Räume verfügten nicht über die nötigen Sicherheitsvorkehrungen und man müsse Umbauten vornehmen, aber die alten Jungfern haben sich geweigert und das Kino geschlossen, entweder solle die Gemeinde zahlen oder sie würden es als Parkhaus vermieten. Daraufhin hat auch der Neffe nachgegeben, der wiederum den Anteil von seinem mittlerweile verstorbenen Vater geerbt hatte, vielleicht aus Angst, sein eigenes Geld investieren zu müssen, vielleicht weil er fürchtete, die Tanten würden ihn enterben, oder auch nur weil er, da er selbst unverheiratet war und schon als Kind seine Mutter verloren hatte, diese Tanten, die ihn aufgezogen hatten, als seine Mütter betrachtete. Seitdem ist das Kino geschlossen, und ich habe gehört, dass seine Leidenschaft für den Film so groß ist, dass er jeden Abend nach Caieta fährt, wo er klammheimlich und fast umsonst den Projektor bedient und ihn, wenn er kaputtgeht, sogar repariert. Wie Sie sehen, ist es nicht der Fisch, der wie der Gast nach drei Tagen stinkt, es ist der Geiz, der stinkt … Einmal bin ich bei den beiden gewesen, um ihnen etwas von meinem Mann auszurichten, weil sie den Rat eines Fachmanns brauchten, da habe ich den Geizgestank förmlich gerochen, der dich am Hals packt, sobald du den Vorhang ein wenig beiseiteschiebst … Aber entschuldigen Sie, jetzt kommen die Mädchen nach Hause.« Ihr blieb gerade noch genug Zeit, mir die Kichererbsen unterzujubeln, als man die Töchter flüstern hörte: »Ein Glück, dass du dir einen Verehrer angelacht hast, dann haben wir kein schlechtes Gewissen, wenn wir dich allein lassen!«

Ich aß weder diese Kichererbsen noch sonst etwas … Der Kommentar der Töchter hatte bewirkt, dass ich mich schon wie verheiratet fühlte, und ich hasste Familien seit den Zeiten im Waisenhaus, wo sie uns ständig predigten: »Das hier ist wie eure Familie.« Und was für eine Familie das war! Besser, darüber zu schweigen … Und nachdem ich mich eingeschifft hatte, hasste ich sie noch mehr, wenn meine Gefährten, nachdem sie mir Fotos von Eltern, Brüdern, Schwestern, Ehefrauen und Kindern gezeigt hatten, bei der Ankunft in irgendeinem Hafen nichts Besseres zu tun fanden, als ins Bordell zu eilen. Ich bin doch nicht wie dieser Kinobesitzer!, dachte ich, der verängstigt oder bloß den Tanten hörig ist wegen der möglichen Erbschaft, denn sie hatten ihm immer gedroht, sie würden alles den Nonnen vermachen, wenn er sich nicht anständig benähme. Ich bin ein freier Mann, wiederholte ich mir, während eine andere Stimme wie in einem Gegengesang fragte: Und was machst du mit deiner Freiheit? Da sagte ich mir, dass ich doch wenigstens etwas im Leben gemacht hatte mit meiner Freiheit: Ich hatte sie genutzt, um Teodosio mit einem einfachen Satz aus den Ketten zu befreien. »Ich bürge für ihn.« Später war er es gewesen, der diesen Satz aussprach, um mich zu verteidigen, auch um den Preis seiner Freiheit … Darin bestand unser Pakt, dass wir uns gegenseitig gerettet hatten, bewegt, erst ich, dann er, von einem sozusagen natürlichen Sinn für Gerechtigkeit, der über den der Gerichte hinausging.

Ehrlich gesagt, und am ehrlichsten von allen ist vielleicht der Magen, aß ich die Kichererbsen auch deshalb nicht, weil ich plötzlich unbändige Lust auf eine Bruschetta mit Olivenöl, Tomaten und Knoblauch bekam, die ich in der Sonne verzehrte, in der Mitte der Terrasse, so als wollte ich auf Abstand gehen zu dem Ort, links und unten und rechts und oben, dessen Geschichte und Geschichten mich trotz meiner Neugier gelangweilt hatten, wie die aller Orte auf dem Festland; auch wenn ich leider gezwungen war, noch einige Monate hier zu bleiben. Es war ein Augenblick absoluter Freiheit, die einfache Speise ein reiner Genuss, ich aß nicht gierig, sondern langsam, wobei jede der wesentlichen Zutaten, die Tomate, der Knoblauch, das Öl, die das Brot tränkten, an ferne Zeiten erinnerte, nicht meine Vergangenheit, sondern die einer einfacheren, friedlicheren Menschheit – eine Utopie, das war mir bewusst, doch der Gedanke, es könne sich womöglich um eine falsche Utopie handeln, beunruhigte mich nicht, denn ich habe den Eindruck, wenn es solche Augenblicke nicht gäbe, hätte man nicht die Kraft, mit ein bisschen Würde zu überleben, ja sogar manchmal ein bisschen glücklich zu sein … Ein allein verzehrtes Mahl, das mir dennoch das Gefühl gab, ich hätte es geteilt, so als wären die Geister all jener um mich versammelt, die solche Augenblicke erfahren hatten; zudem saß ich in der warmen Sonne, die meine von dem Unfall verletzten Glieder heilte. Mochten sie mir verzeihen, meine Freunde Teodosio, Onofrio, Rituzza und alle, die in Acraia um mich waren … Den komplizierten Gerichten, ob nun einfache oder gehobene Küche, hervorragend im Vergleich zu dem Essen auf Schiffen, in Häfen oder Waisenhäusern, zog ich diese schlichten Zutaten und die Einsamkeit, in der ich sie verzehrte, vor, denn mir war, als glichen unsere kleinen Festessen zu sehr dieser neuerlich in der Welt verbreiteten Gewohnheit, sich zum Schlemmen zu treffen, als wäre dies inzwischen die einzige Gelegenheit zur Begegnung; in den übertrieben vielen Gängen sah ich irgendwie eine Schmälerung der Worte und des Schweigens, die für den Dialog zwischen Menschen so unabdingbar waren. Ich war weder gläubig noch ein Philosoph, dennoch dachte ich an Leonardos *Abendmahl* und an Platons *Symposion,* Ersteres bestand aus wenigen, aber wesentlichen Worten, Letzteres dagegen aus langen Reden, während meine Tage in Acraia, wenn auch durch die Freundschaft gemildert, vom universalen Klatsch beherrscht zu sein schienen – sosehr mich der auch reizte. Daraufhin sagte ich mir selbst einen erbarmungslosen, aber wahren Satz: dass ich mich, bei diesen gemeinsamen Essen, nicht nur von ihren Speisen, sondern auch von ihren Leben ernährte, weil ich kein eigenes Leben hatte oder nicht wusste, was es bedeutet, eines zu haben.

Ich war halb eingeschlafen, als mich der Duft des Kaffees weckte, den Rituzza mir gerade reichte. Ich war sofort wieder bei mir, das heißt bei dem, der ich war oder zu sein glaubte. Nach dem ganzen langen Vormittag im Dorf und dessen Umgebung fragte ich Rituzza nur nach dem, was mich am neugierigsten gemacht hatte: »Warum«, sagte ich, »hängt an fast allen Läden außer dem des Schlossers ein Schild ›Zu verkaufen‹?« – »Ganz einfach«, erwiderte sie. »Weil auch hier die alten Berufe langsam aussterben, und die Kinder haben, genau wie in der Landwirtschaft, keinerlei Absicht, in die Fußstapfen der Väter zu treten, abgesehen von seltenen Ausnahmen wie im Fall des Metzgers an der Straße oder des Mozzarellabetriebs, wo sie jedoch ihr Unternehmen nach neuesten Kriterien modernisiert haben; außerdem haben sie das Glück, dass ihre Geschäfte an der Straße liegen, wo viele Leute vorbeikommen. Die Jüngeren dagegen denken an die sogenannten ›neuen Berufe‹, Computer, Makler- oder Finanzbüros, Modeboutiquen. Ich kenne auch viele arme Familien, die Pizzerias eröffnen, da sie ebenerdige Räume geerbt haben, für die sie keine Miete bezahlen müssen, dort arbeiten dann die Mütter zusammen mit den Töchtern, denn Pizza backen, das können die alten Frauen wirklich gut … Und ich weiß von anderen, die sich zusammentun, um Besen, Körbe und Körbchen aus Stroh zu verkaufen, ebenfalls eine alte Kunst, und die beabsichtigen, im Sommer mit ihren Erzeugnissen in die Touristenorte am Meer zu gehen. Ich wollte auch einen Laden mit Pizza und Kuchen eröffnen, aber mein Mann hat sich geweigert, mir den Raum zu vermieten, teils, sagte er, weil ich die Familie bloßgestellt hätte, denn er hält sich für einen feinen

Herrn, teils, um mich zu ärgern. Als wüsste das ganze Dorf nicht längst, dass ich diese Jobs mache, gewissermaßen in Heimarbeit oder zu Hause bei den Herrschaften, mit denen er befreundet ist … Anscheinend sieht er seine Exfrau lieber als Dienstmädchen denn als Chefin. So sind die Männer eben, verzeihen Sie, wenn ich das zu Ihnen sage …«, und sie lächelte scheu, aber entschlossen. »Was mich angeht, begnüge ich mich mit dem wenigen, das er mir zahlen muss, auch mit dem, was er mir geben wird, wenn die Töchter mal ausziehen, denn eine Wohnung habe ich ja. Und außerdem, wie könnte ich mir Zeit zum Malen nehmen, wenn ich heute ein Geschäft hätte? Wäre ich in Neapel, würde ich meine Bilder auf der Straße verkaufen oder den Leuten anbieten, sie zu porträtieren. Aber wenn ich das hier machte, würden sie mich für eine Zigeunerin oder eine Verrückte halten, so wie diesen Maler, der wirklich gut war, als er noch gesund war, und der jetzt, seit er übergeschnappt ist und sie ihn mit Pillen vollgestopft haben, ständig mit einem Buch unter dem Arm durchs Dorf läuft und um Kreiden oder Pastellfarben bettelt, für seine Bilder, die er dann nicht malt … Sie haben ihn getroffen, sagen Sie? Ja, das war er, wenn er Sie um Geld für Pastellfarben gebeten hat … Wenn Sie wüssten, was für ein schöner Mann der vor zehn Jahren war und was für ein guter Maler! Dann ist ihm irgendetwas passiert, in Rom, ich weiß nicht, ob Drogen im Spiel waren oder ob Faschisten oder vielleicht irgendwelche Wirrköpfe ihn verprügelt und ihm den Schädel eingeschlagen haben. Jedenfalls ist er verschwunden, und als er zurückkam, war er nicht wiederzuerkennen, so fett und aufgeschwemmt war er, ich glaube, wegen der Medikamente, die sie ihm verabreicht hatten … Wissen Sie, es endet immer so mit allen Verrückten des Dorfes … Manchmal verschwinden sie, und manchmal tauchen sie dann wieder auf, wie Anna und viele andere, die Sie nicht kennen; manche jedoch verschwinden spurlos, man weiß nicht einmal, ob sie noch leben … und wenn ich sage ›Verrückte‹, spreche ich von Personen, die mehr oder weniger gesund waren, bevor sie für verrückt erklärt oder zu Verrückten gemacht wurden, jedenfalls die Mehrzahl von denen, die ich kennengelernt habe, abgesehen von Anna oder ein paar anderen, die sowieso nicht verrückt waren, sondern bloß behindert …« – »Und die Leute von der Sozialstation? Greifen die nicht ein?«, fragte ich, als wäre es die selbstverständlichste Sache auf der Welt. Rituzza gab ihre widerspenstige Zurückhaltung auf und sah mich empört an, die ganze Empörung ballte sich in ihrem Blick, denn ihr schmächtiger Körper hätte sie nie fassen können, und sie wäre, von ihrer Figur ganz abgesehen, in Anbetracht ihres scheuen, wenngleich bis in den kleinsten Nerv entschiedenen Charakters, auch nicht die Frau gewesen, die herumgebrüllt und Unflätigkeiten anstelle von Argumenten gebraucht hätte. »Die Sozialstation von Acraia! Das habe ich Ihnen doch erzählt, oder? Was mir der Arzt geantwortet hat, als ich ihm von Annas Schreien berichtet habe, und dann … Wissen Sie, was mir persönlich vor Kurzem passiert ist? Nachdem ich zwei Stunden gewartet hatte, auch weil der Arzt sich nicht blicken ließ, hat sich ein Krankenpfleger endlich bequemt, mich ins Sprechzimmer zu holen, und sich erlaubt, zu mir zu sagen: ›Sie haben eine Überweisung für eine Leberuntersuchung, aber ich rate Ihnen, sich von einem Psychiater behandeln zu lassen, Sie sind nämlich magersüchtig …‹ Magersüchtig, ich! Wo ich doch problemlos alles esse und mich in meinem Leben, soweit ich mich erinnere, noch nie übergeben habe! Bloß weil ich so dünn bin und er irgendwo etwas über diese Krankheit gelesen hat! Und außerdem hat er mir geraten, zu einem Psychiater in Formura zu gehen, der, wie ich erfahren habe, achtzigtausend Lire pro Sitzung nimmt! Wie Sie sehen, stecken die alle mit den Machthabern oder mit ihren privaten Psychiatern unter einer Decke! Zu anderen Zeiten, wie damals, als die Aufständischen Barrikaden bauten, hätte ich mit einem Gewehr dort oben gestanden, auch wenn ich gar nicht schießen kann!« Erst da wurde mir klar, welcher Geist diese Frau beseelte, die selbst aus ihrem schmächtigen Körper ein Gewehr gemacht hätte. Und wie um sie zu beruhigen und abzulenken, fragte ich: »Sagen Sie mal, apropos Verrückte, was ist eigentlich mit dem Heiler-Guru, der da oben haust?« Ich deutete ungefähr in die entsprechende Richtung. »Als ich hinaufging, dachte ich, es handelte sich um den Friedhof von Acraia.« Rituzzas Miene veränderte sich augenblicklich. Sie lachte. »Ich weiß nicht, ob er verrückt ist oder nicht … Aber ganz bestimmt hat er mit seinen merkwürdigen illegalen Praktiken einen Haufen Geld verdient! Früher war er Barbier, mit einer kleinen Wohnung über dem Geschäft, jetzt hat er den ältesten Palazzo von Acraia gekauft, an der Straße, ein Schloss … mit Freitreppen aus Marmor, Gärten, ich würde so ein Haus nie kaufen, wenn ich je Geld hätte, erstens weil es ganz nach Norden geht und dort nie die Sonne scheint, ich dagegen, so bescheiden meine Wohnung auch ist, ich habe Sonne von morgens bis abends; zweitens weil er zwar angeblich fünfhundert Millionen

Lire dafür bezahlt hat, die Renovierung aber bestimmt mindestens zehnmal so viel verschlungen hat; und schließlich weil auf diesem Palazzo ein Fluch lastet, und das hat nichts mit dem Teufel zu tun, an den glaube ich nicht, aber seit den Zeiten des Barnablú bis zu den Faschisten und den Deutschen im letzten Krieg haben sich dort immer Soldatentruppen einquartiert, die zwischen einem Gelage und dem nächsten kurz ihre Feinde abknallten … Es heißt, auch Donna Rosita habe an diesen Festen teilgenommen, zuerst mit den Faschisten und den Nazis, dann mit den Alliierten, zusammen mit ihrem Mann … um ihn vor der Rache der Alliierten gegen die Faschisten zu retten, sagen die einen, während die anderen behaupten, sie habe ihn vor allem loswerden wollen, und eines Abends, als die Amerikaner oder vielleicht auch die Franzosen feierten, indem sie Stühle, Türen und Fensterrahmen im Kamin verheizten, habe sie ihn so mit Whisky betrunken gemacht, dass er beim Weggehen die Treppe hinuntergestürzt und auf der Stelle tot gewesen sei … Wahrheit oder Dichtung … Wer weiß!« – »Um noch mal auf unseren Zauberer zurückzukommen«, sagte ich, »ist es denn möglich, dass ihn nie jemand wegen widerrechtlicher Ausübung des Arztberufs angezeigt hat? Vor seinem Gartentor habe ich eine ganze Menge Autos voller Leute warten sehen, vor allem ältere Frauen.« Rituzza lächelte, als wollte sie sich über mich lustig machen. »Na, wahrscheinlich liegt es an Ihren Reisen, aber haben Sie von unserem Land, also Italien, und diesem kleinen Dörfchen Acraia wirklich gar nichts kapiert?! Die öffentliche Gesundheitsversorgung funktioniert nicht oder eben so, wie ich Ihnen erzählt habe … Vielleicht sichert der Mann sich ab, indem er die Leute schmiert, und nicht nur die von der Sozialstation... Doch wahrscheinlich braucht er das gar nicht. Alle glauben an Wunderheilungen! Es genügt, fernzusehen oder sich anzuschauen, wie viele Busse täglich nach Lourdes fahren, nach Pietrelcina oder sogar zu dieser Madonna, die weit weg ist, ich weiß nicht mehr, ob in Polen oder auf dem Balkan. Vor Jahrhunderten hätte die Kirche einen wie ihn vermutlich auf dem Scheiterhaufen verbrannt, aber sicher ist das keineswegs, und heute, wo sie alles dafür tut, dass die Leute an solches Zeug glauben, und wie, und ganz auf die moderne Konkurrenz eingestiegen ist, heute würde sie bestimmt keine Gegenmaßnahmen ergreifen ... Natürlich ist er ein paarmal angezeigt worden, weil er mit seinen merkwürdigen Krebsbehandlungen einige Frauen dazu verführt haben soll, sich nicht seriös im Krankenhaus behandeln zu lassen, bis sie gestorben sind. Doch da die Verwandten faktisch seine Komplizen waren, hatten diejenigen, die Anzeige erstatteten, einfache Bürger, keinen Einfluss. Das, was zählt, ist wie immer die Familie, sei sie real, mafiös oder religiös. Abgesehen von den Schmiergeldern hat er außerdem, jedenfalls soweit ich weiß, auf der persönlichen Ebene ein bisschen bezahlt, denn er ist, sagt man, zweimal in der Psychiatrie gelandet, aber er ist immer gut wieder rausgekommen, noch überzeugter, noch aktiver. Wer seinen Wahnsinn büßt, ist seine Frau, die lebt anscheinend fast wie eine Gefangene in dem verfluchten Palazzo, ohne den Reichtum überhaupt genießen zu können, weil sie gezwungen ist, in einem Zimmer zu sitzen, das so klein ist wie ihr früheres, neben sich die arme Schwiegermutter, eine verhutzelte Alte, die keine Medizin des Sohnes hat heilen können. Sie geht nicht mal freitags auf den Wochenmarkt. Vielleicht auch deshalb, weil ihr Mann, der immer sehr schlichte, zu seiner Rolle als Guru passende Sachen trägt, anscheinend möchte, dass seine Frau in Tracht und mit Sandalen durch die Gegend läuft wie die Nonnen unseres Klosters … Sie dagegen würde in Anbetracht ihrer bescheidenen Herkunft jetzt gern elegantere Kleider tragen, da sie es sich leisten könnte, nachdem ihr Mann solchen Reichtum angehäuft hat. Ach, apropos Kloster, das moderne, in der Nachkriegszeit gebaute meine ich, es gibt nämlich gleich zwei, an der Straße nach Formura … Weißt du, dass in diesen riesigen Räumen aus Stahlbeton mit den inzwischen undichten Fenstern und Türen bloß drei oder vier Nonnen und etwa zwanzig Alte leben, die nur einen kleinen Teil des Gebäudes nutzen? Und in dem anderen Kloster genauso? Denk nur, was für eine Verschwendung! Und noch dazu haben zwei reiche alte Frauen aus dem Borgo ihre Villa der Kirche vermacht, und die Nonnen haben einen Haufen Geld ausgegeben, um Ställe und Nebengebäude zu renovieren … Ästhetisch gesehen haben sie gute Arbeit geleistet, gewiss, denn sie haben sich an die Bauweise der alten Häuser Acraias gehalten, außen Naturstein, innen eine gekachelte Küche, Brunnen, Holzbackofen, Ölmühle … alles schön und unecht und vor allem leer, denn außer ein paar Nonnen ist da keiner; sie haben weder einen Kindergarten noch ein Altersheim eröffnet und auch keine Armenküche oder ein Heim für Obdachlose und Immigranten. Kurz, zu viert oder fünft haben sie sich dort eingeschlossen und beten, wird behauptet, aber ich glaube, da ist was im Busch, denn es geht das Gerücht, dass sie eine Art Ferienanlage eröffnen möchten, wie es heutzutage groß in Mode ist … ›für Meditationsurlaub‹, sagen sie … mitten im Autoverkehr des Borgo … Meiner Ansicht nach sind die Leute übergeschnappt, einschließlich der Nonnen, und verwechseln diesen hässlichen Ort mit einem Dörfchen oder einer Einsiedelei in Umbrien oder in der Toskana, genau wie die, die hier Modeboutiquen, Computerläden, Geschäftsagenturen aufmachen wollen, als ob wir in Mailand wären … Die Leute wissen nicht mehr, wo ihr Platz ist, oder sie denken, die Plätze ließen sich nach Belieben verschieben …« Hätte sie Zeit gehabt, sie hätte noch stundenlang so weitergeredet, wie Bartolomeo, denn beide gehörten zwar zu den einfacheren Dorfbewohnern, hatten aber über ihr Dorf und das Leben viel klarere und freiere Ansichten als die Neureichen hier – ich hatte Gelegenheit gehabt, mit einigen von ihnen zu sprechen –, auch als jene, die linke Zeitungen schwenkten oder die sich hinter der Vergangenheit verschanzten und versuchten, sie in ein Museum zu verwandeln, samt der Geschichte ihrer alten Eltern, ob sie noch lebten oder tot waren, oder die den Status quo verteidigten, um ja die Herkunft ihres jetzigen Wohlstands zu verschweigen, den sie nicht nur Mauscheleien mit den Machthabern verdankten, sondern auch Kompromissen in der Familie, Ehebrüchen, Prozessen gegen andere Angehörige oder Nachbarn. In diesem Augenblick wurde mir bewusst, dass die Anziehung, die Rituzza auf mich ausübte, und vielleicht auch ich auf sie, weit über den Eros hinausging. Mein Gefühl für sie glich stark dem, was ich für Bartolomeo empfand, und wurde von ihrem Bedürfnis nach menschlicher Kommunikation geweckt, die das Dorf beiden verweigert hatte und die sie mit mir für möglich hielten, nicht nur weil ich fremd war, sondern auch weil sie irgendwie eine Wesensverwandtschaft zwischen mir und ihnen spürten. Gleichwohl musste ich mich beherrschen, mich zwingen, diese Frau nicht zu nehmen und an mich zu drücken, wie ich es mit einem verletzten Tier gemacht hätte. Schließlich waren wir dennoch ein Mann und eine Frau, die einander vermutlich begehrten, und ich wollte ihr nicht zu nahe treten in dem Bewusstsein, dass ich, so wie ich mich bisher an keinem Ort je niedergelassen hatte, es auch diesmal in Acraia nicht können würde. Ich konnte mir selbst keine befriedigende Erklärung geben für meine Haltung zum Leben, schrieb sie einmal dem Umstand zu, dass ich als Waisenkind von den Eltern vielleicht aus Notwendigkeit oder Verantwortungslosigkeit verlassen wurde, dann wieder meinem Wanderleben auf Schiffen und in Häfen, wo ich zu viele Geschichten gehört hatte, nicht nur von Entwurzelung vom Herkunftsort oder von gewöhnlich erzwungenen, selten glücklichen neuen Verankerungen, sondern auch von gar nicht glücklichen Familien, von Ehebrechern, von Söhnen, die ihre Väter verleugneten, oder umgekehrt, wobei es fast immer um Geld ging, auch wenn sich hinter materiellen Konflikten häufig tausend andere Dinge verbargen, weshalb die Familie für mich zu einer oft sehr grotesken Fiktion oder einem archaischen Traum geworden war. Mehr Sinn, schien mir daher, hatten jene begrenzten Augenblicke menschlicher Gemeinschaft, die ich in meinem Leben erfahren hatte, in denen es nicht zählte, ob man verheiratet war oder nicht, ob man Vater, Mutter, Kind war oder nichts von alldem. Und in diesem Augenblick meines Lebens war meine Familie Rituzza, die, als sie gerade nach Hause gehen wollte, meine

Müdigkeit bemerkte und zu mir sagte: »Ich bewundere Sie sehr, denn obwohl Sie kein Verwandter von mir sind, kann man mit Ihnen nicht nur reden, sondern Ihnen auch mal sein Herz ausschütten, ohne dass gleich darüber geklatscht wird. Ach, apropos Klatsch«, fügte sie lächelnd hinzu. »Heute gegen Abend erwarten Sie die drei Generäle, Sie wissen ja, die sind auf die Schlacht von Montecassino fixiert, fragen Sie sie also bitte nicht nach dem Serbienkrieg, denn sie würden Sie rauswerfen und sagen, wer darüber redet, äfft nur das Fernsehen nach, den Krieg muss man erlebt haben, um darüber reden zu können … und ein einziger genügt, um zu wissen, was das ist … so wie es ihnen gegangen ist. Und wenn sie danach mögen, was ich bezweifle, kommen sie zum Abendessen zu Ihnen herauf. Aber seien Sie unbesorgt, Teodosio, Onofrio und ich haben schon an alles gedacht.«

Am späten Nachmittag ging ich mit Rituzza zu den drei Generälen hinunter, deren Raum festlich geschmückt zu sein schien. Drinnen war es heller als gewöhnlich, sodass man schon von draußen die Landkarten, die Fotos und die Tafel sehen konnte. Der Tisch in der Mitte war frei geräumt, während auf den kleinen Beistelltischen Platten mit Süßigkeiten und Pizza standen, um die sich die üblichen alten Frauen scharten. Am Eingang drängten sich außerdem seltsamerweise eine ganze Menge junger Leute. »Was ist denn heute hier los?«, fragte ich Rituzza. Nachdem sie sich bei einem Jungen erkundigt hatte, erwiderte sie, die drei Generäle wollten an diesem Nachmittag auf Bitten ebenjenes jungen Mannes, der ihnen einen Projektor zur Verfügung gestellt hatte, John Hustons Dokumentarfilme über die Schlacht von Montecassino zeigen, die dieser damals im Auftrag der alliierten Truppen aufgenommen hatte. Während noch alle warteten, geschah jedoch etwas Unerwartetes. Eusebia erschien, nicht in der üblichen Schürze, sondern in einem kurzen blauen Mantel, den sie, wie Rituzza mir erklärte, bei besonderen Anlässen trug. »Mein Bruder, der General Lorenzo, lässt sich entschuldigen«, sagte sie zerknirscht, »aber er musste überraschend wegfahren, ich weiß nicht, ob nach Rom oder Neapel … Und damit ihr ihm verzeiht, schickt er diese fünf Flaschen Spumante.« Schon öffnete sie eine Flasche: »Zum Wohl!«, rief sie, Sektkelche herumreichend. Alle Umstehenden griffen zu, während die alten Frauen mit ihren Pizzastücken und Süßigkeiten dem Eingang zustrebten. Niemand schien die Niedergeschlagenheit der zwei anderen Generäle, Orso und Raffaele, zu bemerken, die in ihrem Hauptquartier blieben und dann, nachdem alle satt und leicht beschwipst gegangen waren, zu mir traten. »Wenn der kommandierende General sich aus dem Staub macht«, sagten sie, »kann die Truppe tun und lassen, was sie will! Und wir haben beschlossen, zu Ihnen zu kommen!« Rituzza folgte uns ein wenig verstört. Und bald tauchten auch Teodosio und Onofrio auf, die von dem Vorfall erfahren, ihre Werkstatt vorzeitig geschlossen und hastig, ohne sich noch zu waschen und umzuziehen, zu Hause die von ihren Frauen zubereiteten Speisen eingesammelt hatten, worauf sie ölverschmiert und nach Benzin stinkend, so, wie sie waren, hier ankamen. »Was macht ihr denn für ein Gesicht?«, sagten sie zu Orso und Raffaele, die stocksteif vor dem Kamin saßen, wo Rituzza mittlerweile ein

Feuer angezündet hatte. »Haltet ihr etwa eine Totenwache? Los, trinkt ein Glas Wein, raucht eine Zigarette! Und hört auf mit eurer Leichenbittermiene!« Daraufhin kapitulierten die zwei Generäle, wie ermutigt durch die Fröhlichkeit der Neuankömmlinge, und lachten.

Sehen Sie«, begann Raffaele zu erzählen, als wir vor einer Vielfalt an Speisen und Getränken um den Tisch saßen, »als Erstes möchte ich mich entschuldigen, dass ich so viel esse und trinke, ich werde versuchen, mich zurückzuhalten … Aber wegen meiner Kindheit und dem Krieg ist mir ein sozusagen ›atavistischer‹ Hunger geblieben, den auch die etwa fünfzig seitdem vergangenen Jahre nicht stillen konnten. Wenn ich eine Servierplatte sehe, muss ich mich unbedingt sofort bedienen, auch wenn ich nur eine Olive, eine Gabel Spaghetti oder ein Stückchen Wurst nehme. Es ist, wie man so sagt, ein ›bedingter Reflex‹« – und dabei nahm er sich eine Scheibe Käse –, »fast als handelte es sich nicht nur um den Hunger, den ich und meine Familie damals litten, sondern um den Hunger, den die ganze Bevölkerung von Neapel, die Ärmeren, meine ich, gelitten hat. Ich stamme nämlich aus Neapel und bin zufällig in die Schlacht von Montecassino hineingeraten. Neapel war kurz zuvor befreit worden. Ich war damals von Beruf Dieb und saß gerade nicht im Gefängnis, nicht weil Neapel befreit worden war, sondern weil ich jedes Mal, wenn ich eine Straftat beging, genau ausrechnete, wie viel Gefängnis mir dafür gesetzlich drohte, sodass ich die Risiken, sagen wir, einigermaßen einschätzen konnte. Wenn man ein Huhn klaute, musste man eine bestimmte Strafe verbüßen, wenn man ein Auto klaute, eine andere, wenn man eine Brieftasche klaute, wieder eine andere … Ich war sehr geschickt darin, Risiken und Vorteile gegeneinander abzuwägen. So stellte ich also wie gesagt meine Berechnungen an, um meine Familie ernähren und alle Feiertage sowie die Geburtstage und Jubiläen mit meiner Frau und den Kindern verbringen zu können. Denn wenn dein Sohn nach dem Schutzheiligen der Stadt Gennaro heißt, musst du zum Fest des Heiligen zu Hause sein, und wenn deine Frau Immacolata heißt, musst du ihr am Tag der Unbefleckten Empfängnis etwas schenken, nicht unbedingt goldene Ohrringe, aber doch wenigstens ein Tablett mit *Sfogliatelle*. Haben Sie den Film *Kein Frieden unter den Olivenbäumen* gesehen? Nun, ich war genau wie der Dieb, den Pupella Maggios Bruder spielte. Vielleicht hat sich der Regisseur, ohne es zu wissen, von mir inspirieren lassen.« Er lachte selbstgefällig. »Ins Geschäft mit den Amerikanern war ich damals zwar noch nicht eingestiegen, denn ich hatte, da ich sechs Monate im Knast gesessen hatte, noch keine Gelegenheit dazu gehabt und wusste auch gar nicht, worum genau es ging, aber dann habe ich mich bald eingearbeitet und dank General Lorenzos Hilfe auch gut dabei verdient. Nach meiner Entlassung aus dem Gefängnis wollte ich also ein kleines Geschenk mit heimbringen, etwas Brot, ein Stück Käse, vielleicht ein Huhn … von wegen, Tablett mit Süßigkeiten … und in diesem Chaos von Militärfahrzeugen bin ich aus Versehen im falschen Lastwagen gelandet, obwohl ich doch Richtung Caserta wollte, weil ich wusste, dass das befreites Gebiet war und ich mir dort irgendwie das Nötige beschaffen konnte, entweder durch Diebstahl oder durch Betrug oder indem ich bei einem Verwandten meiner Frau, der da in der Nähe Bauer war, um ein Almosen bettelte, jedenfalls bin ich, natürlich klammheimlich, in einen Militärlastwagen eingestiegen, der hier herüber ins Kriegsgebiet fuhr. Das hatte ich gewiss nicht geplant ... Und was für ein Getöse, je näher wir kamen! Schließlich wurde der Laster von einer Bombe getroffen, und ich blieb wie durch ein Wunder unversehrt. Während die Soldaten sich abmühten, die Verletzten in Sicherheit zu bringen, nutzte ich die Zeit, um einen Sack mit Lebensmittelkonserven, Dosen, Kastenbrot und Schokolade zu füllen, und danach verduftete ich und warf mir sogar noch eine Militärdecke über die Schulter. Nun, ich hatte diesen ganzen Krieg sowieso nie kapiert und wusste nicht, dass man zufällig hineingeraten konnte. Das verstand ja auch kein Mensch, Leute, die zwischen einem Fluss und dem anderen aufeinander schossen, im Röhricht oder hinter Büschen versteckt oder aus einem Panzer heraus ... Also sagte ich mir, da gibt's nur eins, irgendwie musst du rausfinden aus diesem blutigen Sumpf und rauf, rauf in die Berge, wo die Lage ruhiger zu sein schien. Und so machte ich es, bis ich eine schöne Grotte fand, die, sagte ich mir, wirklich aussah wie die von der Krippe, die sie an Weihnachten in meinen Viertel in der Chiesa della Sanità aufgebaut hatten, denn Leute wie wir stellten daheim keine Weihnachtskrippen auf ... wir mussten eher die Lebensmittelvorräte zählen. Meine Tochter, knapp sechzehn Jahre alt, stillte damals nämlich gerade ihr Kind; den Vater dazu, achtzehn Jahre alt, hatte ich Monate zuvor mit nach Hause nehmen müssen, um ihn vor dem Gefängnis zu bewahren – er hatte weder eine Ahnung von Gesetzen, noch konnte er das Strafmaß für einen Diebstahl abschätzen – und auch vor seiner Familie, die von ihm, dem armen Idioten, verlangte, im Prostitutionsgeschäft mit den Amis und den *miss* mitzumischen, er sollte denen die Schwester und die Cousine anbieten, zwei Prachtweiber, so für den Anfang. Na, wie auch immer … ich musste ziemlich lang in dieser Grotte ausharren, und als die feindlichen Truppen anrückten, begann ich ein bisschen Schmuggel zu betreiben, nicht nur mit Waren, sondern auch mit Ideen, sagen wir so … Denn wenn die Amis die Stellung eroberten, die dort in der Nähe war, tat ich so, als sei ich auf ihrer Seite, wenn sie aber den Deutschen in die Hände fiel, sagte ich, ich gehörte zu ihnen … Und manchmal kam es vor, dass die Stellung im Lauf ein und derselben Nacht von den einen auf die anderen überging … Andererseits war ich für sie alle bloß ein armer Bauer, der einzig dazu diente, etwas Nahrung zu beschaffen. Und wie ich das machte? Abgesehen davon, dass sich, aufgeschreckt von den Schüssen, auch Vögel, Hühner und einmal sogar zwei Schafe in die Grotte flüchteten, lief ich sonst ab und zu in der Waffenruhe zwischen einem Überfall und dem nächsten zu einem verlassenen Gehöft oder Bauernhaus hinunter, um zu stehlen, was ich konnte, oder, wenn noch jemand da war, einige Konserven, nicht nur amerikanische, sondern auch deutsche, gegen ein paar Kilo Kartoffeln oder Äpfel oder auch ein paar Gläser eingemachte Tomaten oder eingelegte Oliven zu tauschen, wobei ich diesen Bauern auch manche Tipps gab, wie sie sich den Soldaten gegenüber verhalten sollten, die, wenn sie kamen, alles stahlen oder anzündeten: ›Zeigt ihnen nie die Sachen, die ihr versteckt habt‹, sagte ich zu ihnen. ›Sagt, dass euch nichts mehr geblieben ist.‹ … Und dann versteckten wir die Sachen in meiner Grotte oder in anderen, die nur die Einheimischen kannten. Denn, seht ihr, alle diese Militärs, die aus mehr als zwanzig Nationen stammten, kannten die Gegend ja nicht, und um sich zu bewegen, brauchten sie uns, wir dienten ihnen als Führer, ohne Ansehen der Person, nur darauf bedacht, unser Leben und unsere wenigen Habseligkeiten zu retten. Sie hatten zwar Waffen, aber wir waren schlau, trotz ihrer detaillierten Landkarten kannten sie ja nicht jeden Meter der Gegend wie wir, und außerdem mussten wir keine Ideen verteidigen, sie dagegen schon, auch wenn ich sehr viele Tote gesehen habe, die alle gleich waren, unabhängig davon, welche Ideen sie im Leben gehabt hatten oder nicht. Und wir, Junge wie Alte, mittlerweile mehr als dreißig, wir hatten kein Mitleid mit den Toten. Sobald wir konnten, nahmen wir ihnen alles ab, und aus ihren Uniformen, zerschnitten oder mit Pflanzensud gefärbt, damit sie unseren eigenen Kleidern glichen, machten wir uns Jacken, Decken, Lappen für die Füße. Es war kurz vor der Bombardierung der Abtei von Montecassino, als Lorenzo mit einem Begleiter in meine Grotte hereinschneite. Lorenzo hatte eine Soldatenuniform an, der andere dagegen, ein gut aussehender Mann mit Oberlippenbärtchen, aber nicht wie Hitler, mehr wie ein Stutzer, trug die eines Offiziers. Meine zwei Bauerngenossen und ich waren sehr verängstigt, denn wir standen weder auf der einen Seite noch auf der anderen, aber wir dachten, dass diese beiden uns mit ihren Uniformen in Schwierigkeiten bringen könnten. Daher knebelten wir sie als Erstes, und sie glaubten wahrscheinlich, wir wollten sie erschießen, dann zogen wir sie aus, weil wir ihnen Bauernkleider geben wollten, einschließlich der typischen Sandalen … Und wie gewohnt zerschnitten wir ihre Uniformen und warfen sie in unseren Kessel, in dem durch die Pflanzen alle Farben gleich wurden, aschgrau mit dunklen Flecken. Anschließend nahmen wir dem Soldaten den Knebel aus dem Mund, damit er uns erzählen konnte. Lorenzo, das sei sein Name, sagte er, erklärte uns, dass er schon seit Anfang des Krieges der Bursche jenes Offiziers war, das sei er auf Wunsch einer gewissen Donna Rosita geworden, die ihm eingeschärft hatte, auf ihren Mann zu achten, ihm das Leben zu retten, auch um den Preis seines eigenen Lebens, und ihn vor allem daran zu hindern, in die Klemme zu geraten. So war es ihm, Lorenzo, als er erfahren hatte, dass Süditalien befreit und der Krieg verloren war, gelungen, seinen Vorgesetzten trotz dessen Protest bis zu diesem Berg zu lotsen, der in der Nähe seines Dorfes lag, Acraia … Er hatte ihn nämlich überredet, nach Süden zu gehen, indem er ihn getäuscht und gesagt hatte, die entscheidenden Schlachten würden dort geschlagen … Und zum Teil stimme es ja, fügte er hinzu, denn in der Schlacht von Montecassino würde sich alles entscheiden, jedenfalls soweit es Italien betraf … Und außerdem hatte er ihm noch gesagt, wenn er sich im Süden als Kämpfer hervortun würde, könne er damit nicht nur politisch, sondern auch im Dorf größere Verdienste erringen, einschließlich der Anerkennung seiner Frau. Während der Soldat sprach, brummte sein Vorgesetzter, der immer noch geknebelt in Unterhemd und Unterhose daneben saß. Als wir ihn dann losbanden, ging er mit Kasernenausdrücken, die mehr als beleidigend waren, auf seinen Burschen los und warf ihm vor, dass er ihn getäuscht und nicht zu seinem Duce geführt hatte, der im Norden in Gefahr war. Daraufhin griff ich ein: ›Herr, oder Herr Offizier, wie es Ihnen beliebt, die Lage ist einfach: Süditalien ist in der Hand Ihrer Feinde, wie die halbe Welt, deshalb ist Ihre Schlacht verloren. Auch hier wird überall gekämpft, aber wir sind keine vornehmen, verwöhnten Herren wie Sie, wir müssen uns durchschlagen … Und wenn Sie weiterhin für Ihren Duce und die Deutschen herumgrölen, können wir es uns leider nicht erlauben, Sie freizulassen, nicht einmal so, wie Sie sind, in der Unterwäsche, Sie freizulassen‹, sagte ich, ›um rauszulaufen und zu schreien „Viva Mussolini oder Hitler!", denn damit würden Sie uns gefährden. Deshalb erkläre ich Sie zu unserem Gefangenen und bin gezwungen, Sie wieder zu knebeln. Und da diejenigen, die hier in die Grotte kommen, nichts hören dürfen, damit sie nichts weitererzählen können, wenn sie wieder draußen sind, legen Sie sich gefälligst still auf das Stroh dort in der Ecke zum Schlafen und danken Sie Gott, dass Sie jemanden gefunden haben, der Sie sozusagen ins Haus nimmt.‹ Mit diesen Worten zerrten wir ihn in den hintersten Winkel der Grotte, warfen ihm eine Decke über und knebelten ihn, während er mehr seinen Schnurrbart als seine Ideen zu verteidigen schien. Danach schilderte Lorenzo uns endlich ihre kleine Odyssee, fern von den Ohren seines Vorgesetzten, denn die Grotte war groß, er lag ganz hinten zwischen zwei Felsen, und wir waren fast am Eingang. ›Sowohl er als auch ich‹, begann er, ›sind aus Acraia, zu Fuß braucht man dahin von hier etwa sechs Stunden. Ich war von klein auf Diener im Haus seiner Frau, Donna Rosita, die sich gleich nach Kriegsausbruch mit ihm verheiratete … Sie war sechzehn wie ich, er war sieben oder acht Jahre älter und stammte aus einer der reichsten adeligen Familien von Acraia, auch wenn Donna Rositas Vater zwar nicht adelig, aber schon damals sehr reich war, viel reicher als sie … aber auf diese Geschichten von Geld und Liebe will ich nicht eingehen … Jedenfalls, als er einberufen und als Offizier in den Krieg geschickt wurde, setzte Donna Rosita persönlich – ihr Vater war schon gelähmt – alles in Bewegung, damit ich, ein einfacher Soldat, sein Bursche wurde, worauf sie wortwörtlich das zu mir sagte, was für mich wie ihr Testament war, der Teil, den sie mir zudachte: „Wir beide kennen uns von klein auf und ich vertraue dir. Deshalb wollte ich, dass du sein Bursche wirst. Du musst mir versprechen, dass du auf ihn aufpasst, denn er ist ein Wirrkopf, er glaubt, im Krieg gehe es zu wie im Leben eines Stutzers und eine Frau wie mich zu erobern oder ein Land zu erobern sei dasselbe. Die Aufgabe, die ich dir anvertraue, ist daher, ihn zu mir zurückzubringen, auch gegen seinen Willen, und wenn du sie erfüllst, wirst du belohnt werden.“‹ So kümmerte sich Lorenzo auch in den Monaten der Schlacht von Montecassino um ihn. Er nahm seinem Offizier den Knebel aus dem Mund und gab ihm zu essen, und dieser war mittlerweile immer fügsamer geworden, ja er hatte sich sogar den Schnauzbart abrasieren lassen, doch wir ertrugen seine Anwesenheit weiterhin widerwillig, weil wir seinetwegen auf Essen verzichten mussten und weil er eine Gefahr darstellte, und duldeten ihn nur aus Respekt vor Lorenzo, der alles tat, um uns zu helfen. Erst als die Schlacht zu Ende und auch Anzio befreit war, stiegen sie mit uns vom Berg hinunter. Ich sehe sie noch vor mir: Lorenzo auf einem Pferd und sein Offizier auf einem Esel, weil das Pferd nervöser und der Esel ruhiger ist … Aber diese Geschichte vom Pferd und vom Esel erzähle ich euch vielleicht ein andermal …«

Unterdessen waren wir vom Tisch aufgestanden, saßen behaglich am Kamin und dachten, wir würden uns bald verabschieden, als Orso zu sprechen begann: »Ich bin ja mindestens zehn Jahre jünger als sie, die damals schon fast zwanzig waren, und war mit meinen Eltern, Großeltern, Brüdern und Schwestern in die Abtei von Montecassino geflüchtet, vor allem weil man immer in einer Kirche Zuflucht sucht, wenn Gefahr droht; aber auch weil der Abt und die Mönche uns versichert hatten, dass zwischen dem Vatikan und den Anführern der feindlichen Heere eine Abmachung bestand, dieses große historische und religiöse Monument dürfe nicht angerührt werden. So saßen wir dort in den Verliesen, hungrig, ja, aber wenigstens konnten wir Kinder ab und zu miteinander spielen und Freundschaft schließen, denn vorher hatten wir entweder auf unseren Bauernhöfen mitgearbeitet oder die Zeit mit der Familie vor dem Feuer verbracht, und es hatte auch kein Geld gegeben, um nach Cassino zu fahren, nicht einmal zum Fest des Schutzheiligen. Obwohl wir in der Abtei fast alle arm waren, gab es doch einige Bessergestellte, einige Großgrundbesitzer mit ihren Frauen, und ich erinnere mich an eine, die schönste, jedenfalls kam sie mir so vor, die bei der Ankunft noch goldene Ohrringe und eine goldene Halskette trug, welche sie dann in ihrem Busen versteckte, und daraufhin sagte meine Mutter zu ihr: ›Wozu versteckst du den Schmuck? Abgesehen davon, dass wir keine Diebe sind, brauchen wir hier kein Gold, davon gibt es in der Abtei schon jede Menge, sondern

Brot.‹ Dann ging der Bombenhagel los, und ich verstand nichts mehr, das Kloster stürzte auf uns ein, ich sah überall Blut und Fetzen von menschlichem Fleisch … Irgendwann, ich weiß nicht, wie, fand ich mich außerhalb des Gemetzels wieder, allein … und ein Mönch nahm mich, als sie beschlossen, ins Tal zum Meer hinabzusteigen, auf die Schulter, während er in der einen Hand ein Kruzifix und in der anderen einen Beutel mit Brot und Käse trug. Als jener Mönch, der mir uralt vorkam, erschöpft zusammenbrach, nahm mich, ich erinnere mich genau, dieser Herr hier auf den Arm« – damit deutete er auf Raffaele –, »der auch mit den Mönchen hinunterwanderte, und sagte in seinem Dialekt, den ich kaum verstand, dessen Tonfall mich aber beruhigte: ›Hab keine Angst, Kleiner, du bist in ganz sicheren Händen, denen eines Spitzbuben‹, und als wollte er es mir beweisen, reichte er mir mit diesen Worten etwas Brot und Käse, den er heimlich aus seinem Quersack gefischt hatte.« – »Und«, fügte Raffaele hinzu, »als ich mit dem Kind auf der Schulter sah, dass General Lorenzo und sein blöder Offizier, wie um nicht aufzufallen, ein wenig abseits ritten, einer auf einem Gaul und der andere auf dem Esel, ging ich hin und fuhr sie brutal an: ›Du‹, sagte ich zu Lorenzo, denn der andere verdiente kein Wort, so dumm war er, ›wie hast du dir diese Reittiere beschafft, ohne mir etwas zu sagen, nachdem ich euch monatelang versteckt und gerettet habe?‹ Lorenzo wurde schamrot und antwortete: ›Mein Vorgesetzter hatte noch fünfzig goldene Ringe, denn als der Duce die Leute ihre goldenen Eheringe gegen eiserne eintauschen ließ, hatte er es ausgenutzt und ein paar davon geklaut, sagen wir so. Mit einem Teil dieses Goldes haben wir kurz vor dem Abstieg auf einem Hof den Gaul und den Esel gekauft, denn wie ich seiner Frau versprochen habe, muss ich ihn ihr heil und gesund zurückbringen, und er‹ – sagte Lorenzo, auf den Offizier deutend – ›er schafft es nicht, zu laufen … Ich dagegen habe auf dem Pferd noch ein paar Vorräte dabei, aber nicht nur … Der Abt des Klosters hat mir nämlich auch die Goldsachen vom Altar mitgegeben, wenig im Vergleich zu dem, was vorher da war, aber doch etwas. Daher reise ich, als Bauer verkleidet, unter seinem Schutz.‹ – ›Du unverschämter Kerl!‹, rief ich. ›Du steigst jetzt sofort von diesem Gaul ab, den nehme ich mir. Geh und führe den Esel am Zügel, auf dem dein Offizier reitet, gib ihm ruhig zu essen und zu trinken, ich lass dir schon was, und bring ihn heil und gesund zu deiner Donna Rosita!‹ Damit nahm ich das Pferd und setzte das arme Kind darauf, zusammen mit zwei alten Frauen. Als wir im Tal in Lorenzos Dorf ankamen, war alles zerstört. Wer uns jedoch erwartete, war Donna Rosita, die inzwischen Zwillinge geboren hatte und uns auf ihrem großen Hof, der Bombenangriffe und Razzien überstanden hatte, willkommen hieß, bis die Straße nach Neapel wieder frei war. Auf diesem herrlichen Hof, der nach der Hölle, die wir durchgemacht hatten, wie ein Paradies auf Erden wirkte, erzählte jeder von uns seine Geschichte, ausgenommen Donna Rositas Mann, der neben seinem Schwiegervater in einem Sessel lag und wie eine Litanei immerzu wiederholte: ›Ich will nach Salò, denn der Sieg ist nahe.‹ Wir überließen ihn seinem Delirium, jetzt konnte er ja sowieso nirgends mehr hin und niemandem mehr Befehle geben, weil er krank war, nicht nur im Kopf, sondern auch im Körper. Wie auch die Ärzte ein paar Jahre später bestätigten, als er nach einem der Amifeste bei einem Sturz auf der Treppe starb, litt er an Syphilis. Zwar hatte man vor Jahren ein Mittel dagegen gefunden, aber wer kümmerte sich in diesen Kriegs- und Nachkriegszeiten schon darum, Syphilis oder Tuberkulose zu behandeln? Mit Mühe wurden die bei Gefechten oder Bombenangriffen erlittenen Verletzungen versorgt, und die Städte und Dörfer waren voller Krüppel, von denen sich manche, da sie sich keinen Rollstuhl beschaffen konnten, in improvisierten Laufstühlen aus Holz durch die Straßen bewegten, solchen, wie sie für Kinder üblich waren, während sich andere nach dem Waffenstillstand am 8. September – ich selber habe das auch gelegentlich gemacht – als Blinde ausgaben und die Amis anbettelten. Denn seht ihr, der Neapolitaner war immer gezwungen, sich etwas einfallen zu lassen, die Reichen machen es mit Geld und Betrug im großen Stil, die Armen manchmal nur mit ihrem Körper, andere mit ihrem Verstand oder mit kleinen Betrügereien … Das ist der Unterschied zwischen den Neapolitanern, die sich arrangieren, und den anderen Völkern, die arbeiten … Ich sage nicht ›die sich abmühen‹, denn es macht eine Riesenmühe, sich zu arrangieren, die Diebeskunst, wie ich sie praktiziere, erfordert eine Lehrzeit, die kein Arbeiter je auf sich nehmen würde, sei er noch so qualifiziert … Nun, da ich meine Erfahrungen in geschäftlichen Angelegenheiten nutzbringend anwenden wollte, sagte ich zu Donna Rosita: ›Wissen Sie, was ich Ihnen vorschlage? Wir machen eine Firma in Neapel auf, denn Sie, Donna Rosita, das habe ich sofort verstanden, Sie können es ja kaum abwarten, hier wegzukommen. Sie stecken ein bisschen Kapital rein, und ich verspreche

Ihnen, dass es sich rentiert. Sie werden es nicht bereuen. Was Ihren Mann angeht, der soll lieber hierbleiben und sich pflegen und vor allem den Mund halten, denn wenn er zu viel redet oder sich zu häufig blicken lässt, machen sie ihm womöglich den Prozess oder hängen ihn gleich auf, weil die mit seinen Ideen nun besiegt sind, und überall gilt seit undenklichen Zeiten das Gesetz, wer siegt, befiehlt … Also, hier mein Vorschlag: Wir eröffnen in Neapel eine Autowerkstatt, lassen Lorenzo und den kleinen Orso dort arbeiten, und die Verwaltung übernehme ich, das heißt, nicht ich direkt, ich habe keine saubere Weste, sondern mein Schwiegersohn, dessen Weste ist blütenrein, und das verdankt er mir, muss ich sagen, ich habe einem Angestellten im Polizeipräsidium gedroht, wenn er dem armen Jungen, der nichts getan hatte außer ein bisschen schmuggeln, kein sauberes Führungszeugnis ausstelle, würde ich ihn bei den Amis anzeigen und sämtliche Betrügereien, die er zu ihrem Schaden getätigt hatte, einzeln aufzählen, da hat er eingewilligt, denn ich kenne die Gesetze auswendig, wie es sich für einen Berufsdieb gehört, wenn er sich aus den Paragraphen herauswinden will. Kurzum, mir können Sie vertrauen … Übrigens, Donna Rosita, fragen Sie nur Lorenzo – aber nicht bloß, wie ich mich auf diesen mir unbekannten Bergen aus der Klemme gezogen habe, da ist Neapel nichts dagegen …, sondern auch, wie viele Menschen ich gerettet habe, neben Lorenzo, Ihrem Mann und Orso … Und falls Sie noch mehr Garantien wollen, kann ich noch dies hinzufügen: Einmal, als ich dort oben auf dem Berg war, fiel in der Nähe unserer Grotte ein Soldat, nicht von einer Kugel, sondern eher von Bombensplittern getroffen, und an seinem Helm, der bis zu uns rollte, merkte ich, dass es ein Deutscher war; daraufhin ging ich hinaus, und als ich den Körper sah, den ich nicht beschreiben will, von dem nur die offenen Augen sozusagen noch lebendig waren, beeilte ich mich, ihn mithilfe meiner Freunde auszuziehen und die Reste im Schutz des Nebels den Abhang runterzuwerfen. ›Den Helm des Deutschen behalten wir‹, sagte ich bloß zu meinen Gefährten, ›der kann uns noch nützen.‹ Man wusste ja nie, womöglich hätte es nötig werden können, sich unter sie zu mischen und ›Heil Hitler‹ zu sagen, so zu tun, als spräche man einen ihrer unverständlichen Dialekte, davon haben die nämlich genauso viele wie wir … Und manchmal kam es tatsächlich vor … Aber das Gleiche hätte ich auch gemacht, wenn es sich um einen Ami gehandelt hätte, denn jeder war nur darauf bedacht, die eigene Haut zu retten, und wie ich, von vereinzelten Fällen von Heroismus abgesehen, feststellen konnte, dachten auch die Soldaten, egal auf welcher Seite, vor allem daran, ungeschoren davonzukommen da mitten in Schnee und Eis, in dem Nebel, in dem man nicht einmal Freund und Feind unterscheiden konnte … Sehen Sie, mein Volk, ich meine die Neapolitaner, das immer unter Invasionen von Feinden oder Okkupationen durch Freunde gelitten hat, hat eines gelernt: Gegen den größten Feind, den, der dir das Essen wegnimmt, muss man kämpfen, wie es in den vier Tagen von Neapel geschehen ist, doch den, der dir das Schlaraffenland verspricht und dir zumindest eine Zeit lang diese Hoffnung lässt, den muss man heuchlerisch preisen; denn Leute wie ich haben nur einen einzigen Feind: den Hunger.« – »Dann glaubst du also an gar nichts, hast kein politisches oder soziales Ideal?«, unterbrach ihn Teodosio.

Und Raffaele: »Diese Ideale kommen später, so wie wenn ein Haus zerstört ist, da werden die Rohre, die Wände und eventuell die Luxusbäder auch im Nachhinein eingebaut. Wenn du dich mitten in einem Krieg wiederfindest und ein armer Teufel bist wie ich, wer denkt da an Ideale? Man will bloß sein Leben retten und, wenn man etwas Menschlichkeit besitzt, anderen dabei helfen, sich zu retten.«

»Was wusste denn zum Beispiel ein Kind wie ich davon, wer recht hatte und wer unrecht?«, mischte sich Orso ein. »Ich bin zwischen diesen Trümmern aufgewachsen, und wäre Raffaele nicht gewesen, wer weiß, was aus mir geworden wäre, falls ich es überhaupt geschafft hätte! Vielleicht ein Waisenkind im Heim, wie Sie, Kapitän, oder ein kleiner Krimineller, nicht anders als so viele, die heute hier in der Gegend leben, oder ich wäre irgendwo auf einer Straße gestorben, ohne dass es jemand wüsste, so wie die Katzen und Hunde, die wenigstens, wenn sie nicht an einer Krankheit verenden, verzehrt werden, mich dagegen hätte nie jemand gegessen, denn Menschen zu töten, davor scheuen sie nicht zurück, aber davor, sie zu essen, schon noch« – und er lachte. – »Na, kommen wir mal zur Sache, habt ihr das Geschäft in Neapel abgeschlossen oder nicht?«, fragte ich neugierig. – »Selbstverständlich«, erwiderte Raffaele. »Und es lief auch hervorragend. Das war ganz Donna Rositas Verdienst, die nicht nur das Kapital vorstreckte, unter anderem auch alle diese goldenen Ringe, die ihr Mann gestohlen hatte, sondern sich auch selbst einsetzte, ihre Schönheit, ihren Charme, ihre Intelligenz. Sie mietete eine schöne Wohnung im Spanischen Viertel, wo sie große Empfänge für die Amis und ihre neapolitanischen Freunde gab, einschließlich einiger Dichter und Journalisten, die die Seite gewechselt hatten, und weckte Hoffnungen, ohne sich hinzugeben, außer wenn es zur Rettung unserer Firma unumgänglich war. Am Anfang hatte unser Betrieb nämlich eine doppelte Fassade: eine anständige, die aus einfachen Reparaturen bestand, und eine andere, rentablere, die auf Betrug basierte, wir stahlen amerikanische Jeeps, zerlegten sie und verkauften die Einzelteile, und genauso machten wir es mit den Autos der Neureichen, ausgenommen die der Camorra natürlich, denn mit denen gab es eine Abmachung, jeder Boss hatte sein Viertel und dementsprechend seine Stammwerkstatt … So nahm ich den kleinen Orso mit nach Neapel, wo er in meiner Familie aufwuchs. Und dort stieß auch General Lorenzo zu uns, der rasch das Handwerk lernte, im doppelten Sinn, denn während er lernte und ein hervorragender Mechaniker wurde, wohnte er, offiziell als Bediensteter, bei Donna Rosita und nutzte dies dazu, zu spionieren und uns dann Zeichen zu geben, was wir machen konnten und was nicht. Wenn keine Gefahr bestand, zog er nämlich eine amerikanische Fahne auf Donna Rositas Balkon auf, während sie eines ihrer Feste gab; diese Fahne bedeutete: ›Keine Sorge, nur zu!‹ Wenn aber auf dem Balkon ein rosa Seidentuch flatterte, bedeutete das: ›Vorsicht, nicht weitermachen.‹«

»Und wie seid ihr hierher nach Acraia gekommen?«, fragte Onofrio zu meiner Überraschung, da ich glaubte, dass zumindest er es wisse. – »Das«, erwiderte Raffaele, »solltest du deinen Freund Teodosio fragen!« Teodosio schwieg einen Augenblick verlegen, denn offenbar sprach er nicht gern von dieser jugendlichen Erfahrung in Neapel, und auch ich wusste nichts über diese Jahre seines Lebens. »Siehst du«, sagte er schließlich, mehr zu Onofrio als zu den anderen gewandt, »ich habe dir immer gesagt, dass wir den Erfolg unserer Autowerkstatt Lorenzo und Donna Rosita verdanken, auch wenn ich dir nie sagen wollte, warum. Also hör zu: Das Geld, das ich in deine kleine Werkstatt investierte, als General Lorenzo mit Donna Rosita wieder hierherzog und auch ich ihnen nach Acraia folgte, hatte ich teilweise illegal erworben, dank der kleinen ›Jobs‹, die ich in Neapel machte. Und obwohl ich mich entschloss, mit dir zu arbeiten, weil du mein bester Freund aus der Kindheit und außerdem der Einzige warst, dem ich vertraute, habe ich nie den Mut gefunden, es dir zu sagen, weil ich mich dieses Teils meiner Vergangenheit schämte … Auch wenn mir die Geschicklichkeit, die ich bei illegalen Reparaturen erworben habe, jetzt in einer ehrlichen Tätigkeit zugutekommt. Andererseits hast du vor unserer Zusammenarbeit ja auch ab und zu jemanden betrogen, wie alle kleinen Mechaniker, die wir kennen. Und ich, erinnerst du dich, ich habe dir nicht beigebracht, im großen Stil zu betrügen, sondern im großen Stil gute Geschäfte zu machen. Denn von großen Betrugsaktionen wie meinen damals oder kleinen Betrügereien wie deinen hatte ich die Nase voll … Außerdem sah ich einfach, dass der Verkehr von Autos, Lastwagen und Mopeds mit wachsendem Forschritt und der entsprechend verbesserten mechanischen Qualität ständig zunahm, und hatte begriffen, dass man gut verdienen konnte, ohne zu betrügen.«

Der Abend zog sich länger hin als gewöhnlich, aber niemand schien es zu bemerken oder beklagte sich, nicht einmal Rituzza, die am wenigsten in diese Geschichten verwickelt war, und nachdem sie einmal kurz hinausgegangen war, um sich zu versichern, dass ihre Töchter schliefen, kehrte sie gleich zurück und schlug vor, einen schönen Teller Spaghetti für alle zu kochen, da es inzwischen zwei Uhr nachts sei: »Ich habe eine Menge nächtliche Spaghettiessen veranstaltet«, sagte sie, »auf meiner Hochzeitsreise nach Amantea, als wir uns mit einigen Campern angefreundet hatten, die davor im Mondschein badeten, war das schön! Da wir hier aber kein Mondscheinbad nehmen können, geht ihr, während ich die Spaghetti koche, wenigstens zum Luftschnappen auf die Terrasse.« Gehorsam gingen wir hinaus und spazierten stumm auf der Terrasse hin und her, jeder in Gedanken versunken, als bereite er sich auf das vor, was mir wie Geschwätz vorkam, während es sich für sie um bedeutende Gespräche handelte, die auf die eine oder andere Weise jeden von ihnen betrafen und oft dem einen wie dem anderen unbekannte Einzelheiten enthüllten. Doch etwas später fragte ich mich, wieso ich zu dieser Ansicht neigte, da ich mich in Wirklichkeit doch selbst sehr involviert fühlte. Und dann dachte ich, dass mein ganzes Interesse vielleicht weniger mit meiner Freundschaft zu Teodosio und unserem alten Pakt zusammenhing und auch nicht so sehr mit meiner Neugier auf die Geschichten der anderen, die ich gewöhnlich genoss, als müsste ich eine Leere füllen, weil meine eigenen mir nicht zu gehören schienen, sondern eher mit einer ganz einfachen Tatsache: dass ich mir, während Rituzza die Spaghetti zubereitete, gewünscht hätte, nicht sie würde kochen, sondern die Leute vom Zeltplatz, während wir beide im Mondschein badeten und ich sie hielte, weil sie nicht schwimmen konnte, sie nass spritzte, worauf sie lachte, bald kühn, bald scheu, beseelt von spontanem Begehren, das sich jedoch rasch in Unduldsamkeit verwandelte aus Furcht, betrogen zu werden, wie es ihr in ihrer Ehe passiert war. Daher kam mir die Mondsichel am Himmel, einem noch leuchtenden Sternenhimmel, nicht vor wie die Sichel, die das Korn schneidet, sondern eher wie die Sense, die Menschenleben niedermäht und damit jede Hoffnung. Nach diesem Gedanken lachte ich mich selbst aus, da mir durchaus bewusst war, dass es sich um einen Gemeinplatz handelte, und blieb rauchend stehen, während der Duft von gebratenem Knoblauch, der bis zu dem abgelegenen, der Burg zugewandten Winkel der Terrasse drang, nichts sozusagen Philosophisches hatte, sondern etwas ziemlich Lebendiges und Konkretes. Ich hatte Hunger.

Wie kommt es, dass du dann auch wieder hier gelandet bist?«, fragte Onofrio Orso, als wir erneut hineingingen, so, als wäre unser Gespräch nie unterbrochen gewesen. – »Mit ungefähr fünfzehn«, begann Orso, den Faden seines Lebens entrollend, »fuhren Lorenzo und Raffaele, weil ich immer wieder fragte, was wohl aus meiner Familie geworden sei, mit mir zum Bauernhof meines Onkels in der Nähe von Cassino, obwohl unklar war, ob er noch dort wohnte und ob er überhaupt noch lebte. Ganz sicher wusste ich nur dies: dass meine Eltern zusammen mit meinen Brüdern und Schwestern bei dem Bombenangriff auf die Abtei gestorben waren, denn ich hatte ihre Leichen zwischen den Trümmern gesehen. Als wir ankamen, entdeckten wir jedoch, dass mein Onkel noch lebte und dass der Hof nicht zerstört worden war. Er nahm mich zu sich, und ich war gerührt, als er mich ›Orso‹ nannte, weil das nicht mein echter Name ist, sondern mein Spitzname, den sie mir von klein auf gegeben hatten, weil ich wild und stark war. Und das war für mich wie eine zweite Taufe, eine zweite Geburt. Einige Jahre später beschloss mein Onkel, mich nach Deutschland mitzunehmen. Die Landwirtschaft brachte nämlich gar nichts mehr ein, und er hatte auch keine Kinder mehr, da sie ebenfalls beim Angriff auf die Abtei umgekommen waren, während seine Frau im Kindbett gestorben war, zusammen mit dem Neugeborenen. ›Siehst du‹, sagte er eines Tages zu mir, als er mir erzählte, was passiert war, ›wir versuchten, die Toten zu vergessen und ein neues Leben zu zeugen, doch Gott hat es nicht so gewollt … Zum Glück bist dann du gekommen. Wer hätte das je gedacht! … Bevor du kamst, habe ich mich bloß dauernd auf meinen armseligen Feldern abgerackert, habe gehackt, gepflanzt, das bisschen geerntet, was es zu ernten gab, einfach um weiter bei meinen Lieben zu bleiben, weniger bei dem Land als solchem, so als wäre das hier ein Friedhof, mein kleiner Friedhof. Aber als du gekommen bist, habe ich wieder Hoffnung geschöpft.‹ Deshalb fügte er nach einer Weile hinzu: ›Hier gibt es keine Zukunft für dich.‹ So verkaufte er seine Halbpachtrechte für wenig Geld an einen anderen, und wir machten uns auf den Weg nach Deutschland. Dort habe ich in einer großen Fabrik als Mechaniker gearbeitet, der einzige Beruf, den ich gelernt hatte, während er sich als Maurer mit Schwarzarbeit durchschlug. Und dort in Deutschland lernte ich dann auch meine Frau kennen, ein Mädchen aus Acraia, wir Emigranten taten uns nämlich, wenn möglich, vor allem mit Leuten zusammen, die ursprünglich aus den selben Dörfern oder Gegenden stammten wie wir. Nun hatte die Familie meiner Frau eine Art Handel organisiert: Die in Acraia gebliebenen Verwandten mieteten zusammen mit denen aus den Nachbardörfern etwa einmal pro Monat einen Lastwagen und schickten ihn zu uns rauf nach Deutschland, voll mit Öl, Oliven, Pasta, Tomaten, Orangen, getrockneten Feigen, Haselnüssen, Walnüssen, Eingemachtem in Flaschen und Gläsern, Salami, Schinken und Wein. So verdienten beide daran; denn wir Emigranten brauchten fast nichts im Laden zu kaufen und bezahlten für diese Sachen einen mäßigen Preis, während die Daheimgebliebenen mehr daran verdienten, als wenn sie das Zeug in Italien verkauft hätten. Als ich dann das Rentenalter erreicht hatte, bin ich mit meiner Frau und unseren zwei Söhnen hierher zurückgekommen; die beiden haben jetzt auf dem Berg ein kleines Restaurant eröffnet und gehen nur im Winter als Köche oder Kellner in die Schweiz oder nach England zum Arbeiten, denn das Restaurant läuft hauptsächlich im Sommer …«

»Und du«, wandte sich Onofrio daraufhin an Raffaele, »du bist doch Neapolitaner, und nach dem, was ich gehört habe, warst du in Neapel gut im Geschäft und hattest diese große Autowerkstatt gegründet, wie kommt's, dass du schließlich auch hier gelandet bist?« – »Ich«, begann Raffaele, »ich verdankte, wie schon vorausgeschickt, diese ›große Autowerkstatt‹ weitgehend dem Geld von Donna Rosita. Und so, wie wir Jahre zuvor abgemacht hatten, dass wir sie eröffnen, kamen wir später überein, sie aufzulösen, denn Donna Rosita hatte einen ausgeprägten Geschäftssinn und verstand es immer, sich in der Nähe der Mächtigen aufzuhalten, auch wenn sie noch gar nicht mächtig waren und man sich auch nicht vorstellen konnte, dass sie es werden würden. Aber sie hatte ein Gespür, wie nicht einmal ich es hatte, als ich als Dieb arbeitete, sie kannte die Gesetze und die Wege, sie zu umgehen, nicht minder gut als ich, nur dass ich auf einer niedrigen Stufe arbeitete, einer schmalen Holzstiege sozusagen, während sie wie Wanda Osiris breite Prachttreppen hinauf- und hinunterschritt. Und so erfuhr sie, dass Don Achille Lauro und Konsorten Hochhäuser mit Wohnungen und Büros auf dem Hügel errichten wollten, wo sich auch unsere Autowerkstatt befand, nicht zufällig ein wenig außerhalb, denn am Anfang wollten wir mit unseren Betrügereien zum Schaden der Amis nicht zu sehr auffallen und Gefahr laufen, dass die Nachbarn uns anzeigten – häufig nicht aus einem Gerechtigkeitssinn heraus, sondern aus Neid, Ärger oder, sagen wir, Konkurrenzgeist. Und daraufhin bot die heilige Frau, da sie wusste, dass neben unserer Werkstatt ein Luxuspalazzo entstehen sollte, ich weiß nicht mehr, ob Ottieri, Grimaldi oder einem anderen Bauunternehmer an, sie ihm zu einem für die damalige Zeit unerhört hohen Preis zu verkaufen, indem sie ihm all die Geschäfte in Aussicht stellte, die er später damit machen würde, wenn sich zusammen mit den Gebäuden auch die Autos vervielfacht hätten. Und da der Unternehmer, obwohl er das gute Geschäft gerochen hatte, noch zögerte, um sie zu bewegen, mit dem Preis herunterzugehen, umgarnte sie bald den einen, bald den anderen mit falschen Versprechungen und versteigerte die Werkstatt sozusagen, indem sie die Bauunternehmer sich untereinander streiten ließ. Könnt ihr euch einen Besitzer von fünf oder sechs zukünftigen Hochhäusern vorstellen, der seinem Konkurrenten ausgerechnet dieses lukrative Geschäft überlässt? Und so, mit einem Küsschen aufs Ohr des einen und einem Floh ins Ohr des anderen, gelang es ihr, sie zu einem Höchstpreis zu verkaufen. Nachdem unsere Heilige also den Vertrag abgeschlossen und sich ihren Teil genommen hatte, der angesichts ihrer Rolle als Unternehmerin selbstverständlich viel größer war als unserer, zahlte sie uns bar aus, was uns zustand. Ich erinnere mich … und wie schön sie damals noch war …, dass ich, während sie im Negligé mit einem schwarzen Heft, in dem alles genau aufgeschrieben war, an einem Tischchen saß und rechnete … von wegen Buchhalterin, wie eine Unternehmenschefin sah sie aus … dass ich voll Bewunderung, und sie merkte es, ihre Halskette und ihre Ringe betrachtete, mehr daran als an dem Heft interessiert. Daraufhin nahm sie den Schmuck ab und sagte: ›Nimm nur. Gib ihn deiner Frau oder deiner Schwiegertochter, denn, ohne sie beleidigen zu wollen, es sind sowieso Imitationen. Den echten Schmuck habe ich im Tresor liegen‹, setzte sie augenzwinkernd hinzu. ›Keiner der Herren, mit denen ich zu tun hatte, hat es je bemerkt, selbst ihre Geliebten oder Frauen nicht, denn um den Unterschied zwischen echtem und falschem Schmuck zu erkennen, braucht man das Auge eines wahren Herrn, und die hier sind alle Parvenüs, oder das eines Diebes.‹ – ›Ich, Signora‹, gab ich leicht verlegen zurück, ›beschränkte mich zu meiner Zeit als Dieb auf Hühner, Würste und Brieftaschen. In den Schmucksektor bin ich nie eingestiegen, teils, weil es zu gefährlich war, teils, weil ich nichts davon verstand. Und diese Diebe hielten damals auch kein bisschen zusammen, sie halfen einander nicht; sowohl im Gefängnis wie draußen herrschte vielmehr ein Kampf bis aufs Messer. Wie auch immer, ich nehme die Stücke gerne, denn meiner Schwiegertochter werden sie gefallen, auch wenn sie falsch sind … Meine Frau dagegen wird sie nicht schätzen können, weil sie leider krank ist.‹ Darauf sagte Donna Rosita zu mir, sie wisse schon alles und habe schon vorgesorgt, nicht nur indem sie bei dem Bauunternehmer, dem sie die Werkstatt verkauft habe, erwirkt habe, dass mein Sohn noch mindestens zehn Jahre Geschäftsführer der Firma bleibe, sondern sie habe auch auf ihren Namen eine der Wohnungen gekauft, die entstehen sollten, damit er dort einziehen könne. Deshalb ist Donna Rosita für mich eine heilige Frau, denn sie glich überhaupt nicht jenen Heiligen, die meine Frau immer um irgendeine Gnade anflehte, auf Erden, nicht im Himmel … und sie benahm sich auch nicht wie jene ›Heiligen im Himmel‹, die man anbeten muss, um einen Arbeitsplatz zu bekommen. Sie war eher wie ein Industrieboss, der seine Interessen verfolgt und gleichzeitig auch die seiner Arbeiter vertritt. Und außerdem war sie ein Vamp. Wehe dem, der in meiner Gegenwart behauptet, sie sei eine Nutte gewesen, mit falschem Schmuck behängt, um die Dummköpfe zu blenden … Kurz nachdem ich mein Sümmchen kassiert und erfahren hatte, dass mein einziger Sohn versorgt war, starb meine Frau im Krankenhaus an einem Leiden, das die Ärzte als ›Bluteffusion‹ diagnostizierten. Ich wusste nicht, worum es sich handelte, und die Ärzte selbst wahrscheinlich auch nicht, weil sie damals noch nicht über die heutigen Instrumente verfügten, um wirklich zu verstehen, woran die Leute starben. So war ich in meiner kleinen Wohnung im Stadtviertel Sanità allein geblieben, da mein Sohn nun versorgt war und meine Tochter, inzwischen verheiratet, ihren eigenen Weg eingeschlagen hatte, und obwohl ich in Neapel geboren bin und fast mein ganzes Leben dort gewohnt hatte, überkam mich eine große Sehnsucht. Kurzum: Was mache ich hier eigentlich?, fragte ich mich. Seht ihr, die Neapolitaner haben von jeher große Sehnsucht nach dem Land gehabt, nicht nur weil viele von ihnen daher kommen, sondern weil es früher auch fast überall in der Stadt ländliche Ecken gab: einmal richtige Felder und Feldchen zwischen einem Stadtteil und dem nächsten, dann wieder ganze Parzellen, die im Lauf von ein paar Jahren Stadt geworden waren; doch auch in den Hinterhöfen und auf den Balkonen an den Häusern wurden Pflanzen gezogen und Tiere gehalten. Ich erinnere mich, dass ich als Kind den Hahn krähen und das Schaf blöken hörte, abgesehen vom Wiehern der Pferde und dem Schrei der Esel, die sowohl die Ställe der Reichen als auch die der einfachen Leute bevölkerten, weil man damals noch Kutschen und Karren benutzte. Sogar jetzt sieht man auf jedem Balkon Pflanzen aller Art, nicht nur Basilikum und Petersilie. Während sich die Stadt also nach und nach in eine Betonwüste verwandelte, wuchs bei einigen die Sehnsucht … Obgleich du den Himmel oft kaum sehen konntest, halfen diese Pflanzen dabei, ihn dir vorzustellen, denn Pflanzen brauchen Luft, und wo gibt es Luft, wenn nicht am Himmel. Gewiss, bei dem heutigen Verfall ist es schwieriger, jenes Neapel wiederzufinden, denn es gibt

Leute, die den echten Pflanzen künstliche vorziehen und sich anstelle von Katzen oder Kanarienvögeln Giftschlangen halten oder sogar Löwenbabys … Nur die Mäuse, die Nutten und die Spinnen sind wie damals, ja, sie sind eher noch mehr geworden. Aber ich will euch nicht länger langweilen, indem ich erzähle, was in Neapel passiert ist und weiter passiert; um eine Vorstellung davon zu vermitteln, was aus dieser Stadt geworden ist, bräuchte man sowieso ein Traktat von mehreren tausend Seiten … Ich habe nur etwas ausgeholt, um euch meine Sehnsucht zu erklären. Kurz und gut, von diesem Gefühl überwältigt, habe ich mich an meine Freunde in Acraia gewandt und sie gebeten, zwei Zimmer für mich zu finden, die auf ein Gärtchen hinausgingen, und so hat es mich hierher verschlagen, wo ich von der Abfindung gelebt habe und lebe, die Donna Rosita mir gezahlt hat, außerdem schickt mir mein Sohn ein bisschen was, denn ich besitze auch einen Anteil an seiner Werkstatt, sagen wir, ich bin ›Minderheitsgesellschafter‹, wie man das heute bei großen Unternehmen nennt … Aber ehrlich gesagt gibt er mir das Geld, das mir zusteht, immer mit Verspätung, obwohl er gut verdient, so sind die Kinder eben heute. Er macht es nicht aus Bosheit, glaube ich, sondern aus Gedankenlosigkeit, aus Leichtsinn … Die paar Mal, die ich ihn besuche, habe ich Angst um ihn, seine Frau und meine Enkel, weil mir scheint, dass er mehr ausgibt, als er verdient, und den Moden auf den Leim geht. Es tut mir leid, das ausgerechnet von meinem Sohn sagen zu müssen, aber mir ist zu Ohren gekommen, dass er sich nicht so sehr an dem Erlös aus der Autowerkstatt bereichert, auch wenn sie nun ein Luxusbetrieb ist, sondern indem er Geld zu Wucherzinsen verleiht. Und ich war ja in meiner Jugend bestimmt kein Heiliger, aber so weit wäre ich nie gegangen, ich weiß nicht, ob aus einem inneren Gefühl für Gerechtigkeit heraus oder vielleicht deswegen, weil Wucherer, verglichen mit heute natürlich im kleinen Maßstab, selbst von denen verachtet wurden, die sich aus Notwendigkeit an sie wandten, häufig die Nachbarn. Ich erinnere mich zum Beispiel … Aber jetzt ist es genug. Ich bin hier unter Freunden.«

Damit erhob er sich und begann, als wollte er sich von seiner Rede erholen, im Raum und zwischen uns, die wir teils schon halb eingeschlafen dasaßen, hin und her zu gehen. Ich war jedoch hellwach, fasziniert von jener Welt, die Raffaele heraufbeschworen hatte. Umso mehr, als Neapel, wo ich in jenem Heim für Seemannswaisen aufgewachsen war, gerade weil ich dort immer eingesperrt war und die Stadt unmittelbar nach meinem Abschluss verlassen hatte, ohne sie je kennengelernt zu haben, für mich nur ein Name war, mit dem mich ein schmerzliches und sehnsüchtiges Gefühl verband. Teodosio und Onofrio wechselten unterdessen ein paar freundliche Worte, vielleicht weil Onofrio endlich erfahren hatte, welchen Umständen sie den unmittelbaren Erfolg ihrer Autowerkstatt verdankten und wie viel Anteil General Lorenzo und Donna Rosita daran hatten; Rituzza dagegen sagte immer wieder, als wolle sie Asche aufs Feuer streuen: »Wenn alle Diebe so wären wie er …« Auf einmal jedoch schaltete Raffaele das Licht an und sagte zu uns: »Und jetzt schaut her!« Auf einem Holztischchen nah beim Balkon, das mir bei Bedarf als Schreibtisch dienen sollte – aber was hatte ich schon zu schreiben? –, lagen unsere Brieftaschen aufgereiht,

Rituzzas Goldkettchen und sogar einige Ehrenzeichen, die meine Kapitänsjacke zierten. »Da habt ihr eine Probe meiner alten Kunst«, sagte er lachend. »Vom Geplauder abgelenkt, hat keiner von euch bemerkt, dass ich derweil mit zarten, sicheren Händen Brieftaschen herausgezogen, Kettchen gelöst und mithilfe einer Nagelschere Orden abgetrennt habe. Dies war meine Kunst, und wie ihr seht, beherrsche ich sie bis heute; zu meiner Zeit riss ein Dieb dir nicht auf dem Moped die Handtasche weg, indem er dich zu Boden warf, er war eher wie ein Zauberkünstler. Er brauchte überaus flinke Hände und einen flinken Geist, musste mit dem vertraut sein, was man heute ›Psychologie‹ nennt, und sich darauf verstehen, unter dem stummen Beifall einiger Kenner zu verduften; während der Zauberkünstler im Theater von allen beklatscht wird, wenn er hinter dem roten Vorhang verschwindet. Und wisst ihr, wann ich Rituzza das Goldkettchen abgenommen habe? Als ich sie ganz verschwitzt am Herd stehen sah, während sie darauf wartete, dass die Pasta gar wurde, habe ich ihr mit einem Taschentuch Gesicht und Hals abgetupft und gesagt: ›Jetzt trockne ich dir den Schweiß.‹ Und nachdem ich ihr die Kette abgenommen hatte, wollte ich das Schicksal herausfordern und habe hinzugefügt: ›Geh ruhig ins Bad und wasch dir das Gesicht, ich passe auf die Pasta auf!‹ Was euch betrifft, euch erzähle ich nicht, wann und wie ich es gemacht habe, ich sage euch nur eins, es war ein Kinderspiel!« Alle klatschten wir lachend Beifall. »Und was nun?«, fragte Onofrio. »Reden wir weiter oder nicht? Meine und Teodosios Frau werden sich zwar schon wundern, dass wir erst im Morgengrauen heimkommen, aber sie werden nicht denken, dass wir zu einer Nutte gegangen sind, weil man sowieso nichts vor ihnen geheim halten kann, während es *uns* nicht vergönnt ist zu *wissen* ...« – »Das macht der Feminismus«, kommentierte Rituzza. »Zum Glück ... Auch wenn ich bisher keinerlei Nutzen daraus gezogen habe, nicht einmal im Verhältnis zu meinen Töchtern, die mich behandeln wie eine Fremde ...« – »Ach was, Feminismus!«, rief Raffaele. »Den mag es ja geben, aber das ist eine andere Geschichte ... Dass die Frauen untereinander reden, ohne den Männern etwas zu sagen, ist eine uralte Sache, die ich sowohl aus eigener Erfahrung als auch daher kenne, was ich in Neapel in meinem Viertel gesehen habe ... Wenn ich anfange zu erzählen, höre ich nicht mehr auf ...« – »Erzähle uns lieber noch mehr über euch, über dich und deine Ankunft in Acraia«, erwiderte Onofrio ein wenig bissig, »manche Sachen will ich einfach wissen und auch sagen ...« – »Mit Verlaub der Zuhörer«, begann Raffaele lächelnd, wie ein erfahrener Schauspieler. Genau da fiel mir auf, wie sehr sein Gesicht dem von Totò glich: der Kopf, wie von einer neapolitanischen Krippenfigur aus Ton, der aussah, als sei er heruntergefallen und hätte sich dann, in Abwesenheit seines Schöpfers, von allein wieder aufgesetzt, der Körper, schlaksig wie eine Marionette und dennoch zu diesen Gesten eines lockeren, überaus gewandten Clowns fähig, mit denen er uns pantomimisch geschildert hatte, wie er uns bestohlen hatte, und schließlich die Stimme, aus der man hinter den Scherzen, der Parodie, den Gemeinplätzen eine schmerzliche, hohle Tiefe heraushörte, übrigens genauso wie bei Pulcinella, den ich kennengelernt hatte, als sie in Neapel vom Waisenhaus aus ein paarmal mit uns in den Park gegangen waren, um das Puppentheater zu sehen ... Später erfuhr ich, dass der Trick, jene Stimme zu erzeugen, darin bestand, ein Metall- oder Lederplättchen zwischen Zunge und Gaumen zu schieben, aber weder Totò noch Raffaele bedienten sich dieser List, obwohl die Wirkung die gleiche war: vergleichbar dem innigen, mitteilsamen Blick bestimmter Haustiere, von denen man sagt: »Ihnen fehlt nur die Sprache« … »Nun, es ist alles ganz einfach«, fuhr Raffaele fort. »Es gibt keine Geheimnisse zu entdecken. Da wir drei, Lorenzo, Orso und ich, uns bei der Schlacht von Montecassino kennengelernt und uns gegen Ende unserer teils gemeinsam, teils getrennt erlebten Abenteuer hier wiedergetroffen haben, kamen wir vor etwa sechs, sieben Jahren auf die Idee, diese Schlacht zu studieren, in die wir zufällig hineingeraten waren und die uns völlig verstört hatte, wirklich wie Esel mitten im Stadtlärm, bloß dass es dort der Lärm von Schüssen war. Daher besorgten wir uns Bücher, Dokumente, Landkarten, Zeugenberichte, besuchten die Orte, wo die Schlacht stattgefunden hatte, versuchten, uns unsere Erfahrungen in allen Einzelheiten wieder ins Gedächtnis zu rufen … Eine Menge Bücher haben wir gelesen, aber viele stammten von Historikern, die fast nie direkt an diesen Schlachten oder Kriegen teilgenommen haben; falls doch, versuchen sie, eine Ordnung zu schaffen, da, wo in Wirklichkeit große Unordnung herrschte, denn jeder Krieg, jede Schlacht ist nur Unordnung oder vielmehr Chaos, nicht nur für die einfachen Soldaten oder für Leute, die sich zufällig am Ort befinden, etwa weil sie dort wohnen, sondern auch für die Generäle, die die Manöver befehligen. Ich nenne euch ein Beispiel, das die Generäle jener Schlacht betrifft: Noch heute diskutieren die Historiker darüber, ob es im Kloster von Montecassino Deutsche gab oder nicht, beziehungsweise eine Sondereinheit von ihnen, die so gefährlich war, dass sie einen Bombenangriff der Alliierten rechtfertigte; und sie diskutieren immer noch, ob es wahr ist oder nicht, dass dem Alliiertenkommando ein Fehler beim Interpretieren eines abgefangenen Kabelberichts unterlaufen sei, in dem etwas sehr Wichtiges über eine ›Abt.‹ stand. Nun, auf Deutsch kann ›Abt.‹ sowohl die Abkürzung für *Abtei* als auch für *Abteilung* sein, was in der Militärsprache ›strategische Stellung‹ bedeutet … Und aus diesem Grund musste der Ort nach Meinung einiger Leute unbedingt bombardiert werden. Orsos Aussage, dass überhaupt keine Deutschen im Kloster waren, kann nicht berücksichtigt werden, weil er damals noch zu klein war, aber wir haben weitere Überlebende befragt, die behaupten, von Deutschen keine Spur …«

»Um diese Zeit«, unterbrach ihn Onofrio, »wirst du uns doch nicht die Schlacht von Montecassino erzählen wollen!« Und indem er sich auf einer Art Sofa ausstreckte, das eigentlich eine mit Stoffen und bunten Kissen zugedeckte Eisenliege war, fügte er hinzu: »Ich schlafe gleich ein, aber du und deine Freunde, ihr habt mir immer noch nicht erklärt, warum ihr euch ›Generäle‹ nennen lasst … Scheißgeneräle!«, rief er und schloss die Augen. Lorenzo lachte: »Vielleicht solltest du unsere Mitbürger mal fragen, warum sie Leute, die nie ein Studium abgeschlossen haben, mit ›Dottore‹, ›Avvocato‹ und ›Professore‹ anreden. Manchmal sagen sie es aus Schlauheit, um sich beliebt zu machen, wie in Neapel die Parkwächter, Gerichtsdiener und Kellner, manchmal in gutem Glauben, weil es der einzige Titel ist, den sie kennen, um bestimmten Leuten Respekt zu erweisen. Ich erzähle dir ein Beispiel. In meinem Viertel wohnte einmal eine Gymnasiallehrerin, die von der Gemüsehändlerin an der Ecke immer mit ›Maestrina‹ angeredet wurde, als sie aber im Fernsehen auftrat, weil sie einen Preis für ihr Lebenswerk bekam oder im Lotto gewonnen hatte, genau weiß ich es nicht mehr, da fing die Gemüsehändlerin an, sie ›Frau Direktorin‹ zu nennen. Denn für die Ärmste, die nie auf die Schule gegangen war, die aber, auch dank ihres Geschäfts unten an der Straße, in etwa die verschiedenen Hierarchiestufen kannte, war eine Gymnasiallehrerin eine ›Maestrina‹ und der nächsthöhere Grad war Direktorin. Deshalb nennen sie uns hier ›Generäle‹, teils aus Spott, teils aus Eigennutz, weil sie wissen, dass wir ihnen, in Anbetracht unserer Freundschaft mit Donna Rosita, bei irgendeiner Mauschelei behilflich sein könnten, und ein bisschen auch aus Respekt, wie bei dieser Gemüsehändlerin, denn da wir uns mit dem Krieg beschäftigen, nehmen sie an, dass dies der höchste Titel sei, den sie uns verleihen können. Wirst sehen«, scherzte er, »dass sie euch, dich und Teodosio, statt ›Mechaniker‹ eines Tages ›Ingenieure‹ nennen. Und ein Ingenieur wird wohl Brücken bauen können, auch wenn manche dann einstürzen oder unvollendet bleiben, aber ich möchte sehen, wie er es anstellen würde, sein Auto zu reparieren, selbst wenn es ein Ferrari wäre … während ihr so was in wenigen Minuten erledigen könnt. Nichtsdestotrotz« – ich weiß nicht, ob er hier bewusst oder unbewusst Totò imitierte – »werde ich euch von jetzt an ›Ingenieure‹ nennen. Dann kannst du, Onofrio, nicht mehr meckern, wenn sie uns ›Generäle‹ nennen … Und tätärätä«, fügte er, einen Trompetenstoß nachahmend, hinzu. »Jetzt alle ab ins

Bett! Generäle, Ingenieure und Edelfrauen wie die hier anwesende …« Damit wandte er sich Rituzza zu.

Lachend erhoben sich alle, um sich zu verabschieden, nur Onofrio blieb auf dem Sofa liegen. Teodosio schüttelte ihn, doch er antwortete mit belegter Stimme: »Lass mich hier schlafen und sag es morgen früh meiner Frau.« Danach reagierte er nicht mehr, weder auf Gesten noch auf Worte. Als ich gerade in mein Zimmer gehen wollte, satt nicht nur vom Essen und vom Wein, sondern auch von all den Klatschgeschichten und den Reden – ohne dass es mir gelang, zu begreifen, wo die einen aufhörten und die anderen begannen, weshalb ich mir sagte, ich müsse das wohl nach dem Aufwachen mit klarem Verstand noch einmal überdenken –, sprang Onofrio plötzlich vom Sofa auf. »Ich habe so getan, als schliefe ich«, sagte er, »weil ich mein Geheimnis dir allein anvertrauen wollte … Du fährst in Kürze wieder ab, und da du ein Fremder bist, würde dir sowieso niemand glauben, selbst wenn du es weitererzählen solltest.« Von diesen kryptischen Anspielungen gereizt, kehrte ich um und sagte: »Rede nur, wenn du willst. Ich bin es gewohnt, bis zum Morgengrauen auf zu sein, weil ich häufig Nachtschicht habe. Aber«, fügte ich scherzend hinzu, »euch zuzuhören ist auch Arbeit … Allerdings viel angenehmer, als die Timer der Dampfkessel eines Schiffes zu überwachen oder zu kontrollieren, ob im Laderaum auch keine Drogen und kein kleiner Schiffsjunge oder blinder Passagier versteckt sind.« Da erhob sich Onofrio und setzte eine Kanne Espresso auf, während ich seine Muskulatur bewunderte, wie es manchmal die Anwerber in den Häfen oder die Streithähne in einer Kneipe taten. Als der Kaffee fertig war, setzten wir uns vor den

Kamin, wo ich unterdessen das Feuer wieder angefacht hatte.

»Mein Geheimnis, das keiner kennt, nicht einmal meine Frau oder Teodosio, ist dies: dass ich mit dreizehn oder vierzehn Donna Rosita einmal gesehen habe. Gewiss, ob ich sie wirklich gesehen habe oder nicht, das weiß ich nicht, aber durch meine Geschichte wirst du es verstehen. Eines Abends war ich also zu Eusebia gegangen, die das Erdgeschoss des Hauses bewohnte, in dessen oberen Etagen Donna Rosita lebte, weil sie mich gebeten hatte, ihr wilden Spargel zu bringen. Während wir noch über den Preis verhandelten, hörte ich eine Frauenstimme, die sich für mich seltsam anhörte, denn sie sprach gepflegtes Italienisch, aber nicht wie die Lehrerinnen in der Schule, es klang eher nach einer Filmschauspielerin, nach Alida Valli in *Sehnsucht* – den Film hatte ich kurz davor gesehen, indem ich zwischen den Zuschauern durchgeschlüpft war mit der Ausrede, ich müsse meinem Onkel, dem Carabiniere, dringend eine Nachricht seiner Dienststelle überbringen. Für Minderjährige war der Film damals verboten, ich hätte sowieso kein Geld für die Eintrittskarte gehabt … Nun, diese faszinierende Stimme aus dem Verborgenen sagte: ›Eusebia, schick das Kind herauf, ich will ihm ein paar Bonbons geben.‹ Offenbar hatte sie mich vom Fenster aus gesehen, denn sobald ich oben war, sagte sie: ›Ich wollte dich mit dem Wort Kind nicht beleidigen, das habe ich nur gesagt, um Eusebia zu täuschen‹, und sie lachte. Ein etwas heiseres Lachen, das aus einer Zauberhöhle zu kommen schien, denn so wirkte ihr halbdunkler, von einer gedämpften Tischlampe kaum beleuchteter Salon auf mich. Ich erinnere mich nur an viele bunte

Schleier und Möbel in dem Salon, vielleicht waren die Fensterblenden halb geschlossen, und an einen Duft nach seltsamen Essenzen, so verschieden von den Düften sowohl auf dem Feld als auch beim Friseur, wenn ich mir die Haare schneiden ließ oder abends, hinter einem Vorhang versteckt, bald den herben Geruch der Mittel wahrnahm, die zum Haare- und Bartfärben dienten, bald den süßlichen, der auf diese Prozeduren folgte, oder den delikateren, ähnlich dem mancher Seifen bei uns zu Hause, wenn ein Junge, bloß ein paar Jahre älter als ich, hinkam, um sich herauszuputzen vor einer Verabredung … Diese Verabredungen waren Treffen mit Nutten, das wusste ich schon, nicht nur weil ich, hinter dem Vorhang versteckt, die Kommentare hörte, sondern ich erfuhr es auf anderen Wegen … Auch bei uns waren nämlich, als die Bordelle geschlossen wurden, einige übrig geblieben, von denen wir Jungen unter uns schwärmten, während mein Onkel, der Carabiniere, sagte: ›Was ihr euch da wieder ausmalt in eurem kranken Hirn!‹ Dabei hatten wir, immer an den verbotenen Orten auf der Lauer, genau gesehen, wie mein Onkel Carabiniere und viele andere Herren und Söhne aus reicher Familie, die kaum älter waren als wir, hineingingen … die einen verstohlen, die anderen, die Jüngeren, lässig … außerdem gingen sie nicht bloß in diese nur angeblich geschlossenen Bordelle, sondern auch in zweideutige Villen, über die im Dorf gemunkelt wurde, oder in bestimmte Orangenhaine, von denen es hieß, dort würden nicht nur normale Orangen, sondern auch sizilianische Blutorangen gezüchtet. Diese geheimnisvolle Signora, wie verschleiert durch ihr Spitzenneglige und ihre langen Haare, die beinahe die Augen verbargen, nahm mich also bei der Hand und führte mich in ein Zimmer mit einem großen Bett. Dort wurde ich in die Sexualität eingeweiht. Sie machte alles selbst. Dann, nachdem sie mich gewaschen und gekämmt hatte, als sei nichts geschehen, sagte sie: ›Nun geh hinunter und sag Eusebia, sie soll für drei decken, weil ich Freunde erwarte, und Pfannkuchen mit Spargel soll sie als leckere Hausmannskost betrachten und sich lieber Mühe geben mit dem Soufflé.‹ Mit diesen Worten küsste sie mich auf die Stirn wie eine Mutter, die ihren Sohn für eine gute Tat belohnt. Wenn ich nach alldem aber sagen müsste, ob ich heute noch in der Lage wäre, sie wiederzuerkennen, zum Beispiel wenn ich ihr auf der Straße begegnete, dann würde ich antworten: Nein, wohl kaum, nicht weil seitdem so viele Jahre vergangen sind, sondern weil es ist, als hätte ich sie gar nicht gesehen. Doch ist diese Einführung in die Sexualität, so wie sie sich zugetragen hat, nicht der einzige Grund, warum ich ihr dankbar bin. In Wirklichkeit ist es so, als hätte sie seither immer über mich gewacht, über mein Schicksal, nicht nur weil sie viel später dazu beigetragen hat, dass erst Lorenzo und dann Teodosio mit in die kleine Autowerkstatt einstiegen, die meinem Vater gehörte und wo damals fast nur Fahrräder repariert wurden und die sich dadurch, auch dank ihres Kapitals, zum florierendsten Unternehmen der Gegend – von Acraia und Umgebung – entwickelte, sondern auch weil sie indirekt eine Rolle spielte, als es um meine ganz privaten Angelegenheiten ging, über die Teodosio immer auf dem Laufenden war und Donna Rosita wahrscheinlich auch, denn ich glaube, sie hat sich stets bei Lorenzo und eben auch bei Teodosio über mich informiert. Wie du schon weißt, habe ich mich an einem bestimmten Punkt meines Lebens in ein Mädchen verliebt, die alle ›Lucia Bosé‹ nannten und immer noch nennen. Und es war das erste Mal, dass es mich ernstlich erwischte, denn nach der geheimnisvollen Einführung in die Sexualität durch Donna Rosita war ich so verwirrt, dass ich mal nur Sex suchte, durchaus auch bei Nutten, dann wieder eingebildeten und sentimentalen Liebesgefühlen hinterherlief, vielleicht weil die beiden Dinge an jenem fernen Tag durcheinandergeraten waren. Und nun hatte ich mich plötzlich, ohne es recht zu merken, in ein Mädchen verliebt, das fast zwanzig Jahre jünger war als ich, aber trotzdem … was für eine Frau sie schon zu sein schien mit ihren sechzehn Jahren! Ohne viel Hoffnung begann ich ihr den Hof zu machen, doch Überraschung: Ich wurde bald erhört! Als wir dann zum ersten Mal miteinander schliefen, sagte sie zu mir: ›Ich bin aber nicht mehr Jungfrau!‹ Und obwohl mir das ziemlich egal war, erzählte sie mir, dass sie ein Jahr zuvor von einem Cousin vergewaltigt worden war und dass sie, als sie merkte, dass sie schwanger war, durch Freundinnen eine Engelmacherin in Caieta gefunden hatte … Eine Abtreibung wie früher und vielleicht auch noch heute, mit Nadel, Schmerzen, Risiken. Sie erzählte es jedoch lächelnd, als sei es ihr damit gelungen, die erlittene Gewalt zu bannen, und sagte: ›Ich habe es nur dir gesagt, weil ich dich lieb habe.‹ – ›Und warum hast du mich lieb?‹, fragte ich überrascht. – ›Weil du du bist‹, antwortete sie. Wie viel Schicksal in diesen Worten lag, habe ich erst jetzt verstanden, nach beinahe zwanzig Jahren Ehe. Damals geschah es, dass sie erneut schwanger wurde. Wir wussten nicht, was wir tun sollten, denn sie war minderjährig, und ich war sehr durcheinander, nicht weil ich an meinen Gefühlen zweifelte, ich hätte sie vom Fleck weg geheiratet oder sogar entführt und heimlich geheiratet, wie es früher Brauch war, sondern weil ich Bedenken hatte angesichts der Liebe eines so jungen Mädchens, sie ging ja noch zur Schule und hätte sich eine Zukunft aufbauen können; es widerstrebte mir, sie durch eine Heirat zu fesseln, die ich mir wirklich wünschte, denn ich wusste nicht, ob sie es sich genauso sehnlich wünschte wie ich. So beschloss ich, Teodosio meine Probleme anzuvertrauen, und er stellte meine Freundin heimlich Donna Rosita vor, die ungefähr Folgendes sagte: Wenn du abtreiben willst, werde ich dir dabei helfen, nicht so wie beim ersten Mal, sondern in einer Privatklinik, wo du keine Schmerzen leiden und kein Risiko eingehen wirst. Wenn du aber diesen Mann wirklich liebst und dir ein Kind wünschst, garantiere ich dir zweierlei: erstens, dass er nicht zu diesen Männern gehört, die ihre Frau nach der Hochzeit zu Hause halten wie eine Sklavin, das heißt, wenn du also nach der Geburt des Kindes weiter zur Schule gehen und studieren willst, wird er dich gewiss nicht daran hindern; zweitens, was die Heiratserlaubnis betrifft, da du ja minderjährig bist, auch wenn es heute genügt, in die Kirche zu gehen und zur Buße zwei, drei Ave-Maria zu beten, damit dich ein Pfarrer trotzdem traut, wenn du jedenfalls keinen Ärger mit deiner Familie haben willst, dann kümmere ich mich darum. Und so, da meine Lucia, die nicht Lucia hieß, sondern Silvana, damit einverstanden war, das Kind zu bekommen und zu heiraten, möglichst ohne sich mit der Familie zu überwerfen, ging Donna Rosita zu ihr nach Hause … Silvanas Vater war nämlich von ihr abhängig, denn er verwaltete damals zwei ihrer Häuser in

Formura und ein Strandbad, das auch ihr gehörte. Donna Rosita erzählte also, wie die Dinge lagen, wobei sie nur das Detail mit dem Cousin ausließ, dem sie übrigens seinen Posten als Verwalter in einem ihrer anderen Betriebe wegnahm … Und Silvanas Eltern willigten in die Eheschließung ein, unter der Bedingung, dass die Hochzeit wirklich würdevoll vonstatten ginge, wie es ja dann auch geschah …«, schloss Onofrio, der sich jetzt, nach dem Kaffee, ein Gläschen Limoncello nach dem anderen eingoss, während ich lieber zum Wein überging, dazu ein paar Oliven und Frischkäse mit Peperoncino. »Wie du siehst, ist diese geheimnisvolle Donna Rosita gar nicht so geheimnisvoll«, sagte er zuletzt. »Uns hat sie jedenfalls Gutes getan, wie es bei anderen ist, weiß ich nicht. Vielleicht hat sie sie ausgenutzt, wie es heißt, aber haben wir schließlich als Kinder nicht auch Obst geklaut?«, fragte er mehr sich selbst als mich. Und unsicher ging er, nachdem er geduscht hatte, davon.

Ich schlief bis in den Nachmittag hinein und erwachte mit dem heftigen Wunsch, zu flüchten. Wäre es mir gesundheitlich besser gegangen, hätte ich den ersten Zug genommen. Aber zumindest einen Abend lang, sagte ich mir, könnte ich meinen Freunden doch entfliehen! Den Geschichten der anderen entfliehen! Wie ich es mir mein ganzes Leben lang gewünscht hatte, wenn ich mich zu betroffen fühlte. Ich hängte Teodosio und Onofrio einen Zettel an die Tür: »Heute Abend esse ich auswärts.« Und damit sie nicht beleidigt wären, sondern verschmitzt scherzen könnten, fügte ich hinzu: »Ich habe eine Verabredung.« Wie ein Dieb schlich ich an Rituzzas Tür vorbei, die zum Glück geschlossen war, und vor dem

Keller der drei Generäle, wo es wie immer lebhaft zuging, verschwand ich zwischen den jungen Männern, die teils wirklich neugierig, teils spöttisch nach dem Serbienkrieg fragten, und den alten Frauen, die strickend vor dem Eingang saßen. Es wurde langsam dunkel, und trotzdem saß auf der üblichen Bank der Blinde, oder der, den ich dafür hielt, mit seinem Hund. Ich betrat die Bar dello Sport, wo Tippzettel für Fußballtoto und andere Lotterien abgegeben wurden – ich kannte mich da nicht aus. Doch verließ ich sie sofort wieder, nicht so sehr von den Alkoholdünsten angewidert als von all diesen Leuten, die voller Illusionen auf ihr Glück hofften, während auf einer Konsole Bilder über einen Fernseher flimmerten, dessen Ton lauter wurde, wenn die Werbung kam. Nun sehnte ich mich nach meinen Freunden. Dennoch ging ich weiter. Und indem ich mich erinnerte, dass ich dank meines Zettels an diesem Abend allein sein würde, aber keine Lust zu kochen hatte, betrat ich ein kleines Lebensmittelgeschäft, um belegte Brötchen zu kaufen. Ich wollte auch nicht im Restaurant essen, denn die seltenen Male, die ich es getan hatte, war die Kunde sofort zu Teodosio und Onofrio gedrungen, die regelmäßig bedauerten, dass sie nicht dran gedacht hatten, mich einzuladen, während es völlig ausgeschlossen war, dass ich sie einlud, das vertrug sich nicht mit den ihrer Meinung nach unumstößlichen Gesetzen der Gastfreundschaft. Außerdem hasste ich die einsamen Männer oder die Pärchen, die man gewöhnlich am Samstagabend im Restaurant antraf – und dies war ein Samstagabend –, sowie die großen Tischgesellschaften mit Mengen von Kindern, die sich aufführten, als wären sie bei McDonald's, und sich zusammen mit den

Erwachsenen mit Pommes frites und Eiscreme und in Ermangelung von Hamburgern mit Wiener Schnitzel vollstopften. Diese Unduldsamkeit hatte ich vor allem entwickelt, seit ich vor einigen Tagen beobachtet hatte, wie ein Kellner ein bettelndes Kind und eine Katze verjagte … Letztere brutal – er packte das Tier im Nacken und warf es in den Brunnen vor dem Lokal, der zum Glück nicht tief war, sodass die Katze heil davonkam, und alles, ohne dass irgendjemand von den Gästen an den großen Tischen protestierte, nicht einmal die Kinder. Nur ich spürte Wut in mir aufsteigen, legte schweigend das Geld für die Getränke auf den Tisch und ging, ohne das Essen abzuwarten, das ich bestellt hatte. Unterdessen war der Besitzer der Katze eingetroffen und auf den Kellner losgegangen, und jemand, aber keiner von denen an den Tischen, versuchte ihn zu beruhigen, während der Kellner, ein gewalttätiger und abgestumpfter Junge, schrie: »Was regen Sie sich so auf wegen einer Katze … Ich, ich würde alle meine Feinde umbringen, wenn ich könnte!« Fra' Barnablú war nichts dagegen! Und als ich darüber nachdachte, sagte ich mir, dass er drogenabhängig oder verrückt sein musste, aber auf schlimme Art, nicht wie der Irre, den das ganze Dorf als solchen anerkannte, ein Typ, der früher gemalt hatte und dann, als er nach ein paar Jahren, fett geworden und mit Beruhigungsmitteln vollgepumpt, wieder auftauchte, nur noch langsam mit einem dicken Wälzer unter dem Arm spazieren ging, der manchmal bloß das Telefonbuch war. Teodosio erzählte mir später Genaueres über den jungen Kellner. Er war weder drogensüchtig noch verrückt, sondern bloß ein gewalttätiger Raufbold, weil er selbst in seinem kurzen Leben schon viel Gewalt erlitten hatte, und die Besitzer des Restaurants, die mit ihm verwandt waren, duldeten sein Verhalten nicht aus Familiensinn, sondern aus Furcht, von seinen Eltern angezeigt zu werden, die ihnen drohten: »Wenn ihr ihn nicht bei euch arbeiten lasst, gehen wir zu den Carabinieri. Ihr wisst schon, warum!« Ich betrat also den Lebensmittelladen und wurde, während ich wartete, bis ich an die Reihe kam, Zeuge einer beeindruckenden Szene: Eine Frau, die vor mir stand, mit großen Ringen an den Ohren und teilweise zerschlissenen, aber farblich gut aufeinander abgestimmten Kleidern und langen, auf die Schultern herabfallenden Haaren, eine Zigeunerin vielleicht, wurde vor meinen Augen von einer ausgemergelten alten Frau angefallen, die ihr gewaltsam die Lippen öffnete, die Finger in den Mund schob und auf ihre Goldzähne zeigte: »Da habt ihr sie, die arme Zigeunerin, die betteln geht«, schrie sie. »Seht ihr das Gold in ihrem Mund?! Sie hat Gold und bettelt, ich dagegen, ich habe kein Gold und bezahle!« Nur die Besitzerin des Geschäfts reagierte auf diesen scheußlichen Übergriff und brüllte die Alte an: »Peppina, was erlaubst du dir! Meinen Kundinnen einfach in den Mund zu langen! Verschwinde, dir verkaufe ich nichts mehr! Bei dem bisschen, was du ausgibst, verliere ich ja nicht viel! Du rennst in sämtliche Läden des Dorfes, aber nicht um zu kaufen, sondern um Stunk und Ärger zu machen! Wir wissen doch alle, dass deine Tochter für dich einkauft! Du hast Gift im Leib und lässt es an allen aus … jetzt an dieser Ärmsten hier, wie vorige Woche an Eusebia … Kein Mensch versteht, wieso es dich freut, zu ihr zu sagen: Was, für so eine reiche Herrschaft kaufst du bloß hundert Gramm Parmaschinken?! Ich sag dir das, weil du mir leidtust, so alt wie du bist, wenigstens Geduld müsste man im Alter doch lernen, aber du, du warst bis vor ein paar Jahren eine harmlose Blindschleiche, und jetzt bist du eine Viper geworden! Und ich will in meinem Geschäft keine Vipern!« Die anderen Kunden schauten teils erstaunt, teils gleichgültig zu, während die Zigeunerin selbst würdevoll schwieg. Als ich mit meinem kleinen Einkauf hinausging, holte ich sie draußen ein oder sie mich, das weiß ich nicht mehr, und wir setzten uns zusammen auf eine Bank unter dem Denkmal für die Kriegsgefallenen. Jedoch eröffnete sie das Gespräch. »Ich weiß, wer Sie sind«, sagte sie, »weil wir oben im Rione Terra alles wissen, auch dank einer Klatschbase aus meiner Gasse, die von allen ›Radio Armida‹ genannt wird, dieser Spitzname ist ihr geblieben aus der Zeit, als es noch kein Fernsehen gab, dabei müssten sie sie jetzt ›TV Armida‹ nennen … wer hört schon heute noch Radio?« Ihre Lippen verzogen sich zu einem flüchtigen Lächeln. »Sie weiß über alle Bescheid, das glaubt sie jedenfalls, und redet und redet. Und außerdem, wissen Sie, die Fremden, die machen die Leute neugierig, auch hier im Borgo … Es heißt, Sie seien ein Seekapitän, ein Freund von Teodosio und Onofrio, und müssten wegen eines Unfalls einige Monate ausruhen und sich pflegen. Aber wissen Sie, was? Ich bin vielleicht mehr gereist als Sie, nicht auf See, aber zu Lande. Und da Sie früher oder später wieder weggehen, würde ich meine Geheimnisse, die alle zu kennen glauben, gern Ihnen anvertrauen, Sie können sie dann rund um die Welt erzählen, denn so sterbe ich in dem Wissen, dass wenigstens irgendwo jemand meine wahre Geschichte kennt, wenn auch anonym. Ich habe übrigens einen Namen, ich heiße Maria, nicht ›die Zigeunerin‹, wie mich alle nennen. Dabei bin ich gar keine Zigeunerin … Ich habe ein paar kleine Jobs … bei der Besitzerin des Feinkostgeschäfts zum Beispiel … Was ich da mache? Na ja, im Tausch gegen einige Lebensmittel bringe ich Leuten den Einkauf nach Hause, vor allem alten Leuten, die es nicht mehr schaffen, auszugehen oder die schweren Taschen heimzutragen, und einmal im Monat putze ich ihr den Laden von oben bis unten … Und sie, die Besitzerin, sie behandelt mich gut, ja, und dann … was weiß ich davon, ob einer gut oder böse ist? Wenn die Alte, die mir mit der Hand in den Mund gefahren ist, eine wichtige Kundin oder gar eine Wucherin gewesen wäre, der sie Geld schuldete, dann hätte sie sie womöglich machen lassen … Wer weiß, wo es ist, das Gute und das Böse! Wissen Sie es?« Ich lächelte. »Nein, ich weiß es auch nicht, aber im Lauf eines Lebens ahnt man es früher oder später, glaube ich.« Und bewegt von dem Wunsch, Näheres über ihre Geschichte zu erfahren, fügte ich hinzu: »Ich würde gerne den Abend mit Ihnen verbringen. Darf ich Sie ins Restaurant einladen oder zu mir, um ein paar Brötchen zu essen?« Ironisch zeigte ich auf meine Tüte. – »Ach was«, sagte sie, und dann, als hätte sie meinen Wunsch erraten: »Wenn Sie wirklich meine Geschichte hören wollen, kommen Sie lieber mit zu mir nach Hause, wenn man es so nennen kann … eine Art Höhle … aber dort haben wir es ruhiger … Außerdem verstehen Sie dann, wie ich lebe und wer ich wirklich bin, und müssen auch niemandem Rechenschaft darüber ablegen, wo und mit wem Sie den Abend verbracht haben, ich weiß doch genau, wie eifersüchtig Teodosio und Onofrio auf Sie sind, dass sie Sie hüten wie einen Vogel im Käfig, Rituzza dagegen« – sie zwinkerte schelmisch –, »die selbst frei wie ein Vöglein ist, wie könnte die je einen Vogel im Käfig halten?«

So wanderten wir gemeinsam in Richtung Rione Terra. Als wir die Straße überquerten, fiel mir auf, dass meine Begleiterin sich nicht wie der Hund des Blinden benahm, sondern vorausging, um mich vor den um diese Zeit zahlreich vorbeirasenden Autos zu schützen, indem sie am Zebrastreifen den Fahrern herrische Zeichen machte und sie mit Beschimpfungen überhäufte, wenn sie nicht bremsten. Es rührte mich, wie sie ihren raschen Schritt meinem hinkenden Gang anpasste und wie sie mich an den dunkelsten Stellen am Arm nahm, während ich mich mit dem anderen auf meinen Stock stützte. Dieser langsame, angenehme Marsch bergauf wurde nur vor dem Nonnenkloster kurz unterbrochen, wo die Lichter schon gelöscht waren und wo sie kurz stehen blieb, um mehrmals vor dem Tor auszuspucken. »Verflucht sollen sie sein!«, sagte sie. Wenig später befanden wir uns im Vicolo Giudecca, der Gasse, in der sie wohnte und die ich nicht kannte. Auch dort half sie mir, die nicht beleuchteten Stufen hinaufzugehen. Dann blieb sie vor ihrer Türe stehen, die eher ein hölzernes Gittertor war, und schob sie ohne Schlüssel auf. In der Gasse wie auch in ihrer Behausung gab es kein elektrisches Licht. Daher leuchtete sie mir mit einer Taschenlampe, und nachdem sie mich hineingeführt hatte, zündete sie zwei Petroleumlampen an. Ich blickte mich in dem ärmlichen und zugleich prächtigen Raum um. Denn sie wohnte, auf der anderen Seite des Hofes, durch den sie mich geleitet hatte, in einer echten, großen Höhle, die von dem typisch acraianischen steinernen Bogen in zwei Teile geteilt wurde, und auch die Wände waren aus Stein, obwohl an einigen Stellen Spuren von blauem Verputz schimmerten. Sie ließ mich sogleich in einem klapprigen, aber bequemen Sessel Platz nehmen. »Bleiben Sie fünf Minuten hier sitzen und rühren Sie sich nicht«, sagte sie, »sonst stolpern Sie … Ich mache jetzt etwas mehr Licht.« Dann hantierte sie in der Dunkelheit, die nur schwach von den zwei Petroleumlampen erhellt wurde, am Kamin herum, bis plötzlich eine Glühbirne aufflammte. Nun sah ich den Raum oder vielmehr die Höhle genauer. Sie war groß und tief und mithilfe von bunten Tüchern, die an Schnüren hingen, in verschiedene Bereiche unterteilt. Im mittleren Teil, in dem ich vor dem Kamin saß, gab es einen Tisch, dessen Lack weitgehend abgeblättert war, zwei strohgeflochtene Stühle, eine Resopalplatte mit einem dreiflammigen Kocher, der an eine Gasflasche angeschlossen war und über dem einige Töpfe und Pfannen an der Wand hingen, und daneben eine weitere Konsole, die in einem kokett anmutenden Blau gestrichen war, mit ein paar Tellern, Gläsern und anderem Geschirr. Der Rest der Höhle war von Vorhängen verdeckt, hinter denen ich mir Betten oder Schränke und sogar schlafende Kinder vorstellte. Da ich nicht wusste, was ich sagen sollte, schlug ich vor: »Im Feinkostladen habe ich belegte Brötchen gekauft, wenn Sie möchten, essen wir die zusammen.« – »Ach was, belegte Brötchen«, erwiderte sie lachend. »Wenn Sie etwas Geduld haben, koche ich Ihnen ein Abendessen, wie es sich gehört!« Und als wären wir im Restaurant, begann sie die Tagesgerichte aufzuzählen: »Zuerst Spaghetti mit Kaviar von der Meeräsche, ich habe ein ganzes Glas voll, das mir ein sardischer Matrose in Caieta geschenkt hat; dann Steaks vom Grill« – mit diesen

Worten zog sie mehrere Koteletts aus ihrem Beutel. »Die hat mir der Metzger geschenkt, weil ich ihm sein verstopftes Klo gereinigt habe, besser als jeder professionelle Klempner; und für das Antipasto können Sie mir Ihre Brötchen geben, ich nehme den Belag raus, schneide sie in Scheibchen und röste sie am Feuer, und den Belag servieren wir extra, zusammen mit Oliven; als Nachtisch habe ich nur Walnüsse, Haselnüsse und getrocknete Feigen, die gibt es dann vor dem Kamin, während wir uns unterhalten … Ich habe nämlich gleich gemerkt, dass Sie keiner von denen sind, die zum Nachtisch eine Frau im Bett wollen, sonst hätte ich Sie nicht zu mir nach Hause eingeladen. Worum ich Sie bitte, ist einfach nur, meine Geschichte anzuhören, denn so kann sie vielleicht zu meinen größeren Brüdern durchdringen, die gesagt haben, sie leben in Australien, auch wenn ich in Wirklichkeit nicht weiß, wo sie sind und ob sie überhaupt noch leben. Es macht mir Spaß, mit Menschen zu sprechen, denen ich vertraue, alles von Anfang bis Ende zu erzählen, nicht häppchenweise und geschönt, aber hier lebt jeder abgeschlossen wie in seinem Clan … Sie sehen, ich rede wie eine Zigeunerin«, sagte sie augenzwinkernd. »Und außerdem … ich bin gern mit einem Mann zusammen, aber nicht mit denen, die dich gleich betatschen oder dich nach dem ganzen Geschwätz und Essen zum Nachtisch wollen … Den Nachtisch serviere ich, wenn ich Lust drauf habe! Während ich koche jedoch, rauchen Sie bitte still vor dem Kamin Ihre Pfeife oder laufen Sie ruhig durch meine Wohnung, wenn Sie wollen, oder hören Sie Radio, ich habe nur diesen kleinen Transistor hier, einen Fernseher besitze ich nicht, beim Kochen muss ich mich jedenfalls konzentrieren, nicht nur auf die Speisen, sondern auch auf die Gedanken, die mir kommen und die wie das Essen zubereitet werden müssen, aufmerksam und sorgfältig, indem man nimmt, was man braucht, und versucht auszusortieren, was man nicht braucht … und das Kochen hilft, weil es einem vor allem ermöglicht wegzulassen, was man nicht braucht.« Damit zündete sie die Gasflammen an und schwieg.

Nachdem wir wortlos gegessen hatten, zog sie hinter einem Vorhang ein wackeliges Sofa hervor, während ich mich wieder in meinen Sessel setzte. Dann, nachdem sie auch mich dazu aufgefordert hatte, es mir bequem zu machen, entledigte sie sich ihrer Schuhe und begann, in einer zugleich prachtvollen und volkstümlichen Atmosphäre zu erzählen, wobei sie mich abwechselnd siezte und duzte, wie es in Acraia Brauch war, wo das *Du* für alle galt, während das *Sie* nur ein paar Fremden vorbehalten war. »Fangen wir bei dem elektrischen Licht an, das plötzlich angegangen ist«, sagte sie und sah sich wohlgefällig um. »Ich habe ein Kabel an die Stromleitung der Nachbarn angeschlossen, das darf ich manchmal benutzen, dafür tue ich ihnen hie und da einen Gefallen. Was für eine Errungenschaft, fast vierzig Jahre nach Kriegsende ein bisschen Hilfe von den Nachbarn zu bekommen! Also, ich bin 1945 geboren, das ist das Einzige, was ich über meine Ursprungsfamilie genau weiß. Es scheint, und nachher sage ich Ihnen, warum, dass wir aus einem Dorf oberhalb von Massa stammen und dass meine Familie im Krieg, vor Deutschen und Alliierten auf der Flucht Richtung Meer, in die Nähe der Tiberiusgrotte geriet. Meine Mutter, die damals schon fünfzig Jahre alt war und zwei ungefähr zwanzigjährige Söhne hatte, wurde von den Marokkanern vergewaltigt, und mein Vater verstieß sie, wegen der Schande oder weil er sie sowieso schon satt hatte. Sie ging und ging und gelangte schließlich in diese Höhle, wo ich und mein Zwillingsbruder zur Welt kamen. Nur deshalb bin ich mir mehr oder weniger sicher, wann ich geboren bin, denn Ende 44 sind die Marokkaner mit ihren Befehlshabern schon Richtung Rom weitergezogen. Das Dorf und besonders die Gasse hier waren ein Trümmerhaufen, daher flüchtete Mama sich in diese Höhle, die jetzt beinahe einer Wohnung gleicht, und gebar allein wie ein Tier. Zum Glück gab es hier drin auch eine Eselin, dadurch konnte sie uns teilweise selber stillen und Eselsmilch zufüttern. So machte sie es, bis die Leute im Rione Terra, die die Gefahren überlebt hatten und wie wir ebenfalls in Höhlen oder in den stehen gebliebenen Häusern lebten, auf uns aufmerksam wurden. Manche kamen daraufhin und brachten uns etwas zu essen. ›Schau nur‹, sagten sie, ›wie die römische Wölfin mit ihren Zwillingen‹, oder: ›Schau nur, wie eine Weihnachtskrippe‹, aber leider fehlte uns der Ochse, und was die Eselin betrifft, die nahm einer mit, der behauptete, sie gehöre ihm, während andere uns verjagen wollten mit der Ausrede, wir seien Zigeuner. Dann kam eines Tages ein amerikanischer Soldat vorbei, geschickt von einer hiesigen Signora, von Donna Rosita, glaube ich, der uns Corned Beef und Thunfisch in Dosen, Mehl und Erbsen in Tüten und Kondensmilch in Tuben brachte. Nach wenigen Monaten jedoch war es mit dieser Hilfe vorbei. Einer meiner großen Brüder hatte unterdessen herausgefunden, wo wir uns aufhielten, und half uns heimlich, sein Vater durfte nichts davon wissen. Da war Mama schon nicht mehr ganz richtig im Kopf. Einmal erinnerte sie sich an nichts, dann wieder hatte sie Nervenzusammenbrüche und kreischte vor der Tür herum. Mein Bruder unterstützte uns sechs, sieben Jahre lang, dann sagte er eines Tages zu Mama, die ihn verstand und auch wieder nicht, während wir sieben- oder achtjährigen Zwillinge bestens verstanden, kurz, er sagte, er werde nun in Australien sein Glück versuchen, denn sein Vater sei gestorben und der älteste Bruder, der schon nach Australien ausgewandert war, habe ihm Arbeit versprochen. Er fügte hinzu, wir sollten uns keine Sorgen machen, er werde uns auch aus Australien durch einen vertrauenswürdigen Freund immer etwas Geld schicken. Doch wie sollte er das bewerkstelligen, da wir ja weder gemeldet waren noch eine richtige Adresse hatten? Einige Jahre lang kam dieser vertrauenswürdige Freund ab und zu und brachte uns etwas Geld, dann verschwand er, ich weiß nicht, ob meinem Onkel etwas zugestoßen war oder ob der Freund das Geld dann einfach für sich behielt. Mama war unterdessen immer mehr von Sinnen, manchmal lag sie tagelang im Bett, hinter diesem Vorhang, andere Male stand sie auf, lief wie besessen auf die Gasse hinaus und fluchte Gottvater und allen Heiligen, sodass sogar der Pfarrer kam, um ihr den Teufel auszutreiben. Danach beruhigte sie sich, aber einige Wochen oder einen Monat später ging es wieder los. Mein Bruder Giosuè und ich, auch wenn uns niemand bei unseren Namen rief, mich nannten sie nämlich ›Cusariella‹ und ihn ›Cusariello‹, ›kleine Dinger‹, nur ab und zu hörte man, dass jemand uns ›die Kinder‹ nannte, kamen trotzdem ganz gut zurecht, muss ich sagen, nicht nur in dem Sinn, dass wir uns eifrig bemühten, für den Lebensunterhalt unserer Mutter zu sorgen, und für uns selbst natürlich, sondern wir hatten auch Spaß, wenn wir bettelnd von Haus zu Haus liefen oder bis hinunter in den Borgo. ›Ach bitte, habt ihr nicht was für Cusariella oder Cusariello?‹, sagten wir, um die Leute ein bisschen zu rühren. Und irgendjemand gab uns immer etwas, da wir nicht nur schlau, sondern auch ausnehmend hübsch waren, er blond gelockt, wer weiß, wo das herkam, ich schwarz, und zudem immer ärmlich, aber fantasievoll gekleidet herumliefen, weil wir uns mit den verschiedensten Lumpen arrangieren mussten, die ich mit großen Stichen zusammennähte oder mit Sicherheitsnadeln befestigte, weshalb wir nicht einmal mehr wie arme Kinder aussahen, sondern wie im Karnevalskostüm. Unter anderem hatten wir auch gelernt, geschickt und umsichtig zu stehlen, sodass niemand uns verdächtigte. Eine wahre Kunst, die unsere! Zum Beispiel kletterte einer von uns auf einen Baum neben einem Mäuerchen und schüttelte die Äpfel oder Orangen auf die Straße, dann sauste er wie ein Affe den Baum hinunter, unter dem sich derweil viele Kinder eingefunden hatten, denn dieses auf der Straße verteilte Obst, das unser Reichtum war, behielten wir nicht für uns, sondern teilten es schlau mit den anderen, und wenn dann der Besitzer herbeigerannt kam und schrie: ›Ich weiß genau, dass ihr zwei es wart!‹, fand er immer ein Dutzend Kinder vor, die sich die Taschen füllten, und unter ihnen war öfter auch sein Enkel. Deshalb brüllte er zuletzt nur noch: ›Ich sag es deiner Mutter!‹ Aber Obst genügte selbstverständlich nicht, da musste man noch andere Künste entwickeln. Im Rione Terra lebten damals viel mehr alte Frauen und Männer als heute, die es nicht mehr schafften, zum Einkaufen hinunterzugehen; so boten wir an, das für ein paar Lire zu übernehmen, und wenn wir zum Beispiel hundert oder zweihundert Gramm Mortadella kaufen sollten, zweigten wir je nach Gewicht eine oder zwei Scheiben für uns ab, und wenn die Alten sich beklagten, das seien doch keine hundert oder zweihundert Gramm, erwiderten wir: ›Seht ihr nicht das Ölpapier und das Einwickelpapier, wie viel zusätzliches Gewicht das ist? Das lassen die sich mitbezahlen, was glaubt ihr denn!‹ Und es stimmte, selbst wenn wir ein bisschen was stibitzten. Oder auch, wenn wir den Gemüseeinkauf zu den Mönchen, denen das Kloster auf der Anhöhe über der Seufzermadonna gehört, hinaufbrachten, denn die hatten ein Auge auf uns geworfen…« – »Was soll das heißen, *ein Auge auf euch geworfen?*«, unterbrach ich sie, erstaunt über die Formulierung. Sie lachte: »Ja … meiner Ansicht nach hätten einige dieser Mönche meinen Bruder oder mich sehr gern vernascht … doch wir waren viel schlauer als sie, wir sind nie mit hineingegangen, trotz ihrer Aufforderungen, weil wir kapiert hatten, wie der Hase läuft … Abgesehen von dem, was uns manche Kinder erzählten, die von ihren Eltern zum Religionsunterricht dorthin geschickt wurden, hatte uns beiden schon ein Blick dieser Mönche vor dem Eingangstor gereicht, um zu wissen, was für Absichten sie hatten. Pfarrer, Mönche und Nonnen hassten wir zwei sowieso, später sage ich Ihnen, warum. Auch deshalb kauften wir gern für sie ein, weil wir sie betrügen konnten. Wer von denen hätte schon gemerkt, dass in der Tasche, in der wir das Gemüse hinauftrugen, zwei Karotten fehlten oder zwei Radieschen oder vier Selleriestängel oder zwei Zwiebeln oder eine Aubergine oder eine Tomate, je nach Jahreszeit? Und wenn sie uns einen wichtigeren Auftrag gaben, zum Beispiel Fleisch zu kaufen, sagten wir zum Metzger: ›Vergessen Sie nicht, zum Suppenfleisch ein paar schöne Markknochen dazuzulegen.‹ Und einige davon, mit diesem köstlichen Mark, die nahmen wir mit heim. Und wenn wir zum Fischhändler gingen, sagten wir: ›Bitte legen Sie auch ein paar Sardellenreste dazu, die wollen die Mönche für die Katzen.‹ Und dann nahmen wir sie für uns. Sogar beim Brot gelang es uns, zu schummeln, denn auch wenn wir ein bisschen davon klauten, wodurch es leichter wurde, beklagte sich unser Kunde trotzdem, es würde zu viel wiegen. Daraufhin wir: ›Legen Sie sich mit dem Bäcker an, der zu viel Wasser hineintut und es nicht ordentlich ausbäckt, dadurch wird es schwerer‹, und gaben ihm nach Kräften recht. So schlugen wir uns durch. Bis das Unglück geschah. Sie müssen wissen, dass in unserer Gasse, die Vicolo Giudecca heißt und dann unseretwegen Zigeunergasse genannt wurde … einer Gasse, die aufgrund ihres auf die Juden bezogenen Namens und dann dank unseres Beinamens gar keinen guten Ruf genoss … also, dass da ein ständiger Krieg unter den Nachbarn herrschte. Wie aus Gemeinheit gegenüber den Ärmsten hatten die Bomben sämtliche Häuser zerstört bis auf zwei, wo am Anfang viele Familien zusammengepfercht lebten, denen es etwas besser ging als uns und die zum Teil echte Familien waren, mit Müttern, Kindern, Onkeln, Tanten, Großeltern, auch wenn häufig die Väter fehlten, die umgekommen oder im Krieg vermisst waren. Jedenfalls arme Leute, wenn auch nicht so arm wie wir. Gleichwohl gab es in dieser Gasse, von der ich Ihnen dann noch mehr erzählen werde, ständig Streit, wie schon gesagt, weil die Erwachsenen aus den beiden Häusern nichts mit meiner Mutter zu tun haben wollten und versuchten, ihre Kinder von uns fernzuhalten. Deshalb spielten uns diese Kinder manchmal schlimme Streiche … Manche von ihnen fühlten sich jedoch auch angezogen, weil wir freier waren, und folgten uns heimlich bei einigen unserer diebischen Unternehmungen oder bei der Erforschung der Burg und aller verlassenen oder vollkommen zerstörten Häuser, die allmählich von Glaskraut und Efeu überwuchert wurden. Und auf einem dieser Streifzüge geschah dann das Unglück. Mein Bruder und sein Freund fanden eine Bombe und drehten und wendeten und schüttelten sie so lange, bis sie explodierte und beide tötete. Die Schuld wurde natürlich meinem Bruder angelastet, der Pfarrer musste sich sogar den aufgebrachten Verwandten des anderen Jungen widersetzen, die nicht einmal wollten, dass Giosuè in geweihter Erde begraben würde. Ich war zehn Jahre alt und musste von da an allein auf meine Mutter und mich selbst aufpassen. Als meine Mutter, mittlerweile fast ganz verrückt und noch dazu schwer herzkrank, sich ins Bett legte, um nicht mehr aufzustehen, ging ich zu den Mönchen, für die wir immer eingekauft hatten, und diese verwiesen mich an das Heim der Nonnen hier in der Nähe, wo sie alte Leute pflegten. Aber die Nonnen, deswegen habe ich vor ihrem Kloster ausgespuckt, wie ich es immer mache, die weigerten sich, meine Mutter aufzunehmen mit der Begründung, sie sei eine Zigeunerin ohne Religion, und später ließen sie mich durch einen Arzt, der sich unser angenommen hatte, wissen, dass man ein Kostgeld bezahlen müsse, ›aber ein sehr geringes‹, sagten sie, in der Höhe einer Invalidenrente, die meine Mutter nicht bekam, sie hatte ja auch keine Familienstandsurkunde, weil sie sich seit Jahren nicht mehr erinnerte, wo und wann sie geboren war oder wie ihr Mann hieß oder wann sie ihn geheiratet hatte. Damals, mit nur zehn Jahren, beschloss ich, eine Zigeunerin zu werden, man hatte mich doch immer schon so genannt. Ich lief bettelnd durchs Dorf, und wenn ich das Geld für den Bus hatte, wagte ich mich bis nach Formura oder Caieta vor. Damals lernte ich dann auch, wirklich zu stehlen, wo und wie ich konnte, gestärkt durch die Erfahrungen, die ich als Kind bei unseren kleinen Diebereien gesammelt hatte. Zu Beginn, und dafür schäme ich mich jetzt, beklaute ich hauptsächlich alte Männer, indem ich zuerst zu ihnen in ihr geiles Bett kroch und danach, wenn sie eingeschlafen waren, ihre Schubladen durchwühlte, denn da hatten sie ihr Geld versteckt, weil sie den Banken nicht trauten. Dann ging ich zu jungen Männern über, die damals, um Minderjährige zu finden, nicht bis Bangkok oder sonst wohin reisen mussten … Ich betäubte sie mit dem Beruhigungsmittel, das meine Mutter zu der Zeit brauchte und mit dem uns unser guter Arzt großzügig versorgte, um ihre Leiden zu lindern, dann zog ich ihnen das Geld aus den wohl gefüllten Brieftaschen, denn ich wählte die jungen Männer gut aus … Auch konnten sie mich nicht anzeigen, was wäre das für ein Skandal in ihrer Familie gewesen! Ich war keine Nutte, bloß eine Diebin. Als meine Mutter trotz meines ständigen Beistands – außer nachts – schließlich starb … ich war fünfzehn … sagte ich mir: Jetzt tu was! In dem Sinn, dass ich mein Leben ändern wollte. Als Erstes nutzte ich daher das Mitleid aus, das der Tod meiner Mutter und die Hingabe erregt hatten, mit der ich sie gepflegt, für ihren Lebensunterhalt gesorgt, ihr Beistand geleistet hatte. Von meinen Diebstählen, oder wenn du willst, kannst du es auch Prostitution nennen, wusste in jener Gasse und im gesamten Rione Terra niemand etwas. Den Rest meines Lebens brauche ich dir nicht mehr zu erzählen, weil ich in Wirklichkeit immer hiergeblieben bin und auch nicht gehen werde, solange sie mich nicht rauswerfen, was erst passiert, falls es passiert, wenn sich die verschiedenen, über die halbe Welt verstreuten Besitzer dieser Höhle, nennen wir sie ›Wohnung‹, geeinigt haben. Vorerst ist das hier offiziell Staatseigentum, wie viele der verfallenen und mit Efeu überwucherten Ruinen sowohl im Rione Terra als auch im Borgo. Ich habe sie alle inspiziert, diese Ruinen, um zu sehen, ob was Besseres dabei wäre als meine, auch weil die Dinge hier oben sich allmählich verändern. Seit sie angefangen haben, die Burg zu restaurieren, ist diese dreckige, verlassene Gasse offenbar Mode geworden, die Mode von morgen, meine ich, das heißt, kommerziell verlockend. So werden nun nach und nach auch in den Häusern, die von den Bomben verschont blieben, die Wohnungen renoviert, es wird auf den Ruinen gebaut, wofür man die armen Mieter rausschmeißt, wie zum Beispiel die junge Frau, die erzählte, dass man ihr vor Jahren, als es einen linken Stadtrat gab, keine Sozialwohnung unten im Borgo gegeben hatte, aber nicht weil sie kein Recht darauf hatte, sondern, weil sie nicht zur Klientel jener Partei gehörte, und jetzt lebt die Ärmste mit Mann und Kind in zwei Zimmerchen mit Außenklo. Apropos Klo, falls du pinkeln willst, ich habe eins auf dem Vorplatz draußen. Ein Glück, dass das schon immer da war, sonst hätten wir Nachttöpfe benutzen müssen! Und zum Glück ist auch der Kamin schon immer da gewesen, er hat die Bombenangriffe überlebt, und mein Bruder hat ihn, als er uns noch besuchte, repariert! Was hast du in der Zwischenzeit getan?, fragst du … Mit etwa achtzehn – und seitdem sind eine Menge Jahre vergangen! – habe ich mal gründlich nachgedacht. Es lohnte sich nicht, als Diebin oder Nutte weiterzumachen, was für mich dasselbe war, denn meinen Körper ließ ich mir nicht stehlen, genauso wenig wie den Schal, den ich trage und der von meiner Mutter stammt … Also beschloss ich, mich mit Putzjobs und Altenpflege durchzuschlagen – auf Kinder aufpassen, nein, die hätte mir niemand anvertraut. Und so, mit einem Job hier, einem da, bin ich ganz gut zurechtgekommen. Im Augenblick zum Beispiel habe ich was Wichtiges an der Hand. Ich soll Donna Armida betreuen, die unten in der letzten Bruchbude vor der Kurve wohnt, solange ich denken kann. Seitdem ihr Mann vor zwei Jahren verschwunden ist, verzweifelt sie, denn da sein Leichnam nicht gefunden wurde, bekommt sie keine Rente … Nun heißt es aber, dass man ihn vor einigen Tagen gefunden hat, nur dass es für sie inzwischen zu spät ist, sie ist schwer krank, deshalb pflege ich sie. Sie war das Radio von Acraia, wie ich dir schon sagte, aber wenn sie jetzt spricht, klingt sie wie ein gestörter Sender. Sie erinnert mich an meine Mutter … Nur dass Mama fluchte, während Donna Armida, wenn sie auf die Gasse geht, Klatschgeschichten verbreitet. Durch sie habe ich auch von Ihnen erfahren und dass Sie dank Teodosio von den drei Generälen protegiert werden … Wissen Sie, dass ich die einen nach dem anderen hinauswerfen musste, als sie hierherkamen, ›zu Besuch‹, wie sie behaupteten, aber in Wirklichkeit, um mit mir ins Bett zu gehen? Halt, Irrtum. Nur zwei sind gekommen, General Lorenzo nicht. Und außerdem habe ich gehört, dass Sie durch die drei Generäle und Teodosio auch von Donna Rosita beschützt werden, die uns Gutes getan hat, als wir klein waren, dann aber nichts mehr von mir wissen wollte, wegen Eusebia. Und nicht zu Unrecht. Mit fünfzehn, als ich stahl, was ich konnte, um meiner Mutter beizustehen, die im Sterben lag, bin ich nämlich eines Abends zu Eusebia gegangen, die mich immer freundlich aufnahm und mir etwas zu essen schenkte; da sie an dem Abend etwas zerstreut war, stahl ich ihr ein Goldkettchen, nicht das mit dem Brillanten, das trug sie, sondern das andere, ohne Brillant, das an einem Nagel vor dem Bild der Madonna della Civita hing. Diesen Diebstahl hat sie mir nie verziehen, zu Recht, denke ich heute, sie hat mich jedoch auch nie offen beschuldigt. Nun, da Sie doch auf vertrautem Fuß mit diesen Leuten stehen, tun Sie mir einen Gefallen, auch wenn viele Jahre vergangen sind, geben Sie es ihr im Namen von Maria, der Zigeunerin, zurück«, und nachdem sie aus ihrem Büstenhalter viel Goldschmuck zutage gefördert hatte, zog sie das Kettchen heraus und reichte es mir. »Sie fragen sich bestimmt, wo dieses ganze Gold in meinem Busen herkommt?«, sagte sie dann lachend, und ihre Zähne waren weiß und alle gesund, abgesehen von den goldenen Backenzähnen. »Ich bin schließlich eine Zigeunerin, oder?«, setzte sie augenzwinkernd hinzu. »Hier in Acraia bettle ich aber nicht, ich beschränke mich darauf, hier und da für jemanden zu arbeiten, wie ich schon sagte. Und natürlich ist es oft mühsam, manchmal aber auch lustig, wie zum Beispiel … wenn der

Friedhofswärter mich bittet, mit ihm zusammen die Blumen und Grünpflanzen zu recyceln, die die Verwandten nach der Beerdigung auf den Gräbern liegen lassen, und den Verdienst teilen wir uns dann. Er fährt mich abends mit seinem Lieferwagen hin, um die Blumen abzuholen, und ich verkaufe sie am nächsten Morgen in Formura oder Caieta auf dem Markt, in Acraia nicht, sonst würden sie sie wiedererkennen, auch wenn ich ehrlich gesagt die ganze Nacht damit zubringe, diese Blumen und Kränze für die Toten in Sträuße aus Blüten und Blättern für die Lebenden zu verwandeln … So, sehen Sie, verdiene ich mir mein Sümmchen und *verwandle* dieses Geld dann in Gold wie die Zigeunerinnen, weil ich weder gemeldet bin noch ein Bankkonto besitze. Ich habe nur dieses Gold und diese Wohnung, die mir nicht mal mehr wie eine Höhle vorkommt. Außerdem behauptet Donna Armida, sie gehöre ihr und sie werde sie mir vermachen … Wer weiß, ob es wahr ist, nicht etwa weil ich ihre guten Absichten bezweifle, sondern weil sich, wie sie mir gesagt hat, ihre Cousins, Onkel und Enkel, die in Amerika leben, schon darauf gestürzt haben. Unterdessen bleibe ich hier und warte ab. Nach dem Leben, das ich geführt habe, macht mir kein Leben mehr Angst« – sie lachte erneut. »Und Sie«, fragte sie dann unvermittelt, »fürchten Sie sich vor dem restlichen Leben, das Sie erwartet? Sie, die übers Meer gereist sind … während ich das Festland bereist habe, ein Land, das nie sehr fest war …« Und ich weiß nicht, wie es geschah, ich weiß nur, dass wir gemeinsam in ihrem großen Bett landeten, hinter einem Vorhang, wo die Wellen des Meeres das Festland überfluteten und das Festland sich den Meereswellen hingab, in jenen Monaten der einzige Ort in Acraia, an dem Meer und Land sich vereinigten.

Es war ungefähr acht Uhr abends, die Luft war lau, und auf der Seite der drei Generäle im Liegestuhl ausgestreckt, wunderte ich mich, dass ich nicht die üblichen Stimmen von unten heraufdringen hörte. Ich schaute über die Brüstung: Die Tür des Kellers war geschlossen, was noch nie passiert war, davor saßen nicht die üblichen Frauen, es gab kein ständiges Hin und Her von neugierigen Kindern und jungen Burschen, die in aggressivem oder provokantem Ton etwas über den Krieg gegen Serbien wissen wollten von denen, die sie als Experten betrachteten trotz deren Weigerung, auf diesen neuen Konflikt einzugehen, weshalb sie sich mit den hermetischen Sätzen der Generäle zufriedengaben, die manchmal tatsächlich erhellend für sie waren. Der Himmel war klar, doch mir schien, als lastete eine große schwarze Wolke über mir, als bedrückten mich, auch beim Atmen, nicht der Rauch der Bombardements und der Maschinengewehrsalven, sondern die nebulösen Nachrichten in Zeitungen, Fernsehen und Radioberichten, die so anders und dennoch so ähnlich klangen wie die über jeden großen oder kleinen Krieg, dessen Augenzeuge ich geworden war. Dann plötzlich vernahm ich in der Stille der Gasse die erregten, wenn auch durch Humor abgemilderten Stimmen von Teodosio und Onofrio, die gewöhnlich ruhig und besonnen sprachen. Ich ahnte, dass sie zu mir wollten, öffnete die Tür, und da standen sie vor mir – während sie sich meinem vorübergehenden Zuhause näherten, waren ihre Stimmen allmählich verstummt. Mit geschlossenem Mund, aber blitzenden Augen traten sie ein, in strengen, dunklen Anzügen mit Krawatte, wie ich sie noch nie gesehen hatte. Sie stellten eine Korbflasche Wein auf den Tisch, einen Karton mit gebackenen Teigtaschen, gefüllt mit Gemüse und mit Meeresfrüchten, wie man sie im nahen Hafen zubereitete, dazu Frischkäse, Mozzarella, Ricotta und ein Päckchen mit süßen Leckereien – wahrscheinlich für sie selbst gedacht, denn sie wussten, dass ich mir nichts aus Süßigkeiten machte, oder einfach als festliches Zeichen. Ich begriff, dass sie sich zu einem langen Abend bei mir eingeladen hatten – und gewiss musste etwas Außergewöhnliches dahinterstecken, wenn man ihre Kleidung betrachtete, deren sie sich sofort teilweise entledigten, indem sie die Krawatten lockerten und die Jacketts über die Stuhllehne hängten. Onofrio zog auch Schuhe und Socken aus, während Teodosio sich ein wenig den Hosenbund aufknöpfte.

»Zuerst«, sagte Teodosio, »stoßen wir auf das Schicksal an, und dann erzählen wir dir alles. Wir waren im Theater. Und ins Theater kommen wir ja so gut wie nie. Selbstverständlich werden hier im Dorf im Sommer ein paar Folkloreabende veranstaltet, aber ein so ernstes, tragisches und komisches Schauspiel wie heute Nachmittag haben wir noch nie gesehen.« – »Nie«, bekräftigte Onofrio. »Es war kein Werk von De Filippo oder Totò, sondern ein Stück, das auch in, was weiß ich, England hätte geschrieben und aufgeführt werden können, und die Schauspieler waren hervorragend. Jeder hat seine Rolle gespielt, auch wir zwei. Schau nur, wie wir angezogen sind!«

»Ich«, fügte Teodosio hinzu, »bin in der Zeit, in der wir beide uns häufig sahen, einmal in ein modernes

Stück geraten, ich weiß nicht mehr, von wem ... nein, nicht von einem Ostdeutschen, den sie auf das Festival der *Unità* eingeladen hatten, es war eine richtige Familiengeschichte, nichts Politisches ... Ich erinnere mich nur noch an ein Paar, und um ihre Bindung zu festigen, spielten die zwei Geliebter und Geliebte und lästerten über ihren jeweiligen Ehepartner... In dem, was wir heute gesehen haben, gab es nicht nur zwei Darsteller, sondern viele, und ebenso viele Missverständnisse ... Und darüber hinaus noch zwei Steinerne Gäste.«

Vielleicht, weil diese dunkle Wolke des Krieges oder nur der schlechten Laune auf mir lastete, war ich schroffer als gewöhnlich. »Also los, erzählt schon!«, sagte ich mit einer gewissen Ungeduld in der Stimme.

»Heute Nachmittag«, sagte Teodosio, »... aber trink doch und iss ... Immer mit der Ruhe! Wir sind selbst etwas verwirrt, deshalb sind wir zu dir gekommen, weil du dich über die Seltsamkeiten des Lebens weniger wunderst, da du schon so viel gesehen hast, wir wissen nämlich nicht, ob wir lachen oder weinen sollen, ob wir etwas unternehmen sollen oder nicht, ja, wir waren im Theater, aber als Statisten ... Doch wer hat als Statist je mehr verdient als wir? Nicht einmal mein Großvater, als er beinahe in *Kein Frieden unter den Olivenbäumen* mitgespielt hätte ... Bei uns handelte es sich jedoch nicht um eine Filmaufnahme, auch wenn es so aussah, ja, es war, als würden sich an einem Filmset die Beziehungen und die Geschichten von Liebe und Hass zwischen Schauspielern, Regisseuren und Technikern mit der Handlung des Films vermischen. Und obwohl wir in dem Stück nur Statistenrollen hatten, sind wir auf einmal Besitzer der Autowerkstatt, für die wir vorher Miete bezahlten, ohne zu wissen, warum und wie oder ob der Vertrag rechtsgültig ist, auch wenn der Notar uns versichert hat, so sei es. Kurzum, wir müssen die Überraschung noch verdauen …«, schloss er, zu Onofrio gewandt, als wollte er ihm das Wort geben.

»Nein, sprich nur weiter«, sagte Onofrio, »du kannst das besser als ich, aber erzähle ihm alles der Reihe nach«, und indem er eine Pizza aufschnitt: »Ganz gelassen, so als würdest du etwas Beliebiges erzählen und nichts Überraschendes, was noch dazu uns passiert ist.«

Bevor Teodosio mit seiner Geschichte anfing, aßen und tranken wir schweigend. Dann begann er: »Also … Heute früh um neun ruft uns der Notar Sciuscillo aus Formura an und bittet uns, um siebzehn Uhr vor ihm zu erscheinen, es gehe um Dinge, die uns direkt beträfen und für uns eine gute Nachricht bedeuteten. ›Aber bitte‹, fügt er hinzu, ›zieht euch anständig an, wie zu einer Hochzeit oder einer Beerdigung … und bitte schweigt, kein Wort, kein Ausbruch, vergesst es nicht, seid wie Wachsfiguren …‹ Nun musst du wissen, dass wir mit dem Notar Sciuscillo aus Formura bislang wenig zu tun hatten … einmal meine Frau wegen eines kleinen Kaufvertrags, einmal Onofrio wegen eines Grundstücks, in Wirklichkeit ein Haufen Steine, um festzustellen, ob es ihm oder der Gemeinde gehörte. Dann haben wir ihn gelegentlich noch hier gesehen, in der Taverna Fra' Barnablú, allein oder mit einem Landsmann, der aus Übersee gekommen war … Onofrio und ich nennen ihn den ›Schnauzer‹, weil er einen mächtigen schwarzen Schnauzbart hat, aber mit Stalin hat das nichts zu tun, er ähnelt mehr, was weiß ich, Chruschtschow oder Jelzin, helle Haut, aufgedunsenes Gesicht, listige, kleine, etwas schräge Augen, schwere Lider, aber einen wirklich beachtlichen Schnauzbart hat er, nicht so ein Hitlerbärtchen, aber auch nicht so buschig wie der von Stalin, mehr ein ganz langer Schnauzbart mit gezwirbelten Spitzen und so schwarz, dass ich meine, er färbt ihn … vor vielen Jahren dagegen, erinnere ich mich, hatte er den nicht. Und gestern, glaube ich, habe ich verstanden, warum er ihn jetzt trägt, wirklich wie ein großer Schauspieler, der unter dem Schnauzbart feixt, und keiner sieht es, während seine listigen, stechenden kleinen Augen anstelle des Mundes zu lachen scheinen, aber das merken nur Leute mit feinem Verstand. Und manchmal durchbohren dich diese Augen wie Nadeln, während er unter seinem Schnauzbart feixt … Kurz und gut, pünktlich um siebzehn Uhr betreten wir seine Kanzlei und er thront hinter seinem Schreibtisch auf einem riesigen Renaissancestuhl, den er meines Erachtens größer hat anfertigen lassen, als es die echten sind, sonst hätte er nicht reingepasst … und über der Rückenlehne des Stuhls hängt, nachlässig hingeworfen, sodass sie nur zur Hälfte bedeckt ist, ein Kaschmirschal, als wollte er sagen, dass er zugleich ein Notar und ein orientalischer Statthalter ist. Nun, wer sitzt da schon vor ihm auf Sofas und Sesseln? Die beiden Kinder von Donna Rosita, ein Sohn und eine Tochter, er kahlköpfig, mit dunkler Brille, die seltenen Male, die wir ihm im Dorf begegnet sind, hatte er die immer auf, so eine, wie mein Lehrer an der Fachoberschule sie immer trug, damit wir nicht sehen konnten, wo er hinschaute, während wir voneinander abschrieben … spindeldürr, mit übergeschlagenen Beinen, sodass man seine seidenen Socken sah und seine Stiefeletten mit halbhohem Absatz, denn er ist nicht nur dürr, sondern auch zu kurz geraten; und sie, die Schwester, eine Art Donatella Versace, blond, glatte Haare, tiefer Ausschnitt, auch sie mit übereinandergeschlagenen Beinen, in so einer engen Leopardenhose … auch sie mit dunkler Brille, aber bei ihr wirkte es gerechtfertigt, denn die Sonne schien ihr ins Gesicht, ein glattes Gesicht ohne eine einzige Falte, ausdruckslos… aber der Fuß im schwarzen Stöckelschuh mit Pfennigabsatz verriet eine gewisse Nervosität. In der Luft schwebend, bewegte er sich auf und ab und hin und her, als folgte er dem Rhythmus von jemandem, der sang: ›Ja, nein … aber vielleicht.‹ Doch dieses ›aber vielleicht‹, hin und her und her und hin, wirkte nicht weniger entschlossen als das ›ja, nein‹, an das ihr Aufundabwippen des Fußes erinnerte. Daher dachte ich weniger: ›Sie ist nervös‹, sondern vielmehr: ›Was die für Fußgelenke haben muss! Kein bisschen Rheuma, bestimmt hat sie die von der Mutter geerbt, die hat ja Kraft …‹ Auch wenn ich sie nur einmal gesehen habe, ich meine *wirklich gesehen,* mit zwölf Jahren, zu Pferd … aber eigentlich weiß ich gar nicht, ob es wahr ist, dass ich sie gesehen habe … Der Bruder dagegen schien ganz der Vater zu sein, jedenfalls nach den Beschreibungen derer zu urteilen, die ihn kannten … eine Karikatur des Vaters, in Wirklichkeit … denn es heißt, er sei ein schöner, stattlicher Mann gewesen, und auch dünn, gewiss. Aber wer war damals nicht dünn, im Krieg und danach? Es heißt jedoch auch, er sei groß und charmant gewesen, der Sohn dagegen ist nicht nur klein, sondern sieht auch aus wie eine Viper … oder eine Klapperschlange, mit dieser Brille, die er trägt und die seine halbe Stirn und das halbe Gesicht verdeckt, als wäre er ein Taucher oder ein Astronaut oder einer von diesen Rocksängern, was weiß ich … Von Rock verstehe ich nicht viel, ich weiß nicht einmal, ob sie die Brillen tragen, um sich vor bestimmten Speziallichtern zu schützen, oder ob es mehr um Stil geht … Auf einem anderen Sofa saßen außerdem Raffaele und Orso, die beiden Generäle, gekleidet wie wir, aber mit einer Miene … als wären sie in Trauer, es fehlten nur die schwarzen Krawatten und die schwarzen Knöpfe an den Hemden … Und wie streng sie schauten … so wie Zeugen in einem Mordprozess … Und etwas weiter hinten, wie abseits, fast als sei das ihr Platz, saß schließlich noch Eusebia, Rositas Dienstmädchen, allein, mit rosa gepuderten Pausbacken, auch der Herzmund rosa angemalt, in ihrem blauen Mäntelchen, das sie nur zu besonderen Anlässen trägt. Hier allerdings völlig unangebracht, bei dieser Hitze. Jedenfalls mischte sich in das Parfüm, mit dem sie sich eingesprüht hatte, ein Geruch nach Mottenkugeln, und ich musste niesen, weil ich gegen Mottenkugeln allergisch bin … und auch Donna Rositas Sohn begann zu husten, und auch der Notarsgehilfe, ein ausgemergelter Alter mit grauer Haut, grau auch die Kleidung und der Ausdruck, der Inbegriff des treuen Angestellten, bei dem man nie weiß, welches Geheimnis sich dahinter verbirgt, eins seiner Geheimnisse kenne ich allerdings, denn einmal habe ich ihn auf einem Dorffest im Sommer beim Tanzwettbewerb gesehen … er tanzte Tango, stell dir vor, wirklich Tango, als ob er direkt aus einem Lokal in Buenos Aires käme, er, der in diesem Büro wirkt wie ein Besenstiel … Sogar der Notar begann zu hüsteln, aber es war, als machte er es absichtlich, um uns zu veräppeln, so als wollte er sagen: ›Wir sind hier ja nicht in einem klassischen Konzert, wo man nicht niesen oder husten darf‹, und dann steckte er sich eine Zigarre an, bedeutete dem Gehilfen, das Fenster zu öffnen, und sagte: ›Wer will, darf rauchen‹, worauf wir uns alle, außer Eusebia und Donna Rositas Tochter, eine Zigarette anzündeten.

An den genauen Wortlaut erinnere ich mich nicht, aber der Notar begann seine Rede ungefähr so: ›Ich habe Sie herbestellt wegen der Schenkungen, die Donna Rosita hier deponiert hat …‹ Darauf rief Eusebia: ›Dann ist sie also tot!‹, und begann sich mit einem Taschentüchlein die Tränen zu trocknen, die schon länger in ihren geschwollenen, glänzenden Augen gestanden hatten … Doch er fuhr fort: ›Ich möchte klarstellen, dass die Signora noch lebt, auch wenn sie jetzt nicht hier ist … Also, Donna Rosita Maggiarra, verheiratete De Improbis … geboren in Acraia am 19. August neunzehnhundert usw., usw. …‹

›Neunzehnhundert … wie viel?‹, unterbrach ihn die Tochter. ›Dürfen wir nicht einmal das Geburtsdatum unserer Mutter erfahren?‹

›Wenn Sie es nicht wissen, bedeutet es, dass Ihre Mutter es nicht bekannt geben will. Auch mein Sohn, der ihr Steuerberater ist, war eines Tages gezwungen, ihr zu sagen: „Signora, an einem Tag geben Sie ein Geburtsdatum an, am nächsten ein anderes … das ist strafbar; für Ihre Steuernummer müssen Sie ein für alle Mal ein Datum angeben, wählen Sie eins und halten Sie sich dran … Nein, Moment, entschuldigen Sie, so gesagt, wäre es ja eine Aufforderung zur Wiederholung der Straftat … Sie können das Datum nicht frei wählen! Es muss Ihr tatsächliches Geburtsdatum sein.“ Daraufhin entgegnete die Signora: „Die, die uns regieren, haben einfach keine Manieren mehr. Eine Dame fragt man nie nach ihrem Alter." – „Aber das ist Gesetz!", rief mein Sohn. – „Gibt es nicht auch ein Gesetz zum Schutz der Privatsphäre?", bedrängte sie ihn. „Warum muss etwas, was mich betrifft, allen bekannt sein? Wenn es so ist, dann beauftrage ich Sie, in meinem Namen Anzeige bei der Aufsichtsbehörde wegen Übertretung dieser Norm zu erstatten und nötigenfalls bis vors regionale Verwaltungsgericht zu gehen."‹

›Es stimmt‹, sagte der Sohn. ›Unsere Mutter hat ihr Geburtsdatum immer geheim gehalten, auf meiner Geburtsurkunde hat sie ein Datum angegeben und auf deiner‹ – er wandte sich zu seiner Schwester – ›ein anderes, und so weiter, auf allen Bescheinigungen, die wir gebraucht haben … Das habe ich gemerkt, als sie uns die Schenkungen gemacht hat …‹

›Keine Sorge, ganz ruhig, ich habe es übernommen, diese kleinen Formfehler zu korrigieren … Es wird nicht passieren, dass die Schenkungen nicht gelten, weil ich ein Geburtsdatum pflichtgemäß korrigiert habe … Auch heute wird es so geschehen, denn wenn eine der Parteien es unter vier Augen von mir verlangt, kann ich das Geburtsdatum nennen. Jedoch scheint es mir wenig elegant zu sein, den Willen der Signora vor so vielen Menschen zu missachten … Ein kleines weibliches Geheimnis ist kein Staatsgeheimnis, es ist, als läge in einem Schrein eine Blume und nicht ein kompromittierender Brief … Ich mag Blumen. Sehen Sie?‹, und er schlug ein gewichtiges Buch auf. ›Ich benutze getrocknete Blumen als Lesezeichen. Wer mag keine Blumen, selbst wenn sie getrocknet, aber gut erhalten sind?‹ Aus dem Mund der Tochter kam ein unverständliches Knurren, aber sie fasste sich rasch wieder.

›Nun, fahren wir fort. Also … „Von einer unheilbaren Krankheit befallen …“‹ Eusebia schluchzte laut auf. ›Beruhigen Sie sich, Eusebia! Nichts auf dieser Welt ist unheilbar, gerade Sie müssten das doch wissen, da Sie einmal im Jahr nach Lourdes fahren und das Geld gesammelt haben, um Padre Pio das Denkmal zu errichten! Was ist los? Glauben Sie nicht mehr an Wunder?‹ Eusebia rang um Fassung. ›„… und da ich die Zeit, die mir noch zu leben bleibt, in heiterem Frieden in einem geheimen Kloster verbringen will“‹, las der Notar weiter, ›„möchte ich, bevor ich mein Dorf und meine Lieben verlasse, gerecht über meine Güter verfügen. Meinen Kindern … hinterlasse ich nichts, da ich nicht nur für ihre Ausbildung, sondern auch mit mehreren Schenkungen für den Kauf ihrer Häuser und Büros gesorgt habe …“‹ Der Sohn sprang auf, die Hände vorgestreckt, wollte er die Papiere an sich reißen, doch die Schwester beugte sich vor, um ihn aufzuhalten, und als die Stimme des Notars mahnte ›Nur Ruhe, bitte, Ruhe!‹, zwang sie den Bruder, sich wieder zu setzen, indem sie die Beine nebeneinanderstellte und ihren Fuß vor den seinen schob, ohne zu bedenken, dass er, falls er noch einmal versuchen sollte aufzustehen, darüber stolpern könnte. ›„Ich hinterlasse meiner treuen Hausangestellten Eusebia … die lebenslange Nutznießung meines Palazzetto, gelegen in Acraia in der Via …, Hausnummer …, einschließlich der darin enthaltenen Güter, die nach ihrem Tod, doch wünsche ich ihr ein langes Leben, an meine Kinder oder deren Erben gehen …“‹

An dieser Stelle war es Donna Rositas Tochter, die

sich erhob und sich wie ein Raubtier auf den Tisch des Notars stürzte. Ihr wächsernes Gesicht wie durch die Berührung mit einer Flamme geschmolzen, ganz von schwarzen Schlieren durchzogen und in Rauch gehüllt … Die glatten blonden Haare standen ihr zu Berge, und es sah aus, als würden die Flammen, die aus ihren Augen schlugen, sie gleich in Brand setzen wie ein Stoppelfeld. Der Bruder dagegen hatte sich nach seinem vorherigen Anlauf unbewegt und starr in seine Sofaecke gekauert und schien sich nun immer noch weiter zurückzuziehen, fast als wäre die Furie im Begriff, auch ihn zu zerfleischen.

Phlegmatisch zündete der Notar erneut seine Zigarre an, aber ich sah in seinen Äuglein etwas rollen wie eine Quecksilberkugel, bedrohlich und lachend zugleich.

›Was haben Sie einzuwenden, Signora?‹

›Ich … ich … und mein Bruder … wir … ich …‹, und sie wendete sich zu den Anwesenden um. ›Ist euch klar, dass meine Mutter … unsere Mutter … den Palazzo der Familie verschenkt hat?!‹

›Den Palazzetto‹, berichtigte der Notar scheinheilig.

›Den Palazzo der Familie, ohne uns ein Wort zu sagen, und dass diese Intrigantin dort, diese dreckige Dienstmagd, nun darin wohnen wird, als ob sie die Besitzerin wäre … Ihr habt sie ja gesehen, sie hat geweint, geschluchzt … So ein Theater! Dabei hat sie meine Mutter umgarnt, weil sie alles wusste, alles …!‹

›Ich versichere Ihnen, Signora, dass sie nichts wusste, und ich kann es auch beweisen. Natürlich nur juristisch gesehen … Aber juristisch gesehen haben Ihre Einwände übrigens keinerlei Wert. Im Gegenteil, ich bitte Sie sogar, auch juristisch gesehen, nicht in meiner Gegenwart eine

Person zu beleidigen. Außerdem beleidigen Sie, indem Sie sie beleidigen, auch sich selbst und Ihren Bruder, denn nachdem Signora Eusebia Sie beide aufgezogen hat, solange Sie nicht im Internat waren, natürlich unter der Aufsicht Ihrer Mutter, haben doch Sie selbst und Ihr Bruder Ihre eigenen Kinder jahrelang Eusebias Obhut anvertraut, wenn Sie in Urlaub fuhren …‹

›Was soll das jetzt hier … was soll das … ein berechnendes Dreckstück‹, und dabei wandte sie, die Tochter, sich aufgeregt bald an den Notar, bald ans Publikum, darunter Eusebia, die ebenfalls die Kontrolle verloren hatte, über ihr Schluchzen, meine ich. ›Und das Silberbesteck, die Originalgemälde, die Antiquitäten … die kriegt die da jetzt in Verwahrung, bis sie krepiert, die da … heimlich verkaufen wird sie die Sachen …‹

›Machen Sie sich keine Sorgen, was das betrifft. Ihre Mutter hat hier eine Aufstellung aller ihrer Güter hinterlegt. Doch ehrlich gesagt kann ich Ihnen versichern, dass die Bilder, die Sie als „Originale" bezeichnen, nur hervorragende Kopien sind, und auch die Möbel und sonstigen Antiquitäten haben, abgesehen von etwas Jugendstilkram, antiquarisch kaum einen Wert …‹

›Das sagen Sie! Uns ist das nicht bekannt … Aber wie halten Sie es mit dem Silber und mit dem Goldschmuck, denn Gold und Juwelen hatte unsere Mutter, sie trug sie auch … Die da verkauft bestimmt alles, und dann, wenn sie …‹ – diesmal sagte sie nicht ›krepiert‹ –, ›was machen wir dann? Die Hände ringen über den gesalzenen Verlust?‹ Rabiat, wie sie war, griff die Furie auf ein letztes Argument zurück: ›Und die Diebe, was ist, wenn eingebrochen wird?‹

›Vielleicht ist es schon passiert, jetzt, genau in diesem

Augenblick. Sind Sie denn beispielsweise überhaupt sicher, dass nicht genau in diesem Augenblick auch bei Ihnen zu Hause eingebrochen wird? Oder dass die Diebe in ein paar Stunden, wenn ich die Kanzlei schließe, nicht auch hierher kommen, um zum Beispiel dieses Bild zu stehlen, das, so kann ich Ihnen versichern, ein Original ist, von dem Ihre Mutter eine perfekte Kopie besitzt?‹

›Sie, Sie …‹, ereiferte sich die Furie, ›mit Ihren Kopien! Was weiß ich denn, ob Ihr Bild echt ist oder eben doch das, das im Haus meiner Mutter hängt und von dem Sie behaupten, es sei eine Kopie?‹

›Signora, bitte beruhigen Sie sich. Sie stehen vor einem Notar, der seit über vierzig Jahren Mitglied der Anwaltskammer ist und gegen dessen Ehrlichkeit nie jemand Einwände erhoben hat. Was die Kopien betrifft, so rufen Sie ruhig einen Experten und geben Sie bei ihm ein Gutachten über mein Gemälde in Auftrag. Ich selbst werde es bezahlen. Denn Gutachten über die Gemälde Ihrer Mutter können Sie vorerst nicht einholen … Ich bin jedoch sicher, dass Signora Eusebia, die Einzige, die im Augenblick dazu berechtigt ist, nichts dagegen hat, dass auf Ihre Veranlassung Gutachten zu Möbeln und Bildern erstellt werden, allerdings müssen Sie dann auch die Gutachter bezahlen … Und die haben gesalzene Preise, das kann ich Ihnen versichern, das wird mehr sein als der Verlust, von dem Sie vorher gesprochen haben.‹

Scheinbar resigniert, aber mit einer steilen Falte auf der Stirn, zwischen den Augen, was auf einen geheimen Gedanken hindeutete, der ihr gerade gekommen war, setzte die Furie sich wieder hin.

›„Ich vermache meinen treuen Freunden Lorenzo … Orso … Raffaele …, geboren …, wohnhaft … etc., den Keller in der Via …, Hausnummer …, zum Zeichen der Dankbarkeit für ihre Studien über die Schlacht von Montecassino, die darauf abzielen, zu zeigen, dass Krieg Krieg ist und dass es genügt, einen davon erlebt zu haben, um alle anderen vergangenen und zukünftigen Kriege zu verstehen, und ich schenke ihnen außerdem ein Souterrain im Wert von …, damit sie mit ihren Studien fortfahren und ein kleines Museum einrichten können in weitläufigeren Räumen in der Via …, Hausnummer …, die ich ihnen vermache unter der Bedingung, dass sie zu diesem Zweck verwendet werden …“ Hier‹, fügte der Notar hinzu, ›gäbe es eine juristische Schwierigkeit, aber die Signora hat sie gelöst, indem sie auf ihren Namen eine Stiftung eingerichtet hat, ein Rechtsbehelf, der nötig ist, um die wechselnden Bestimmungen über die Verwendung von Räumen zu umgehen, die bald von der einen, bald von der anderen Regierung erlassen werden …‹

›Aber sie hat doch erklärt, sie sei von einer unheilbaren Krankheit befallen …‹, wandte der Sohn leise ein.

›Keine übereilten Befürchtungen … Die Stiftung ist nicht nur auf die Signora eingetragen, sondern auch noch auf andere …‹

›Auf wen denn?‹, fragte nun die Stimme der Tochter aggressiv.

›Ich bin nicht verpflichtet, Ihnen das zu sagen‹, erwiderte der Notar. ›Ich lese gerade die Schenkungen vor, nicht die Satzung einer Stiftung. Und außerdem, entschuldigen Sie, was geht Sie das an? Eine Sache ist das Familiensilber, eine andere die Stiftung … Doch

Sie werden sehen‹, und er lachte wirklich unter seinem Schnurrbart, ›diese Stiftung wird auch für Sie, die Kinder, noch Überraschungen bereithalten ...‹

›Wir werden wieder Geld verlieren ...‹, murmelte der Sohn finster.

›Nein, nein. Weder Verluste noch Gewinne, nur kleine Fragen der Ethik oder der Ästhetik, wenn Ihnen das lieber ist, sagen wir ein bisschen Make-up ... Aber fahren wir fort: „Schließlich vermache ich meine Garage mit angrenzender Autowerkstatt in der Via ... den Herrn Teodosio und Onofrio, denn da ich mich im Lauf der Jahre von ihrer beruflichen Korrektheit überzeugen konnte, betrachte ich sie als Kavaliere der Arbeit, und als Frau betrachte ich sie als Kavaliere der aufrichtigen, hochherzigen Liebe ..."‹

›Unsere Mutter ist ja verrückt!‹ – wieder war der Tiger brüllend aufgesprungen, bald dem Notar, bald dem Publikum zugewandt. Und gleich darauf verstand ich den Sinn ihres Hintergedankens, der ihr diese tiefe Falte zwischen den Augen in die Stirn eingegraben hatte, als wollte sie sagen: ›Jetzt hab ich euch alle in der Hand!‹

›Unsere Mutter ist unzurechnungsfähig! Wir werden sie entmündigen lassen!‹ Bei diesen Worten hatte sie sich wieder beruhigt, als hielte sie diesen Gedanken, der in ihr aufgekommen und im Lauf der Sitzung gereift war, für so unanfechtbar, dass er ihr die volle Herrschaft über die Lage zurückgab.

›Ihre Mutter‹, sagte der Notar ungerührt, ›hat an alles gedacht, obwohl ich sie darauf aufmerksam gemacht habe, dass es seit Erlass des Gesetzes über die Psychiatriereform viel schwieriger ist, jemanden entmündigen zu lassen ... Wie auch immer, ich lese Ihnen nun das psychiatrische Gutachten vor, das sie den Schenkungsurkunden beifügt …‹ Daraus ging hervor, dass die Signora vollkommen zurechnungsfähig sei etc. Ein Haufen schwieriger großer Wörter, aber das Wesentliche war dieses, unterzeichnet von einem berühmten Professor der Medizin in der Hauptstadt.

›Aber der war doch ihr Geliebter!‹, knurrte die Tochter.

›Gut, dann lese ich Ihnen noch die nächste Anlage vor, ein ähnliches, von einer weiteren Koryphäe der Medizin unterzeichnetes Gutachten, und bitte, Signora, ich warne Sie, beleidigen Sie diese Herren ruhig privat hier unter uns, aber nicht in der Öffentlichkeit, sonst kriegen Sie eine Klage an den Hals, einen Prozess, lauter Dinge, die kosten, vermutlich mehr als der Pflichtteil, der Ihnen zugestanden hätte, wenn Ihre Mutter den Palazzetto der Familie nicht in Form von Nießbrauch abgegeben hätte. Und übrigens, haben Sie und Ihr Bruder mit Ihrer Unterschrift unter die Schenkungen, die Sie vor Jahren erhalten haben, denn nicht bestätigt, dass mit jenen, Ihnen zu Lebzeiten geschenkten Gütern auch der Pflichtteil abgedeckt sei und dass Ihre Mutter über alle ihre eventuellen weiteren Güter frei bestimmen könne?‹

›Und das Bargeld, das Geld, das sie auf ihren Bankkonten liegen hat … alle diese Milliarden?‹

›Signora, übertreiben Sie nicht. So viel Glück hat Ihre Mutter nicht gehabt, sie hat nie im Lotto gewonnen, doch selbst wenn es sich um Milliarden handelte, so kann eine Person, solange sie lebt, frei über ihr Geld verfügen, sie kann es zum Fenster hinauswerfen, im Kamin verbrennen oder …‹ – ein grausames Lächeln glitzerte kurz in seinen Augen, um sich dann gutmütig unter dem Schnurrbart breitzumachen – ›einem Kloster schenken …‹

›Ach Quatsch, von wegen Kloster … Eine Nutte wie meine Mutter … Und Sie, Sie waren doch auch Ihr Geliebter, wie Ihr Sohn, der Steuerberater, wie der Psychiater und bestimmt auch dieser andere … Scheißprofessor …‹ Damit wandte sie sich zu uns um: ›Auch ihr alle hier drin, einschließlich dieses gestiefelten Generals …‹ Doch welche Geistesgegenwart bewies diese Frau selbst noch in der Wut, denn sie verbesserte sich sogleich: ›Nein, nein, ohne Stiefel, ich erinnere mich noch genau, wie er Verwalter bei meinem Großvater war und ihn im Rollstuhl herumschob und, so hat man es mir erzählt, meinem Vater die Stiefel putzte, der war nämlich ein echter General …‹ Dann zeigte sie auf Eusebia, die unterdessen aufgehört hatte, zu weinen und zu schluchzen, und wie hypnotisiert oder unter Drogen mit auf die Lehne gesunkenem Kopf dasaß: ›Und du, was hast du mit der Alten gemacht … ihr die Möse geleckt wie ein Hund?‹

›Ich wusste nicht‹, unterbrach sie der Notar, scheinbar immer noch ganz ruhig, und seine Ruhe wurde unterstrichen durch die präzisen, besonnenen Bewegungen, mit denen er einer weiteren Zigarre die Spitze abschnitt, ›dass das Bett Ihrer Mutter so groß war, nicht nur wie die Piazza Incoronazione in Acraia, sondern sogar so groß wie die Piazza Navona oder die Piazza Plebiscito in Neapel …‹

›Jetzt ist es genug!‹, ermahnte der Bruder seine Schwester, die sich unerwartet zahm wieder auf das Sofa neben ihn ziehen ließ, wo sie sich einrollte wie eine müde Katze nach wüsten nächtlichen Abenteuern.

Da tat sie mir leid. All die Palazzi, das Silber, die Originalgemälde, die Milliarden auf der Bank waren also nur der Deckmantel oder die Fassade einer großen emotionalen Leere, eines Mangels an früher und mütterlicher Liebe, einer Verwirrung oder Orientierungslosigkeit des Kindes und jungen Mädchens angesichts einer zu starken, skrupellosen Mutter, die sich einfach alles erlaubte; und nie hatte sich der Neid auf die Mutter in Mitleid oder wenigstens in das Bewusstsein verwandelt, dass sie ein gemeinsames Schicksal als Frauen teilten. Dann fiel mir etwas ein, was mich betraf. Ich war fünfunddreißig Jahre alt, als meine Eltern starben, und Jahre später überraschte es mich, als ein Bekannter zu mir sagte: ›Ach, du bist Waise!‹ – ›Wie!‹, erwiderte ich. ›Du nennst mich Waise, obwohl ich beinahe vierzig bin?‹, denn für mich waren nur Kinder und Jugendliche Waisen, aber nicht erwachsene Männer und Frauen. Jedoch wurde mir in dem Augenblick klar, dass ich, obwohl längst ein Mann, doch immer noch eine Waise war, und während ich meine Eltern wieder lebendig um mich spürte, betrachtete ich Donna Rositas Tochter, deren Vater in der Tat gestorben war, als sie zwei oder drei war, die sich aber auch, was die Mutter anging, als Waise gefühlt hatte und ihr dafür heute noch grollte. So sah ich diese zusammengerollte Katze, wirklich wie die Tigerkatzen, die, schon ausgewachsen, manchmal auf deinem Schoß schnurren, während du sie streichelst, sogar an den Pfoten, ohne dass sie die Krallen zeigen, dabei hatten sie vielleicht einige Stunden vorher durchaus versucht, dich zu kratzen, und du hattest sie verscheucht, nicht unbedingt mit einem Fußtritt, das habe ich nie getan, aber doch mit einer Drohung oder einer schroffen, entschiedenen Geste; und dann fragst du dich, ob sie sich noch daran erinnern, wie die Mutter sie als Neugeborene leckte, und ob auch sie in dem Augenblick gerne zurückwollten, zurück und somit nie mehr vorwärts in jene Welt von Überfällen, wilden Liebes- oder Zornesschreien, Kratzern und Bissen, draufgängerischen Abenteuern auf Bäumen und Dächern.

Auch der Notar schien Mitleid mit der Frau zu empfinden und forderte uns gebieterisch zum Gehen auf. ›Sie beide‹, sagte er, zu Donna Rositas Tochter und Sohn gewandt, ›Sie bleiben bitte noch, es gibt da eine spezielle Klausel, die ich Ihnen noch vorlesen muss.‹ Mir kam es eher wie ein Vorwand vor, denn durch die angelehnt gebliebene Tür hörte ich, wie er zu seinem Gehilfen sagte: ›Geh und bestelle in der Bar zwei Espressos und einen Kamillentee.‹ Worauf Donna Rositas Tochter, wie erneut zum Tiger geworden, wenn auch zahmer, sagte: ›Ach was, Kamillentee! Mir genügt ein Glas Wasser, damit ich mein Beruhigungsmittel nehmen kann!‹

Im Auto, auf der Rückfahrt ins Dorf, ich am Steuer, Eusebia neben mir, Onofrio und die beiden Generäle hinten, schwiegen wir die ganze Zeit, bis auf Eusebia, die sich ab und zu bekreuzigte und murmelte: ›Heilige Muttergottes, danke, sie ist nicht tot, sie ist nicht tot …‹«

Am Ende der Geschichte brach ich, nachdem ich ein Glas Wein auf einen Zug geleert hatte, zum Erstaunen meiner Freunde in lautes Gelächter aus, stand auf und begann eine Melodie zu pfeifen. »Was ist denn mit dir los?«, fragte Onofrio. – »Was pfeifst du da?«, erkundigte sich Teodosio. Und Rituzza, von der Pflege ihrer Pflanzen abgelenkt und von meiner gepfiffenen Melodie angezogen, während ich zwischendurch zum

Gesang – ich hatte eine Bassstimme – und zum Sprechen wechselte, rief: »Singen kannst du auch!«, indem sie mit den Händen in den Hüften hereintrat. Und dann fügte sie vorwurfsvoll hinzu: »Bisher haben wir dich nie singen hören. Dabei liebe ich die Oper!« – »Oper? Und welche Oper ist das?«, fragten Teodosio und Onofrio einstimmig. – »Bestimmt ist es eine Oper«, gab Rituzza zurück. »Ich weiß bloß nicht, welche … Ein bisschen kenne ich mich aus, weil mein Onkel in der Dorfkapelle war und mir immer die Platten von Beniamino Gigli vorspielte. Eine himmlische Stimme! Mit dreizehn hatte ich mich in ihn verliebt, war das eine Enttäuschung, als der Onkel mir sagte, Gigli sei inzwischen alt oder, ich erinnere mich nicht, vielleicht schon gestorben. Er war allerdings ein Tenor, während du eine Bassstimme hast.« – »Und woher nimmst du diese ganze Wissenschaft?«, neckte Onofrio sie. – »Auch abgesehen von meinem Onkel hat mir die Oper immer sehr gefallen, obwohl ich natürlich nie eine Aufführung besucht habe … aber der Onkel hatte einige Freunde, die manchmal zusammenkamen, um Arien von Verdi, Bellini, Puccini usw. zu singen. Und jetzt, wenn meine Töchter nicht da sind, schalte ich beim Aufräumen oder beim Malen immer das Radio ein, im dritten Programm gibt es oft gute Musik … Habt ihr noch nie die Sendung *La Barcaccia* gehört, die um eins anfängt und um dreiviertel zwei endet, ungefähr wenn meine Töchter aus der Schule zum Mittagessen kommen? Da sind zwei hervorragende Moderatoren, sie klingen wie zwei Transvestiten oder Komiker, aber sie sind echte Kenner … Sie analysieren jede Stimme einzeln und nehmen keine Rücksicht, sie erklären dir zum Beispiel, warum Pavarotti ein großer Tenor ist, aber wenn er mal danebensingt, lassen sie es dich hören … Und du, Kapitän, du bist ja schon mit klapprigen Kähnen übers Meer gefahren, jetzt schiff dich doch mal auf der ›Barcaccia‹ ein … Aber welche Oper war das, die du gepfiffen hast?« – »Gleich erzähle ich es euch … Ein Jahr lang sind zwei Matrosen mit mir gefahren, die sich aufs Opernsingen verstanden. Einer war ein Russe, der aus der Sowjetunion geflüchtet war, wir hatten ihn in Schweden an Bord genommen; er erzählte, dass er am Konservatorium Gesang studiert und auch schon im Theater gesungen habe, dann aber wegen Problemen mit dem Regime abhauen musste; er war ein Bariton. Der andere stammte aus der Romagna, er sagte, dort sauge man die Oper mit der Muttermilch auf, und da er eine schöne Bassstimme hatte, hatten sie mit Freunden eine Laiengruppe gegründet, die herumzog und auf Dorffesten sang. So haben sich diese beiden Matrosen, die sich nicht mit Worten verständigen konnten, dank dieser gemeinsamen Leidenschaft für die Oper gefunden und sogar mit einigen weiteren Matrosen ein Ensemble gebildet, das für uns auftrat. Eine Oper, die sie häufig sangen, war *Gianni Schicchi* von Puccini. Nun gibt es darin eine Szene, die dem Vorfall beim Notar sehr ähnlich ist. Der Russe, der Bariton, übernahm die Rolle des Gianni Schicchi, der ein Winkeladvokat, ein Rechtsverdreher war, während der Matrose aus der Romagna, der Bass, den Notar sang … wenngleich in eurer Geschichte Winkeladvokat und Notar ein und dieselbe Person waren … Kurzum, in dieser Oper betrügen die beiden Kumpane die Familie und die Kirche, die auf das Erbe eines alten Mannes warteten, um ein junges Liebespaar zu begünstigen.« – »Und wer wäre bei uns das Liebespaar?«, fragte Onofrio überrascht. – »Eine Idee hätte ich schon«, sagte Teodosio augenzwinkernd. – »Schweig, bitte, nur keine Unterstellungen«, schnitt Onofrio ihm das Wort ab. »Das einzig Sichere an dieser Geschichte ist, dass Donna Rosita verschwunden ist … und trotz ihres Alters ist sie anscheinend jung geblieben …« Und als wollte er weiteren Klatsch vermeiden, begann er mit schöner Tenorstimme die Arie *La donna è mobile qual piuma al vento* zu intonieren, worauf wir alle, nachdem wir unsere Weingläser gehoben hatten, teils pfeifend, teils trällernd mit einstimmten.

In den folgenden beiden Monaten, die ich in Acraia verbrachte, stand Eusebia jeden Morgen mit einem anderen Geschenk – Essen, kein Silber – von Donna Rosita vor meiner Tür. Rituzza wiederum erzählte mir, da das Gerücht von dieser Art Testament sich wie ein Lauffeuer verbreitet hatte, den Dorfklatsch und dass sie widersprach, wenn jemand behauptete, Donna Rosita sei eine Rabenmutter, weil sie alles, was sie besaß, ihren Kindern hätte vermachen müssen, und außerdem schamlos, weil sie in ihrem Alter mit einem Mann durchgebrannt war, der auch in ihrem Alter war … und noch dazu ein armer Schlucker, denn sie war zwar ein schamloses Geschöpf, aber doch immer noch eine Dame, warum konnte sie da, nach allem, was sie durchgemacht hatte und die anderen hatte durchmachen lassen, nicht still zu Hause bleiben, sagten die Leute, wo es ihr an nichts fehlte, oder sich wenigstens wirklich ins Kloster zurückziehen … »Das hat sie gut gemacht, wirklich gut, die Glückliche!«, wiederholte meine Nachbarin auch vor ihren Töchtern, diesen Odalisken, die ihr ausnahmsweise recht gaben. Und es schien, als sagten sie in Anbetracht ihres im Vergleich zur Magerkeit der Mutter so üppigen Körperbaus: »Dieses Schicksal steht aber höchstens uns zu, dir bestimmt nicht!«

Nunmehr legte ich mich auf dem Teil der Terrasse auf die Lauer, der zum Keller der Generäle hinausging, ja, ich *legte mich auf die Lauer,* wie angezogen von all dem Klatsch, der Acraia wie ein Spinnennetz umsponnen hatte, sowohl den Rione Terra als auch den Borgo, ein Netz, in dessen Mitte eine übermächtige Gottesanbeterin alle minderen Klatschthemen verschluckt hatte, als ob es Mücken wären, und sogar ein schwerwiegendes, wenn auch indirekt erlebtes, weil nur im Fernsehen gesehenes Ereignis wie den Krieg und einen tragischen Vorfall vor Ort, den Selbstmord eines Achtzehnjährigen; er hatte sich an einem Feigenbaum erhängt, der schon über und über mit Laub bedeckt war, aber die Früchte waren noch unreif, so wie der Junge, unreif im Äußeren und im Blick, der bald ausweichend, bald schamlos war … Zwei oder drei Mal hatte ich ihn gesehen, während er seiner Mutter beim Gemüseverkaufen half, bis hinauf in den Rione Terra kam sie mit diesem dreirädrigen Lieferwagen, den sie sogar zu fahren gelernt hatte, eine starke, mutige Mutter, hieß es, denn sie hatte ohne Ehemann vier Kinder aufgezogen … Doch diesem ältesten Sohn, so wurde behauptet, hatte sie zu viel Verantwortung aufgebürdet, jedenfalls zu viel für einen Jugendlichen von heute, der im Unterschied zu denen von früher nicht nur harte Arbeit weniger gut verkraftet, sondern auch die Möglichkeit hat, sich ein anderes Leben auszumalen, wie es bei ebendiesem Jungen geschehen war, einmal war er sogar bis nach Caieta davongelaufen, weil er sich einschiffen wollte, und als ihn niemand haben wollte, war er ins Meer gesprungen und einem Fischkutter hinterhergeschwommen mit dem Schrei: »Ich arbeite auch umsonst! Mir genügt es, die Welt zu sehen!«, während ein Matrose ihm als Antwort spöttisch die abgewandelte Strophe eines alten Liedes aus dem Ersten Weltkrieg vorsang: »Wenn du die Welt sehen willst, schau sie dir auf der Postkarte an.« Aber offenbar hatte diese harte Lektion ihn nicht abgehalten, sagten die Leute, denn nach einer Weile lief er erneut weg, diesmal in die Berge, um sich als Hirte zu verdingen, auch ohne Bezahlung, aber vergeblich, denn der Schafzüchter sagte zu ihm: »Das ist ein schwieriges Handwerk, um es auszuüben, muss man mit den Tieren aufwachsen, und wir haben hier schon zwei Jungen aus Montenegro, die mit Schafen groß geworden sind, nicht so wie ihr jungen Leute von heute mit eurem verweichlichten Leben.« Und da hatte der Junge, der den Sinn des Wortes »verweichlicht« gar nicht verstand, weil er nicht einmal die fünfte Klasse geschafft hatte, nachdem sie es ihm erklärt hatten, seinen Teddybären mit aufgeschlitztem Bauch in den Ziehbrunnen geworfen, denn das Plüschtier war das einzig Weiche, das er je gekannt hatte, und war weiter hinter seiner Mutter hergehinkt, während er sich im Herzen wünschte, die Welt zu sehen und vor allem das Meer. Er war so aufs Meer fixiert, dass er dem Besitzer der Schafe gesagt hatte, diese Arbeit würde ihm gefallen, weil man von den Bergen aus das Meer sehen könne und nicht immer die üblichen Häuser, Straßen und Leute; allen erzählte er, dass ihm das Meer gefalle. – »Ja, dann geh doch ans Meer zum Baden wie alle, wenn die Saison beginnt.« – »Nein, nein«, erwiderte der Junge. Denn für ihn bedeutete das Meer etwas anderes, er konnte es aber nicht erklären, oder vielleicht verstand ihn niemand … Das ging so weit, dass die Leute sich, wenn sie von ihm sprachen, an den Kopf tippten, als wollten sie sagen, der spinnt oder ist ein Trottel, denn während alle anderen Jungen seines Alters in die Stadt wollten oder wenigstens die Pyramiden sehen, wünschte er sich nur, ein Meer zu sehen, das allein in seiner Vorstellung existierte. Und es gab niemanden, der ihm half … oder der ihn nach Übersee holte, wie zur Zeit der großen Auswanderungswellen. Dabei hatte er Verwandte in Toronto, die reich geworden waren, doch der Onkel, der einmal ins Dorf gekommen war, hatte zu ihm gesagt: »Was suchst du denn? Ihr habt hier doch jetzt alles!« Dann hatte er ihm ein paar 10000-Lire-Scheine gegeben, damit er in die Disko gehen könnte, ohne zu ahnen, dass der Junge die Disko nicht ausstehen konnte. So war der Junge verstummt. Und stumm war er gestorben, ohne auch nur einen Zettel zu hinterlassen.

Die beiden verbliebenen Generäle Raffaele und Orso taten so, als würden sie weiter leben wie zuvor … vor dem Verschwinden oder der Flucht oder dem Verrat des dritten Generals, Lorenzo, der sich schon seit Tagen nicht mehr blicken ließ. Man merkte jedoch, dass sie nur so taten. Ich hörte, dass sie Karten spielten und sich erst, wenn sich jemand näherte, zum Schein wieder in ihre Studien über den Krieg vertieften. Vielleicht betrat deshalb niemand mehr den Keller … aus Respekt, um sie nicht dabei zu überraschen, wenn sie die Spielkarten unter den Militärkarten versteckten, wie es jemand gesehen hatte, weil er der Wachsamkeit der alten Frauen entgangen war, die vor der Tür saßen, um die frechsten abzuwimmeln. Sogar meine sanftmütige Nachbarin, ausgerechnet sie, war einmal mit dem Besen hinuntergelaufen, um eine Gruppe Kinder zu verjagen, die direkt vor dem Keller, so als wollten sie die zwei verbliebenen Generäle verhöhnen, begonnen hatten, mit Schwertern, Pistolen, Spielzeugmaschinengewehren und Feuerwerksknallern Krieg zu spielen.

»Meiner Ansicht nach«, sagte Teodosio eines Abends, »geht es nicht so sehr darum, dass Raffaele und Orso sich von Lorenzo verlassen und verraten fühlen, sondern sie sind eifersüchtig auf ihn, denn auch sie hatten ein Auge auf Donna Rosita geworfen, was bei ihnen, in Anbetracht ihrer Vertrautheit mit Lorenzo und dessen Schwester Eusebia sowie auch ihrer Leidenschaft für jenen vergangenen Krieg, der Donna Rositas Schicksal so stark beeinflusst hat, sicher berechtigter war als bei fast allen anderen Männern hier, alten wie jungen, natürlich bezauberte diese Frau auch die Jungen, die ein Leben lang ihre Mütter, Großmütter, Väter und Großväter erzählen hörten, wie schön und geheimnisvoll sie sei. Daher ist es nun, da Donna Rosita fort ist, so, als seien Bocca di Rosa, Inbegriff der weltlichen Liebe in dem Song von Fabrizio de André, die Madonna della Civita und eine antike Göttin gleichzeitig gegangen, eine Göttin, groß wie das Gebirge, die Schenkel geöffnet wie das Tal, mit Beinen bis ans Meer … und im Schoß auch der ganze moderne Müll, den man im Fernsehen und in den Pornozeitschriften sieht … eine Göttin, die jedoch auch real ist, aus Fleisch und Blut, während die Frauen und Mädchen von heute, hier im Dorf, entweder nur scheinbar oder aber zu sehr emanzipiert sind, und auch in dem Fall verbirgt sich dahinter oft eine ziemliche Verstellung. Mein zwanzigjähriger Neffe hat mir zum Beispiel erzählt, dass er eines Abends mit einem Mädchen im Auto saß, dass zwischen ihnen gerade allererste Annäherungsversuche stattgefunden hatten, ein Blick, ein Lächeln, eine wie zufällige Berührung der Hände, und als er sie heimbringen wollte, rief das Mädchen, als sie an einer Apotheke vorbeifuhren: ›He, halt an!‹ Mein Neffe war so überrascht und beleidigt und wehrlos, dass er Gas gegeben und sie direkt vor ihrem Haus abgesetzt hat, und seitdem wollte er sie nicht mehr sehen … Aber auch alte Frauen kommen manchmal auf sonderbare Gedanken … meine Frau hat mir zum Beispiel erzählt, dass eine bäuerlich gekleidete, hinfällige Alte, die beim Friseur neben ihr saß, auf ein Poster über dem Spiegel gezeigt hat, auf dem ein halb nackter junger Mann zu sehen war, der einer Frau durch die Locken fuhr – eine Reklame von L'Oréal oder was weiß ich –, jedenfalls hat die Alte zum Friseur gesagt: ›So eine Frisur wie das Mädchen da will ich, und außerdem will ich auch das Plakat, denn so einen schönen jungen Mann habe ich noch nie gesehen … den will ich mir übers Bett hängen …‹ Auch alte Männer haben sonderbare Gedanken … aber das ist sozusagen normaler … oder zumindest weiß man es … Bei Donna Rosita jedoch ist alles anders, weil sie sich immer ganz eigen verhalten hat. Was sie als junge Frau getan hat, und vielleicht auch das, was sie jetzt tut, war immer außerhalb jeder Regel, auch an den reichen Herrschaften hier gemessen, und außerdem … wer weiß schon, was sie wirklich getan hat … Alles, was sie betraf, nicht nur ihre Liebesabenteuer, nennen wir es so, sondern auch ihr Geld, ihre Kinder, ihre Freunde, ihr Haus … alles wusste man und auch wieder nicht, man sprach darüber und auch wieder nicht. Ebenso wusste man nie, ob sie da war oder nicht … Einer hatte sie hier gesehen, ein anderer in Formura oder gar in Rom oder Neapel. Kurz, ein Geheimnis. Aber stets glanzvoll … Vor einiger Zeit bin ich mit einem Freund zur Wallfahrtskirche gefahren, um die Ex Votos anzuschauen, und was sehe ich? Dort gibt es nämlich außer den eigentlichen Votivbildern noch alles Mögliche, auch aus einem Heft herausgerissene Seiten, die mit Reißnägeln an der Wand befestigt sind, und auf einer dieser Heftseiten stand: ›Madonna della Civita, Donna Rosita unser, komm zu uns zurück.‹

Daher würde es mich nicht wundern, wenn ich in diesem Sommer bei einem Ausflug nach Sant'Onofrio, wo mehr Hirten zusammenkommen als anderswo, die monatelang in improvisierten Blechhütten, Zelten oder Wohnwagen leben, oft ohne ihre Familien, weil die Kinder noch in die Schule gehen, und von denen sich manche die Zeit damit vertreiben, aus den weißen Steinen der Gegend seltsame Skulpturen zu bauen, die wie heidnische oder avantgardistische Statuen wirken, wenn ich also entdeckte, dass jemand sich als Bildhauer betätigt hat, ja, als Bildhauer, und auf dem Berg an einem Felsvorsprung Donna Rositas Profil eingemeißelt hat, wie sie es in Amerika mit den Präsidenten der Vereinigten Staaten gemacht haben … Ein imaginäres Profil natürlich, denn auch der betreffende Hirte dort hat sie wahrscheinlich nie gesehen …«

»Jetzt übertreib nicht«, unterbrach ihn Onofrio. »Du scheinst ja selber ganz besessen zu sein … Wirst sehen, in vier, fünf Monaten werden alle Donna Rosita vergessen haben, wie diesen Krieg, wie …«

»Aber unsere Ausreißer«, unterbrach ihn Teodosio,

»tun alles, um nicht in Vergessenheit zu geraten. Gestern früh erschien Eusebia in der Werkstatt und sagte, ich solle am Abend bei ihr vorbeikommen, sie müsse mir ein Geheimnis anvertrauen. Als ich dort war, hat sie mich nicht in die oberen Räume geführt, sondern unten hinein, wo sie immer gelebt hat, und dann hat sie mir freudestrahlend erzählt, am Tag nach dem grotesken Spektakel beim Notar habe dieser ihr einen Brief zukommen lassen. Darin stand ungefähr Folgendes: ›Mach dir keine Sorgen, Donna Rosita hat keine unheilbare Krankheit, ihr geht es besser als dir und mir, aber sag es niemandem, vor allem ihren Kindern nicht, denk daran, und verbrenne diesen Brief sofort.‹ – ›Und ich‹, setzte Eusebia hinzu, ›hab ihn verbrannt. Bisher habe ich es geschafft, das Geheimnis für mich zu behalten, aber irgendwann konnte ich nicht mehr. Den beiden Generälen werde ich es nie sagen, aber dir und Onofrio schon, ja, euch vertraue ich … Ihr seid nicht so selbstsüchtig wie Donna Rositas Kinder und nicht so neidisch wie die zwei Alten.‹ Und strahlend, mit gefalteten Händen, fuhr sie fort: ›Ein Glück! Ein Glück! Wirst sehen, früher oder später kommt sie zurück. Was soll ich denn hier allein in diesem Haus, ohne die Königin?‹ Und das ist nicht alles. Jede Woche bekommen die zwei Generäle hier unten eine Karte aus den verschiedensten Teilen der Welt von ihrem Oberkommandeur Lorenzo, auf der steht: ›Mir geht es gut, das gleiche hoffe ich von Euch. Arbeitet und wartet auf mich.‹ Das weiß ich, weil ein Neffe von General Lorenzo, der durch seine Geliebte bei der Post von der Karte erfahren hat, zu den Carabinieri gegangen ist, um Anzeige zu erstatten, und ich habe da einen Freund, der mir alles erzählt, weil ich ihm mal aus der

Patsche geholfen habe, als er was Hässliches mit seinem Dienstwagen angestellt hatte … Also, der Neffe hat für den Onkel eine Vermisstenanzeige aufgegeben, mehr aus Eigennutz als aus Zuneigung, denn die Schenkungsurkunde enthält eine Klausel, wonach im Todesfall eines der drei Inhaber die anderen zwei den Keller mit den rechtmäßigen Erben teilen müssen, wenn ich jetzt mal außer Acht lasse, dass Eusebia im Augenblick als Lorenzos Schwester die einzige rechtmäßige Erbin ist. Und in seiner Dummheit hat dieser Neffe auf der Dienststelle ausgerechnet eine der Postkarten vorgezeigt, die er den Generälen entwendet hatte. ›Na und?‹, hat der Polizist erwidert. ›Was willst du von mir? Der Glückliche kann reisen!‹ Und auch hier wartete noch eine Überraschung, denn der Neffe hat bei den Carabinieri ein vom Notar unterschriebenes und von Lorenzo gegengezeichnetes Schriftstück vorgefunden, in dem Letzterer erklärt, er habe sich freiwillig und aus eigenen Stücken aus Acraia entfernt, um seine letzten Jahre ›in heiterem Frieden‹ zu leben. Wie du siehst, ist es die gleiche Formulierung wie in Donna Rositas Testament, ›in heiterem Frieden‹. Was für eine Frau! Sie hat an alles gedacht! Sie und der Notar, gewiss. Er mag ja ihr Liebhaber gewesen sein, aber wie großzügig von ihm, alles für sie zu organisieren, damit sie in Frieden oder besser *in heiterem Frieden* mit einem anderen Liebhaber durchbrennen kann. Die teuflischen Gesetzesvorschriften im Dienste von Santa Rosita dell'Amore … Nicht einmal der Vatikan hätte das geschafft, nicht einmal Marcinkus, das Opus Dei, die Freimaurerloge P2 … Und nun … Auf ihr Wohl!« Damit zog er eine Flasche Sekt aus der Tasche seines Anoraks. »Laden wir auch Rituzza ein«, sagte er dann, schon auf dem Sprung, sie zu holen, »denn sie ist verlässlich, und ich bin sicher, dass du in diesen Monaten ein Auge auf sie geworfen hast, da du doch weder eine Frau hast noch dem Donna-Rosita-Kult huldigst …«

Recht hast du, mein Freund, dachte ich, indem ich meinen Blick zur Terrasse wandern ließ in dem Bewusstsein, dass ich, wie immer, alsbald wieder aufbrechen würde.

Zwei oder drei Jahre später – doch ist die Zeit für mich nur eine Ausdehnung des Raums, weshalb seither auch ebenso gut nur ein Monat verstrichen sein könnte und umgekehrt … aber wie dem auch sei, zwei oder drei Jahre später, sagte ich, war ich bei einem gelegentlichen Geschäftspartner zu Gast auf einer kleinen griechischen Insel, deren Namen ich vergessen habe …

Eine winzige Insel, die sich wie viele Inseln, Inselchen und Felsklippen im Mittelmeer rühmte, ich weiß nicht mehr, ob die Nymphe Calypso oder die Sirenen beherbergt zu haben, jedenfalls war eines der zwei moderneren Lokale am Hafen nach Calypso benannt und das andere nach den Sirenen, während die Tavernen nur nach den Besitzern hießen oder einfach so ähnlich wie die »Oli e vini« in Neapel oder Palermo. Im felsigen Landesinneren thronten über der mediterranen Macchia einige Pinien, Zypressen und Johannisbrotbäume, denn die Insel war so klein, dass man Esel benutzte, um sie zu überqueren. Und es gab auch viele Schafe, Ziegen und Hammel, daher waren die einzigen einheimischen Lebensmittel kleine Schafskäse und Schafsjoghurt und zum Glück nicht gekochtes, sondern gebratenes Hammelfleisch, alles andere kam vom Festland oder von größeren Inseln. Nun standen hier und da zwischen den Felsen auch ein paar Villen, die deutschen Rentnern gehörten, auch wenigen Amerikanern, und zwischen all diesen weiß gestrichenen Häusern stach ein rotes hervor, es gehörte einem polizeilich gesuchten kommunistischen Exterroristen, der nicht etwa versuchte, nicht aufzufallen, sondern ausgerechnet diese grelle Farbe gewählt hatte, was es den Geheimdiensten leicht machte, ihn zu entdecken und festzunehmen …

Das Haus meines Gastgebers ging auf den Hafen hinaus. Ich saß stundenlang mit der Zeitung auf dem Balkon – es gab sogar englische und spanische Zeitungen, und durch Leben und Umstände bedingt kenne ich diese Sprachen ein wenig –, doch statt zu lesen, beobachtete ich oder besser gesagt überließ mich dem, was rundherum geschah. Und eines Tages sehe ich, wie ein Herr Platz nimmt, ich weiß nicht mehr, ob in der Calypso- oder der Sirenenbar. Sogleich erkannte ich in ihm unseren geheimnisvollen Lorenzo von Acraia, dessen Geschichte mir unterdessen aus dem Sinn gekommen war wegen der vielen Geschichten, die mich in meinem Wanderleben seither umgarnt oder überschwemmt hatten. Er trug eine weiße Hose und ein blaues Trikothemd, nach Art der Matrosen, sah größer und vornehmer aus als zu der Zeit, als ich ihn kennengelernt hatte, vielleicht weil er dünner war und trotz der Jahre aufrechter. Die weißen Haare, die er in Acraia kurz geschnitten getragen hatte, hatte er sich zu einer lockigen Pferdemähne wachsen lassen, ich weiß nicht, ob aus Eitelkeit, aus Nachlässigkeit oder einfach weil er kein Interesse daran hatte, zum Barbier zu gehen wie in Acraia, wo dies einer der wichtigsten Orte für menschliche Begegnungen war, so wie die Bars oder die Piazza, vielleicht aber auch, wie mein Gastgeber meinte, um einen Ort zufälliger und gefährlicher Begegnungen zu meiden, wo sein Geheimnis hätte entdeckt werden können. Denn, fügte der Kapitän, der mich beherbergte, hinzu, dieser Mann und die Frau an seiner Seite seien die einzigen Italiener, die hier lebten, in einer abgelegenen, natürlich nicht roten, sondern weißen Villa, und niemand begriff, warum diese betagten oder genauer gesagt alten Italiener sich, bei all den italienischen Inseln und Inselchen, die ihnen zur Verfügung standen, ausgerechnet hierher geflüchtet hatten, so wie die wenigen Deutschen, die sich ebenfalls hier niedergelassen hatten, oder die Handvoll Amerikaner, in ihrer Jugend Hippies, die sich bewusst für diesen Rückzug entschieden hatten.

Mit Lorenzo, Arm in Arm, war eine Frau gekommen, in der ich, obwohl ich sie nie gesehen hatte, sogleich Donna Rosita erkannte. Ich war mir ganz sicher, Anhaltspunkte dafür bot mir nicht nur der ungewisse Ausgang ihrer Geschichte, den man mir in Acraia erzählt hatte, sondern das untrügliche Zeichen war ihre Halskette – der einzige Schmuck an ihr, eine Kette aus Diamanten mit tropfenförmigen Smaragden dazwischen, die ihr Dienstmädchen Eusebia mir folgendermaßen beschrieben hatte: »Sie ist wie ein Bach mit lebendigen Fischen darin, nicht so wie jetzt unser Bach hier, der einer Kloake gleicht.« Die gesetzlichen Erben wiederum hatten sich, angesichts des Werts, beklagt, weil das Schmuckstück auf der Liste fehlte, die ihnen vom Notar übergeben worden war, und die Tochter hatte es, ganz anders als Eusebia, prosaischer als »Gegenstand, der Millionen wert ist!«, bezeichnet. Im Übrigen trug Donna Rosita, oder die Frau, die ich für sie hielt, schlichtes Schwarz, ein langes, weites Gewand, das den alten Körper verbarg und gleichzeitig ihre Haltung hervorhob. Im Gegensatz zu ihrem Gefährten hatte sie das weiße Haar kurz geschnitten, sehr kurz. Da es aber lockig war, trug das vielleicht dazu bei, die rosigen Stellen zu verbergen, die auf dem Schädel alter Frauen den höhnischen Durchbruch des Obszönen zwischen dem jugendlichen Rosa und dem *Memento mori* des nackten Totenkopfs verkörpern. Außerdem beeindruckte mich an jener alten, aber wirklich alten Frau mit der vornehmen Haltung die faltenlose Haut ihres schneeweißen Gesichts und ihrer Hände, die ebenfalls schneeweiß waren – ich bemerkte es, als sie in der Bar Platz nahm und sie auf den Tisch legte in einer Geste, die etwas Schützendes an sich hatte, wie zwei Tauben um ein Nest.

Sie trug eine dunkle Brille. So konnte ich erst, als sie sich setzte und den Kopf zur Sonne hob, ganz kurz ihre Augen erkennen. Ich erinnere mich aber nur an einen kleinen Schimmer, denn als Lorenzo ihr zartfühlend die Brille abnahm, um mit seinem Taschentuch die Gläser zu putzen, senkte sie sofort die Lider. Und als ich das sah, dachte ich, dass die Brille ihr mehr als Schutz diente denn als Versteck. Und dann, was noch? Sie rauchte eine Zigarette und nippte ab und zu, den Kopf in der Sonne zurückgelehnt, an einem roten Drink, ob mit oder ohne Alkohol, weiß ich nicht, während Lorenzo Zeitung las. Als die Sonne unterging, unterbrach er seine Lektüre für einen Augenblick, stand zuvorkommend auf und legte ihr einen Spitzenschal um die Schultern. Daraufhin richtete sie sich auf, das Gesicht starr zum Hafen gewandt.

Offenbar schmerzte sie auch das Licht in den Augen, denn nicht einmal da nahm sie die Brille ab … Dann geschah etwas scheinbar Unbedeutendes. Und dennoch glaube ich, dass auch dies meine Abreise am nächsten Tag mitbestimmte. Plötzlich sprang Donna Rosita – oder der Frau, die ich dafür hielt – ein Kätzchen in den Schoß, und sofort kam Lorenzo, wahrscheinlich weil er dachte, es würde sie stören, und wollte es verscheuchen. Da erhob sich Donna Rosita, das Kätzchen im Arm, und wiegte es lächelnd wie ein kleines Mädchen, während Lorenzo beharrlich versuchte, es ihr wegzunehmen. Sie drehte ihm sogar den Rücken zu, wie aus Ärger, um es weiter zu liebkosen. Daraufhin erinnerte ich mich an ihre Kinder, die Teodosios Schilderungen zufolge vor dem Notar, jenseits ihres Interesses am Erbe, bekundet hatten, es sei gewesen, als hätten sie nie eine Mutter gehabt, und ich dachte: Vielleicht hat sie sie gewiegt wie diese Katze, vielleicht auch nicht. Aber sie muss wohl eine sehr sanfte Frau sein, und wer kennt die Schmerzen und den Abscheu, falls sie ihre Kinder damals nicht gewiegt hat oder von anderen daran gehindert wurde. Und weiter dachte ich: Selbst wenn die Kinder sie heute so sehen könnten, würden sie ihr niemals verzeihen, sollte sie damals mit ihnen wirklich nicht so umgegangen sein. Und vielleicht ist das richtig. Aber was viel schlimmer ist … diese Kinder, emotional Waisenkinder, würden eine solche Geste wahrscheinlich nicht einmal verstehen, selbst bei einer anderen Frau. Doch wie auch immer, wenn sie ausgerechnet ihre Mutter so sähen, würde dies ihre Vorstellung von Gemeinheit und Wahnsinn nur noch verstärken.

Die Insel war, wie schon gesagt, sehr klein, und

wenn ich länger geblieben wäre, hätte es sich nicht vermeiden lassen, Lorenzo zu begegnen, und sicherlich hätte er mich erkannt und gefürchtet, dass ich in Acraia über ihn und Donna Rosita Bericht erstatten würde, ohne zu wissen, dass für mich nicht nur dieses Dorf samt ihrer Geschichte längst weit weg war, sondern dass ich, selbst wenn es nicht so gewesen wäre, ihr Geheimnis niemals verraten hätte. Deshalb verabschiedete ich mich am nächsten Tag mit einer Ausrede von meinem Gastgeber und reiste ab.

Es gelang mir jedoch nicht, dieser Geschichte zu entkommen. Einige Jahre später kehrte ich im Hafen von Antwerpen, oder vielleicht war es auch in Ostende, in der üblichen Kneipe ein und traf auf einen jungen, leicht angeheiterten Matrosen, der mich an jemanden erinnerte, den ich wer weiß wo gesehen hatte. An einem Tisch voller Italiener schwenkte er einen Brief. »Der kommt von meinem Vater, der kommt von meinem Vater …«, sagte er. »Es sind seltsame Dinge passiert in meinem Dorf … Acraia … Hört zu.« Doch betrunken, wie er war, schaffte er es nicht, zu lesen. Daraufhin trat ich näher, hakte den Jungen unter und führte ihn zu einem abgelegenen Tisch. »Danke«, nuschelte er. »Jetzt lese ich Ihnen den Brief meines Vaters Teodosio vor …« Dann sank er am Tisch zusammen. Ich half ihm, sich auf einer Bank auszustrecken, wo er sofort einschlief. Neben ihm sitzend, wie um bei ihm zu wachen, schob ich rechts und links zwei Stühle an die Bank, damit er nicht herunterfiel. Anschließend las ich den Brief. »Lieber Michele«, begann er, »uns geht es gut, Gleiches hoffe ich von Dir nach Deiner ersten Einschiffung. Auch hoffe ich, dass Du Deine Entscheidung nicht bereust, die, sage ich mir jetzt, vielleicht von dem Umstand diktiert war, dass ich Dir so oft von meinem großen Freund, dem Seekapitän, vorgeschwärmt habe, der für mich, auch wenn wir uns seit Jahren nicht schreiben, ein Freund war und immer sein wird … Nach einer Weile wussten alle im Dorf, dass der General mit Donna Rosita durchgebrannt war, nur Eusebia wollte es nicht glauben, bis sie einen Brief von ihrer Herrin bekam, wie immer wer weiß wo abgeschickt, in dem diese ihr erzählte, was geschehen war. Jetzt, schrieb sie, seien sie nicht mehr wie Schwestern, sondern Schwägerinnen. Sie sei froh, dass sie die Sorge um Kinder und Geld los sei und an einem Ort lebe, wo sie niemanden kenne und die Sprache nicht verstehe. Sie bedauere nur, dass Eusebia, mit der sie von Kindesbeinen an zusammengelebt hatte, nicht bei ihr sei … Doch wenn sie wolle, könne sie nachkommen, aber in aller Heimlichkeit … der Notar werde alles in die Wege leiten, und helfen lassen solle sie sich nur von mir und Onofrio. Für Eusebia brach eine Welt zusammen! Sie begann durchzudrehen. ›Schamlos, die zwei‹, sagte sie, ›diese Hure, dieser Hurenbock von Bruder! Vor meinen Augen haben sie's getrieben, und ich habe nichts gemerkt! Und jetzt? Soll ich etwa hinfahren, um ihr Dienstmädchen zu spielen oder besser gesagt die Mätresse, um den beiden Täubchen oder vielmehr diesen zähen alten Tauben die Kerze am Brennen zu halten, nicht mal in Kriegszeiten hätte ich mir solche Schweinereien vorstellen können …‹ Und mit geheimnisvoller Miene und schelmischem Blick, den Finger auf den Mund gelegt, fügte sie hinzu: ›Schhhhh… Sie hat den Pakt verletzt …‹ – ›Den Pakt? Welchen Pakt?‹ – ›Ich sag es euch später, Frauengeheimnisse, ein Frauenpakt. Das versteht ihr nicht.‹ – ›Du willst es uns bloß nicht sagen‹, stichelten Onofrio und ich, um sie zum Reden zu bringen. – ›Nur Geduld. Alles muss seine Ordnung haben, jetzt decke ich den Tisch unter der Pergola, mache einen Tee … aber unbedingt grünen Twinings, dann hole ich die Marzipanplätzchen und, wenn ihr mögt, ein Gläschen Myrtenlikör … eine unserer Spezialitäten … oder wenn ihr es vorzieht, Whisky mit Soda und Salzgebäck, Oliven und Kanapees mit Leberpastete und Kaviar … Wir setzen uns dorthin … Ach, aber vorher ziehe ich mich noch um … Ihr habt allerdings keine Krawatte an … macht nichts … Es ist, als wären wir auf der Jacht auf See … Aber die Damen müssen sich schick machen.‹ Und nach einer Weile: ›Hier bin ich!‹ – ›Also, euer geheimer Pakt damals?‹ – ›Damals, damals … Nicht so hastig! Aber ihr habt recht, es war wirklich damals, vor Urzeiten, als ich sie noch „Rosita" nannte, als wir noch junge Gören waren, sechzehn, siebzehn … Ich hatte einen Schatz, ich liebte und wurde wiedergeliebt, und … kurzum, wir taten alles, was Verliebte tun, und dann passierte das Malheur, wie man so sagt, aber was für ein schönes Malheur! Rosita und ich dachten nicht im Traum daran, zu tun, was die Ärzte sagen: „Du hast dich amüsiert, und jetzt musst du leiden." Rosita half mir, ihr wisst schon, wie.‹ – ›Und der Pakt?‹ – ›Es war kein richtiger Pakt, mit Blut besiegelt, Handfläche an Handfläche, er wurde nicht einmal beim Notar geschrieben oder auch nur ausgesprochen.‹ – ›Und was für ein Pakt war es dann?‹ – ›Es ging darum, dass Rosita einfach anders war … von klein auf und auch später, ihr wisst schon, wenn die ersten Gedanken kommen, noch vor dem Blut, also, sie hatte geschworen, dass sie niemals an Liebe denken würde, Liebe machen immer, ja … aber einzig und allein aus Berechnung. „Und weißt du, warum?“, fragte sie mich. Und ich erwiderte: „Keine Ahnung.“ – „Vielleicht, weil ich nicht das gleiche Ende nehmen will wie meine Mutter und all die Frauen hier, die erst für die Eltern das Dienstmädchen sind und dann für den Mann. Und wenn sie je aus der Reihe tanzen, dann bringen die Männer sie um, jagen sie aus dem Haus, beschimpfen sie als Huren, die Eltern dagegen … verheiraten sie mit dem erstbesten alten Mann, der nicht so wählerisch ist … Mama ist nie aus der Reihe getanzt, gewiss, aber als ich geboren wurde, nach vielen Jahren Ehe … mein Vater, hat man mir erzählt, sagte immer zu ihr: „Nicht mal zum Kinderkriegen bist du gut“ … nun, was sagte er zu ihr, als endlich ich auf die Welt kam? „Und was hast du jetzt gekriegt? Ein Mädchen!“ … Das hat er gesagt! Als ob ich ein Scheusal wäre, ein Tier … Und als sie nach der Entbindung krank wurde, wollte er nicht mal den Arzt rufen … bei all dem Geld, das er hatte! Stattdessen sagte er: „Steh auf und arbeite! Arbeite ich etwa nicht Tag und Nacht?“ O ja, ihr Vater arbeitete, aber um Geld zu machen! Wer wirklich schwer schuftete, waren seine Knechte, wie mein armer Totonno, mein Liebster, und dann ist der Traktor umgekippt, und er war tot … Donna Rositas Vater hatte nämlich Traktoren angeschafft, aber niemand wusste, wie man damit umgeht … Er wollte es machen wie Mussolini unten in den trockengelegten Sümpfen, wo das Land flach ist; findet ihr etwa, dass es sich für Traktoren eignet, unser Land hier mit den Feldern, die bergauf und bergab gehen zwischen Steinen und Schafen? Als seine Frau dann starb, hat der

Padrone Rosita, die drei Monate alt war, zu einer Amme gegeben, die sie auch noch gestillt hat. Und da das ganze Dorf über ihn munkelte, weil er seine Tochter nicht lieb hatte und sie wie eine Bettlerin behandelte, steckte er sie mit drei, vier Jahren in ein schönes Nonneninternat, wo sie dir nicht nur Lesen und Schreiben beibringen, sondern auch feines Benehmen, was weiß ich, Knicks machen, Musik, Sticken, Französisch, Kaffee mit Gebäck servieren, alles *comme il faut,* auch mit einem Kavalier tanzen, ihn aber auf Distanz halten, und natürlich Beten, Beten, Beten. Wenn sie in den Ferien heimkam, schien der Vater richtig stolz auf diese Tochter zu sein, die immer schöner und eleganter wurde, auch weil er unterdessen noch reicher geworden war und die adeligen Familien des Dorfes nun mit ihm verkehrten und ihn mit Komplimenten über diese wohlerzogene Tochter überhäuften ... Und schon wagte sich der eine oder andere Verehrer vor ... der es vor allem auf das Geld des Vaters abgesehen hatte. Sie tat so, als würde sie mitspielen, ließ sich von ihm jeden Luxus bezahlen ... sogar ein Pferd erhielt sie ... aber mir sagte sie derweil die Wahrheit ... wir waren zusammen aufgewachsen, meine Mutter war ihre Amme gewesen und hatte sie am Anfang noch gestillt, danach ... Möchtet ihr noch etwas Tee? Lieber einen Whisky? Dann hole ich jetzt die Schnittchen mit Leberpastete und die Kaviarbrötchen, mit Mayonnaise, aber keine gekaufte, die habe ich selbst gemacht ... Wartet, gleich ist alles fertig ... Partys organisieren, das kann ich ... Aber warum seid ihr zwei allein und habt nicht ein paar schöne Damen mitgebracht? Die Damen muss man manchmal betrunken machen, indem man ihnen mehr Whisky eingießt und ... auch noch was anderes, aber manchmal auch nicht, und dann kräftig Soda! Schmeckt es euch? Fresst euch ruhig voll wie die Flegel! Welche Wahrheit sie mir sagte? Die Wahrheit. Dass sie ihren Vater hasste, sie hatte nicht vergessen, wie er ihre Mutter behandelt hatte, und fügte hinzu: „Wollte mein Vater nicht einen Jungen? Dann werde ich mich jetzt immer wie die Männer verhalten, aber mit dem großen Vorteil, dass ich nicht nur eine Frau bin, sondern auch eine Schönheit. So werden sie glauben, sie nähmen sich eine Frau, doch mein Herz und mein Verstand werden die eines Mannes sein. Sie werden zu Marionetten in meinen Händen werden, es aber nicht merken, und wenn, dann ist es zu spät." Kurz und gut, ich hatte die Liebe kennengelernt, sie nicht und wollte es auch nicht … „Eins mir, eins dir." Das war der Pakt! Und was stellt sie jetzt an? Ausgerechnet im Alter, wenn man an bestimmte Dinge gar nicht mehr denken dürfte? Sie bricht den Pakt! Im Dorf wurde gemunkelt, dass die beiden zusammen durchgebrannt seien, aber ich wollte es nicht glauben. Vor allem weil ein Pakt eben ein Pakt ist; außerdem weil die zwei mich täuschten. Mein Bruder schickte mir Postkarten: „Viele Grüße und Küsse, es geht mir gut, ich komme bald zurück. Grüß alle von mir." Viele Grüße, ja, ja! Er war schon immer ein Wirrkopf, ich wunderte mich nicht. Und auch sie, die Scheinheilige, die sich zum Gespött machte … nein, Entschuldigung, *mich* machte sie zum Gespött … sie schickte mir Karten und schrieb: „Denk dran, wenn ich wiederkomme, musst Du mir die Lasagne machen, die nur Du so gut kannst." Und was wäre das für eine Lasagne, die nur ich so gut kann? Vor allem der Teig muss selbst gemacht sein, nicht wie das Zeug im Fernsehen, von dem sie behaupten, es schmeckt genauso gut und geht schnell … Heute muss alles schnell, schnell gehen, als wäre der liebe Gott mit der Peitsche hinter uns her und sagte: „Schnell, schnell, so kommt ihr bald in den Himmel …“ Dann ist das Ragout dran, das dauert acht Stunden … So lange braucht die Sauce, bis sie schön dunkel einkocht, ohne anzubrennen … acht Stunden immer aufpassen!‹ Ich unterbrach sie: ›Aber Eusebia, hören wir mal auf mit diesem Ragout? Womöglich treffen Sie morgen meine Frau, die es immer ganz kurz kocht, und überzeugen sie von dieser hausgemachten Lasagne … acht Stunden immer aufpassen, und wer bügelt dann meine Hemden?‹ – ›Aber ich bitte Sie! Ihre Frau kauft Tiefkühlkost, und Sie, wie ein Idiot, sagen „sehr gut“ zu ihr und essen das Zeug auch noch. Esst, esst, die Torten vom Tiefkühlfest … Seht ihr, ich kann sogar in Reimen sprechen! Das nennt man „Paarreim“, was waren wir für ein schönes Paar, mein Totonno und ich, was haben wir uns geküsst … und wer weiß, wo die sich jetzt küssen, dieses andere Paar …‹

Also, um es kurz zu machen: Da sie zwischen einem Schnittchen und dem nächsten, einem Glas Wein und einem Sekt – wir waren nämlich beim Sekt angelangt oder vielmehr bei einem Champagner ich weiß nicht mehr welchen Jahrgangs – immer wieder brummte: ›Was mache ich jetzt? Ich weiß, was ich mache. Ich zünde alles an … alles … auch mich selber‹, begannen Onofrio und ich uns Sorgen zu machen. Als wir ihr später, um keine Spielverderber zu sein, zum Abschied die Hand küssten, genügte uns ein Blick, um uns zu verständigen: ›Wir tun so, als würden wir gehen, und verstecken uns dann hinter dem Mäuerchen.‹ Und das war gut so! Denn als sie sorgfältig abgeräumt, Gläser und Tellerchen gespült und das Silberbesteck poliert hatte, sahen wir, wie sie mit einer Schachtel in der Hand herunterkam, unter der Holztreppe Papiere und Fotos verstreute, eine Flasche mit Alkohol nahm, ein schönes Feuer anzündete, das zu der ersten Stufe hinaufzüngelte, die Reisigbündel vom Kamin dazulegte und sich zuletzt in die Flammen warf. Da sind wir hingelaufen und haben sie herausgeholt …«

Der Junge, der unterdessen aufgewacht war und mir seit einer Weile zuhörte, während ich den Brief vorlas, den er von seinem Vater bekommen hatte, unterbrach mich: »Sagen Sie mal«, fragte er, »warum schickt ein Vater, der dich zuerst in jeder Weise ermutigt, das Dorf zu verlassen, um die Welt kennenzulernen, dann hinterher solche Briefe – das ist schon der dritte –, in denen er dir alle großen und kleinen Ereignisse aus dem Dorf erzählt, als wäre er in der Bar Sport, und dabei geht es um Leute, die ich höchstens vom Sehen kenne und die uns Jungen gar nicht interessieren … ausgenommen natürlich die berühmte Donna Rosita, deren Namen wir in der Schule als Codewort benutzten, um ein Mädchen zu fragen: ›Willst du mit mir gehen?‹ … Warum, warum macht er das Ihrer Meinung nach?« – »Ich glaube«, antwortete ich, »dass dein Vater dir, auch wenn er dich aus dem Dorf hinausgedrängt hat, um die Welt kennenzulernen, damit sagen will, dass du, wenn du willst oder genug Erfahrungen in der Welt gesammelt hast, jederzeit zurückkommen kannst und mit offenen Armen empfangen wirst, selbst wenn du irgendeine Donna Rosita mitbringst, wie ihr sie euch in der Schule vorgestellt habt.« – »Aber so eine habe ich schon«, sagte er stolz, indem er verschiedene Papiere aus der Tasche zog, darunter das Foto eines schönen dunkelhaarigen Mädchens. »Ich habe sie in Livorno kennengelernt. Sie ist die Tochter eines Diskobesitzers. Wir haben uns verlobt …«, und dabei lächelte er schelmisch, als wollte er sagen, das Versprechen sei kein Luftschloss, sondern im Bett gegeben worden.

Er sprach mit mir über seine Erfahrungen jenes Jahres auf See, die nicht alle angenehm gewesen waren, und erzählte mir auch, was ihm an jenem Abend zugestoßen war. Ein hässliches Abenteuer. Nicht so sehr weil er sich betrunken hatte, sondern weil einige undurchsichtige Gestalten ihm etwas Stoff gegeben hatten mit dem Versprechen, dass er noch mehr bekäme, wenn er einwilligen würde, eine bestimmte Menge davon nach Spanien zu bringen, dem nächsten Ziel seines Schiffes.

Von einem tiefen Gefühl der Verantwortung für ihn bewegt, setzte ich bei meinem Reeder durch, dass er auf meinem Schiff anheuern durfte, und ein Jahr lang reisten wir zusammen.

Der Junge war mir dankbar, auch weil ich erreicht hatte, dass er befördert wurde, denn zuvor war er, obwohl er das Kapitänspatent des Nautischen Instituts von Caieta in der Tasche hatte, nur als Faktotum oder Schiffsjunge angestellt gewesen. Natürlich erzählte er mir von seinem Vater. Doch wegen des geheimen Pakts, der mich mit Teodosio verband, seit er nach seinem Militärdienst bei der Marine beschlossen hatte, auf Handelsschiffen anzuheuern, und dann jene extreme Erfahrung mit mir geteilt hatte, sagte ich nichts zu dem Jungen, weder dass ich seinen Vater kannte, noch dass dieser mich in einem schwierigen Moment meines Lebens aufgenommen hatte. Wie sollte er sich auch an jenen Kapitän erinnern, der in Acraia gewesen war, als er noch ein Kind war, da ich nie Gelegenheit gehabt hatte, seine oder Onofrios Familie kennenzulernen.

Vielleicht dachten Onofrio und Teodosio, weil sie ja wussten, dass ich ein freier Mann ohne Wurzeln war, ich würde ihre ganz normalen Familien, für die sie sich, wer weiß, sogar ein bisschen schämten, sowieso nie verstehen, oder wollten sie sogar vor mir bewahren, als ginge von mir eine Ansteckungsgefahr aus, vor der sie selbst sich, wie sie wussten, schützen konnten, während sie nicht sicher waren, ob dies auch ihren Frauen und Kindern gelänge. Nicht weil ich versucht hätte, sie zu verführen, sondern weil sie dachten, ich würde etwas Verführerisches darstellen, ein Anderswo, welches auch immer, stets erträumt von jenen, die nie aus einem Dorf herausgekommen sind, zu dem sie, auch wenn sie sich einigen herrschenden Sitten widersetzen, doch gehören. Ein gefährliches Anderswo, denn es hätte in den Kindern und Ehefrauen, falls gewünscht, ein Gefühl der Fremdheit oder des Ausgeschlossenseins wecken können.

Jener erste Brief von Teodosio an seinen Sohn hatte mir, fast wie eine Vorahnung, den Eindruck vermittelt, als sei er eher an mich gerichtet, so sehr glich seine Schriftsprache seinem mündlichen Erzählen, so sehr schienen jene großen und kleinen Ereignisse mich mehr zu interessieren als den Sohn, so sehr unterschied sich der freundschaftliche Ton von einem väterlichen … und so sehr kamen mir diese Geschichten letztlich – vielleicht war es auch nur eine Illusion – wie die Fortsetzung meiner Erlebnisse in Acraia vor, die plötzlich unterbrochen und von anderen Erfahrungen verdrängt worden waren, die ich aber in den langen Nächten auf

See oder in den Hafenkneipen zufälligen Bekannten weitererzählte, was diese mir mit anderen Geschichten vergalten, so als bildeten ihre und meine Worte eine gemeinsame, ununterbrochene lange Erzählung, die bald dem Rauch der Schlote über den Schiffen, bald dem der Zigaretten, Zigarren und Pfeifen anvertraut wurde, eine Erzählung, die in den Hafenkneipen stets derber war als auf See, selbst wenn man in der Kajüte saß.

Die folgenden Briefe dagegen waren, als wir dann, ohne es uns oder dem Jungen zu sagen, wussten, dass wir uns wiedergefunden hatten, tatsächlich an mich gerichtet, denn bestimmte große und kleine Ereignisse konnten für Teodosios Sohn gewiss keine Rolle spielen. So erfuhr ich, dass Eusebia nach jenem Anfall zerstörerischen Wahnsinns ins Krankenhaus gebracht wurde, wo sie sie mit einem hochwirksamen Arzneigemisch ruhigstellten; dass sie bei ihrer Rückkehr ins Dorf, wo Teodosio mithilfe des Notars alles in Ordnung gebracht hatte, im Einverständnis mit den Erben in einem kleinen Bauernhaus mit großem Gemüsegarten untergebracht wurde, dessen Miete samt einer Leibrente von Donna Rositas Kindern bezahlt wurde, wofür sie im Gegenzug die Möglichkeit bekamen, über den Palazzo zu verfügen, ob sie ihn nun vermieten oder leer stehen lassen wollten, um selbst ein wenig Zeit dort verbringen zu können, denn endgültig an sie übergehen würde der Palazzo erst beim Tod Eusebias, die unterdessen in ihrem Häuschen mit Garten wieder wie ein Kind geworden war. Sie versorgte Hühner, Kaninchen, Katzen, Hunde und den Gemüsegarten selbst und klagte ab und zu darüber, nirgends mehr Kühe oder Pferde zu sehen, denn die, sagte sie, seien weggelaufen oder gestohlen worden, da ja Krieg herrsche, während sie das Fehlen der Büffelkühe dem Umstand zuschrieb, dass die Quelle dort ausgetrocknet war. Ansonsten knetete sie aus Kastanien- und Maismehl einen Teig und buk große Brote – die übrigens ausgezeichnet schmeckten – oder Pizzas. »Es ist Krieg«, sagte sie. Wenn sie aber Hühner- oder Kaninchenbraten zubereitete, war wieder Frieden und man konnte auch Erbsen oder Bohnen enthülsen, Tomaten einmachen und Oliven in Öl einlegen. Abends saß sie dann strickend vor dem Kamin und unterhielt sich mit einer großen Puppe, die in einem kleinen Schaukelstuhl neben ihr saß und die sie »die da« oder im schnulzigen Ton der Illustrierten »meine Herzensfreundin« nannte. Ihre Erzeugnisse schenkte sie Teodosio, Onofrio und deren Frauen, die über sie wachten und die Eusebia mit »Padrone« beziehungsweise »Mama« ansprach. Gelegentlich jedoch lief sie davon, um wilden Spargel oder Pilze zu sammeln, oder wanderte kilometerweit bis zu dem Hof ihrer früheren Herrschaft, und bei ihrer Rückkehr sagte sie: »Sie sind alle fortgegangen, es ist Krieg«, oder: »Sie sind alle auf dem Friedhof, es ist Frieden.«

Ich erfuhr auch, dass die beiden übrig gebliebenen Generäle, nach einigen Monaten »Streik« sozusagen, wieder begonnen hatten, sich für den Krieg zu interessieren, jedoch nicht mehr für die Schlacht von Montecassino, sondern für die aktuellen Konflikte in der Welt, über die sie fundiertes, gut dokumentiertes Material gesammelt hatten, sodass einige junge Leute, darunter auch der Sohn des Hirten Bartolomeo, nachdem sie eine Ortsgruppe der Partei der Kommunistischen Neubildung gegründet hatten, sie manchmal aufsuchten, um mit ihnen zu diskutieren, dass sich die Generäle jedoch weigerten, ins Parteibüro zu kommen, weil sie behaupteten, sie seien Forscher und keine Politiker, und außerdem erklärten, sie lehnten alle Kriege ab, nicht wie diese Jungen, die ihrer Meinung nach, was Kriege betraf, parteiisch waren, und diese Meinung teilte auch Bartolomeo, obwohl er sehr zufrieden war mit seinem Sohn und dessen Freunden, nicht nur wegen einer relativ großen Übereinstimmung der Ideen, sondern auch weil er sah, dass dieses Engagement den Jungen die Möglichkeit bot, ihre Zeit, anstatt mit Joints und anderen Schweinereien im Dorf herumzulungern, dafür zu nutzen, ihre Weltanschauung wenigstens ein bisschen über die engen Grenzen auszudehnen, die ihnen oft auch von der Schule gesetzt wurden. Da erinnerte ich mich an meine erste Erfahrung als Achtzehnjähriger auf einem Schiff, gleich nachdem ich das Waisenhaus mit meinem Abschluss verlassen hatte. Auf jenem Schiff befanden sich drei Matrosen aus Torre del Greco, die einem Anarchistenzirkel ihres Dorfes angehörten, gegründet von einem Arbeiter, der erst in der Eisenindustrie bei Italsider und dann bei Olivetti gewesen war und der sich weigerte, seine Kinder zur Schule zu schicken, deren Erziehung er seiner Frau, der Tochter eines anarchistischen Fischers aus Pozzuoli, überließ. Und dieser Fischer hatte nicht nur sie Astrea genannt, sondern auch seinen zahlreichen weiteren Kindern Namen gegeben, die sich an den Gestirnen orientierten – Elio, Aster, Sirio … Venus nicht; erstens weil sie eine Göttin war, wenn auch eine heidnische, und eine Göttin nicht in seine Ideen passte; zweitens weil es hieß, Venus sei die Göttin der Schönheit, und da bestand die Gefahr, dass das Neugeborene später nicht mithalten konnte! Selbstverständlich benötigte ich die Hilfe jener Gefährten nicht, um mich von religiösem Aberglauben zu befreien; mir hatten die Erfahrungen im Heim genügt, um das allein zu bewerkstelligen. Sie halfen mir jedoch, die Grenzen meiner Welt zu erweitern, da ich durch sie Bücher wie *Krieg und Frieden* von Tolstoi, *Die Elenden* von Victor Hugo oder *David Copperfield* entdeckte und vor allem ein naturwissenschaftliches Werk, geschrieben von einem russischen Anarchisten, der, wenn ich nicht irre, Kropotkin hieß und zwar nicht das harte Gesetz Darwins über die Selektion der Arten bestritt, aber erhellende Beispiele von Kooperation im Tierreich lieferte, die von den Menschen hätten nachgeahmt werden müssen. Insbesondere erinnere ich mich, dass der älteste dieser Matrosen, Mario, immer wieder sagte: »Siehst du, auf den Schiffen sind alle Menschen Anarchisten, auch ohne es zu wissen, sogar der Kapitän, der uns mit seiner harten und zuweilen so dummen Disziplin herumkommandiert, denn alle wissen, dass hier das Meer, der Himmel und der Wind die wahren Herren sind, die man weder beneiden noch nachahmen kann, wie es dagegen auf dem Festland geschieht, wo es sie nicht nur gibt, die Herren, die das Sagen haben, sondern wo alle, Gewerkschafter, einfache Arbeiter, Handwerker, danach streben, ihnen nachzueifern und ihrerseits andere zu beherrschen … Du wendest ein, dass sich auf den Schiffen die Welt des Festlands reproduziert. Das ist wahr. Doch jedem, der lange zur See gefahren ist, bleibt im Innersten ein Wunsch nach Freiheit, der keine falschen Herren duldet … Ich erinnere mich zum Beispiel an einen Kapitän, der es sehr schlecht aushielt, als er in Rente gehen musste, weil das Gesetz es vorschrieb, und der lieber weiter auf dem Schiff geblieben wäre. Es gelang ihm nicht, zu Hause mit seiner Frau zu leben, die Verwandten und Freunde ›vom Festland‹ zu ertragen, und schließlich schiffte er sich als blinder Passagier auf einem kleinen Dampfer ein, wo er sogar bereit war, als Hilfskoch zu arbeiten, und dann, als ihn wegen seiner Gebrechen niemand mehr an Bord wollte, mietete er sich eine Wohnung im Hafen und verbrachte seine Zeit teils mit uns im Nautikklub oder in den Kneipen, wo er den Jüngeren Ratschläge erteilte, teils mit den Fischern, die ab und zu einwilligten, ihn mit aufs Meer hinaus zu nehmen, hauptsächlich aus Mitleid.«

Ich erfuhr auch, dass meine Nachbarin, Rituzza, inzwischen allein lebte, weil die beiden Töchter zum Vater gezogen waren, angelockt von seinem Geld und dem bisschen politischer Macht, die er zu nutzen versprach, um die ältere in irgendeiner Fernsehshow unterzubringen. Seitdem widmete sich Rituzza immer mehr ihrer Malerei, und im Sommer, aber auch an Weihnachten und an Ostern – da nun ein Flügel der Burg restauriert und zu Führungen, Theaterveranstaltungen und Ausstellungen für Publikum geöffnet war – bereitete sie für die Ehrengäste zwanglose Spaghettiessen und eine große Vielfalt an Pizzas zu. Nach Teodosios Meinung hätte sie allerdings einen Mann an ihrer Seite gebraucht, und an dieser Stelle spielte er schelmisch auf meine Freundschaft mit ihr an. Zuletzt schrieb er auch noch, dass endlich genau der Abschnitt der Straße in Ordnung gebracht worden war, den ich immer gegangen war, um ins Dorf hinunterzugelangen, sodass jetzt auch für jemanden mit Stock keine Gefahr mehr bestand. »Sieh nur, was für Dummheiten er mir schreibt!«, kommentierte der Sohn.

Dann, als hätte er noch einmal darüber nachgedacht, sagte er eines Tages: »Vielleicht ist es Telepathie, denn ich habe meinem Vater zwar nichts von meiner Freundin gesagt, aber ich habe mir überlegt, sie zu heiraten, ins Dorf zurückzukehren und mit ihm zusammenzuarbeiten und eventuell in diese Wohnung oben im Rione Terra zu ziehen, die leer steht und wo sie Verwandte und Freunde beherbergen, die von weit her kommen … Einmal hat auch ein Onkel meiner Mutter dort gewohnt, der nach Toronto ausgewandert ist, er hat mir sogar vorgeschlagen, nachzukommen und bei ihm in seinem Shop zu arbeiten, aber ich wollte schon damals zur See fahren … Außerdem, was soll das? Verlässt man etwa die Familie, um zu anderen Verwandten überzusiedeln? Das ist keine Freiheit … Aber jetzt hat meine Liebste mir klipp und klar gesagt: ›Entweder kommst du hierher nach Livorno und arbeitest bei meinem Vater, und dann sehen wir weiter, oder ich komme in dein Dorf … Ich heirate jedenfalls keinen, der immer auf dem Schiff unterwegs ist.‹ Allerdings gefällt mir das Meer, und wer weiß, ob ihr mein Dorf gefällt …«

Eines Abends plauderten wir an Deck – vielleicht war es das erste Mal, dass er sich wirklich für mich interessierte, denn so sind die jungen Leute, am Anfang nehmen sie von den Alten alles, was sie kriegen können, und erst zuletzt, wenn sich, so wie bei uns, nicht nur eine väterliche Beziehung, sondern eine teilnahmsvolle Freundschaft entwickelt, erst dann sehen sie den Älteren, als ob er beinahe jung wäre, nur ein bisschen erwachsener als sie –, und an jenem Abend fragte er mich: »Wohin ziehen Sie sich denn zurück, wenn Sie mal in

Rente gehen, da Sie doch keine Familie haben?« Ich antwortete: »Wer weiß, wir sind alle unter dem Himmel.« Unwillkürlich blickte er nach oben. Der Himmel war trüb, man sah keine Sterne. »Regnet es morgen?«, fragte er, ich weiß nicht, ob mich oder sich selbst. Ich sog die Luft ein: »Nein, morgen regnet es nicht.«

Danksagung

Ich danke Evelina Santangelo, die seit vielen Jahren meine Texte durchsieht, stets treu sowohl in ihrer Freundschaft als auch in der aufmerksamen Rekonstruktion meines zuweilen impulsiven Schreibens. Ich danke Luca Bianco für seine geduldige und geglückte Suche nach dem Umschlagmotiv der Originalausgabe.

Die Übersetzung wurde vom Deutschen Übersetzerfonds gefördert.

FSC Mix
Produktgruppe aus vorbildlich bewirtschafteten Wäldern, kontrollierten Herkünften und Recyclingholz oder -fasern
www.fsc.org Zert.-Nr. SGS-COC-003091
©1996 Forest Stewardship Council

Deutsche Erstausgabe
1. Auflage 2010

Die Originalausgabe erschien 2008 unter dem Titel
La Via bei Giulio Einaudi editore, Turin

Aus dem Italienischen von Maja Pflug
Lektorat: Claudia Jürgens, Berlin
Umschlag: b3K, Hamburg-Frankfurt a.M.
Umschlagmotiv: © plainpicture/photocake.de
Satz: Greiner & Reichel, Köln
Druck und Bindung: Bercker Graphischer Betrieb, Kevelaer
Printed in Germany 2010
ISBN 978-3-7160-2617-5

www.arche-verlag.com